ノスタルジア

Nostalgia

Mircea Cărtărescu

ミルチャ・カルタレスク

住谷春也❖訳

作品社

ノスタルジア——目次

エピローグ

装幀―ミルキィ・イソベ
レイアウト―安倍晴美（ステュディオ・パラボリカ）

ノスタルジア

プ　ロ　ロ　ー　グ

書を開く、書は呻く
時を捜す、時はなく。

トゥードル・アルゲージ

ルーレット士

神よ、イスラエルの慰めを恵み給え
この世に明日なき八十歳に。

エリオットのこの詩を（何のため？）ここに書いておく。いずれにせよ、自分の本のどれかに使えそうな題辞ではない。もう何も書かないだろうから。ところでなおこの文章を書いているのは、これが文学には縁もゆかりもないと考えているからだ。文学はもう十分に書いた。六十年あまりの間、それだけをやってきた。しかし今、最後の最後に、明晰な判断の一刻を与えてもらおう。つまり、私が三十歳を過ぎてから書いたものは、すべて情けないペテンにすぎない。いつかは自分を乗り越えられよう、自分の影を飛び越えられよう、というはかない望みにつられて書き続けることにあきあきした。たしかにある時点まで、芸術家として可能な唯一のやり方で、私は自分に正直であった。つまり自分についてすべてを、正真正銘、すべてを語ろうとした。しかしそうすればするほど幻滅が苦かった。なぜなら、自分についていくらかでも真実を語るには、文学は適した手段ではないからだ。書き始めてから何行もしないうちに、万年筆を持つ自分の手の中へ、まるで手袋に入るように、だれか他人の皮肉な手がすべり込んでくる。そして、ページの鏡に映る自分の像は、まるで水銀の粒のようにすべての方向に散り、逃げ去る。そんなわけで、要するに自分について話そうと思ったとき、その水銀の粒子は異形のクモやイモムシや宦官やユニコーンや神になってしまう。文学とは奇形学だ。

何年か前からよく眠れず、孤独から頭のおかしい老人の夢を見る。ただ夢だけがまだ自分の現実を写す。昼間、まだこの世にいる友人に囲まれて気分がよかったときでさえも、孤独に泣きながら目を覚ます。もう生きていることに耐えられない。そして実際に今日か明日にでも終わりのない死の世界へ足を踏み入れるだろうという事実が、私を思いに耽らせる。そこで、迷宮へ放り込まれた者が、馬糞にまみれた壁に、ときにはネズミの穴を通ってでも出口を探さなければならないのと同じように、私も考えなくてはならないのだから、それだけの動機で、なお私はこの文章を書いている。この行為は、神が存在するということを(自分自身に)証明するためのものではないのだ。残念ながら、私は努力したにもかかわらず、信仰心というものを持ったことがなかった。信仰に疑いを持ったり否定したりという精神的な危機におちいることもなかった。おそらく信心深いほうがよかったであろう。というのも、文章はドラマを必要とし、ドラマは希望と絶望の狭間の死闘から生まれるのであり、そこでは信仰が一つの役割を、私の想像するところ、本質的な役割を持つ。私が若かりしころ、作家連中の半分は回心し、残りの半分は信仰を失い、そのいずれもが彼らの文学に同じような変化をもたらした。芸術家として連中が安楽に暮らしていた釜の底に、彼らのデーモンのつけた火が、私にはどんなに羨ましかったことか！　そうして見てくれ、今私は自分だけの隅っこのぼろ肉と軟骨の塊だ、そんなものの精神や心や信仰など問題にする者はいなかろう。私から取れるものはもう何もないのだから。

私はここで、ソファーに身を委ねて、外にはすでに果てしなく連なるタールの氷原のような頑固な夜ばかり、私が齢を重ねるにつれて都市を、家々を、街路を、人々を次第に呑み込んだこの黒い霧の外にはもう何も存在しないという思いに怯えている。電球だけがこの世界にただ一つ残った太陽のように見え、それに照らされた唯一のもの――それはしわくちゃの老いぼれの顔だ。

私の死後、私の納骨室は、私の一隅は、読む者もいないこの紙の束をどこへも運ぶことなく、黒い消えない霧のなかに浮かび続けるだろう。だが、結局のところ、この紙束にすべてがある。私は数千ページもの文学作品を書いてきた――みんな灰だ、塵だ。見事に作り上げた筋立て、引きつった笑みを浮かべるマリオネット、だが芸術のこの膨大なしきたりの中で、どうやって何か言えるか、少しでも？　お前は読者の心をひっくり返したいだろう、ところで読者はどうするか？　三時にお前の本を読み終えると、お前が彼の手に押し込んだその本がどれだけよくても、四時にはもう別の本にとりかかっている。しかしこの十枚か十五枚の束は別物だ、別のゲームだ。今や、私の読者は死神のほかにはいない。私には彼の黒い、潤いのある、女の子のように凝らした目が見えている。その目は私が一行一行書くのを追って読んでいる。この紙の束には、私の不死のもくろみが込められている。

もくろみ――そう私は言う。だがすべては、これこそ私の勝利であり私の希望なのだが、真実だ。何と奇妙なことか。私の本の登場人物のほとんどが作り物であるにもかかわらず、皆にはそれらが現実の複製と見えていたのだ。やっと今になって、私にも一人の現実の人物のことを書く勇気が湧いた。彼は長い間私の身近にいたのだが、私の作品の通例に比べれば、まるでありそうもない話と見えよう。今日では誰も信じない法則、あるいは不条理なるが故にわれ信ずというような法則の実際に数学的な証明を自分の人生そのものとした人物が、自分と同じ世界にいて、同じ路面電車に押し合いへし合いし、同じ空気を吸っているなんて、読者の誰一人として受け入れはしないだろう。だがしかし、あぁ！――「ルーレット士」は夢ではなく、脳の硬化から起こる幻影でもなく、はたまたアリバイでもない。今思いをはせながら、リルケが書いた、その周りに世界が回っているあの橋の先の乞食に、私も出会ったのだと確信している。

というわけで、親愛なる非在の読者よ、「ルーレット士」は存在した。ロシアンルーレットもまた存在した。おそらく君はそれについて聞いたこともないだろう。だがアガルタについて何か聞いたことがあるか？　私は嘘としか見えないようなルーレットの時代を体験した。ピストルの弾薬の残忍な光の中で一財産が水の泡になったり、逆に築かれたりするのを見た。私自身も天井の低いあの半地下室で叫んでいた、そうして脳が飛び散った一人の男が外に引き出されたときには、うれし泣きしたものだ。私は法外な賭け金を競り上げていくルーレット大富豪、実業家、大地主、銀行家らと近づきになった。十年以上の間、ロシアンルーレットは私をはじめとする多くの者の飯の種で、またわれらが晴れやかなる地獄のサーカスでもあった。そんなものはこの四十年以上ちらりとも聞いたことがないって？　だったら、ギリシャの秘儀から何千年たったと思う？　今日、そもそも誰かあの地下洞窟でほんとうに起こっていたことを知っている者はいるか？　流血の問題になると、人々は口をつぐむ。みんなが口をつぐんだか、あるいはおそらく、知っている者それぞれが、これと同じような無駄な数枚のページを死後に残しているのだが、それを骸骨の指でめくるのは死神だけなのだろう。人それぞれの死神だ、われわれの一人一人と一緒に生まれた暗闇の双生児なのだ。

私がここに書く人物には、一応名前があったのだが、すぐにただ「ルーレット士」と呼ばれるようになったので、その名前はみんなに忘れられた。ロシアンルーレットのプレーヤーはかなりいたのだが、単に「ルーレット士」といえば、もっぱら彼のことだった。すぐ思い出されるのはその暗い顔つき、長い黄色っぽい貧弱な首にのった三角形の顔、乾いた肌、緋色に近い髪。やさぐれたサルのような目は非対称で、大きさが違って見える。何やら汚れた不潔な印象を与える。農夫の古着のままでも、もっと後のタキシード姿でも、やはりそう見えた。あぁ、どうしても私は、ここで小さな聖人画を一つ描き、彼の頬に超越無窮の光を投げかけ、その目に炎を灯《とも》したくてうずうずする！　だが歯を食いしばってこの惨めな審美癖を呑み込もう。ルーレット士は幾分裕福な田舎者の陰りのある顔をしていて、歯は半分が金属、半分は真っ黒だった。知り合ったときから死んだとき（死因はリボルバー、だが銃弾によるものではなかった）まで同じ姿だった。それでもなおかつ、この人物はただ一人、全能の数学神を垣間見させ、その向こうを張る力を与えられた人間であった。

彼を知っているからといって、そして彼について書くことができるからといって、何のメリットもない。私は彼の俤《おもかげ》を思い浮かべるだけで、壮大に枝分かれする足場を、紙のバベルの塔を、千ページもの教養小説《ビルドゥングスロマン》を作りあげられる。その作品の中で私は、トーマス・マン『ファウスト博士』の謙虚なゼレヌス・ツァイトブロームとして、新しいアドリアンが次第に悪魔化していくありさまを息せき切って追えればいいと思う。でも、それで？　たとえ、ばかげた仮定だが、この六十年の作家人生でも書いたことのない傑作を書いたとして、それが何になるというのだ……。私の最終目的のためには、私の大きな賭け（それに比べたら、この世のすべての傑作など、砂時計の中の砂とタンポポの綿毛にすぎない）のためには、ある精神異常者の虫けらなみの人生における三つの段階を並べれば十分なのだ。第一段階——残酷な子ども。暗い顔で昆虫を引き裂き、さえずる鳥を石で打ち殺し、ビー玉遊びや輪投げに夢中（彼の負けを思い出す、いつも小遣いやビー玉やボタンを取られ、しまいには我慢できなくなって暴れだすのだった）。第二段階——思春期の少年。てんかん発作のような怒りの瞬間と、激しい性的欲求。第三段階——監獄暮らし。強姦と強盗の罪。これらすべての屈折した彼の人生を通してただ一人親しかった人間は、この私だと思う。それはたぶんお互いの両親が隣づきあいで、私たちは小さいときから一緒だったからだ。とにかく、私が彼に殴られたことはなかったし、誰か他の連中に対するほどの疑心に満ちたまなざしは向けられなかった。何度か刑務所に彼を訪ねたことを覚えている。寒い緑色の面会室で、毎回ひどい悪態をつきながらポーカーでの悪運を愚痴っていた――そして私に金をせびるのだった。いつもすっからかんになってしまい、他人の金を取ろうとして賭けをした何千ものゲームで、一回も取り返せなかった屈辱を、半泣きで訴えていた。そこの緑色の腰掛けに座っていたのは結膜炎の小男だった。

いや、彼について写実的に語ることは、私には不可能だ。生きている寓話をどうやって写実的に描きだせるか？　多少とも小説らしいどんなトリックにも、どんな逆転にも、どんな自動記述的スタイルにも、私はげんなりして、吐き気をもよおす。彼が刑期を終え出所したあと飲み始めて、一年近くの間ひどい堕落ぶりだったことを付け加えておこう。仕事などはなく、彼に間違いなく会える場所といえばそこらの安い居酒屋で、そこは寝ぐらにもなっていたようだ。彼があのまぎれもない酔っ払いの格好で（素肌に上着、ズボンの裾を床に引きずり）一杯のビールのためにテーブルからテーブルをうろつくところが見られた。飲み屋の常連がときどき彼にふっかける、私にとってはまがまがしく、辛く、同時におかしい茶番劇を何回も見た。彼をテーブルへ呼んで、もし彼が客の握った二本のマッチ棒のうち、長いほうを引き当てたらビールが貰える、と言う。そこで彼は毎回短いほうを引き、みんな笑い転げるのだった。私は確信するのだが、彼がこのゲームでビールを稼いだことは一回もなかったのである。

おおよそそのころ、私の初めての短編がいくつか雑誌に掲載され始めて、その後しばらくして、短編を集めた最初の単行本が出版された。あれはかつて書いた作品の中で一番いいものだと今でも思っている。そのころ私は、自分の書く一行一行に喜びを感じていた。同世代の作家たちどころか、世界の大作家たちと張り合っていると感じていたのだ。少しずつ大衆に知られるようになり、文壇内では同じ激しさで賞賛もされ、否定もされた。初めて結婚し、ようやく、生きていると実感した。しかしこのことは私にとって致命的であったとしか言いようがない。というのも、書くということは、普通、富や幸福とあまり相容れないものだから。

数年後に、まるで彼らしくない場所で再会したとき、当然、私は彼のことを忘れていた。街の中心にあるそのレストランは、虹色のプリズムのシャンデリアが放つ、ほのかな幻想的な光に包まれていた。妻との穏やかな会話を楽しみながら店内を眺めているうちに、ふと目を惹いたのは、高級食材や飲み物を見せびらかすように並べたテーブルを囲んだブローカー風の一群だった。その真ん中で、注目の中心に長細い顔の彼がいた。ぴかぴかに着飾っているが、相変わらずうつろな目の浮浪者風であった。周りの者たちが、いささか柄の悪い盛り上がりを見せている中で、彼はつまらなそうに椅子に身をあずけていた。彼らのようなタイプの人間の特徴である、あのテカテカした頬やこれみよがしの卑猥な棺桶運びのような上着に、私はいつも嫌悪を感じた。だが、もちろん、何より先に、わが友の経済的境遇の予想外の好転に動転していた。私はそのテーブルに歩み寄り、手を差し出した。彼は無表情で、私との再会を喜んだかどうか分からなかったけれど、私たち夫婦を彼らのテーブルに招いた。夜がふけるにつれ、ふんだんに飛び交うありきたりな馬鹿馬鹿しい会話の中に、あいまいな言葉や秘密めいた表現が挟まりだした。テーブルに積み上げられたご馳走の上を飛び交う成金たちの言葉に、私はどう反応していいのか分からなかった。その後の数週間、意識下にせよ、それまでの世界とは違う空間に迷い込む展望を垣間見て、その恐怖をたっぷりと味わった。今まで生きてきたのは、芸術の気取りにうっすら彩られてはいても、結局のところ俗人の世界だったのだ。さらに、路上で、時には書斎でさえも、夕暮の煙のように空中に解けて浮かんでいるだけでよく分からぬ何かに見張られ、チェックされているという感覚に何度も襲われた。事実、細部にいたって監視されていたのだと、今は確信している。なぜかと言うと、私はルーレットの地下世界の新入りになることを提案されていたのだから。

ときどき、たぶん神など存在しないのだろうと考えて、この上もなく幸せな気分になる。何年か前には血まみれのパラダイスに見えていたもの（そのころの私の生活はマンテーニャの「死せるキリスト」のような緑がかった短縮法の形で思い浮かぶ）が、今では、恐ろしさはそのままながら忘却によって婉曲化された地獄に見える。初めて地下室に下りて行く私を励ますために、彼らは、耐え難いのは最初のゲームだけで、その後はもうルーレットの「人体解剖学的」側面にげんなりすることはない、それどころか、そこにこのゲームの本当の甘美な魅力を発見することになると言った。いったん取り憑かれたら、もうワインと同じ、女と同じで、なくてはならなくなるのさ、と彼らは続けた。初日の夜、彼らは私に目隠しをし、車を次々に乗り継いで、ついには自分が何者なのかも、どこにいるのかさえも分からなくなるほど、街中を連れ回した。そのあと曲がりくねった通路を引きずられ、湿った石と猫の死骸が臭う階段を下りた。ときどき上から、路面電車のがたがた言う音が聞こえてきた。何本かのロウソクの灯りに照らされたうす暗い地下倉庫で目隠しがはずされた。アーチ型の天井の下に、テーブルの代わりにいくつかのイワシ用の樽が、そして椅子の代わりに小さな長持や、輪切りにした太い木の幹が置かれていた。すべてがいかにも田舎風の酒場の感じにわざとらしくしつらえてある。その感じを一層引き立たせる水差しやビールのジョッキから、樽を囲んで座った上等な服装の十人から十五人の男たちがたいそう陽気に飲みながら、私を見て何かささやき合っていた。土間の床を大きなゴキブリがぞろぞろはい回っていた。何匹かは踵で半分踏みつぶされながら、まだ何本かの足と触角がピクピク動いていた。私は赤毛の友人のいるテーブルに座った。賭けはすでに締め切られて、小さい黒板に白いチョークで書き込まれている。それを見て分かったが、とりあえず私はただのギャラリーになるのだ。賭け金は大きく、私がそれまでに見てきたどんな賭け事よりも高額だった。

突然、株主たち（後で知ったが、このゲームで金を賭ける側の者のことだ）のそれまでの陽気さはしぼみ、水差しやジョッキの中に忘れられたままのウイスキーやビールの匂いが、コーヒー色の空気のうちに次第に広がっていった。地下室の人々の視線が、より頻繁にちらちらと背の低い扉に向けられた。しばらくするとその扉が開き、最悪の時代のわが友人とそっくりの人物が入ってきた。服のポケットは破れ、ズボンは梱包用の紐で締めてあった。あちこちに無造作にはねている髪の毛に覆われたその顔はと言えば、酔いどれのものとしか言いようがない。その人物は、油にまみれた木箱を脇に抱え運んで行くバーテンダー風のパトロン（ルーレットプレーヤーの雇い主をこう呼ぶのだ）に、後ろから押されていた。その大酒飲みは、その場にあったことすら私が今まで気づかなかったモミの木でできた長持に上がると、そこでオリンピックの勝利者の姿勢のグロテスクなカリカチュアさながらに屈み込んでいた。株主たちは箱の上の男を観察し、彼の様子を細かい点まで指摘し合いながら、そわそわしていた。私はある者がそっと十字を切ったのを見てとった。またある者はいらいらと爪ぎわの皮膚を噛んでいた。別の者はパトロンに向かって何か叫んでいた。だが、パトロンが小さな箱を開けたとき、ざわめきは断ち切られたかのように静まった。ダイヤモンドに刻まれたかのように輝いているその黒い物体へ、催眠術のように一斉に首を伸ばした。それは油がよく引かれた六連発のリボルバーだった。パトロンは、それについて列席者に説明している。そのゆっくりとした動作は、儀式のごとく、奇術師が奇跡を起こす前に、手のひらに種も仕掛けもないことを見せているようだった。そしてリボルバーの弾倉に手をかけ、それを回転させた。カチカチと微かな子鬼の笑い声のような音が聞こえた。パトロンはリボルバーを置いて、厚紙の小箱から、真鍮の衣を着た一発の煌めく銃弾を取り出し、それを一番近くの株主に差し出した。その株主は、あらゆる角度から入念にそれを見つめ、調べて、何も問題が見つからなかったのを残念そうにしつつも頷いて見せ、そばにいる別の株主へ手渡した。弾丸は部屋を一回りし、全員の指に油がついた。この私もちょっとだけ触った。なぜかしら、氷のように冷たいか、もしくは熱いのを予想していたのに、それは生暖かかった。弾丸がパトロンのもとへ戻ると、はっきりした大きな身振りで、弾倉の六つの穴のうちの一つに込めた。改めて可動部分を手のひらではじくと、数秒の長い間あの同じ鋭い軋み音を立てて回転した。最後に、奇妙なうやうやしさで、煌めく武器を木箱の上の男に手渡した。骨を砕くような静けさ、聞こえるのはただ、今も覚えているが、巨大なゴキブリたちのがさがさ動き回る音と、触角が擦れ合う微かな音だけ。男はリボルバーを自らのこめかみに当てがった。極度の緊張と弱い灯りのせいで私は目が疲れてしまい、ふっと、こめかみにピストルを当てた乞食のシルエットが黄色と緑色がかった燐光の斑に分解された。彼の後ろの白い壁の漆喰の凹凸が盛り上がった。漆喰の刻み目のそれぞれ、粒々のそれぞれが老人の顔の皮膚のように厚みを帯びて、壁に青白い痕を残して見えた。ふっと、地下倉庫に麝香《じゃこう》と汗のにおいが流れた。箱の上に立った男は、目を固く閉じ、ひどくまずいものを口にしたかのように唇をゆがませ、荒っぽく引き金を引いた。

それからナイーブにぼうっと微笑んだ。そのあと聞こえたのは引き金の戻る小さな音だけ。木箱から下りて、ぐったりとそこへ腰掛けた。パトロンが駆けより、潰さんばかりに抱きしめた。一方、地下室の一同は狂ったように叫び出し、悪態の限りをつくした。パトロンとルーレット士が低い扉をくぐるとき、一同はボクシングの試合でしか聞けないような罵声で送り出した。

たまたま、私が初めて見たルーレット士は命が助かった。それから何年にもわたり、私は数百回もルーレットを見てきた。そして、とうてい描写できない場面を何回も目にした。唯一の真に真正な物質であり、錬金術の黄金であり、すべてがそこにある人間の脳が、頭蓋骨の破片に混じって壁や床に散らばる情景。闘牛や剣闘士をお考えあれ、そうすれば、なぜこのゲームが私に取り憑いて、人生を変えたのかが分かるだろう。ルーレットの本質には、幾何学的単純性と、クモの巣の粘着力がある。——ひとりのルーレット士、ひとりのパトロン、複数の株主がこのドラマの登場人物だ。地下倉庫の所有者、周辺を見張る警察官、死体を始末する臨時雇いたちが脇役を受け持つ。ルーレットが彼らにもたらす金は相対的には少額だが、それでも本人たちにすると一財産だった。当然、ルーレットプレーヤーがスターであり、ルーレットそのものの存在理由でもあった。たいてい、プレーヤーは、野良犬同然いつも食いぶちに困っている不運な連中、酔っ払い、出所したばかりの前科者などの大群の中からリクルートされていた。誰だろうと、とにかく生きていて、べらぼうな大金のために生命を賭ける者なら（だがこの条件で金がどんな意味を持つのか？）、誰もがプレーヤーになることができた。同様に、できるだけ社会との関係——家族、仕事、親しい友人——がないことが望まれた。プレーヤーが死を免れる確率は六分の五である。ふつう彼らはパトロンの儲けのおよそ一割を受け取る。パトロンには相当の資金がなければならない。というのも、自分のプレーヤーが死んだ場合、その方に賭けた株主たちに賭け金を支払わなければならないからだ。株主の勝つ確率は六分の一だが、プレーヤーが死ぬ場合は賭け金の十倍、もしくはパトロンとの事前の交渉によっては二十倍要求できる。しかしながらプレーヤーの助かるチャンスが六分の五あるのは、最初のゲームだけだった。統計的にいえば、彼が続けて同じピストルをこめかみに当てれば、チャンスは少なくなる。六度目におけるチャンスは、ゼロだ。実際、わが旧友がルーレットの世界に入り、かっこつきの「ルーレット士」と呼ばれるようになるまでは、四回以上のゲームを生き残った事例は知られていなかった。当然ながら大概のルーレットプレーヤーは一見《いちげん》で、絶対に二度とはこの残酷な経験を重ねたがらない。ただ何人か金もうけの夢に魅せられた者もいた。普通、それは自身がパトロンになりプレーヤーを雇うようになりたいためだが、そんなことは二度目のゲームの後でなければ起こりえないのだった。

ここでゲームの描写を続ける意味はないだろう。このゲームは他の賭け事と同じく愚劣かつ魅力的で、事実、われらの下劣さが好む血の汚《けが》れの後光がさしている。さあ、完璧な勝負をしたためにこのゲームをぶち壊した男の話に戻ろう。伝説（当時街中の飲み屋でささやかれていた）が語るところによると、彼はパトロンにリクルートされたのではなく、自分でルーレットのことを知り、自分から売り込みに来た。きっと、彼を雇ったパトロンは、こんなにも簡単にプレーヤーが手に入って相当喜んだことだろう。普通は、パトロンは命を競りにかける輩との間で長い、いらいらするばかりの、つらい交渉を重ねなければならないものだから。最初はどんな流れ者も空のお月様を欲しがっていた。そこで、実際のところ彼の血と命には全宇宙ほどの価値はなく、ただ数枚の紙幣に変わるだけで、それも市場の需要次第だと説得する技量が必要だった。お前などこの世においてはゼロなのだと証明する必要もなく、警官を呼んで脅さないでも済むプレーヤーに恵まれるなんて、またとない幸運であり、それればかりか、彼は何の交渉もせずに、パトロンが横目で呟いた言い値でオーケーしたというのだから。わが旧友の初期のころのゲームについては大したことは分からなかった。多くを知ることはできなかった。最初とその次のゲームに助かったとき、いやおそらく三度目のゲームを生き延びたとき、ようやく株主たちに知られるようになったと私は想像する。せいぜい運のいいプレーヤーと思われたのだ。けれども四回目と五回目のゲームのあとでは、彼はすでにルーレットの中心的な顔となり、実際のところ本当の神話となり、年とともに神話は途方もなく成長した。レストランで私に再会するまでの二年間に、「ルーレット士」はわが街の地底にある汚れた迷宮のさまざまな穴倉で、計八回リボルバーをこめかみに当てていた。その度に、聞くところによると（後になって、私は自分の目で見て納得することになるが）、額のごく狭い、苦痛にゆがんだ彼の顔に、圧倒的な恐怖の表情が、動物的な怯えが刻まれて、それは見るに耐えないものだった。まさにこの恐怖心が、いつも運命に譲歩を強いて、延命の助けになっているように見えた。彼の緊張感は、目を固く閉じ、歯を食いしばって、いきなり引き金を引くときに最高潮に達した。カチッと小さな音が聞こえて、そのあと彼の重い骨組がぐんにゃりと床に倒れ込む。失神しているが、無傷だ。ゲームの後の数日間は生気がなく寝込むのだが、すぐに快復し、キャバレーと売春宿の間を往復する生活に戻るのだった。どれだけ頑張ったところで、大した想像力は持ち合わせていないから、稼いだほどには使えない。だからだんだん豊かになった。ずいぶん前からもうパトロンの世話になっておらず、自分が自分の胴元となっていた。なぜまだ危険をおかすのかは謎だった。説明はただ一つしか考えられず、当たっているか否かは神のみぞ知るだが、それは競技の度ごとに自分の記録を越えようとするアスリートのような、ある種の栄光のためという説明である。もしそのとおりだったならば、ルーレットに関しては何かまったく新しいことだ。ルーレットはいつでももっぱら金のために行われた。生き残りの世界チャンピオンというものになろうなど誰が思いつくだろうか？　事実として、「ルーレット士」は死を唯一の相手にした彼のレースで取りあえず狂気のペースを維持してきた。まさに、この秘密のパレードが単調さという袋小路に入るように見えたちょうどそのとき（わが旧友のルーレットに参加しに来る人たちは、彼がついにくたばるところを見たいという欲求だけで来ていて、賭けるためではなかった。というのは、連中は回を重ねるごとに悪魔と勝負を張っている気分になっていたから）、「ルーレット士」は最初の挑戦に打って出た。それは、実際上、ルーレットの廃絶だった。彼とちっぽけな人間の条件を超えるものとの対決以外のあらゆる競争の可能性を潰してしまったのだ。その年の冬、彼は説明し難く確実かつ迅速なルーレット界の情報網を通じて、クリスマスの夜に特別なルーレットを催すと通知した。リボルバーの弾倉には銃弾が一発だけでなく二発こめてあるだろうと。

　生き残るチャンスは今度は三つに一つだけだった。ゲームを重ねるにつれて助かるチャンスがさらに減ることは別にして。多くの事情通が、「ルーレット士」の死後になってさえも、あのクリスマスのルーレットこそ天才の放った一撃であり、そのあとに起こったことはすべて（その方がさらに劇的なのだが）単なる結果に過ぎなかったと思っている。私はそのクリスマスのルーレットをこの目で見た。かつてコニャックの工場だった地下室には粗悪な合成酒の匂いが残っていた。そこはそれまでに見たことのあるどの地下室よりも大きかったが、それでもその夜は満員で入場お断りになった。どちらを向いても、見知った顔があった。将校、画家、何人かの髭の司祭、実業家、社交界の女性。ルーレットの思いもかけぬ革新に、みんな極度に緊張していた。ワイシャツを着た二人の若者が賭け金を書いている黒板は、「ルーレット士」が上がるはずの長持の後ろの壁全面を占めていた。しばらくするとその人物の出現が、地下室に立ちこめる青白い煙を辛うじて透かして見えた。彼が木箱に乗る。武器と銃弾の細部にわたる確認の儀式は普段より時間がかかった。何しろ、リボルバーの銃身を愛撫する喜びを拒む者は誰もいなかったのだから。彼はピストルを受け取り、無造作に二つの弾を込め、手のひらで弾倉を回した。引き金が奏でる小さな笑い声が、室内の静けさの中にまた聞こえた。だがいつものとおり、炸裂音は静寂を乱さなかったし、血の花が壁に拡がることもなかった。「ルーレット士」は即席のテーブルの上のコップを倒し、小銭の束をころがしながら、最前列にいた者たちの腕の中へ倒れ込んだ。そのとき私は、昂奮と落胆で子どものように泣いた。私としては途方もない大金を賭けて、パーになったのだから。みんなと同じで、「ルーレット士」の怪物的強運が浮き彫りになればなるほど、よけい意地になって入れ込んだのだった。いつものとおり、みんなは小さなグループに分かれてその入り組んだ穴ぐらから出た。外は闇夜だったけれど、そうして場末のこのあたりは静かだったけれど、歩いている間じゅう、周囲のあらゆるもののうちに、一面に降り積もった雪の蛍光色のまばゆい層の中に、モミの木と銀紙の星々で飾られたショーケースに、まれに通りかかる荷物をいっぱい抱えた通行人に、鼻や口までマフラーで被われた子どもたちに、それらすべてのうちに溶け込んでいる一つの視線に睨まれているような感じがただよっていた。湿った寒さのせいで頬を赤くして、毛皮のコートの中で縮こまっている女が、ショーウィンドーの前で、恋人だか夫だかを引き止めている。ガラス越しのブーツやスカーフが二人の顔に青緑色やコバルト色やすみれ色の影を作っていた。私の帰り道は公園のそばを通る。そこではキャンディーで体や服を汚した子どもの群れが、レモネードや焼き菓子を売る屋台の前で駄々をこねていた。氷の上で女の子が乗ったそりを引いている厚着の父親が私に目配せした。いつかのルーレットで知り合ったパトロンだった。私はぞっと寒気を覚えた。

もちろん私はいつもルーレットの世界と縁を切ろうとしていた。しかしその時分、私は年に二、三冊の本を出していて、それぞれ、すぐに無視と忘却の対象となるたぐいの、ある種の成功をおさめてはいた。新しい本が出るたびにルーレットでの負けを取り返し、またあの地下に潜って行った。そこでは私たちの肉や骨の一種の予感が、まだ生きているうちに、私たちをそこへ魅きつけるように思われた。今いちばん驚くのは、そのころの私の本の理想主義的な、繊細な内容であり、いやらしいダヌンツィオ主義に自己満足していたことである。上品な思想、貴紳の身振り、絹のレース、きらりとエスプリの利いた名言、そうして賢明ですべてを知る語り手。彼は、まるで中身のない物語を素材にして数々の巧妙な手品を作っていたのだ。ルーレットという火遊びに再度加わってみると、私は「ルーレット士」の圧倒的な存在が暗黙のうちに強制するゲームの新ルールについての情報が、次第に激しく熱狂する波のように打ち寄せるのを避《よ》けようがなかった。銃弾二発のルーレットをさらに二度繰り返した後の彼は、すこぶる羽振りがよくなり、国内の数十の企業の株式にいよいよ深入りするようになったので、低俗なビジネスとしてのルーレット、生活費や財産の源泉としてのルーレットという考えは無意味になった。他方では、意地になって彼の負けに賭けるゲーム狂たちの破産にもかかわらず、彼の賭け率は下がってきた。「ルーレット士」の合図一つで、賭けのシステム全体が崩壊してしまったのだ。哀れな路上生活者がピストルをこめかみに向けるルーレットの催行は愚劣な趣味とされた。もはやパトロンも株主も存在せず、ただ一人、「ルーレット士」だけが残ってゲームを催していた。だがすべては賭け金の代わりに入場券を払うただのショーとなった。時折たった一人のアーチストが競技場の剣闘士のように運命に立ち向かうショー。貸切の会場はどんどん広くなっていった。伝統的なネズミの穴や血と馬糞の臭いやレンブラント風の薄暗がりはすっかりおさらばとなった。今や地下室には、光沢のある重厚な絹織物、オランダ製レースの掛かったテーブル上のクリスタルのシャンパングラス、花の象眼のほどこされた家具、何百ものクオーツのプリズムとつららからなるシャンデリアが運び込まれている。安物のビールの代わりに今では奇抜な形の瓶に入った高級酒が飲めた。イブニングドレスの女性はテーブルまでエスコートされ、そこから興味深げにステージを眺めていた。今のところオーケストラの演奏中で、トランペットの金色のアサガオやサキソフォンの曲がった首やトロンボーンの動きやまぬ優雅な管があちこちへ向かって突き出ていた。

「ルーレット士」が初めて銃弾三発をリボルバーに装塡した演出のホールも、そんな感じだったと思う。今や生き残るチャンスと、この狂ったゲームが最後になる可能性とはまったく同じだった。ルーレットの恐怖の昆虫をさなぎのように包み込んでいる新しい環境、そのこれみよがしの豪華さが、ひたすら観客の興奮を死の匂いで刺激していた。その後に起こったことはすべて、まったくの真実だった。確かに今は「ルーレット士」はポマードで髪をかため、タキシードと当時の流行の幅広パンタロン姿だが、リボルバーは正真正銘の本物であり、銃弾もまた実弾だった。そして、あれほど期待される「事故」の確率はいつにも増して大きかった。ピストルはまた全員の手に回り、指に微かな油の匂いを残した。会場の中でもっとも上品な婦人も、ただ耳にしただけだったルーレットの事故を見たい、卵の殻のように頭蓋骨が粉々に砕けるところ、脳のどろどろした液状の物質がドレスのスカートに飛び散るところを見たいという、倒錯した欲望が紫色に煌めく目を隠そうとしなかった。ともあれ、死を間近に見たいという女性の欲望に、火薬の匂いをほとんど形而上学的に漂わせる男どもに女性が感じる魅惑に、私はいつもぞっとした。ときどき自分の命をもてあそぶ痩せこけた低能なチンパンジーが、女たちにすこぶる人気があるのも、このへんの事情からに違いなかった。思うに、こういう女性が彼の死に居合わせたとしたら、そのあとほど激しいセックスの欲望に身を委ねることはほかにあるまい。恋人と一緒に家に着くや否や、灰色の脳漿と眼球の液体で汚れた包帯のような血まみれのドレスを脱ぎ捨てて。だが「ルーレット士」は赤い絹の張られた木箱に上がり、ピストルをこめかみに当て、顔に同じ極度の恐怖を浮かべ、引き金を引いた。それから、すべてを一時停止させた数秒間の沈黙のうちに、ただ彼が床に崩れ落ちる音だけが聞こえた。錯乱の数日間を病院で過ごした後、「ルーレット士」はいつもの生活を再開した。私は長持の下に敷いてあるブハラ絨毯の上で仰向けになった彼の苦痛に歪んだ顔を忘れられそうにない。かつては、一命をとりとめたプレーヤーたちがブーイングを浴び、時には頭に来た株主らから殴られたりしたものだが、しかし今では、わが友人は映画の大スターのように賞賛され、意識を失った彼の体は、賞賛に囲まれた。若い女の子たちはヒステリックに、もみくちゃになって詰めかけた。せめても彼に触れることができたなら大喜びだった。

　油の塗られた銃弾三発が弾倉に込められたルーレットと、その後に行われていくルーレットとが、私の頭の中で混ざり合っている。まるで「ルーレット士」の悪魔のような傲慢さが彼の背中を押して、なおますます偶然神たちを挑発しているかのようだった。間もなく、彼は弾倉の六つの穴に弾を四発込めたルーレットをやると告げ、次には、五発。六つのうちのたった一つ空いた穴、六分の一の生き残り可能性！　ゲームはもはやゲームではなくなった。ベルベット張りとなったソファーに腰掛けている者の中でもっとも軽薄な男でさえも、みんな、脳でも心臓でもなく、骨と軟骨と神経で、ルーレットが獲得したこの神学的壮大さを感じていた。「ルーレット士」が銃弾を込め、弾倉を回転させ、よく磨かれた黒い金属の発する、痙攣のような微かな笑い声をまたも呼び起こした。五発の銃弾で重くなった六角柱のシリンダーは、銃身にただ一つの空白を置いて止まった。撃鉄が乾いた音を鳴らして落ち、「ルーレット士」の転倒は聖なる静寂に取り囲まれた。

私は毛布にくるまってデスクの前に座っているが、それでもひどく寒い。この文章を書いている間、私の部屋、私の納骨室が、外の黒い霧の中をあまり高速度で旅していたせいで、気分が悪くなった。一晩じゅうベッドの上で身をよじり寝返りをうった。汗ばむ骨の無力な袋だ。外にはもはや何一つ、いつになろうと、存在しない。どんなに歩こうと、どの方向へどれほどどきりもなく進もうと、そこにあるのは、この黒くて濃い、タールのように頑固な霧だけだ。「ルーレット士」は私の賭けであり、この世の軟らかいパンがその周りにまた新しく膨らむ一切れのパン生地であるべきだ。そうでなければ、すべては（もしすべてなどというものが存在するならだが）クレープのようにのっぺらぼうだ。けれどももし彼が存在したなら——そして存在したのだ（それが私の賭けだ）——、それならば世界は存在する。そうして私は目を閉じさせられることはなくて、しわくちゃの皮膚を骨にまとい、肉を血染めの皮のようにむき出して、永遠の続く限りは進み続ける。この物語から、私は水槽を一つ作る、飾り立てた水槽などには興味がないから、この上なく安っぽいのを作る。その中で私と彼は、それぞれが相手の現実性の保証となって生き残ろうとするのだ、心臓の鼓動をありありと見せつつ糞の細い筋を引いて行く半透明の二匹の魚のように。神かけて、もう一息努力しよう。私はもう自分の背骨が感じられないのだが。

「ルーレット士」は何年もの間「天使」の服をつかんで、それを倒そうと格闘し、四方八方へ振り回していた。だが、ある晩、ついにその首根っ子をつかまえ、力を振り絞って、その目の奥を見据えた。ところで主は、明け方近く、彼を不具にし、名前を変えた……。あの最後のルーレットの夜に、屠畜場の地下にある巨大な冷え冷えしたホールに、いわば街じゅうの上流階級が集まった。以前の会場の成金風に気取った豪華さに慣れた者にとっては、そのホールの舞台装置はいささか奇妙に見えた。誰かの鋭い勘からか、あるいはユイスマンスの『さかしま』の記憶があのノスタルジックな折衷に、退廃と繊細さのやや倒錯した混淆に導いたのか分からないが、その効果はつい数ヶ月前の華麗な会場よりも段違いに強力だった。部屋の大きさを別にすれば、一見したところ、ルーレット「先史時代」のみすぼらしい地下倉庫にいる錯覚におちいるだろう。壁は卑猥な落書きと引っかき傷や、炭で乱暴に書かれた言葉でいっぱいだ。けれども、少しでも見る目がある人間なら、すぐに、ある大芸術家の美的繊細さ、首尾一貫した印象的な書法をそこに見て取れる。私は若干の明白な理由から、その名を書かないことにする。かつての株主たちが高級な材質の木と金色のモールディングでイワシの樽を模造した小テーブルを囲んでいた。クリスタルのジョッキは、緑がかった色合いや、わざと作った疵にいたるまで、安物の趣味の悪いコップに似せてあった。動物性脂肪のトーチを囲む暗色のフィルターは、陰気な光と青みがかった煙を振りまいている。一昔前の葉巻のような煙だが、でも今は麝香の馥郁たる香りが繊細なノスタルジーを呼び起こしていた。部屋の前方の舞台には、港から持ち込まれた本物のオレンジ箱が置いてあり、そこにはアラビアの会社の名前がごちゃごちゃと書いてあった。その晩の莫大な賭け金に惹かれて会場に来た者たちの中には、白いフードつきアラビアコートをまとった石油大尽や、映画スター、売れっ子の歌手、糊の利いた胸飾りとボタンホールにカーネーションの実業家の顔が目についた。それぞれが建物に入るとき絹のスカーフで目隠しをされ、会場でのみそれを外すという決まりに従った。この私も、これは嫌々ながら言うので、謙虚さに欠けると思われては困るが、私自身もまた一種のスターだった。よろず飽き飽きし切っている手合いからも、あの晩近くにいただけの連中からも、視線が私に向けられていた。そのころほど私の著作が大騒ぎされていたことはなく、私の本はますます厚くなり、大向こうの好みに合うようになっていたのだ。好みは気高さ、そう、第一に気高さ。惜しみなさ、まず第一に惜しみなさ。私に全国最高賞をくれたときの審査員の選考理由はこうだった。「彼の作品の人間性の気高さと惜しみなさ、表情豊かな言語の十全な掌握ぶり」。

味のあるぼろに見せかけた奇妙な布地の房をまとった「ルーレット士」が会場に入ってきて、パトロンに扮した司会者が脇に抱えてきた箱を開け、象牙のグリップに、煌めく銃身の素晴らしいウィンチェスター（今ではある個人のコレクションに入っている）を観衆に見せると、われわれは息を呑んだ。みんな、これから起こるはずのことが真実であり得るとは思えなかったのだ。なぜならば、数週間前に「ルーレット士」が、次のゲームには六発すべての弾をこめると予告していたのだ！　一発から順次五発までの増加がどれほど信じられなかったにしても、そのことと今度の気違い沙汰との間には、唯一のチャンスとチャンスゼロという雲泥の差があった。「ルーレット士」がその企みの中でどうにか保っていた一滴の人間らしさが今、百万の確実性の太陽の下で蒸発していた。銃弾とリボルバーの確認は何時間も続いた。それらが彼の手に戻ったとき、彼は長持に上がり、銃弾を一瞬手の中でサイコロのようにかちゃかちゃ言わせ、その後一つずつ弾倉の六ヶ所の穴に込めた。そして荒々しく手のひらで弾倉を回転させた。「むだなこと」と私の近くにいた誰かが呟いたのを覚えている。ぞっとするような静寂の中で弾倉が回転し、その歯車の小さな笑い声がはっきりと響いた。死に直面した者だけにしか見られない恐怖の色を目に浮かべ、彼は顔を引きつらせ、震えながら銃口をこめかみに当てた。人々は総立ちになった。

あまり緊張して見ていたので、自分のこめかみの静脈が膨張するのを感じた。私はリボルバーの撃鉄がゆっくりと上がるのを見ていた。それは震えているようだ。すると突然、その震動が部屋全体に伝播したかのように、足元の地面が逃げるのを感じた。そして「ルーレット士」が長持の上から崩れ落ち、リボルバーが黙示録的な音を立てて発射したのが分かった。しかし、空気はすでに耳を聾《ろう》する女たちの金切り声とガラス瓶が倒れて割れる音で一杯だった。閉じ込められたらとの恐怖でパニックになって、みなは足を踏みつけ合いながら、先を争って出口へ突進した。震動はたっぷり数分続き、街路には瓦礫とゆがんだ鉄筋が道いっぱいに散乱した。ちょうど出口のところで、脱線した路面電車が家具店に突っ込み、ショーケースが粉々になっていた。一時間後、最初の揺れよりやや弱い余震があった。あの晩、家の中に入る勇気のある者がいただろうか？　私が通りをさまよっているうちに朝の霧が地平線を白くし、崩壊した建物の埃も舗道にいくらか落ち着いた。そのときやっと、私は「ルーレット士」がおそらくあの地下ホールに置き去りにされていると思い出し、まだ生きてるかどうか見に戻った。彼は床に横たわり、何人かの人物に介抱されていた。片脚の股関節が脱臼し、痛みで呻いていた。そばにはまだリボルバーがあり、火薬の匂いをさせ、弾倉には五発の弾だけ残っていた。六発目の銃弾は、壁の天井に近いあたりに黒っぽい穴を残していた。私は道で車を止めて、幼なじみの友を病院に連れて行った。回復は早かったが、それから死ぬまでの一年ほどの間ずっと、彼は足を引きずっていた。あの夜を境にロシアンルーレットは葬り去られ、人々の記憶から消えた。ちょうど何事も行き着くところまで行くと、普通は忘れられてしまうのと同じだ。戦後生まれの若い世代はもうこれらの「神秘」の痕跡すら知らない。私はただ証言を提示するだけだ。だがそれは不在よ、きみのためだけだ、無よ、きみのためだけだ。
地震の晩以降、「ルーレット士」は、例の怪しげなあちこちの地区にもぐり込み、いつもどおり、悶着を起こしてはどうにかもみ消されていた。ルーレットのことはもうまるっきり考えもしなかったようだ。

もう日に一ページも書けない。足と背骨の痛みが続いている。痛みが指に、耳に、顔の皮膚に。何があるだろう、何があるだろう、死の後に？　そこに新しい生が開けるだろうと、今の私たちの状態はさなぎの待機状態なのだと信じたい、ほんとに信じたい！　自我は、存在するからには、永続性を保証する手段があるはずだと信じたい。もっと限りなく複雑な別のものへと移ると信じたい。そうでなければ不条理だ、そして私には世界の設計図に不条理のための場所は見えない。何十億もの銀河、知覚不能な力の場、要するに、私の頭蓋を後光のように取り囲むこの世界は存在できなかったはずだ、もしも私がその全体を知り、それを所有し、それになる必要がないのならば。今夜、布団の中で丸くなっていると、ある種のヴィジョンが見えた。私は、長く血まみれで卑猥極まる腹からちょうど生み出されたところで、奇妙な回転運動をさせられていた。私は、血と涙とリンパ液の跡を引きながら、ものすごいスピードで夜の闇の中へねじ込まれる。すると突然、夜の端から目の前に巨大な光の神が現れた。大き過ぎて感覚にも理性にも入りきらない。その壮大な胸へ向かって突き進んでいくと、神の厳しい顔はどんどん上昇し、私の視界の端で平たくなった。まもなく彼の胸の大きな黄色い光しか見えなくなり、私は回転しながらそこへ突き刺さり、炎の肉をいつまでも際限なくかき分けた後、背中から出た。飛行して遠ざかりながら後ろを振り返ると、巨大なエホバが顔を下に左側へ倒れるところだった。それは徐々に小さくなり、消え、私はまた、終わりなき夜に独りきりになる。計り知れないほどの時間（だがそれを永遠と呼んでおこう）が過ぎたとき、視界の端に初めのとそっくりな、別の巨大な神がそびえ立った。私はそれにも突き刺さり、そうして虚空へ抜け出た。それから、また新たな永遠が過ぎて、また別の神が現れる。振り返って眺めると、神の行列はますます延びていった。数百だったのがやがて数千になり、巨大な炎のファスナーの歯のように、右に左に顔を下に倒れていった。自分の飛行でそのファスナーを開くことによって、一言で言えば世界のどんなものより壮大な、本物の神の胸を私はむき出しにしていたのだ。私は回転しながら、その光で焦がされながら、高々と彼の上方に上げられたので、その全身を見ることができた。その美しさたるや！　雄牛のように毛深い胸には、女性の乳房がそなわっていた。その顔は若々しく、炎の冠は幾千の編み髪の房だった。そして幅広い腰には隆々たる男性器がついている。頭のてっぺんから足の先まで、すべてが光だった。目は半眼に、恍惚かつ悲愁の微笑みを浮かべ、そしてまさに心臓に、左の乳房の下に、ぞっとするような傷があった。右手の指の間に、たとえようもなく優雅な身振りで、赤いバラを挟んでいた。こうして彼が横たわって浮かんだ空間は、彼を包もうと努めるのだが、逆に彼に呑み込まれ、包み込まれるように見えた……。

自分の部屋の冷え冷えする家具の間で目覚めた私は、乾いた老いの涙を流していた。ここに重ねたまるで無意味なこの数枚の紙切れを破棄しようと思った。だが生涯文学作品を書いてきた人間に何ができるのか？　どうすれば文体の秘儀から抜け出せる？　一体どうやったら、何を使ったら、芸術的因習の獄屋から解放された無垢な証言を紙の上に記すことができるのか？　気を取り直して、勇気を出して認めよう。「やりようはない」。それは最初から分かっていた。けれども、追い詰められた獣の狡猾さで、私は私のゲームを、私の賭け金を、何に賭けるかを、お前の目から隠してきた。なぜなら、結局のところ、私は文学にすべてを賭けたのだから。自虐的な、パスカル流の推論の中で、私はまさに自分に反するように見えたものを用いた。ここに私の推論のすべて、この「物語」を最後まで進めさせる（どれほど努力したかは、私のみぞ知る）もののすべてがある。即ち私は「ルーレット士」と知り合った。このことは疑えない。彼の実在などあり得ないという事実にもかかわらず、やはり彼は存在した。でもこの世には不可能が可能になる場所がただ一つある。それはフィクション、つまり文学の中だ。そこでは統計学の法則を逸脱することができて、偶然性よりも強い人間の現れることが可能だ。「ルーレット士」はこの世で生きられなかった。それは、彼が生きた世界は架空である、文学であるというのと同じことだ。私はいささかも疑わない、「ルーレット士」は、ひとりの登場人物なのだ。だがそれなら私もまた一個の登場人物であり、ここで私は歓喜雀躍せざるを得ない。というのも、物語の登場人物は決して死ぬことがなく、彼らの世界が「読まれる」たびに生きるのだから。たとえ恋する娘と口づけをすることが決してなかろうとも、ギリシャの壺に描かれた羊飼いは、少なくとも自分が永遠に彼女を見つめ続けるだろうということを知っている。ここにこそ私の賭け、私の希望がある。私が心の底から願うのは、しかもそこには「ルーレット士」という強い論拠があるのだが、私の願いは私が物語の一登場人物であること、私は八十歳だが、決して死なないだろうということだ、なぜなら、実際、かつて生きたことがないのだから。おそらく私は価値のある物語のうちに生きてはいないし、おそらくただの脇役だ、だが人生の終わりに近づいた人間にとって、どんな展望であろうとも、永遠に消え失せるという見通しよりはましだ。

「ルーレット士」の途方もない幸運については無数の仮説が立てられた。私には、ほかの大部分の仮説に比べてより真実とは言えないにしても、せめてより筋の通った説をもう一つ付け加えること以外、何ができようか。小さいころから「ルーレット士」を知っているから言えることだが、いつも彼の特徴となるのは、運がいいどころか、まるでその逆、いつも真っ黒い悪運、言うなれば超自然的な悪運であった。どんなに子どもっぽいものでも、偶然がからむような遊びでは一回も勝つ喜びを味わったことがなかった。ビー玉遊びから競馬、蹄鉄投げからポーカーにいたるまで、まるで運命が彼を道化師として使い、いつも皮肉な目つきで彼を眺めているようだった。ロシアンルーレットは彼の大きな幸運だった。そうして驚くべきことに、あの未発達な思考の持ち主が、それにもかかわらず、運命の鎧をサソリのように刺し通すただ一つの弱点を衝いて、常に繰り返される嘲弄を永遠の栄光へと変える狡智を持っていたのだ。どんなふうに？ 今の私には単純に見える。素朴で同時に天才的に単純。「ルーレット士」は自分の負けに賭けていたのだ。こめかみに銃を当てているとき、彼は二人の人格になっていた。彼の意思は彼に対抗し、彼に死刑宣告していた。毎回、自分の全存在が死ぬだろうと確信していたのだ。私思うに、無限の恐怖が表情に表れていたのはそのためであった。だが彼の悪運は完璧で、自殺の意思をも毎回失敗に終わらせることしかできなかった。この説明はただの与太話かもしれない。しかし、前にも言ったように、多少とも成立しそうな仮説が私にはほかに見つからない。ともあれ、今となってはそんなことはみんなどうでもいい……。

疲れた。懸命の努力を込めてもう一ページ書く。賽は投げられ、そうして水槽もできあがったので、これが最後のページになるだろう。まだ水の漏れる最後の亀裂を塞ぐ――そして私は彼のそばで沈黙し、動かずにいよう。ただ私たちの尾ひれと背びれだけが、まだときどき脈打つだろう。その瞬間を待つ悦楽があまり大きくて、「ルーレット士」の物語の完結をやっとのことでこらえている。

彼の最期は銃弾六発のルーレットを怪物的に生き残ったあと間もなく訪れた。あれから一年もたたないある日、霧の濃い朝、賭場からの帰りに足を引きずっていた怪しげな路地から、突然トンネル通路に引っ張り込まれた。十七歳にもならない少年が、金を出せと、彼のこめかみにリボルバーを突きつけた。数時間後に彼は死体で発見された。そのそばにリボルバーが落ちていて、運の悪い少年は指紋を拭き取りもしていなかった。遺体には傷跡ひとつなく、検死の結果、死因は心臓発作だった。そもそも、引き金の引かれていないリボルバーに弾丸は一発も入っていなかった。友だちのところを隠れ回っていた少年はその日のうちに見つかり、すべてが明らかになった。彼はただの強盗のつもりだったのだ。ピストルの弾は抜いてあり、脅しに使っただけだった。しかし少年が襲った酔っぱらいは恐怖の発作でぐったり地に崩れ落ち、少年の方は度を失い、リボルバーを放り出して逃げたのだ。「ルーレット士」に親類はなく、知り合いもいないようだったので（私自身はすべてが片づくまで何日間か隠れていた）、すぐに埋葬されて、枕元に簡素な板の十字架が立った。

こうして私も言葉による自分の十字架と死装束を終わりにして、その下で読者よ、君の強い明確な声が聞こえるとき、ラザロのように、生き返るのを待つだろう。墓石に碑銘が彫られ、そうして輪が閉じられるように、愛誦するエリオットの詩で終わりにする。

神よ、イスラエルの慰めを恵み給え
この世に明日なき八十歳に。

ノ　ス　タ　ル　ジ　ア

魂よ、お前がもう一度震えるようにと
過ぎ去った生から一つの音を取り出し
この手で空しくリラに滑らせる。

青春の彼方へすべては消え、
過ぎし日々の優しい口は黙し、
私の後ろに時は育ち……私は暮れゆく！

ミハイ・エミネスク

メンデビル

狂おしい彩りの夢をむやみに見る。現実には決して味わうことのない感覚が夢にはある。この十年というもの、何百もの夢を書き記してきた。そのうちのいくつかは発作的に繰り返し現れては、私を恥と憎悪と孤独の同じ屈従の態手でひき回すのだった。たしかに、作家は夢を語るたび読者をひとり失うのだと、夢は入れ子細工のお手軽で古めかしい手段に外ならないから、物語の中では退屈なのだと言われる。夢が他人にとって意味を持つことは、実際のところ、まれだ。その上、作家は時に捏造に走り、物語の散漫な細部を反映して、それにまとまりをつけるような、都合のいい形に夢を作り上げる。ちょうど歪像画《アナモルフォーシス》の真ん中に万年筆のキャップを置いたとき、そこに裸の女が映って見えるように。私はこの物語をひとつの夢で始めたいので、怠惰とか幼稚とかのすぐ始まりそうな非難からの一応の自己弁護を試みておく。

ご存じのとおり、私は日曜作家だ。親愛なる友人諸君と自分自身のためにしか書かない。私の本当の職業は退屈なものだけれど気に入っているし、そのこつはよく心得ている。だが文章のこつはさっぱりだ。ここ一年あまり、毎週日曜日に諸君に会うようになってから、物語をまとめるテクニックという点では、多くを学ぶことができたはずだ。だが、それにしても、自分にはたいしたことは語れまいと気にしてきた。実際、諸君にお話ししようと思うことを夢に見たあの夜までは、私の人生には光を当てるに価するようなことなど何一つないと思い込んでいたから。そこで、入れ子細工を作る気などはさらさらないが、ただ、そもそもの発端から始めようと思う。なぜなら、実人生においても作り話においても、すべては発端が調子を決めるのだから。いや、狂気においてさえも、そうなのだ。ある旧友がどんな風におかしくなり始めたのか覚えている。ある晩、ひどく興奮した彼が私のワンルームを訪れ、一時間前に起こったことについて、奇妙なほど理路整然と話した。

「知り合いのところへ行こうと路面電車に乗ったんだ。外の寒さのせいで窓は曇っていた。向かいの席に薄汚い茶色のカナディアンコートに緑色のショールの、田舎者らしい女が座っていた。彼女が手袋を不細工にはめた手を上げて窓ガラスの曇りをちょっと拭くまで、その女にはまるで気づいていなかったのだがね。ちょうどぼくが透明になった拭き跡から外を見たとき、電車が地下道に入って、その拭き跡が残りの白いガラスをバックにして真っ黒に浮かび上がった。いいかい、その形があの有名な中国式影絵のゲーテの横顔そっくりそのままだったんだ。すべてがそこにあった。斜めの額からじかに突き出した真っ直ぐな鼻、後ろ髪を束ねた鬘《かつら》、引き締まった唇、丸い顎……」

では、回り道はこの辺にして、問題の夢の話を始めよう。二ヶ月ほど前、壜に閉じ込められている夢を見た。壜にはちがいないが、まるでクリスタルの岩を切り抜いたような壜だ。ときどき虹のできる壜の中で、あっちこっちに転がりながら、ガラス越しに周囲の揺れ流れる世界を満ち足りた気持ちで眺めていた。そこへ一羽の鳥が遠くの山から羽ばたいて来て、近づくにつれて壜の表面に沿うように弓なりに翼を拡げた。そしてすぐ間近に迫って来たとき巨大な切れ長の瞳が見え、それがルーペで見るように拡大したかと思うと突然私をすっかり包み込んだ。私はぞっとするほどの恥ずかしさと喜びの感覚で顔を覆った。また目を開いたとき、無茶苦茶に煌めく壗の側面に一つのドアの微かな輪郭が現れたのに気がついた。そのドアが開いてしまうのではないかと怯え、慌ててそこへ駆けよったのだが、そこでほっと一息ついた。ドアには巨大な、肉のように柔らかい南京錠がかかっている。遠くの山から降りてきてそのドアの前で終わっている小道を一人の女の子が歩いて来る。大きなリボンで髪を結び、唇は濡れて、ドアに近づいて来る様子から見ると、おとなしくて育ちがよさそうな子だった。壗の側面は水晶のようになめらかに澄み切って、ふいに私はわけの分からない不安、二度と味わいたくないような恐怖を覚えた。女の子はすでにドアの前に着き、螺鈿《らでん》の色をした小さい手で、分厚いクリスタルの壁を叩き始める。私は恐怖からその場に崩折れて、ぶるぶる震えていたが、視線は少女から離さなかった。彼女が南京錠をつかんだときには内臓が引き裂かれ、心臓が爆発すると感じた。少女は血まみれになった手で南京錠をちぎり、石英の重いドアを押した。入り口で少女は、ぴたりと固まり付いた。あの姿勢を表現できる言葉は存在しないので、描写しようがない。そうして突然、どこか少女の後ろの風景が見えた。その間に私は遠くの山へ続く小道を遠ざかっていて、そのためにガラスか氷かクリスタルでできた壗のずっしりした壁の次第に巨大になる表面を見渡すことができるようになったのだが、それはまるで壗などではなくて一つの巨大な城郭であり、もっぱら冷たく透明な材質の軒蛇腹、化粧漆喰、壁装飾、動物の頭部を模した飾り、天窓、バルコニー、銃眼、展望塔、そして樋でできた丸っこい建造物なのだ。そうして私は透明な壁に囲まれた数千の部屋の真ん中に転がっていて、女の子は大きく開け放たれたドアの枠の中、さらに彼女の後ろの方には、城への入り口から中央の部屋までの壁に血まみれの南京錠のかかった数百のドア。

私は最悪の気分で目覚めた。午前中いっぱいその気分は続いたが、夢のことは午後になってやっと思い出した。まずは何やら神経叢にきらりと走る情感として、次に、学校で生徒たちの話に耳を傾けている最中のことだが、苦痛を伴う一連の理解できない情景として。そして、ここに話したことを再構成するのに翌日までかかった。それどころか、何故かは知らず、今覚えていることよりも、もっと多くのことを思い出していたのに途中で忘れてしまったような気がする。そうだ、今、書いているとき、私は夢の中の少女がどんな仕草をしていたか、どんな言葉を発したのかを知っていたのだという思いが閃く。しかしどうやってもそれに集中できないと感じる。話を進めるうちに思い出せるといいが……。

夢をメモした後、いつものようにその想起を試みた。夢のどこかの場面につなげられそうな細部を思い出したくて、当てずっぽうにとりかかった。コーヒーカップを前にして二時間ほど夢想し、その間、カップにプリントされた金色に縁取られた巨大な青い目のような二つの斑点のある二枚の羽と、すべすべした、嫌らしい芋虫の形の胴体からなる紫がかった蝶の絵に目を凝らしていた。その後で日記帳に書いたのが、ひとりでに頭に浮かんだ次のテキストだ。

「夢の中で、一人の少女がベッドから飛び出し、窓に近づいて、頬を窓に押し付け、ピンクと黄色の家の彼方に日が沈む様子を見つめる。夕陽で血のように赤い寝室を振り返り、しっとりしたシーツにまたもぐり込む。夢の中で、何かが私の麻痺した体に近づき、両手で頭をつかみ、まるでそれが半透明の果物であるかのようにかぶりつく。私は目を開けるが、あえてぴくりとも動かずにいる。いきなりベッドから飛び出して窓辺へ行く。外を眺める。一面の星空」

するとすぐに、まるで神聖な呪文を唱えたかのように、私は少しずつ思い出し始めた。いくつかのことは忘れてしまったものの、壜のくだりはかつての恋人との電話でのある会話から来ていたことにふと気がついた。色々な話題の中で、彼女はハムスターのつがいを購入して壜の中におがくずを敷いて飼っていると言った。そのあと、一番古い記憶がよみがえった。私はそのころ二歳にもなっておらず、両親はドナウ川沿いのシリストラに住んでいた。カターナという名の大家が私に小さな鈴をくれたことがある。私はどうやって家の庭から出て、道に拡がった大きくて濁った水たまりに長靴で入って行ったのかを、今もありありと覚えている。そこで私は鈴を水に落としてしまい、深さ数センチもない水たまりの底をすっかり両手でなでまわしたにもかかわらず、ついに見つけることができなかった。そのときの驚きが今でもよみがえる。この記憶から、私は夢の発端はもっと遥かに深い過去に位置づけなければならないと気づいた。私は女の子に、そして糊の利いた白い木綿の大げさなリボンで結ばれた彼女の髪に、意識を集中した。オランダの巨匠たちに描かれた田舎の女、大きなふさふさしたレースを頭にかぶった女に似ていると思った。アングルの描く豊満な弓なりの裸体が横たわったオランダのシーツを思い浮かべ、そうして突然、記憶がよみがえった。女の子の名前はヨランダだ。そのとき私の目の前に、あの一号階段棟のなかなか開かないガラス扉、ドゥンボヴィツァ製粉所、乱暴な刺激的な彩色のおもちゃの時計、そうして、赤と緑のネオン広告が点滅する夜のブカレストの屋上からの眺めが見えたのだ。言い表しにくいある種の高揚のうちに、私はほんの数分間に、もうすっかり忘れたと思い込んでいたことのうちのいくつかを記憶の中から掘り起こした。そればかりか、私の人生のあの時期こそ、私の中のオリジナルで多分非凡でさえあったもののすべてが凝縮された時期だったということに気づいた。独り身の退屈な教師で、とにかく生まれたから生きているというだけの私の人生の二枚の灰色の貝殻の間に閉ざされながら、この完璧な真珠のような球体は今までどのように存在していられたのか、私には分からない。けれども、この私にだって、いざとなれば、人におもしろく語れるような事柄を自分の経験の中から引き出せそうだということに、私は大きな喜びを感じた。小説を書こうとは考えず、一つの記述を、私の人生においてもっとも（実のところたった一回だけの）奇妙な時期についての短い正直な記事を書こうと思う。ところでこの記事のヒーローはその「事件の進行中」にはわずか七歳かそこらなのだが、彼を描写する価値はあるだろう。というのも、彼はシュテファン大公大通り☆1沿いの私のマンションの裏で当時遊んでいた子どもたち全員の運命に、目立たなくても、私の場合と同じに、一生消えることのない刻印を押したことに疑いの余地はないのだから。

マンションは九階建てで、現在はその裏に駐車場があり、そこではこの冬の寒さのせいで、車が身を寄せ合って震えている。今から二十一年前、ここに私の一家が引っ越してきたのは、ちょうど母親が妹を産み、産院から出たばかりのころだった。カーテンもカーテンレールさえもない窓から光が射し込むまったくの空っぽな白い部屋の真ん中で、春の白い眩しい日光に照らされた母親が、椅子に腰掛け、赤ん坊に乳をやっていたのを覚えている。私の頭はちょうど台所の流し台の高さになっていた。古くなった流し台は表面のエナメル加工がはげ落ち、アフリカ大陸の輪郭と砂漠や大河をそっくり描き出していた。

このマンション建築は仕上げの段階だった。ある建物の末端に接していた。その建物の銃眼と見張り櫓、それらがきりもなく続く眺めが私にはいつも怖かったが、それは後にキリコの作品に再発見したものだ。そうして製粉所（これも中世風の建築で暗鬱な緋色だった）に面したマンションの裏側には、錆びついた足場がまだかかっていた。マンションの後ろは敷地が下水工事のために掘りかえされ、その深さはところどころ二メートル以上あった。これが私たちの遊び場で、製粉所の敷地との境はコンクリートの壁だった。それは隠れ場所がいっぱいの、汚い、奇妙な新世界だった。そこを私たち五歳から十二歳のおよそ七、八人の男の子が毎朝水鉄砲で武装して占領し、捜索していたのだ。青色とピンクの水鉄砲は当時オボール☆2におったおもちゃ屋「赤頭巾」で、二レイで買った。そこは古いほうの、本物のオボールで、いつもシンナーの匂いがしていた。

グループには、腕力にもとづく厳格な上下関係があった。つまり誰が誰を倒せるかということだ。今でも何人かのメンバーを覚えている――ヴォヴァとパウルのスミルノフ兄弟（後に同じ名前のウォッカがあると聞いたとき、むかついたものだ！）、ミミとルンパ（苗字は知らない）、ルツァ、三号階段棟のダン、マルコニとその弟のキネーズ、ルチ、今から二年ほど前にケーキ屋の女店員と結婚したマリアン－マルツィアヌ－マルツァガヌ－ツァガヌ－ツァク、八階のジャン、お隣のサンドゥ、別の階段棟のニクショル。今思うとみんなそれぞれに面白いやつだった。パウルはタールの塊を食べ、ハチミツが出てくると言って蝶の腹を吸っていた。その兄のヴォヴァはおとなしく恥ずかしがり屋だったが、誰にでもタイタニック号のことを語り始めるというマニアだった。彼によると、タイタニック号はマンションを三つ重ねたよりも高く、プロペラが千あった。ミミはハリネズミを育て、外国製の煙草の箱を集めていたが、そのうちのいくつかは薄いプラスチックでできていた。彼は私たちの中で一番大きい子で、誰でもやっつけることができた。だから、少々ケチだったけれど、リーダーだった。ミミが強い一方で、その弟のルンパはひ弱そのもの――黒くて鼻水たれで泣き虫だった。すぐわあわあ泣き出すので「ハ長調シンフォニー」と呼ばれていた。四歳ぐらいだったろう。発達が遅れていたようで、やっと二、三の言葉をぼそぼそ口にしていた。ルチは、ミルチャの私がミルチョスと呼ばれていたように、実際はルチョスと呼ばれていたが、彼が私の一番の親友だった。彼が馬の話

☆1　ブカレスト都心の外側の環状道路の北の部分。
☆2　ブカレスト北部にある歴史的な大きな市場。現在は高層のショッピングセンターも建つ。

をするのを聞きながら、あちこち歩き回ったものだ。馬のことばかりだった。花が咲くカシミアの靴を蹄の上から履き、絹張りのアリーナを駆ける馬の話。ルツァにはどこか暗い感じがあった。実際、彼の兄は高校を卒業したその日に屋上に登り、そこからアスファルトへ身を投げた。私が自分の部屋で紙の塩入れ《ソルニツァ》を作っていたとき、宙をバタバタともがきながら窓の前を落ちていく大きな体が見えた。どすんという音を聞いた私は、窓から見た――ロシアのパベーダ車のそばのアスファルトの上に、制服の元高校生が横たわっていて、ゆっくりひろがる明るい紫色の陽気な染みを背景に、その高貴な横顔の輪郭が浮き出していた。

もちろん、グループにはそれほど目立たない者や、あるいは私が思い出せない他のメンバーもいた。そうだ、六号階段棟には、小児麻痺をわずらう男の子が住んでいた。彼の片足は、詩聖エミネスクの妹ハリエッタが着けていたような複雑な鉄製のブーツを履いていた。その子の祖母がマンションの裏に彼を連れ出し、私たちが「魔法使いごっこ」をして遊んでいる様子を眺めていたのだが、その子はまるでいないも同じだった。そういえば、「狂ったダン」を忘れるところだった。ミミは彼に奇妙なあだ名をつけていた。その言葉が一体どこから来たのか、それをミミの鈍い頭がどうやって思いついたのか、今になっても説明できないのだが――彼のことをメンデビル《いかれあたま》と言った。ダンはいつも屋上を囲む手すりに登り、九階の頂上から下の私たちに呼びかけ、落ちる身振りをして見せた。ほかの私たちは手すりに近寄ることさえできず、登るなんてもってのほかだった。

同じ年ごろの女の子たちは、もちろん、グループに入っていなかった。彼女たちは青と黄色と薄紫色のチョークや煉瓦まで使って、アスファルトにどこまでも続く景色を描いたり、お気に入りの「ハンカチ遊び」、「馬に乗った王子」、「口づけ」、「オディ・オディ・オダ」、「この世にない宝石」をして遊んだりしていた。せめて何人かの名前をあげよう。聾唖の両親の娘で、家族の中で唯一話すことができるヴィオリカだが、彼女は両親と手まねで通じていた。ダンの妹で、兄と同じく少しおかしいモナは、細い黄色い目を憎らしげに光らせる子だが、女の子たちの中でただ一人、私たちと一緒に「魔法使いごっこ」に参加できた。フィオルダリスはゾルゾンというギリシャ人の家族の娘だった。マリネラのことは、ジャンが「マリナ、マリナ、マリナ」という歌の文句を「ブロンド、ブロンド、ブロンドの子、櫓みたいに背高の子」と変えて歌っていた。最後に、私の夢に出てきたあのヨランダ。

彼らについてこれ以上書く気はない。これら色と香りのついた小さな雲たちはみんな絵画的《ピトレスク》というだけのことで、絵画的なお話で諸君を退屈させるわけにはいかない。私たち全員は背景に過ぎないのである。どこからかやって来て、私たちの中の何かを変えた子、少なくとも私たちの内に説明しがたい刻印を残した子、ひ弱なルンパも倒せないのに、それにもかかわらず一時期はミミまでも彼の言うことに聞き入り、従った、そんな一人の男の子のためのバックグラウンドなのだ。今まで並べたすべてのことは、これからの、言わば一つの物語の、ただの導入部だが、でも並べる意味はある。ルーマニア語教師の習慣で機会があるたびに繰り返すのだが、——どんな作文にも導入（とき、ところ、登場人物を提示する）、展開、完結が必要である。私の導入部は少々長かったが、それでもまだ展開部には入れない。「中心人物」のマンション到着以前の私たちの遊びをお話ししておかなくてはならない。

私たちのほとんどはマンションの裏の地域から出たことがなかった。そこには、パン工場「パイオニア」にくっついて、まるでそこからじかに生えたような、くたびれた栗の老樹が立っていた。幹の空洞にセメントが詰められ、蟻のはい回る樹皮に錆びついた大きな釘が一本、斜めに刺さっていた。その釘に足をかけて、サンドゥ、ルチ、私は樹に登った。そこでカポーティの『草の竪琴』に登場する老人たちと同じような開放感を味わっていた。上の方、枝分かれのところにも空洞があり、私たちはそこに足を突っ込んで腰掛けた。ちょうど夏の初めに、この洞穴が色彩豊かなプラスチックの中国製鉛筆削りで一杯なことがあり、私たちはそれを見て息を呑んだ。そこには、太い尾をくねらせたリス、白いウサギ、ロッキングチェアに腰掛ける馬、ディズニーの鹿、青い目をしたカエルといったありとあらゆる種類の穏やかな顔をした動物たちが五十四以上もいた。さらに、赤と緑のロケット、透き通ったピンクの樽、カメ、尻尾が動く首の長いキリンがいた。前の日の夕方には何もなかったし、みな朝からそこに来ていたのに不思議議だ。その後の日々も、私たちのほかには誰一人栗の樹の周りをうろついていなかった。というわけで、要するに、サボテンや竹が百年に一度花を咲かせるのと同じように鉛筆削りがそこで育ち、その木が素晴らしい花を咲かせたのだろうと私たちは考えた。家に持って帰った。ウサギや一番優しい顔をした雌鹿までもが、硬く、憐れみの一かけらもない鋼鉄の刃を足元に隠していた。

私たちは、栗の樹の上で、年寄りのインド人のように話し合っていた。ルチが馬についての話が進まなくなったとき、というのも彼は金糸やルビーだけでなく重厚な絹織物でも馬を飾り立ててしまい(彼は本当に田舎にそのような馬を持っていると言いだしていた)、もうそれ以上何もでっちあげることができなくなったときだが、それから数学者にはとてもなれないサンドゥが、数字のかわりにアルファベットで足し算、引き算、掛け算、割り算をする「サンジッ」の本を見つけたというばかげた話でみんなをうんざりさせてから、最後に私の番で、幽霊を見たと私は誓い、その後、話題は重大な問題に移った。コンクリートの壁に書かれていたり黒い下水管に刻まれていたりする非常に短いあの言葉は、大人がみんなあれをするというのは本当だろうか……。それなら、みんな大好きで今までおもしろがって歌っていた「ラララララ、パジャマのばあさん逃げる／ラララララ、じいさんそれを追いかける」などの歌は、いやらしい例のあれのことなのかな？　そうさ、とルチは言って、臆面もなくつけ加える。母さんと父さんもそれをやってるよ。それから空想を始めるのだった。「あれしなくてはならないとき、二人は病院みたいな場所に行った。そこで窓がなくて鍵穴を綿でふさいだ部屋をあてがわれた。部屋の真ん中には手術台のようなものがあって、そこに女があお向けに寝る。女の上にはハンモックが備え付けられていて、男がはしごを使って登り、うつぶせになる。そうするとハンモックが手術台に向かって下りていく仕掛けで、両親は、まさにミミのジョークのように、上下に重なる。すべてが終わるまでには何時間もかかり、その間女は本を読んでいたんだ。それから二人は家に帰った」

どうして知ってるんだ？　と私たちは彼を問いただし、その後まるで中世のスコラ学者のように、ああでもないこうでもないと論争するのだった。あの短い言葉のことは私たちもどうにか分かった。しかし、聞き手にほかの意味があると分からせる罵りの表現については、全然納得いかなかった。それに、あの言葉についてさえ私は半信半疑だった。自分の両親は、たとえ病院ででも、そのようなことをするには真面目すぎるように思われたのだ。

眠らなければならない長いつらい午後の間じゅう、私はこうしたことについて考えていた。黄金色の光がゆっくりと寝室を満たし、戸棚の磨かれた扉に反射して、静かに私の頬に落ちた。目を開けたままベッドで横になっていた私は、煌めきながら夏空を転がる気まぐれな素晴らしい雲を窓越しに見ていた。糊が利いて白いガラスのように硬い、でも紙のように軽いシーツから、ときどきそうっと起き上がって、つま先立ちで窓ぎわへ行った。雲の下、はるかに拡がるブカレストのパノラマはじっと動かず、手前には、瓦ぶきで、明かり取り窓、電灯、どっしりした樫の木の門のある古い民家がまばらに建ち並んでいた。その先には、たくさんの窓のある大きくて灰色をした建物と、ギャルス印刷機の広告の青い球体を上に載せた中心街のマンション、ヴィクトリア・デパート、左手には「火の見の塔」、シュテファン大公大通り沿いの弓なりに連なるマンション、そしてはるか彼方には巨大な煙突が亜麻糸のような煙を吐き出している火力発電所がそびえていた。これらすべての眺めは、ところどころ建物の間から薄緑、青緑、深緑色の梢を覗かせるポプラやシデの樹の落ち着きのない青葉のフィルター越しだった。私は少しも眠くなかった。床の軋《きし》む音が微かに聞こえたので、急いでベッドに戻った。寝癖防止にナイロン靴下をかぶった父が私の様子を見に来たのが分かったから。

私たちの遊びは時に残酷で野蛮なことがあった。眠っている猫の胸に石で釘を打ち込むルツァの姿が今でも目に浮かぶ。釘はあばら骨の間に入り、心臓に達したのであろう。一瞬体が硬直したかと思うと、後ろ足を何回か震わせ、痙攣的に縮め、その後まったく動かなくなった。猫には生命が十あると聞いていたのに。それからみんなが弓の矢の先端をその猫の血で染め、空へ向けて放った。ミミの矢はマンションの高さまで飛んでいった。別の日に私はサンドゥと二人でスズメの雛を見つけた。雛といってもかなり大きくて、産毛もほぼ生えそろっていた。それを下水溝の中で追いかけ回してつかまえた。それから、その雛でお医者さんごっこをした。この遊びは何時間も続き、アルコールやアーモンドの果汁やおしっこなど、ありとあらゆる変な液体をその喉に流し入れた。とうとうぴくりとも動かなくなると、それをプラスチックの粗末なラケットで打つテニスを始めた。それからまだ生きているのを薬用酒の箱に入れて埋め、土をかけて踏みならした。

私たちには何でもないことだった。一日じゅう、下水溝の迷路を駆けずりまわっていた。適当な場所から、タールの塗られた管や巨大な蛇口をまたいで、そこへ下りて行くと、例の臭いが、土とミミズとイモムシとタールと塗ったばかりのパテのあの臭いが鼻と血液の中へ染み込んで来た。気がおかしくなりそう。水鉄砲で武装した私たちは、家具倉庫から拾ってきたボール紙で作った仮面をつけた。できるだけ恐怖をかきたてるように家で仮面に色を塗った。その顔は牙をむき、目をむき、鼻を膨らませていた。時間が経つにしたがって暗くなっていく空の一片だけを頭上に仰ぎながら、下水道を駆け回った。敵に牙を向けて鼻と鼻をぶつけ合い、吠え、猛突進し、お互いに引っ掻き合い、ランニングシャツやプリント地のTシャツを引きちぎった。「魔法使いごっこ」と私たちが呼んだこのゲームを一体誰が発明したのか知らないが、何年も飽きずに、いや、八年生になってもまだ遊んでいた。それは「警官と泥棒」、「鷹と鳩」、「鬼ごっこ」といったもっとおとなしい遊びの組み合わせだった。スタートの魔法使いは一人だけで、順番に選ばれた。魔法使いだけがお面をつけ、さらに削った棒切れを持っていた。魔法使いは壁に向かって数を数え終わると、下水溝の中を駆け回って獲物を捜す。標的は、地上へ出ることはできるけれど、マンションの階段に隠れたり、製粉所の塀を越えたりしてはならない。魔法使いはひどい臭いの溝の中で獲物を狩り、うまく誰かに棒で触れたら、恐ろしい叫びを上げる。犠牲者は金縛りにあったかのようにそこでじっとしていなくてはならなかった。魔法使いはその手をつかんで巣まで引きずって行く。そこであらかじめ決められた回数の「げんこつ」を獲物の頭にくらわせる。この洗礼を受けて獲物もまた魔法使いになるのだった。自分もお面をつけ、狩りを続けた。製粉所の巨大な塔の上のまだ青い空に一番星が瞬く黄昏どきになると、もう生き残りはたいがい一人だけで、それがついに狩り出されるときには、魔法使いの大群がまがまがしい叫びを上げるのだ。マンションの住人たちはこの瞬間が来るのが怖くてバルコニーから私たちにジャガイモやニンジンを投げつけるし、女の清掃係は箒を持って出てくるのだが、それも無駄だった。魔法使いたちは、最後の獲物を捕まえるまで、狩りを止める気はなかったからだ。捕まった子はいよいよ恐ろしい遊びになるので震え上がる。夜に仮面をつけた魔法使いと、ましてやその大群と目を合わせようものなら鳥肌が立った。最後に残った獲物はそこから一番近いマンションの階段に連れ込まれ、そこで魔法使いたちは、怒ったお母さんたちがやって来て、みんなを家に連れて帰るまで、こぞって犠牲者をおどかし、呑み込む真似をしているのだった。

「魔法使いごっこ」をする気分になれず、かといって女の子たちが家に逃げて行く叫び声を聞くためだけに、彼女たちがアスファルトに描いた青い家、黄色の木、緑のお母さんなどを運動靴の薄くなった底で消してやる気にもならないようなとき、私たちは集まって、まだちゃんと取り付けてない縁石に座って、お喋りや、映画の頭字合わせを始めるのだった。ツァガヌが製粉所の庭の逃走劇をみんなに話している様子が思い出される。

「ぼくはどくろ小屋の塀を跳び越えたんだ。水車のそばまで行った。従業員に見られた。他の奴らもやって来た。だからぼくは逃げ出した。連中は石を投げつけてきた。それをよけた。石がなくなると、奴らはピストルを取り出した。ぼくには当たらなかった。機関銃で撃ってきた。上に撃てばしゃがんでよけて、足を狙われたら跳び上がった。あいつらは大砲を持ってきた。でもぼくはもっと遠くに逃げた。戦車で来たけれど、ぼくは逃げた。飛行機を飛ばして爆弾を落としたけど、ぼくは塀にたどり着いて、こっちへ、この門の方へ跳び越えた」

ツァガヌがひどく真面目な顔で語ったので、みんなほとんど本気にした。せいぜいときどきおずおずと「いくらなんでも」という声が聞こえる程度だった。映画頭字合わせゲームをするときは、あらかじめそれぞれのアルファベットで始まる映画が分かっていた。Aから始まる映画の場合、もし『あいつが泥棒だったとき』がすでに言われていたら『あなた――私の好きだった人』と言う。三番目のAは『アガサ、殺人なんかほっとけ』でなければならない。Bでは最初の映画はいつも『バベット戦争へ行く』だった。誰かが何を言えばいいのか分からなくなったとき、他の者がうそをささやく。「『鉄の帆船』って言いなよ」。そして彼が『鉄の帆船』と言ったところで、みんなは馬鹿にする。「そんな映画ないよ」

ある日のこと、マンションの三号階段棟の二階に母親と一人の男の子が越してきた。私はちょうど七歳になったところで、秋から小学校へ入学することになっていた（だがヴァヴァ・スミルノフはもう三年生で、ミミは四年生を留年していた）。新しい男の子の年は私と同じくらいに見えたが、初めは気にもとめなかった。ところが母親の方は素敵で、一日じゅう洗濯し掃除に明け暮れる私たちの母親とはまったく違っていた。とても「長い」女性で、顔の輪郭が青空に消えそうでやっと見えるくらいだった。長く、細く、夢遊病者さながらに階段通路に置かれた家具の間を動き、麻のベルトをあちこち引っ張り回す運搬人たちにあれやこれやの指示を与えていた。彼女が紫以外の色をまとっているのを見たことはなかった。家の中でも、赤いサテンのガウンを着ていた。髪は漆黒で、顔はいつもピンクの螺鈿を薄くまじえた青い影に染まっているように見えた。少年は花模様の古い肘掛け椅子につまらなそうに座っていて、大きな椅子が彼をよけい痩せっぽちに見せていた。本当に痩せてデリケートで、目はしっかりと、注意深く、沈んでいた。私たちはちょっといつもの下水溝から出て彼に近づいた。そして、このマンションに引っ越してくるのか、あの滅法背の高い女は彼の母親なのかとたずねた。ところで親父さんはどこにいるんだ？　「父さんは指物師さ」と、彼はそれが質問の答えであるかのように言った。私たちをじいっと見つめて、質問に短く答えるだけなので、結局彼にかまうのはやめた。自分の名前も言ったのだけれども、ほとんどその場で忘れてしまった。イオンとか、ヴァシレとか、ごくありふれた名前。私たちは悪魔さながらいつもの溝にもぐり、「魔法使いごっこ」を初めからやり直した。

それから後の日々、その男の子は私たちの間に姿を見せる。彼はとても清潔だった。黄色でだぶだぶな長いズボン吊りのロンパースをはいていた。一言も口を利かなかった。私たちは下水溝で一緒に遊ぼうと誘ったが、入ろうとしなかった。上から私たちを眺めているだけだ。見物人がいると、私たちは遊びに熱が入らなくなった。少年は同じ調子で女の子たちのことも眺めていたが、これは私たちにとって軽蔑ものだった。それどころか彼はモナから（よりによって、あのモナから！）紫色のチョークを借りようとした。そこで少し足りないモナはベージュのズボンをはいたお尻を向けて手のひらでペシッと叩いた。「これが欲しいの？」男の子は無表情に彼女を一瞥すると、離れて行った。ほぼ一週間というもの、毎日彼が小児麻痺の子どもと話しているのを見かけた。彼は家から持ってきたチョークで地面に絵を描いたり、今なら「儀式的」とでも言いたい身振り手振りを駆使して、さまざまなことを説明していた。ときどき透き通った蜘蛛の網が彼から出ているかのようだった。またあるときは謎めいた笑みを浮かべながら空を指差していた。紫色の霧に包まれた夕暮がいつかコーヒー色へと変わるころ、一人の男の子が着けた整形外科装置の金属の反射と、もう一人の男の子の不思議なジェスチャーが、下水道からボール紙のお面に隠れて覗いていた私たちの目にとっては、異様な謎めいた空気を醸し出していた。二人はいつも私たちより先に家路に着き、青いアスファルトには歪んだ円やその他の図形が残っていた。私たちはそれらを腹立ち紛れに踏み消したものだ。

私たちは、その男の子が「いきがっている」、えらぶっているんだ、という結論に至った。あらかじめ計画を立てたのか、その場の成り行きだったのかもう覚えてはいないけれど、とにかくわれわれの前でしかるべき態度をとらせようと決めた。友達になるなら、結構。そうでなければ、なお結構。というのも、私たちは本物の敵が必要だと感じていたから。少し前にもちょっと大胆なまねを試みたが、そのときはひどい失敗に終わった。全員がマンションの裏に集まって、テレビの梱包のダンボールを燃やした黄色いサフラン色の明かりの中で、家具倉庫からとってきた長い板で武装したのだ。ひっそりと声を殺して、サーカス小路の右側にある、一階が花屋のマンションの子どもたちを襲撃しに出発した。足を使うテニスや縞模様のボールを壁にぶつけて遊んでいた子どもたちの後ろから、仮面をかぶった私たちは雄叫びを上げて襲いかかった。女の子たちはガラスをひっかくような甲高い叫び声を上げてマンションの階段へ駆け込んだ。たった一人捕虜になった、ルンパと同じくらいの小さな男の子に、「狂ったダン」とパウルがミミズを飲み込ませようとしているところへ、ランニングシャツの父親たちが三人、マンションから出てきた。その毛むくじゃらの腕と胸が見えると、私たちはひとたまりもなく散り散りになった。新入りには父親がいない（もしくは今まで姿を見せなかった）から、彼こそ敵としてちょうどいいと思った。というわけで、ある朝私たちは、カエサルを襲った元老院議員たちのように念を入れて彼を取り囲み、ひっ捕まえ、下水道の網の目の方へ引きずった。彼に「魔法使いごっこ」をしかけたかったのだ。男の子は踵を踏ん張り、凄い勢いでもがいた。近くから見た彼の顔は、今までに見たどんな子どもの顔ともまるで違っていた。髪の毛は栗色で軽く巻いていた。金色の光がカールの曲がり目に当たってあらゆる方向に反射していた。上部の髪は赤味がかった蜘蛛の巣状にふわりと盛り上がっていた。額にかかる巻き毛の下で、細い眉が、半眼に閉じた二つの目の大きな楕円形の上部を弓なりに囲んでいた。まつ毛のない、黒く縁どられたまぶたの間に、虹彩の紫の円盤が半分見えていた。眼窩は、頰のほのかな銅色より暗く見える。鼻は細長いが格好よく、対称的に形作られた鼻孔の下の溝は真っ直ぐで、そして異様に深く刻まれていた。唇はいつも固く一文字に結ばれ、歯を見せることはほとんどなかった。しかし濡れた口にときどき笑みを浮かべて、狡猾さと皮肉と単なる優しさが混じったものを表現しているのだった。けれども今、彼を下水溝に運んでいくときは、極度の集中の表情を示していた。見ているだけでこちらが疲れてしまうほどだ。私は彼の左手をつかんでいたのだが、下水溝の口に着いたとき、突然、彼のもがき方が途方もない強さになるのを感じた。彼の小さい胸がシャツから飛び出さんばかりに大きく膨らみ始め、そしてとてつもない力が彼の肩を緊張させていることに吃驚するあまり、私たちは彼の体から手を離して遠巻きにした。その子は一瞬立ったまま全身を震わせ、まるで背骨が折れそうなほど曲げたかと思うと、大きく呻きながらゆっくりと地に倒れ込んだ。呻きながら、大粒の涙を流し泣いていた。私たち全員は三号階段棟へ逃げ込み、テラスに登り、こわごわ見下ろすと、赤いひだとフリルでいっぱいの服を着た母親がマンションの通路から走り出てきた。彼女は子どもを抱き上げると、そのまま走って通路に消えた。

家に帰り昼食を食べた後、また、いつものように昼寝の拷問を課されたが、それは眠りなんかではなかった。夏の乾いた暑さのなか、大嫌いなベッドの上で、じっとしていなければならない二時間がいつ終わるのか、時計がないので見当もつかないのがまことに辛かった。窓の外では青く輝く雲が、ポプラの箒に掃かれて、とめどなくうねっていた。午後、私がまたマンションの裏に下りて行くと、グループ全員が集まっていた。男の子たちは口をあんぐりと開け、どうやら何かとんでもないものを見上げているらしいが、建物の角が邪魔になって私には見えなかった。「おーいミルチャ、こっちに来いよ」誰かが私に声をかけた。「メンデビル二号を見てみなよ。あいつ、メンデビルよりもっとイカレてるぜ」みんなより年上で、ちょっとやそっとのことでは驚かないミミやヴォヴァまでもが目の前のできごとにすっかり心を奪われているようだ。浅黒く眉毛のないルツァも彼らの横に来ていた。貴族のような服を着てジョン・レノン風の眼鏡をかけた太っちょのニクショールもまた、信じられないのと近眼で見えづらいのとにいらいらして、首を伸ばしていた。そこへ近づいたとき、私は凍りついた。

真っ赤な壁のドゥンボヴィッツァ製粉所のそば、コンクリートの塀の向こうに、「パイオニア」パン工場があった。古い工場で、ジグザグの屋根、円い窓があり、小麦粉で白くなったおかしな管が窓に向かって伸びていた。ルンパはその塀の上に一日じゅうしゃがんでいたものだ。というのも、そこの従業員たちが彼を新聞やら煙草やらを買いに行かせるから。お駄賃として、彼はよく焼けた三つ編みロールパンや熱々の丸パンをもらっていた。このロマの子どもは、ところどころ歯が抜けた口の中でそれをまる一時間も頬張っているのだった。パン工場にはレンガ造りの赤く太い煙突がそびえ立っていた。それは私たちのマンションよりも高く、アカシアの楕円形の葉をかき分けるように雲に向かってそびえていた。私はこの煙突を近くで見るのは初めてだったが、非常用梯子が下から頂上まで、羽根ペンで描かれたようについているのが見分けられた。その梯子は、ちょうど気管のようにリングで保護されていた。煙突の四分の三ほどのところ、つまりマンションのおよそ七階の高さに、あの日の午後、私たちは一点の黄色の染みを見たのだ。それは新入りのあの子のロンパースで、ゆっくり、そして注意深く、煙突の先端へ向かって登っていた。花模様の半袖シャツを着た体は、レンガの煙突の幅の四分の一にもならない。騒ぎを聞きつけた住人たちがみな、漬物を保存してあるバルコニーへ出て、彼に向かってそこから下りろと叫んだ。でもメンデビル（結局みんなが彼をそう呼ぶことになり、ダンのあだ名は元の「狂ったダン」だけになった）は、一段一段煙突の先端めざして登っていく。頂点にたどり着くと、その子は煙突の口に手をかけて、何秒かの間うずくまっていた。バルコニーから見ていた女たちの驚愕の叫びはますます大きくなり、作業服を着た二人の作業員が工場の庭を横切り煙突の下に向かって走って行った。まるで見ている者を挑発するかのように、メンデビルはそろりそろりと起き上がった。あの目も眩む高さで、一本の釘のように真っ直ぐに立ちつくした。上を見つめたまま、片手を地面のほうへ、おそらく私たちに向けて振った。それから金属の踏み板を下り始め、非常用梯子を囲むすべての輪を通り抜けて、ついにアカシアの葉陰に姿を消した。まもなく、私たちがコンクリート塀へ急いで、ひし形の穴から覗いていると、彼が走って来るのが見えた。彼は苦労して塀によじ登り、ちょうど私たちの間に飛び下りた。頬骨のところだけが赤く、顔の残りは黄色かった。彼はミミだけを見て、言った。「『魔法使いごっこ』は好きじゃない」

親愛なる日曜作家諸君、私はこの物語を諸君のために何日もかけ苦労して書いてきたのだけれど、おそらく、諸君のうち何人かは、もうすっかり読む気をなくしたろう。そして諸君は多分、単なる思いつきかあるいは何か高貴な理由から自分を犠牲にする英雄的な子どもという、もう掘り尽くされた鉱脈に私が入り込んだとお思いであろう。私の知るところでは、メンデビルにたしかにその種の子どもの原型の何かがあった。とはいっても、いずれお分かりになると思うが、彼は（キリッツァの）『冒険少年団チレシャール』とか（モルナールの）『パール街の少年たち』といった少年たちとは根本的に違っていた。今ありありと思い出される彼の行動と言葉は、二十年以上も私の潜在意識の多彩な霧の中に沈んでいたにしては不思議なほど明瞭だが、それには全然子どもっぽくはなく、むしろ素晴らしく魅力的な幻想物語のようで、当時の私たちは、次第次第にその網に捕らわれていった。ここに付け加えておくが、私は昨夜の夢で彼の顔をはっきりと見たので、おかげで数ページ前のあの小さいがかなり正確なポートレートを描くことができた。メンデビルは私の夢に見たとおりだったろうか、と自分に問うてみる。私は、いずれにせよ、マスカラをつけたように黒い皮膚で縁取られた目と、毅然としていて同時に愛らしい、一筋縄ではいかない彼の顔が私の頭に取り憑いている。

次の日からもう、私たちはメンデビルの魅惑の虜だった。午前中は一度も下水溝に下りず、土の匂いで郷愁に駆られながらも、私たちはその男の子を囲んで彼のお話に耳を傾けた。今は分かるけれど、彼は私たちに「円卓の騎士」伝説を話していたのだ。そこにはシャルルマーニュとアーサー王、野蛮な異教徒と、ある名前のついた剣が出てきた。その次に彼は「虎皮を着た勇者」を話し始めたが、途中で中断して、この場所は歴史の話にふさわしくない、とつぶやいた。汚い下水溝、土の山、溶接剤でつながれたパイプでは話に集中できないと言った。微笑んで「もっといい場所を知っているよ」と言い、私たちをそこへ連れて行った。その場所が一号階段棟裏だった。

私たちのマンションとほとんどくっついたある研究施設の建物との間に、狭くて暗い抜け道があり、一号階段棟へ通じている。自分が引っ越してきてからそのときまで二ヶ月の間、その薄気味悪い通路を探検する好奇心は湧かなかった。メンデビルの後について、壁にこすられ漆喰にまみれながら、二十メートルほどの通路を一列になって通り抜けると、三方をマンションと研究所に囲まれた空間に出た。残りの一面は製粉所のコンクリート塀で、開いた穴からアカシアの枝と葉が出ていた。そこは小さな中庭で、アスファルトが敷かれており、マンションの裏に比べて遥かに清潔だった。一方には一号階段のガラスドアがあった。かたやもう一方の研究所側には長い石段があり、それは石製の手すりが取り付けられた小さな足場で終わっていて、そこに煉瓦で塞がれた扉があった。この石の階段を私たちは「橋」と呼んだ。立方体のコンクリートが壁に接していて、その端が金属製のやや凹みのある鉢のようなものになっていた。何のためにそこにあったのか、まったく分からなかったけれど、私たちはそれを「玉座」と名づけた。最後に、一号階段棟の三つ目の「異常なもの」は、曲がったパイプの付いた巨大な変圧器で、その正面のコンクリートは、メンデビルが書いた色とりどりの大きな文字でいっぱいだったことだけ覚えている。この変圧器は壊れていたのだと思う、いつまでも長い間そこに放置されていたから。

およそ一ヶ月の間、そこが私たちの遊び場だった。私たちの頭の中はメンデビルの話でいっぱいで、毎日、その続きを聞くのを待ちわびる。彼が話を続ける気のないときは、足で蹴るテニスをしたり、冗談を言い合ったり、サッカーのことをしゃべったりした。彼はそういう話題にはあまり加わらず、私たちも彼の態度が当たり前だと思っていた。まもなく私たちは、みんなのほとんどより小さなこの少年が、それまで思いもしなかったような点で、私たちを遥かに超えていることに気がついた。家ではめいめいが「メンデビルがこうした」、「今日メンデビルがこうだった」という具合に親たちをうんざりさせていた……。そんなふうにわれわれを魅了していたメンデビルであったが、そのうちに、コンクリートと金属でできた玉座に座っているとき、話の合間に、まるで夢でも見ているように、騎士や剣以外のことを語り始めることがあった。ときどき話を中断し、反論を許さない確信に満ちた厳しい口調に変わって、私たちにはいくら頑張っても理解できない文句を口にするのだった。

ようやく話がここへたどり着いた。当時理解することができず、聞いてすぐに忘れてしまったと思っていた言葉を、どうして今になって思い出すことができたのか、考えると少々身震いが出る。彼の奇妙な「理論」のうちのいくつかは、両親が話すことやラジオの科学教育番組の『風のバラ』やテレビの『テレンサイクロペディア』などで聞いていたことと矛盾していた。けれどもメンデビルは、どうやってか、彼の存在そのものと声や身振りを通じて、話に豊かな意味と魅力を与えており、それでなくても、彼の言うことそのものに何か別世界から来る趣があった。あのころ彼が語ってくれたことに、その精神において比べられるのは、かつて私が読んだもののうちの、一つの断片だけだ。それはプラトンの『パイドン』にある幸福な者たちの領域についての記述だ。せめて諸君にもイメージが湧くように、私が思い出せるかぎり、炎のように赤い夕方または青い朝に、壁が黄色に輝く一号階段棟でメンデビルが唱えた理論を、少しここに箇条書きで書き出してみよう。

一、ぼくの頭の中、頭のてっぺんのすぐ下のところに、ぼくにそっくりの子どもがいるんだ――そいつはぼくと同じ顔で、同じ服を着ている。そいつがすることをぼくもする。そいつが何かを食べているとき、ぼくも食べる。そいつが眠って夢を見るとき、ぼくも眠って、まったく同じ夢を見るんだ。そいつが右手を動かすと、ぼくも自分の右手を動かす。そいつはぼくの人形遣いだからね。だけど、天空のドームは、ぼくにそっくりの、ものすごく大きな子どもの頭のてっぺんの内側でしかないんだ——そいつも、ぼくと同じ顔で、同じ服を着ている。ぼくがすることを、あれもしている。ぼくが食べるとき、あいつも食べる。ぼくが眠って夢を見るとき、あいつも眠っていて、同じ夢を見ている。ぼくが右手を動かすだけで、あいつも右手を動かす。というのも、ぼくはあいつの人形遣いだからね。

周りの世界は、ぼくにとってもあいつにとっても同じなのだ。ぼくの人形遣いにも、ぼくの人形にも、一人ずつ、ルツァとルンパとミミと君たちみんながいる。君たちと同じの、別のほうの君たちにもね。そこに落ちているビールの王冠も、ぼくの人形遣いの小さな小さな世界にもあるし、ぼくの人形の大きな大きな世界にだってあるのだ。全部が全部、同じだからね。

でも、ぼくの人形遣いの中に、そいつの頭のてっぺんの内側に、ぼくにそっくりの別の人形遣いがいる。そして、そいつの中にはまた別のもっと小さなそいつ、全部そんな感じだよ、どこまでもきりがない。そしてぼくの人形は、もっとずっと大きな人形を操っている。その大きな人形の頭の中にも他の人形がいて、また別の人形を操っている。全部が全部そうやってきりがない。そいつらの世界はぼくらの世界と同じなのだ。

ぼく自身は自分がこのつながりのどこにいるのか知らない。ぼくが君たちにこのことを話しているこの瞬間、無限に続く人形と人形遣いの一団が、無限に続く子どもたちの一団に、それぞれの世界で、同じ言葉を使って話しているのだ。

二、地球は考えも意志もある一つの動物なのだ。でもあいつは、ぼくたちより、あいつにくっついている者たちよりも、ずっと大きな意志を持っている。でも鳥や蝶々はもっと強い意志を持っていて、だから飛ぶことができる。ぼくたち自身も意志を集中させれば空気みたいに軽くなる（メンデビルは、この理論を私たちに実践で証明して見せた。一号階段棟の踊り場でうずくまり、両腕で膝を抱え、頭を後ろへそらした。まぶたをぎゅっと閉じ、すごい力で体を緊張させたので、私たちは驚いた。その数秒間、彼の顔にはまったく人間らしいところがなかった。歯を食いしばって震え、頬は、青い静脈が筋を引く袋のように、文字どおり血潮で膨らんだ。およそ一分後、マルツァガヌとヴォヴァが彼の両脇に立ち、それぞれの一本の指で彼を天井まで持ち上げた。それから十五分ほどの間、私たちは風船のように軽くなった胎児の姿勢の生きたボールをあちこちに吹き飛ばして遊んだのだ)。

三、女は決して男と一緒にならない。女たちはお腹に一つの細胞を持っていて、年頃になると産もうとする。そこで出産の段々が始まる。それはこうなる。細胞からノミが一匹出る。そのノミから一匹のカブトムシ。カブトムシからカエル。カエルからネズミ。ネズミからハリネズミ。ハリネズミからウサギ。ウサギからネコ。ネコからイヌ。イヌからサル。サルからヒト。女はどの段階でも止めることができる。カエルを産む女もいれば、ネコを産む女もいる。でも、ほとんどの女は子どもを欲しがる。女たちはヒトの子どもより、もっとずっと素晴らしい生き物を産むこともできる。なぜって、出産の道のりはヒトで終わりではないからね（そしてメンデビルは「ぼくはそういう生き物を見た」と締めくくる）。

四、人間といっても、全部同じではないんだ。世の中には四種類の人間がいる――生まれていない人間、生きている人間、死んだ人間、そして、生まれなかったし、生きてもいない、死にもしなかった人間だ。それが、空の星々だ（最後のこの非常に短い言葉は、彼の転落の前の最後の言葉の中で言われたものだ。今でも目の前にあの場面がありありと見える。夕方の九時ごろ、バルコニーから親たちが私たちを呼ぶ声がそろそろ聞こえそうなころだったと思う。夜の影の中にお互いの目の輝きがやっと見えていた。製粉所の上の空は藍色だった。遥かに遠く小さな赤い星が一つ瞬いていた。それはスクンテイ・ビルの尖塔のライトだった。メンデビルは何かを予感していたようだ。なぜならば、突然手を挙げて、製粉所の煙突の上の星をちりばめた空の一角へ向けて人差し指を伸ばしたあのときほどの、あれほどの苦悩と憧れと郷愁が彼の声にこもっていたことはなかったから)。

五、(次の言葉をメンデビルが言ったのは、パレードで振る紙製の三色旗や赤旗を数本持って下りてきたパウルとニクショールの口論を聞いた後だ。「父さんがデモで旗を十本持ってきてくれたんだ」とパウルが言った。「ぼくには五十本持ってきてくれたよ」とニクショールが言った。「いや、父さんは五百本くれたんだ」とパウル。「ぼくには百万本だった」とニクショール。するとまたパウルが「父さんはパレードの旗を一億本持って帰ったよ」と言う。「でもぼくには一兆本くれたんだから」とニクショール。「ぼくには一京《けい》本の旗をくれた」とパウル。ついにニクショールは「いや、ぼくには無限本の旗を持ってきた」と言った。「ぼくにだって百万無限本の旗をくれたよ」とパウル。「そんなの、ない。一番大きな数は無限だって父さんが言ってた。それより大きな数なんてないよ」という論議。)

いや、無限は一つきりじゃない。無限の数の無限があるんだ。この十センチの線の上に、無限の点がある。でもこっちの一メートルの線には、もっとたくさんの無限の点があるはずだ。一つの無限を「牡牛」と呼ぶことにしよう。なぜなら、今ぼくは牡牛が刺繡された巾着を首にかけていて、この中には無限の、つまりぼくたちの世界のような世界がたくさん集まった宇宙があるって想像しているから。でも、無限の点からできているこの巾着って何だ？　それは小さい無限でしかない。そしてこのマンションはぼくより大きな無限だ。世界じゅうにあるのは、より大きな無限とより小さな無限だけだ。椅子は一つの無限、カーネーションの花は一つの無限、このチョークは一つの無限。たくさんの無限が押し合いへし合い、お互いに食い合っている。ところが、ほかのすべての無限を包み込む一つの無限がある。ぼくはそれを一つのきりのない牡牛の群れとして想像する。

六、人は死んだ後、すごく長く登り続ける坂道を歩く。歩いて、歩いて、ゆっくりとだんだん顔が変わってくる。鼻と耳が、貝の足みたいに顔の肉の中に引っ込んでいく。指は手の肉の中に引っ込み、手は肩に吸い込まれる。同じように、足は腰の中に引っ込み、もう歩かず、赤い煉瓦の壁に沿って浮かんで、そこに引き延ばしたディスクみたいな影を落とす。あんまり真ん丸なので、透明になって、周りじゅうが一度に見えるようになる。生きているうちは、郵便受けの隙間から見ているようなものだけど、死んでからは周りじゅうが全身の皮膚で見える。浮かびながら、ますます近づく煉瓦の壁、でも肉のように赤い煉瓦でできている壁を見ながら、一つの丸い場所に着く。そこには真ん中に細胞が一個ある。そこは一人のお母さんのお腹の中なのだ。細胞の中に入って、誕生の過程がすすむに従って、すべての生き物の目を通してものを見る。ノミの目、黄金虫の目、カエルの目、ネズミの目、ハリネズミの目、ウサギの目、ネコの目、イヌの目、サルの目、ヒトの目。そうしてちょっと運がよければヒトの後に続く素晴らしい生き物の目を通して見ることになる。一人の死人がぼくの目を通してみんなを見つめる。

七、(実のところ七番目は「理論」ではなく、メンデビルによって大文字で書かれた数行の文句である。それは、中庭の角にあった変圧器のやや後ろに傾斜したコンクリートの平らな面にさまざまな色のチョークで書かれていた。おそらく、それを書くためにメンデビルは朝早く起きてそれを書いたのだ、私たちはそれを見てびっくりしたから。それは彼がマンションに引っ越してきてから三週間ほどたった真夏のある日のことだった。彼はこの大仕事について何も言わなかった。みんなが確かにその数行を読み終わったと見てから、例の金属製玉座に登り、前の日の夕方中断した話を続けた。「アジアの諸民族の物語」が始まっていたのだ。)

ルンパヲカラカワナイ
ドウブツニワルサヲシナイ
オンナノコヲイジメナイ
マホウツカイゴッコヲシナイ
フクヲヨゴサナイ
キタナイコトバヲツカワナイ
ウソヲツカナイ
トモダチノツゲグチヲシナイ
イイアラソイヲシナイ
ナグリアワナイ

(見た瞬間から、これらの言葉をちゃんと頭に入れておかなくてはならないと感じた。それどころか、これに背かせない何かが、私たち自身の中にあったのだ。二、三週間というもの、誰ひとり、禁止条項の一つでもやってみようと思いつくことさえなかった。)

もう他のこのような「理論」(他に名付けようがないので、とりあえずこう言っておく)は覚えていないが、ほとんどは上のような精神のうちにあった。それらはメンデビルの本質中の本質だったから、私たちを魅了した。彼が話すのを聞かなくてはならなかった、特に身振りを見なくてはならなかった、あの宵ごとの魅惑と恐れと憂鬱とを感じなくてはならなかった。コーヒー色から灰色へ、製粉所の緋色へ、そうしてアカシアの葉の緑色がかった黒へと移り変わるくすんだ色の奇妙な映画を見ているようだった。いわんや、アラビア人とカラベル船か何かの話の途中で口をつぐみ、私たちをフィクションの険しい香りに包んだまま、啓示を待たせることもあった……。

こうして、私たちはメンデビルの周りに集まって夏のまる一ヶ月を過ごしたのだった。何をするにしても必ず彼に意見を求めた。他方で親たちは、しばらく前から私たちのランニングシャツやプリント柄のTシャツがなんときれいなことと驚いていたものの、メンデビルへの依存ぶりが日ごとに隷従に近くなるのをいい目で見てはいなかった。「ねえ、あの子はあなたたちに何をしているの、みんなおかしくされたのじゃない？」でも私たちはメンデビルの話す「虎皮の勇者」、「ルスランとリュドミラ」、「トリスタン」などの英雄のほかは何にも興味がなくなった。女の子たちも、石の橋だの青い足をした緑色の女だのオレンジ色の家などの絵を放り出して、コンクリートと鉄の玉座の周りに集まった。物語が悲しく終わると、彼女たちはすすり泣きを始めるのだった。あのモナももうメンデビルにお尻を向けることはなく、それどころか細い黄色い彼女の目は、他の誰を見るよりも、もっと好意的に彼を見ていた。彼ともっとも親しくしていた子はヨランダで、二人で話し合っているところをよく見かけた。彼女はものすごく大きなリボンで髪を二つに結わえていて、誰に対しても、人形にも猫にも「かわいい子」と呼びかける。彼女が二本の木にかかる巣の真ん中でじっとしている巨大な蜘蛛に、スグリの実を投げつけて遊んでいたことがある。赤い実を当てようとしていたのだが、爪と足がついたその黒い塊が巣の端へ逃げたとき、彼女は言った。「ちょっと待ってよ、ねえかわいい子、どこへ行くの」。メンデビルはたまに女の子たちと話していて、決して控えめな一線を越えることはなかったが、当時彼女たちとまったく話すことがなかった私たちからすると、それでもたいへんなことだった。もちろん、私たちはあいかわらずサッカーもしたし、チェス盤や、ボタンを使ったサッカーボードを持って来たりもした。けれどもそれはもう興味の中心にはならなかったが、そんなときメンデビルは小児麻痺の男の子を探して、長い間話し合っていた。

最近、今から五、六ヶ月前の二月のことだが、その日は授業のない研究日だったから、私は街を一回りした。ちょうどサドヴェアヌ書店を出て、チクロープ駐車ビルのそばを歩いていたときのことだ。突然、体内に紫の火花が走った。それは何かノスタルジックな、耐えきれないような興奮だった。コールタールの匂いのするチクロープの入り口の右側にある小さなショーケースにちらりと目を向けたところだった。あらゆる種類のライターとプラスチックの武器類が並んでいた。その圧倒的な興奮を触発したのはそこに見えた一つの平凡な使い捨てライターだった。だがこのライターの色が、まるでプルーストのマドレーヌ菓子のように、この物語の時期の一つの記憶を力強くよみがえらせたのだ。ライターは紫がかった風変わりなピンク色で、コーティングの薄いプラスチックのために、軟らかく肉感的に波打ち、黄色いポツポツができていた。まさに同じ色をしていたのが、ちょうどあの年の夏、シュテファン大公大通りのマンションに住んだ二十一年間の最初の年の夏に、五十バーニで買った腕時計だった。

マンションの一号階段棟からほかの部分へつながる通路を、赤いチェックのシャツを着た人が通り抜けるのを見たあの昼のことが、何とありあり思い出されることか！　彼は二つの建物の間をミミズのようにするすると抜けて、もう少しでガスメーターにはりつきそうだった。やっと出てきたときは、きつい山道を登った後のようにはあはあ息を切らしながら、肘に付いた漆喰を払っていた。男は私たちを呼び集めて、ポケットの中から何やら取り出し始めた。ここでどんなに努力しても、彼の顔を説明できそうもない。ただの白い風船しか目に浮かばない。けれども彼が拡げた手のひらにあった品物については非常に細かな部分まで覚えている。セロハンに包まれた黄色とクリーム色のチューインガム、それぞれの小さな包みの中に浮き彫りの絵のおまけ、金の文字盤と色とりどりのプラスチック製ベルトでできた腕時計。二枚羽根のプロペラでできた、やはり色とりどりの独楽《こま》は、巻かれた二本の針金の周りをすべり、回転しながら舞い上がる。みんなは男の周りを取り囲んでそれらの品々の値段を訊ねた。それからお金を取りにおのおの階段に散って行った。私は五十バーニで、先ほどお話しした、例の奇妙な紫がかったピンク色のベルトの腕時計を買った。メンデビルもカラフルなプロペラを買った。男が離れてからも、メンデビルはしばらくの間彼が通路の隙間をくぐって歩くさまを眺めていたが、それから絡み合う二本の針金の根元にあるプロペラへ夢見がちな視線を落とした。彼がボール紙でできた二枚の羽根をぼんやり見ているうちに、それらはひとりでに回り始め、回転は針金沿いに上へ行くほどだんだん速くなり、やがて空中一メートルほどの高さまで上がると、数分間そこにとどまって回転していた。メンデビルは何やら他のことを考えているようにプロペラを眺めていた。

あの赤いチェックのシャツの人は、そこを立ち去る前に、もう一つあるものを私たちに見せてくれた。それを手に持って、ときどきごく大事そうにそれを撫でた。取り巻く輪を縮めた私たちが見たのは一本の黒い万年筆だった。その胴の一部には長方形の窓がついていて、その枠の中には黒い水着を着た女が見えた。ペン先を上に向けると、黒いタンクトップと見えたのは実は一種の液体で、それがだんだん下りて、まず女の胸が露になり、それから全身がついには裸になり、私がそれまで見たこともなく、想像すらしたことがない一人の女になった。「これは二十五レイだ。君たちに手の届く代物じゃないな」と男は笑っておしまいにした。

ほぼ全員が家路に着いた午後九時過ぎ、私はルチとマンションの裏へ行き、鉛筆削りを窪みの中に見つけた栗の老木によじ登った。私たちはそこに座って十五分ほどの間その日の出来事（おもちゃの行商人の到来）について話しながら、その間じゅう製粉所の庭のネオンの青白い明かりを受ける金色の文字盤の小さな腕時計を眺め続けていた。ちょうどルチが縁飾りを着た馬の話の一つをまた始めたとき、メンデビルがマンションの階段からゆっくりと、恐る恐る出てきて、下水溝に向かって歩いて行くのが見えた。彼が軽々と水路にとび下りるのが見えたとき、私たちは自分の目を疑った。緊張のあまり、木から落ちそうになった。というのも、メンデビルは汚ない迷宮をあちこち歩き回りながら「魔法使いごっこ」を思わせる奇妙な身振りをしていたのだ。そのうちに、彼はロンパースの胸ポケットから何かを取り出した。彼がこちらへ近づいたとき、水彩絵の具で色づけされた恐ろしいお面をつけているのが見えた。それは、私たちが「魔法使いごっこ」のためにこれまで考え出したどのお面よりも、原始的で、野蛮で、おっかないものだった。十時ごろにメンデビルはやっと水路から出て来てマンションの階段通路に入った。

(ここで、ちょっと、話を中断する。これまでにも私はところどころで物語の水面の上に顔を出して息を一口吸う必要を感じていた。しかしそれが今ほど強かったことはない。おそらく、あの夏のゼラチンのようにどろどろした水に、髪を振り乱してもぐっていようとして、あまりにも長い時間頑張り過ぎたからで、今はあまりの黄金色とあまりの反射で目がひりひりする。しかし、思うに、別のもっとずっと深い理由のために喘いでいるのだ。ここで言っておきたいのだが、文学サークルでこの文章を本当に読みたいのかどうか、自分でよく分からなくなったような気がする。これは文学にはほど遠く、他の何かになり過ぎている。二週間以上書いてきて、以前にお話しした「記事」には無関係なことを記す必要を感じ始めている。要するに、書くという行為が人間としての私を修正し始めている様子が見えるのだ。学校であれ、自由時間であれ、書かずにいると中毒症状が出てくるのを感じる。今週は宿題の添削を済ませることができなかった。生徒の話を聞いているときにも、脳髄の仄明かりに突然青白いイメージが、私を悩ませるイメージが噴出するからだ。この間じゅう、話にもならないひどい夢を見たことはもう言わなくていい。昨夜、強いカタカタいう物音で目が覚めたとき、すべてが頂点に達した――それが頂点だと思いたいが――、闇の中、ベッドの足元の机の上で私のタイプライターがひとりで文字を打っていた。私はわれ知らず起き出して電気をつけ、紙の上をのぞき込んだ。キーとベルが音をたて、ドラムが端から端まで紙に沿って移動していた。それを読んだ。目に見えない指が私の物語を最初から始めている。話はガラスの壜の夢にたどり着き、ちょうど次の文にさしかかった。「また目を開いたとき、無茶苦茶に煌めく壜の側面に一つのドアの微かな輪郭が現れたのに気がついた」。読みながら、何かの予言が実現する聖なる恐怖を感じた。恐怖はまたたく間に際限なく増大し、こめかみに煌めく黄色の耐えがたい耳鳴りをともなった。恐怖の炎の中に頭蓋骨が溶けるのを感じていた。やっとそのとき本当に目が覚めたが、明け方近くうっすらと青い夜に、長い間、また違う夢に入り込んではいなかったか、確かではなかった。ということで、私がここに書き続けるのは、それは内部の衝動からであり、私のためだけなのだ。)

例のおもちゃの行商人が来たあと、グループの調和は徐々に消えていった。ミミとルンパとルツァとマルツァガヌは、メンデビルの話を半分聞き流していたし、すぐに私も気がついたのだが、メンデビルの方はというと、彼も聞き手を気にしなくなり始めた。相変わらずコンクリートの玉座に座ってはいたが、もう新しいことを語るのではなく、「円卓の騎士」を最初から話し始めた。ある言葉が思い出せずに、数分の間押し黙ってしまうことが何回もあった。そんなとき彼はうつろなまなざしをマンションの無機質な壁に向けていて、耐え難い沈黙のなか、製粉所の庭から脱穀の音だけが聞こえていた。けれども思うに、自分とルチだけは何かが起きているのを本当に感じていた。それから、毎日の午後、拷問の昼寝ベッドの上ではいつも、固まり煌めく雲を目で追い、あの夜に見たものだけを考えていた。あの無垢な顔にボール紙のお面をつけ、呪文を唱えながら、悪臭を放つ曲がりくねった下水溝をさまようメンデビルを……。

夏の終わりだったか、もしくは多分もう九月の初めの日だった(両親が私の一年生入学のためにランドセルや学用品の調達に奔走していたから）。その日の夕方いっぱいかけて、また、「ルスランとリュドミラ」を私たちに話したあと、メンデビルは、最後に、今でも私の大好きなあの言葉を口にした。「世の中には四種類の人間がいる――生まれていない人間、生きている人間、死んだ人間、そして、生まれなかったし、生きてもいない、死にもしなかった人間だ。それが、空の星々だ」。そこで例の、製粉所の塔の上空の星を目指して斬りつけるようなあの仕草をした。家に帰りながら、狭いトンネルの中で、私は彼にどうしてあのせりふを言ったのかと訊ねてみた。マンションの裏にさしかかるまでメンデビルは黙っていたが、そこで下水溝に目をやりながら、自分にも分からない、と言った。翌日彼の家を訪ねてくれと頼んだ。母親が、子どもの入学にあたって何を買ってやればいいのか見当がつかず、私に両親が何を買ってくれたか聞きたいと言うからと。

午前九時ごろ私は彼の家へ行った。彼の母親は緋色のガウンを着ていて目が眩むほど背が高かった。でも話し方は私の母やその他大勢の母親たちと変わらなかった。アップルパイの載った皿を持ってきてくれて、イオネルかヴァシリカか、あるいはジョルジェか、メンデビルを何と呼んでいたのか分からないが、その部屋で「二人で遊んで」いなさいと言った。部屋には驚くほどたくさんのおもちゃがあって、そのほとんどが分解されていた。完全な状態の車は一台もなかっただろう。救急車は車体だけが残り、歯車のついたモーターとハンドルが部屋の隅に転がっていた。ブリキの蛙は二つに分解され、バネが元の場所から飛び出して腸のように光っていた。引き金のないピストルは、背もたれがピンクのラッカー塗りの椅子の下に放り投げられている。棚には本が並んでいたが、私が想像していたのとは違い、多くは薄っぺらで、低学年用らしい大きな文字だった。私たちが何を話したのかもう忘れたが、今は肝心なところへ急ぐ。メンデビルが何分間か部屋を出ていたとき、小さな本棚から本を何冊か取り出していると、化粧板の上から何かが落ちるのが見えた。メンデビルを下水溝に見たときだってあんなには驚かなかったと思う。本の後ろに隠されていたのは、女が脱いだり着たりするあの黒い万年筆だった。私はそれを元の場所に戻し、彼が部屋に入ってくるなり、急いで、もう帰らなければならないと言った。来たときに彼の母に脱ぐよう言われたサンダルのベルトを玄関で締めているときのこと、私はドアのところに立っている親子をもう一度見やった。メンデビルは母親の腰に優しく手を回し、赤いサテンのガウンを羽織って霞む巨大な母親は、子どもの肩を手で押さえていた。二人とも同じ微笑みを浮かべていたが、その笑顔は狡猾さから皮肉までのたくさんのことを意味することができるものだったが、あるいはただの優しさだったか。二人のまぶたにはまつ毛がまったくなく、黒く繊細に縁取られていた。出てきたとき私はひどく混乱していた。外でルチに会い、自分が何を見たか話した。私たちにはいつメンデビルがあの卑猥な万年筆を買ったのかが、どうしても分からなかった。あの行商人は、初めて見たあの日からもう三、四日経つが、その間二度とマンションに現れなかったのだから。いいや今でも、メンデビルがどうやってあの万年筆を手に入れたのか分からない。

ああ、私の記憶の中に生き生きと痛々しく居座っているイメージを、今書けたら、描写できたなら！　多分そうすればそれから逃れられる。しかしそのイメージがどんなに私を苦しめるにせよ、はたして私は逃れたいのか？　それとも私は、ただそれをますますはっきりと見たいのか、わが人生の毎秒毎秒、それを見て、繰り返し見たいのか？　やっと今、心の準備ができているのかどうかは分からないが、この「記事」の決定的場面にたどり着いたのだ。本当らしく見えなくてもかまわない。私は自分のために書くだけだ、そうして私は本当に見たのだ。あの場面には今でもぞっとする、それはおそらく、二十一年の間それとも知らず温め続けてきた半透明の卵なのだ。そこからはどんな化け物でも出てこられよう！　だがこれ以上考えたくない。いま望むのはあの場面を「その通りに」描写することだけだ、とはいえ、それはほぼ不可能と見えるけれど。

メンデビルはおかしくなったようだ。少なくとも、それが私たちグループの大多数の見方だった。うわの空の気まずい時間、一号階段棟の汚れた壁ぞいに、黄色いロンパースの男の子があてもなくうろつく時間が段々長くなるのが、みんなには訳が分からなかった。やっと「木の茶碗と土の茶碗」や「ガラスの幽霊」などのアジアの物語を語り始めても、最後まで話さずじまいになった。女の子たちが描くおかしな絵をまる一時間もぼんやりと眺めて過ごし、彼女たちの会話に入っていくことさえあった。ニッケル加工の整形外科用のブーツを履いた小児麻痺の男の子がメンデビルのそばで「内緒の相談」や告解（と私たちは推測していた）をしていたその位置は、代わってあの大きなリボンのヨランダが占めた。メンデビルは頻繁に彼女と話し、表現豊かな両手で奇妙なカーブを宙に描いていた。彼に決定的崩壊をもたらす日の前日の夕方、メンデビルはヨランダを足元に、私たちみんなに囲まれて、それまでに私が聞いたことのある物語のうち、もっとも美しい物語を聞かせてくれた。それはまるで集団催眠のようだった。なぜかというと、夜の十時まで、お互いの顔が見えなくなるまで、この世界に残るものは、私たちの頭上の、天の川の無数の星が散り敷く紺色の四角に区切られた空だけになるまで、みんなそこにいたのだから。それは「十一羽の白鳥」の物語で、彼の声は高まり、低まり、まろび、私たちを悲しみの虜にした。姿を白鳥に変えられた兄弟のため、イラクサを編んで服を作る唖《おし》の女の子、煮えたぎる緑の海の上空を飛ぶ兄弟たち、片腕が白鳥の翼のままになった一人の少年。すべてを私たちはずっと前に聞いていて、メンデビルはそれを思い出させただけだ。物語が終わったとき、夜の静けさの中で、シュテファン大公大通りを通る路面電車の音が聞こえていた。

　翌日が最後の日だった。ひんやりとした朝、私は仲よしのルチとサンドゥと合流し、栗の樹に登った。樹は大きくないがいがの実をつけていた。午前中ずっと、私たちは光る実をむいていた。そのときサンドゥが、私はその驚きの叫びを今でも覚えているが、とげとげの緑の皮の下に、光を放つ重く大きなクリスタルを見つけた。それはまるでガラスの卵のようで、その中を奇妙な光が回っていた。そのとき、私は思ったのだが、栗の樹がこんな実をつけるときは、よくない。

十二時ごろになっても一号階段棟にメンデビルは現れず、すべてがだらけたように思えたので、私たち三人は「魔法使いごっこ」より前の「探検家」という古い遊びのことを考えた。マンションの真ん中あたりのところに、鉄板に鋲を打ち灰色に塗った扉があった。そこが地下の内臓への入り口だ。私たちはその扉を軋まないよう用心深く開けた。そして、重油でべとつき、電気パネルだらけの壁に触らないようにしながら、小さな螺旋階段の金属の踏み板を下り始めた。下りて行くにつれて辺りがだんだん暗くなっていく。パテと錆にまみれた雑巾の臭いがする細長い部屋にたどり着いた。さまざまな太さのパイプの絡み合った臓物が壁から出て、栓や圧力計だらけの部屋の角で湾曲する。ずっと上、ほとんど天井の高さにある鉄格子からもれる光が、コンクリートの湿った床に当たって弱々しく揺れていた。私たちはパイプに見とれていた。そのうちの何本かは私たちの体より太く、何本かは指ほど細くて果てしなく長かった。私たちは無言でパイプの部屋を通り抜け、もう一方の鉄の扉を開けると、ボイラー室だった。何十本ものパイプが壁を突きぬけて、拳ほどの大きな鋲をぐるりと打たれた、いくつかの金属製の巨大な緋色の腹にもぐり込んだ。それはまるでセメントの台に横たわった何頭かの鉄の豚のようだった。ところどころで、黒い数字入りの薄緑色のガラスで覆われた圧力計から、恐ろしげな光が瞬いていた。私たちは、強力で理解不可能な神々の神殿にいるかのような気分になった。いくつかの太鼓腹のモンスターの間を通り抜けたあと、つま先立ちで、マンションの下腹の一番深いところに隠された最後の小部屋、ボイラーマン室に近づいた。ボイラー室とこの小部屋の間にある扉も鉄板でできているが、そこには小窓がついていて、背伸びしてつま先立ちになると、そこから中が見えた。私たちはぎょっと凍りついた。

鉄格子の嵌まった非常に高い窓から入る幅広い光線が部屋を斜めに照らしていた。光線は周囲にも明るい反射を拡げていたから、絶対に見たくなかったものまで見えてしまった。せいぜい三メートル平方の空っぽの部屋に、素っ裸の二人の子どもが向かい合って立っていた。光線が男の子の髪を透かして、女の子の足首と足の裏の輪郭をコンクリートの上に繊細に描いていた。子どもたちはたとえようもなく美しかった。黄金色の光の中で、二人はブロンドそのものに見えた。男の子の髪に金色と赤色のカールが燃え立ち、黒く縁取られた目が、顔を照らしているようだった。鼻の下の溝は、いつにも増して深く刻まれていた。唇は引き締まり、何とも言えない奇妙な笑みで生気を帯びていた。全身はか細く、筋肉はやっと一本の黄色の線で浮き彫りにされ、華奢なあばらがうっすら見え、足は細くて、しっかりしていた。その全身は繊細で、かつ悩ましいスケッチに見えた。彼よりも背が低く、白のサテンで髪を結わえ、うねった前髪の房先が額に渦巻くヨランダは、どこかぎこちない笑みを浮かべて、メンデビルの目を見ていた。それは後に私が見たすべての女が裸になったときの微笑と同じだった。今書いていても、彼女の体がはっきりと目に浮かぶ。繊細で白く、銅色の小さな乳頭、性器はもの間に引かれた一本の線に過ぎなかった。それ以外はほとんど何一つ、二人の子どもの体の間に違いは見られなかった。セメントの床には、二人の服がおかしな形に重ねられていた。私は二人がこれと言えるような感情は何一つなしに見つめ合っているのを見た。彼らの顔にあるのは人のものとは思えない表情だったからだ。彫刻の表情か……彫刻のものでさえない。女の子が手を上げ、指先で男の子の肩に触れたとき、サンドゥは小窓から体を引き離し、ボイラー室を横切って逃げて行った。ルチと私も、二人ともぞっとして逃げた。ボイラーマン室のあの光景を思い出すと、今でも震える、今もため息が出る。私たちの足音を聞いたときのヨランダの耳をつんざくような戦慄の声が、今でも聞こえる。その叫びはタンクやパイプの間に反響して、外まで私たちを追ってきた。

私たちは一号階段棟まで止らずに走った。その時間そこには誰もいなかった。私たちはお互いの顔も見られず、何をすることもできなかった。ルチは取り憑かれたように震え、その後何日か熱も出した。お昼には私たちはそれぞれの家に帰り、昼寝の時間はシーツの下に頭を押し込み、夕方まで錯乱していた。目に映っているのはボイラーマン室の孤独の中で向かい合っていた壊れそうな二つの体だけだった。何も理解できなかった。おもちゃの行商人が来てから、メンデビルはどうしてあんなにも急に、あんなにもすっかりと、変わってしまったのか？　そう自問してみることさえ、もうできなかった。一方サンドゥは違う反応をした。彼はひどく憤慨していた。夕方、一号階段棟にいつものグループ全員が集まると、彼はすべてをみなに打ち明けたばかりか、話に尾ひれをつけた。そのため、メンデビルはくだらない話でみなをだましていた、その化けの皮がついに今はがれたのだ、ということになった。ヴォヴァとその弟は変圧器へ走って行き、メンデビルがチョークで書いて、その後も私たちの誰彼が何度も上書きで濃くした多色の箇条書きを手のひらでこすって消した。ミミは勝ち誇っていた。メンデビルの玉座におさまり、そこから、大きく、肥って、黒い彼は、どのようにメンデビルを罰に処すべきかの論議を始めた。もちろん彼の頭からは「袋叩きにする」こと以上は出なかった。マルツァガヌは、とりあえず「魔法使いごっこ」をやろう、長い間遊ばなかったから、と提案した。そこで私たちはマンションの裏に走って行き、また汚い下水溝に下り、私たちの大好きな、あの土と芋虫と乳白色のさなぎの臭い、とりわけ染み渡る恐怖の臭いを吸い込んだ。またボール紙の仮面をつけ、悪魔、怪獣、巨人、竜、未開人に変身して、曲がりくねった下水溝を駆け回った。

　夕方八時ごろメンデビルが姿を見せた。下水溝の端に彼が近づいてきたのを、私たちは信じることができなかった。少なくとも一週間は家に閉じ込もるものだと思っていたのだ。ところが彼がまだ私たちの前に出てこようとは、とんでもないずうずうしさに思えた。私たちはゲームを止め、そこから彼を見上げて歯をむき出した。メンデビルは何か言いかけたが、その前にパウルが土の塊を拾い上げて彼に向けて投げ、相当強く足に命中させた。ジャンも同じようにすると、メンデビルは土塊の雨の中を一号階段棟めがけて逃げ出した。こちらは仮面をつけたまま雄叫びをあげながら後を追った。ポケットには土塊をいっぱいつめ込んだ。せまい通路を抜けて中庭の真ん中で立ち止まった。ここからはもう逃げようがない。すぐには見つからなかったが、とうとう「橋」の手すりのうしろ、つまり塞がれた扉へ続く小さな足場に隠れているのが見えた。暗闇でうずくまっていたのだ。私たちは罵声をあびせながらまた土塊を投げ始めたが、メンデビルは全員の声を圧倒するような叫びを上げて、悪魔のように奮戦した。そのとき製粉所の庭のネオンの光で見えたのだが、顔には水彩絵の具で描いた怖ろしい仮面をかぶり、周りじゅうから投げつけられる土塊を、私たちに向かって投げ返していた。私たちは吹きさらしの地面なのに、彼は高い位置で、しかも二枚の手すりが盾になったから、長い間防戦できたのだ。まる一時間後、土塊が一個、彼の頭を強く打った。すると薄明かりの中でメンデビルがうなじからかかとにかけて丸くなってゆっくりと地面に落ち、そうしてものすごい勢いでもがき始めるのが見えた。近寄った私たちが彼には見えていないようだった。目からは涙が滝のようにあふれていた。呻き、そしてときどき、あり得ない姿勢に体をよじる痙攣の合間に短い叫び声を上げていた。私たちはたいへん驚いた、それでルツァが三号階段棟へ行ってメンデビルの玄関のベルを押した。みんなは一号階段棟に隠れて、赤い服の女が走ってきて、痙攣する子どもを抱き上げるのを見た。彼女は、他の棟とつながる狭い通路を、やっとのことで通り抜けた。

こうしてどうやらすべては終わった。母親はメンデビルを祖父母のところか、どこかの病院か、別のところかへ送った。というのはその後一度も見かけなかったから。次の日から細かい氷雨が降り続き、やがてマンションの裏はすっかりぬかるみになり、もうそこで遊ぶどころではなかった。一週間ほどして私は通学を始め、そうして次の夏までにグループはほぼばらばらになった。それから二十年以上の平凡な年月が過ぎた。私は高校、兵役、大学を済ませて、今は一介の教師だ。けれども三ヶ月前から、つまりハムスターの壜の夢を見てからというもの、私はまったくの別人になっている。もう耐えられない。夢のノートに書き写すことさえはばかられる悪夢を夜な夜な見る。何かが近づいているのを感じる。凍った毒の匂いを感じて鳥肌が立つ。ときどき、午後、いらいらと、切迫した溶解の感覚が湧き、涙もなしに泣く。このような絶望的な泣きの発作が、昨日、ボイラーマン室の場面を書いたあとにも起こった。かくも奇跡的に私の記憶によみがえったこの物語を書き終えて、今は何が起こるだろう？　街に出て、レストランや店に入り、映画館の静けさを乱す大声で、メンデビルのことを話し始めるか？　全部を言わなかったと感じるから、そうしてただただ私だけが持つこの真実を大声で叫ばずにはいられないから、もう耐えられない、この苦しみをもう耐えられない、耐えられないから……。やはり私はこの物語を文芸サークルで読まないだろう、この原稿は文学ではなく、怖ろしい予言の書なのだから、私はこの紙束を抱えて、吹雪の中で、道端で、ショーウインドーの灯りで、路面電車の中で読もう、そうして私を理解して私に続くであろう人々を見つけよう、そうしてみんなで街じゅうを捜し回ろう、ついにはメンデビルを見つけるだろう。私たちは彼が存在すると知るだろう、そうして彼を理解するだろう、泣くだろう、歌うだろう、そうして彼は、光の衣をまとい、青い稲妻を放つメンデビルは、腕を拡げて、ブカレストの街を真昼のように明るく照らしながら昇って行くだろう、星々まで、そうして星々の彼方まで。一方私たちはここで白い灰となっているだろう、より清らかに、より清らかに……ああ、もう耐えられない……。

＊

今朝、ある本の表紙に貼ろうとセロハンテープを探していたところ、タイプライターで打たれたこの数ページの紙が出てきた。見たところ二年以上も前のものだ。洋服箪笥の上に、縁をつけた数枚の写真の下にあった。私はこれを読み、どんなに驚いたかをその続きとして書かずにはいられない。些かの疑いもなく、これは私のタイプライター「エリカ」で書かれており、私の子ども時代のある時期のことに関わる。たしかに、この「記録」のいくつかのデータは認める。私はシュテファン大公大通りのマンションに住んでいた。製粉所、一号階段棟、すべての舞台装置は本物で今もある。地下の設備だけが例外で、私たちのマンションの地下に暖房用ボイラーはなかった。子どもたちは実際にいたし、彼らの名前さえ私は覚えているし、何人かは今でも見かけるのだが、しかしメンデビルについてのくだりはすべてばかばかしく不条理に見える。私たちのマンションに、あれほど教養のある子どもはいなかった。ヴォヴァ・スミルノフは今では技師、ルンパはアテネ・パレスのボーイをしていて、あそこでいつも見かける。マルツァガヌもどこかで何かやっているし、サンドゥはやはり技師、そうしてニクショールとは親友ニコラエ・イリエスクのことだ。では、メンデビルはどこにいる？　この話は一体全体どこから出てきたのだ？　読み返したいところだが、正直言って私は怖い。ここには何か不吉なところがある。この文章の処置を決めかねている。捨てたくはない、かといってここで二度と出合いたくもない。そうだ、どこかにしっかりしまい込もう、どこか永久にあり続けられるところ、新聞などの故紙と一緒に捨てられる恐れのないところに、というのも私の妻はそういうことの名人だから……。

双子座

　髭剃りには思ったより手間がかかったわ。いつだか脇の下を剃ったこともあり、顎髭もこの二週間の間に、つまりあのときのあと、何回か剃った。だが今は別なのだ。今は絶対に傷を付けてはならない。そこで、ジレットの象牙のように黄白色の柄を握り、不器用に気取って、石鹸の泡を盛り上げた頬に刃を滑らせると、皮膚にうっすら赤いシュプールが残った。そこに根から切り離されたわずかな毛が緑がかったこまかな点々をちりばめていた。すぐに、そのシュプールは濡れた髪の毛からの滴りで埋まった。浴室の湿気で傷んだ鏡に顔が映っていた。そこに見えるかびの生えた壁は、なんの気まぐれ趣味か、油絵具でウルトラマリンに塗ってある。割れたところを石膏で不細工にくっつけた便器も見えた。髭剃りクリームとして使ったのはハンガリー製スプレーに入った薄青いパスタで、鏡の下の薄汚れたガラスの棚にそんな極彩色のチューブが二、三本載っていた。そこには使用済みの刃が何枚か、錆びてくっついていた。髭剃りクリームで濁った水が顎から喉へ、胸へ流れ始めて、氷のように冷たい。鏡に映った胸を眺めて楽しんだ。今なら、もし誰か家に来たら、このままジーンズに胸むき出しでその彼か彼女を迎えに出ればいい、少しも恥ずかしいことはない。ところであのときなら……。シェーバーをゆっくりと、注意深く、長い顎の骨を覆う皮膚の上を一ミリ一ミリ滑らせながら、あのときならどうだったろうなと考えて、しばらく悦に入っていた。それからおとがいの下から喉仏まで丹念にクリームを塗り始めた。どんな小さな毛の痕も顔に残してはならない。電球で目が疲れて、鏡に映る輪郭にときどき黄白色や薄紫の筋がちらちら走る。鳥肌になった胸と腹の水滴をタオルで拭った。湿気でふくらみ黒ずんだドアにグラビアが一枚。女性のバラ色の横顔に双曲線型に盛り上がる巻き毛が二房に分かれて落ちている。強烈な赤に淡い赤が続いて、アクリル染料のような印象を与える。女の盛り上がったバストのすぐ下に細い字で CRISAN SHAMPOON と書いてある。

顎髭は済んだ。まだ口髭があった。これは少しむずかしい。長さが二センチほどあって、それにかなり濃かったから。あの野郎には口髭があったのだ、と考えてげんなりし、ヒューと口笛を吹いた。またスプレーの頭を押し、左手の指に匂いのいい泡をたっぷりつけて、鼻の下によく塗りつけた。水に落ちた蜘蛛の足のように髭が軟らかくなるのが感じられた。実はそうむずかしくなかった。ただ洗面台の曲がったパイプから迸る水で刃を何度もすすぐ必要があるだけだった。水はひたすら黙ってきっぱりと落ちて行くので、流れる感じはなく、さながら泡と毛筋の浮かぶ流しの底から蛇口まで直立する一本のガラス柱だ。口髭を半分剃ったところで鏡を眺めた。笑い出した。それから突然洗面台の冷たい縁に額を押しつけて、ヒステリックに、激しくわっと泣き出した。まだ目に涙をためたまま、口髭の残り半分を剃り、それからゆっくりと顔を全部洗った。まずいことにお湯は出なかった。ざらざらした橙色のタオルで顔を拭き、よくこすって、もう一度鏡を見た。やれやれ、どうやってかたを付ける？　無毛になるとこの縦長の顔は余計に男っぽくて、ますます格好をつけにくい。シェーバーを洗う前に胸骨に沿って数回〝空剃り〟して、そこにしがみついていた臆病な蜘蛛の足を払った。このときは刃が逆らうように恐ろしい軋み音を立てた。ぞっとした。アフターシェーブの軽い泡を顔につけ、そうして剃刀の端の小さな金属の栓をひねると翼が跳ね橋のように開いてきらりと光る刃が見えた。Do not wipe blade（刃を拭くな）の注意書きに注意して、器具も刃もきれいに洗った。ちょっと刃を眺めた。つい最近まで、これはなんと縁遠いものだったか！　指の間で軽く曲げてみた。それにはLondon Bridgeとプリントしてあり、それなりの生活を厳しく送っているように見えた。わけの分からない衝動から刃に口づけ、頰に当て、またも目に涙が浮かんだ。刃を器具に戻して、浴室から出た。

マンションには誰もいなかった。全開したドアは部屋の並びと玄関ホールへ向けて陰気な眺めを開いていた。寝室のベッドは片づいておらず、黄色っぽいシーツと毛布の山の下にソファーの花柄つづれ織りが覗かれて、ちょっと卑猥な感じだった。通りに面する壁全面の大窓から見える夏空に、ルネサンス絵画風の乱雑な雲が湧き上がっていた。大きな三枚のガラスパネル一つを開いて首を出せば、二十メートル下にシュテファン大公大通りがオレンジ色の夕焼けの光を浴びて延び、隅々までリアルながら色フィルターを通して若干変容し、アメリカ雑誌のイラストのように見えただろう。左を見ると大通りはミハイ勇敢公大通りに続き、ヴィタン通りへとカーブして行き、右の方は真っ直ぐ矢尻のように尖って、地平線上わずか二、三センチまで落ちかかった大きな太陽にじかに突き刺さっている。部屋そのものが、四角な幻の寄生虫のように、壁に幅広い筋をなす屋外の血を吸っていた。

部屋に入った。一体全体どうしてジーンズをこんなにひどく濡らせたものか？　踝《くるぶし》にべったりくっついている。それを脱いでパンツ一枚になり、化粧台の鏡の前の椅子に腰を下ろした。微笑んだのは、抽出の中身がよく分かっているからで、望外の幸せながら彼に姉がいることは知っていた。上の抽出を開けると白粉とクリームの匂いが室内に拡がった。取りあえず中国製の化粧用具入れを取り出した。

平たいケースの中の青っぽいピンクの筋の付いたスポンジの下に並ぶさまざまな色のルージュの組み合わせ、対称形になった楕円形のまぶた用白粉入れの片方はほとんど使い切り、もう一方はまだ手つかず、頭にライトグリーンの汚れたスポンジ片のついたプラスチック棒、ピンクの頬紅の大きな楕円ケース、べとつく黒い小さいマスカラブラシ、安物のアイライナーはこのセットのものではなく、そのためにケースがぴったり閉まらないし、あとなんのためか、ゴムの小物が入っていた。抽出からさらに円錐形のマニキュアの小瓶を二つ出した。一つには真っ赤な粘液、もう一方には白くきらきらする真珠母色の液体が入っている。みんな化粧台のマクラメ編みの上に並べた。眉毛ピンセットも見つけた。二番目の抽出には白い液体に黄金色の小粒が浮く（何たる悪趣味、と呟いた）マニキュアの小瓶がもう一本と、ルージュが三つほど、うち一つはディオールで上等だ。すぐ目をつけ、それが彼女の使っていた色合いだろうと本能的に考えた。だがすぐにそんな考えはばかげていると気がついた。抽出の奥にフランス風のしゃれた白粉入れを見つけた。プラスチックのケースにバラの花が金色の線描で彫り込んである。ここらでも売っていたなと思い出して開けてみた。鏡にあかんべをした。まるで見慣れない顔だ！　箱には二つ、ライトグリーンとバラ色の小さな四角があるだけで、これはおもしろいことになった。とはいえ小さ過ぎた。このもろもろでなんとか立派なメークアップをやってのけなくてはならない。化粧台の横の小扉の一つを開いた。狭いスペースにごちゃごちゃ詰まったさまざまな形の七、八本の瓶から洩れる国産の（ブルガリア製でないだけまし）まずい甘ったるい香水の匂いに顔をそむけた。その一本などはキッチュの限り、金色の金属のカバーが付いている。もう一つは昔のギリシャ人高官の帽子なみに本体よりも大きい栓がついていた。だがその中に、掃きだめの鶴さながら、何の奇跡か（誰がくれたのだろう？）すばらしいエモーションの小瓶が一つあった。それをいとおしげに有象無象の中から取り上げて、蓋を外し、左手の背に向けて軽く押した。かくして高貴になった肌の香りを悦楽をこめて嗅ぐ。そう、これだ、と考え、「オーケー」と声に出した。化粧台の上に置き、小扉をばたんと閉めてお仲間の香水たちと縁を切った。右側の小扉の後ろにはアグファのカセットが何枚か重なって、その横にコードを巻き付けたスピーカーがあった。これで全部。満足する理由はないが、絶望するほどでもない。服はもっと難しいことになるだろう。

うっとりして眉毛抜きから始めた。一本ごとの痛みが懐かしい喜びを伴った。三十分取り組んで、とうとう（犬の尻尾から、とつぶやく）細い完璧な一対のアーチができ、それは男性の顔にピエロの耐えがたい悲しみを与えた。まぶたにはあの明るいピンクの白粉を気持ちばかりに振り、その代わり、幸いなことに、男としては珍しく長いまつ毛にはマスカラをたっぷりつけた。鏡を見る。悪くなかった。唇には、ディオールのチューブを器用に操って、こちらもたっぷり紅を塗り、それから上下の唇どうしをこすり合わせて、あの香水入りでちょっぴりアルコールの味がするルージュを均等に拡げた。この際、彼の口元の苦い表情を修正しようとしてみた。だがその苦みは残り、顔かたちとはあまりつながらないまま、どこか上の方に漂っていた。今その頬は生気がなく、目尻をぴかぴかの黒で延ばした目がまるで顔全体に拡がったようで、そうして下にある口はなにやら不作法な蔑みを、シニカルで官能的な倦怠を表していた。突き出た頬に白粉をよく振ってそんな印象を修正した。肌色は残念至極だが元が元なのでどうしようもない。鏡の前でこの初めてお目にかかる顔にそわそわした。黄昏を過ぎて室内の空気がコーヒー色になったので照明をつけた。それでようやく飾り立てた色彩の煌めきをじっくり眺めることができた。顔は美しさを加えた。どんな男の顔もどんな女の顔も獲得しようのなかったたぐいの美しさだ。横顔も大きな鏡に白粉ケースの鏡で映した。「秘密兵器」のことを考え、服を着たあとで使おうと呟いたけれど、我慢できなくなった。室内の洋服箪笥の扉を開き、古いポシェットからクリップ式に耳に留める流行最先端の二色の菱形イヤリングを出した。着けてみたが、秘密兵器はこれではなかった。数日前にやはり洋服簞笥の中に見つけて、そこから今夜の一大決意が始まったあれだ。あのオブジェでなくては。今度もため息をつきながらそのすばらしいオブジェを取り出した。それはふっくらした編み毛が壮麗になだらかに肩甲骨まで垂れるブロンドの鬘《かつら》だ。内側は軟らかい弾力に富む裏貼りがあるので、十五分もかぶっているうちに自分の髪のように思えてくる。鬘をかぶり、鏡の前で念入りにくしけずった。赤い櫛を髪に滑らせるたびに巻き毛が解け、髪が伸び、一秒後に房はまたゆったりと優雅な動きで丸くなった。櫛が髪に触れるたびにパチパチいうので、照明を消すことを思いついた。ほとんど漆黒の闇になると、髪をたまゆら覆う青緑色の微かな火花が一メートルほど先まで網を拡げる。この揺らめく瞬間的な明かりで鏡の面に男っぽい肩、平らな胸、鎖骨の突き出た信じられない一人の淑女を見ることができた。

照明をつけたが、あの眩惑は消えず、気分が悪くなった。耳と鬘と頰を両手で力一杯押しつけて、それからイヤリングが手のひらに残した菱形の痕を長い間眺めていた。胸郭を満たしているあらゆる生命実質——胸骨の骨髄、肺胞、心臓——が突如として希薄になり、膠質の情緒ネットワークに代わったような、ひどく痛ましい赤茶色、ピンク、猛烈な赤の繊維質と細管のシステムに代わったような感じだった。椅子から立って、ドア脇の壁際に据えてある大きな洋服簞笥の中をかき回しにかかった。婦人用ドレスらしきものをみんな引っ張り出す。彼に姉がいるという幸運を改めて感嘆、それも背丈が同じとは二倍の幸運だ。だから彼女の服はどうにか合うだろう。まずしゃれたパンツのセットを見つけた。自分に合わないほどなミニではないが、十分かわいい。白が七着、どれも木にとまった小鳥の絵がプリントしてあり、その下に緑色のきれいな筆記体でそれぞれ月曜、火曜、水曜、木曜、金曜、土曜、日曜とフランス語で書いてある。彼のパンツを脱いで日曜の分を着けた。十分体に合う。それから黒の網タイツを試着した。メッシュが十分に細かいので、毛抜きが見つからなかったという本能的な気後れがいくらか解消した。長い間ブラジャーを着けるか着けまいかと思案した。だが一つにはこれまで滅多に着けたことがないし、それにまた、B級映画の下劣な変装みたいにカップに靴下やら綿を詰めるのもグロテスクな気がしてやめた。胸がぺちゃんこで十分にチャーミングな女の子はいくらもいるし……。

いよいよ正念場の時間だ。何を着るか。選択の余地はあまりない。まずはジーンズもコーデュロイも、最高に女性らしくというアイデアにはマッチしない。骨張った細い腰にも合わない。何かロマンチックな、ふんわりしたものが必要だ。どこかロレアルのコマーシャルの夢見勝ちなブロンド娘のような、みんなの夢のアイドルに似ていることが必要だ。まず、袖のふくらんだ、背中で二つの美しい貝殻のボタンで留める深紅のカシミヤのTシャツを着てみた。しかしこれはジーンズの方によく似合う、ディスコの服装で問題外だ。もっと気取ったドレスもあった。角張ったレースの襟、黄色っぽいモスリンで縫って、金色のラメのベルト、そうして裾にはたぶん「造形基金の店」からの青白い大きな花があしらってある。それを着て鏡の前でくるくる回り、それからベッドに倒れてこわばった姿勢をとり、首を上げてまた鏡を見た。どうもしっくりしない。何かもっと甘い、センシュアルな、だが同時に無邪気なのがほしい。上半身を起こして、化粧しイヤリングを付けた、一種曖昧な美しさの顔をもう一度鑑賞した。おかしな微笑を浮かべながら、頭をちょっと前に出し、一方の肩をもっと前へ、そうして、何のことやら、人差し指で鏡の中の自分の顔を指した。しばらくの間そうして妄想の胸を示していて、それからベッドから起き、指を伸ばして鏡の中の映像の指に軽く触れた。そそくさとドレスを脱いで毛布の上に投げた。衣類の山の中に華やかなサマードレスがあった。着てみた。くすんだ薄紫色のシンプルな縫製でサラファンのような胸当てと一対の肩ひもが付いている。着てみた。体に合う、だが自分が作りあげたこの貴婦人の頭にそぐわなかった。きりもなく試着する楽しみに溺れて本来の目的から離れはしないかと心配になった。このサマードレスも脱ぎ、もっとしゃれたものを探した。ハンガーに別の黒いイブニングドレスを見つけた。銀線入り、深い切れ込みのデコルテ、ロマンチックなウエストラインの最後は派手な裾飾りで終わっている。生地は安物だが縫製は名人芸だ。これはいける、だが胸が……。結局は見えるだろう。このドレスにした。ストッキングにも合う、だがそれにはしゃれた黒の靴が必要だ。いつも靴には夢中だった！　中学生のころから、大通りの靴屋へ寄らない日はなかった。薄い革製の深靴、踵があまり高くて足がほとんどまっすぐに爪先で立っているほど――そういうのを探して駆け回った。いくつ家にあっても、やはりまた欲しくなった。だが今は彼の姉さんの靴で我慢しなくてはならない。ボートみたいなの、たしかにエレガントではあるが。どうでもよくはない。彼女が田舎へ黒い靴で行ったなと思ってぎょっとした。もちろんそれはばかげた話だ。特別な日にしか簞笥から出さなかったはず。急いで三つ目の扉へ。そこにあった。ウサギの縮れ毛皮の上。足のサイズは同じ長さだが少し幅が広い。それでも、歩き回るわけではないと思えば、上等だ。とにかく履ける。踵は七センチほどで、履き慣れたのに比べれば問題にならない。十三センチ、十四センチのまで、モデルが歩いてみせたあらゆる種類のヒールを履いたものだ。

鏡の前で何歩か歩きながら、「これでいいわ」と大きな声を出した。次に仕上げの一刷毛として、ちいさな金属プレートとバロック風の磨かれていない大きな真珠の入った金鎖を首に掛け、最後に、金色のキャップのデリケートなエモーションの瓶から新鮮な官能的な香りのエアゾルを振りかけた。しまった、はっと気がついたが、マニキュアをしていなかった。それにまだ肩に多少白粉を塗らなくてはならなかった。彼はスポーツマンにはほど遠いけれど、それでも筋肉の流れの男性的な陰翳が煩わしい。のどと肩を弾力のある香りのよいブラシで叩き、それからマニキュアに取りかかった。運よく、彼の家に閉じ籠もらざるを得なかったこの数日間、爪はよく切っていた。しかし、いくら皮膚をきれいにしても（彼はこの爪ぎわの皮膚をときどき血がにじむほど嚙む癖があった）、そうして彼の手は小さくて長めではあるが、やっぱり女の手にはならなかった。爪は長いというよりむしろ広い。エナメルをえらんだ。背の高い縞模様のキャップを回して、おなじみのエーテルの匂う濃密な液体に浸された小さなブラシを抜き出した。まず右手、それから左手と、芝居がかった身振りで指をはらりと宙に浮かべながら、爪一つ一つに念入りに塗った。済むと背筋に軽い疲労を覚えた。立って伸びをした。胸をどうするか、さあ厄介な問題だ。いい加減に脱脂綿を詰めてみた（洋服簞笥の棚の畳んだシャツの後ろに新しい一箱と半分使った箱をみつけた）。リンゴぐらいの球をこしらえて胸に押し込んだ。ドレスのデコルテのリボンが肌に密着しているので、これ以上望めないほどうまく行った。変装のB級映画も何かの役には立つのだな、と笑いながら考えた。鏡の中のガールも今は小さなデリケートな乳房があって、よけい可愛らしい。

ベッドに腰を下ろし、泣きたかったがメイクが崩れるので止めた。もう何も考えなかった。室内の整頓にかかった。すべて完璧にきれいに、元通りにしなくては。寝具をまとめ、衣服を洋服簞笥に戻し、化粧品のたぐいを化粧台の抽出に入れ、テーブルの本と花瓶を直し、レースのカーテンは襞が揃うように注意して引き、厚いカーテンをよく整えた。リビングルームから木彫りの宝石箱をいくつか、黄銅の燭台を二つ、素敵な枕をいくつか持って来て、それをコケティッシュな閨房の装飾にした。さらにいくつかやや悪趣味の、もちろん複製の中国人形を持って来て、壁の半ばを占める書棚に並べた。

バスルームへ行く。青から群青の壁が夜更けの今はますます幻想的だ。黄色い電球が鏡に幻想的な薄紫の光線を落としていた。バスタブの反対側にかかっている薬戸棚を開けた。メプロバメート☆の瓶を取り、綿の付いた栓を外して手のひらに空けた。およそ二十粒、ちょうど必要なだけある。失敗しないためには、少なくとも十グラム必要だと分かっていた。ここにおよそ十五グラム、おそらくそれ以上ある。小さい錠剤で飲みにくそうではなかった。彼は薬を飲むのが苦手だと知っていたけれど、これなら問題なかろう。ガラス棚に伏せてあるコップをゆすぎ、水を満たした。透明でがっちりしたコップには緑色のペンキで双子座のしるしの手をつないだ二人の子どもがプリントしてあり、その下に大きな活字体で「双子座　五月二十二日―六月二十一日」とある。錠剤を三つに分けて順々に飲んだ。寝室に戻って、絹の枕で美しく飾られたベッドで横になった。翌日、お昼頃に、田舎から帰った彼の家族は街路側の寝室に青白い絶世の美人を見るだろう、呼吸はなく、心臓は冷え切った。

「寝苦しい一夜が明けて目覚めると、一匹のいやらしい昆虫は、この文章の作者に変身していた」。ぼくがこれから書こうと思う物語は、もし出版するなら、カフカの『変身』の冒頭の一節を逆にして、およそこんな具合に始めたい。それは効果的な書き出しになるだろうし、まんざら的外れでもない、考えてみればまさにぼくがその虫なのだから。それ以上だ、遥かにグレゴール・ザムザ以上だ、いわば虫がホフマンかネルヴァルかノヴァーリスだったというほどだ。あれらロマン派のみんなと同じで、ぼくは物語を組み立てるためではなく、ある執念を払うために書く、哀れなぼくの魂をモンスターから守るため、カフカの場合のような醜悪で恐ろしい怪物ではなく、美しくて恐ろしいモンスターから守るために書く。今ぼくは耐え難いほど美しいリルケの天使のことも考えていて、第一の悲歌の一節を引用したいのだが、しかしここにいることになってから、記憶の活力がかげった、少なくとも

☆　今では多くの国で禁止されている鎮静剤。

ちょっと曇ったようだ。

（気になる。ちょっと前にぼくは長椅子にかけて、燃えるような赤と濃紺が目立つガラスのイコンや、アップライトピアノのつやつやした黄色い鍵盤や、ライティング・デスクなどを見回していた。書きものの机の剝げめくれた木製の扉に描かれているのは黒い顔の悲しげなビザンチン風の人物で、無数の襞を作るゆるいトーガにくるまり、緑の小枝を手にしている。人物の背後は紫色に黄昏れて、糸杉の間を縫って赤っぽい雲が流れる。下の方に金文字で AMOR OMNIA VINCIT〔愛はすべてに勝つ〕。窓ガラスを覆っている厚ぼったいカーテンで区切られた、限りなく高いあの空間にいつまでも見入っていた。そうして、もしや彼女の血液が、ぼくの脳葉に無数の毛細管から流れ込んで次第次第にその存在をぼくの内部へ移しはしないか、もしや彫刻家具と青銅張りのこの部屋から発散する彼女の過去がブリューゲルの「黙示録」のように骸骨めいた密集隊形をなしてぼくの記憶へ向かって来はしないか、と思った。この考えにはっとして飛び上がった。ちょうど一週間前にもう決して鏡を見ないと決心したあのときとちょうど同じように。そうして、あのとき粗い麻布で縫った袋で鏡面を覆ったように、今度は書く決心をした。そのページで新しい袋を、新しい布を作り、それで身を守るために書こう。今度は彼女の体からではなく、彼女の心から、悲しみから、狂気から、幸せから、愚行と理想と低劣と並外れた貪欲から身を守るために書こうと決めた。）

本を読みたい、だが本はどこにある？　無教養な娘だ、書庫と称する三つ四つの棚の中で、ましな本と言えばぼくが贈ったものだ。立派なホイジンガが一冊、ゴシック美術についてのバルトルシャイティスが一冊、ほぼそれだけ。辞書類、フォークロアの本、あと読んでもいない三文小説のたぐい。ところが、これも彼女の数々の矛盾の一つに過ぎないが、詩を読んでいただけでなく自分でも詩を書いていた。夢をメモした日記が一冊あり、それは色つきで、奇妙だが、全然精神分析向きではなく、むしろ一種の仙境の夢、一種の楽園の夢だった。彼女の夢の豊かな彩りと明るい光は、目を大きく開いて眠るからだと思う。そんな眠り方をする人を今まで見たことがない。眠っている彼女を見ていると、なんだか死人の通夜をしているようで、ぞっとするのだった。ここでなぜ彼女を愛したのか説明しようとは思わない。およそあらゆる自然なことと同様に、それは説明不可能なことだ。十日（十一日か？　十二日か？）前にぼくたちに起こったことを、物語ろうなどとも思わない。ぼくの考えているのはただ、自分の過去を呼び戻すこと、あるいは自分の過去を造形ないしは発明すること、あるいはそういうことを全部同時にしようということだった。というのは、ぼくの関心のすべては一つの過去を持つこと、今の混沌そのものの、あるいはそれに代わるような、一連のイメージを持つことだから。

今は、不安に戸惑っていたあの気の毒な老人たちが、ぼくについておかしなこと（鏡を覆った話や、そのほかたくさんのこと）を観察したときからは、ぼくがヒステリー発作を起こし新しい声帯を使って彼らに吠えかかったときからは、もうみんなぼくに構わなくなり、このタワーみたいに天井の高い部屋に入っていろということになった。そうして黄金色のノスタルジックな午後に、外から聞こえて来るのは、日に照らされたいくらかの葉のささやきと、ヴィーナス通りの人気のない歩道で一人遊びしている女の子の数える声だけ。以前のとおり、ベッドに横たわって孤独と情動におぼれていると、遥か昔の子どものころの辛い、身を切るような古い記憶の断片が頭を掠める。枕に頭を載せたまま向かい側の壁の太い金色の日影の縞を眺めているとき、点描の照明の中に感じるこの紫色の閃光の若干を書き留めることを考えた。だがプルーストふうにではない。あれはぼくの書きたいことのためには洗練され過ぎだ。そもそも好き嫌いに関係なく、ぼくはプルーストのことを知る前からプルースト流の方法に親しんでいた。奇妙なことだが、少年のぼくは何人かの作家の一見非常に個人的な繰り返し不能な経験を、すべて経験していた。プルーストのマドレーヌ効果を知っている。いい匂いのするお菓子からよみがえる記憶。あるいはある通行人の胸の徽章の煌めきが、何度かぼくにある場所の回想の、ある雰囲気の再構成の強い情動を感じさせた。放棄された区画で詩人マックス・ブレッヒェルを襲っていた失神の感覚をぼくは味わっていた。誤認、未視感《ジャメビュ》、その他あらゆるカフカ的徴候を経験していた。文学作品の中ではお目に掛かったことのないまったく個人的な感覚もあるが、今はこだわるまい。ぼくは思い出したい――そうして思い出すことのすべてが、まっすぐ破滅へ向かう路上にあると分かっている。執念に、妄想に含まれないような出来事については一言も書けまいと感じる。

ぼくが書き始めてから、おばあさんは二、三度ドアから頭を出して心配げにぼくを見ていた。ぼくはその度にむっとして構わないでくれと手を振った。医者が呼ばれて正常だという芝居をせざるを得ないのはいやだ。今、万年筆を握っている手を見つめる。爪のマニキュアはほとんどすっかり剝げた。ぼくの書き方はなんとなく昔と違う。だがとにかく書ける。

最初にいくつか閃光のような記憶がよみがえった。二歳か三歳のころのものと思う。場末の小道の角に白いシャツの男が三人、炎のように赤い空をバックに、煙草をくわえて静かに話し合っている様子が見える。遠くに巨大な赤煉瓦の壁、煤で黒いガラス窓、そのころすでに見捨てられていた町工場だ。どこかオボール駅の近くだ、その辺に住んでいたし、赤い空を反射するレールが見えたから。その謎めいた映像には何の音も匂いも結びつかない。ぼくは三人の男のところへ行って見上げた。自分はやっと膝のちょっと上までで、彼らが巨大に見えた。ぼくを見下ろしたのは肉と血ばかりのものすごい顔だった。声を出さずに笑い、一人がぼくの脇を抱えて、上へ放り上げ、すぐ受け止めた。ぼくは泣き出したが、やはり声を出さず、そうして下ろされた。くるりと背を向けて家の門まで走った。そこに白いブラウスを着たタワーのように高い母がいた。すぐにブラウスの胸も襟も涙と唾でくしゃくしゃにした。

別のとき、親子三人で映画から帰ってきた。夏期野外映画館で『ベニスと月とあなた』をやっていた。何か魔法みたいに感じたこのタイトルをはっきり覚えている。数百の映画のタイトルを忘れたけれど、これは決して忘れないだろう。もちろん映画の中身は覚えていない。小学校低学年で読み、今はどこにも見つからない『青い夕方』という本に何が書いてあったか、もう分からないけれど、その書名は痛切な郷愁を呼び起こすのだが、それと同じだ。ぼくを真ん中に、父母に両手を預けて、暗い道から道を歩いていた。足の下の歩道にぼくたちの靴音が響き、ごく小さなバルコニー付きの小さな商家が続く通りを覚えている。ぼくたちの前を、それまで見たこともない大きな月が進んで行った。黄色い満月で、暗褐色のところもあるが、きらきら輝いていた。進んで行ったと言ったのは、実際、ぼくの歩くリズムどおりに、紫色の石畳を小さな靴が踏むに合わせて、上がり下がりしながら進んで行ったからだ。両親は、ひどく高いところで、ぼくの頭の上でささやきあっていた。一方、ぼくはうっとりと月を眺めて、追い越せないことに、いつもぼくたちより前にいることに驚いていた。やがて、気がつくと恐ろしげなコンクリートの化け物に囲まれた通路に引き込まれていた。通路のアーチの下を歩いたあと大きな明るい部屋に着いた。その家の人はぼくの知らない人たちだったが、両親を迎えて喜んでいた。ぼくにキスしたのは濃い口紅、目は緑色で緑色のネックレスをかけた肥った女の人で、ネックレスの粒はピンポン球ぐらいあった。壁には醜い布製の仮面がならび、楽器のようなものが一つと、サーベルがあった……。電球がじいじい言う汚れたガラスのシャンデリアが上から照らしていた。テーブルは料理とケーキで一杯だったけれど、ぼくはパイの角をかじったところで、ほかのもっと小さい部屋へ連れて行かれた。そこでは六歳ぐらいの女の子と八歳ぐらいの男の子があらゆるおもちゃをぼくに見せにかかった。自分で回る回転木馬、その針金の先に色つきブリキの飛行機、長い鉄板の盆の溝に沿って走る列車、黄色いオートバイ乗り、それから二羽ばかりの小鳥、みんなブリキ製で、ぐるぐる回り、つるつるの床板の上で跳ねた。テーブルの端まで行くと向きを変える自動車も一つあった。しばらく一緒に遊んで、ぼくが夢にも持てないようなおもちゃを出して見せているうちに、とうとう息を呑むばかりのものが出た。中国人の人形を見せた。両手を腹のところで組んだマンダリン人形。プラスチック製で、大きな球は腹、その上に乗る小さな球に東洋風の怖ろしげだが人のよさそうな姿が描いてある。たいそう重いもので、鉛の台があり、右へ左へ、起き上がりこぼしのようにいつまでも揺れ続けた。でもぼくが仰天したのは、このマンダリンは揺れながら歌っていたことだ。何十もの小さなベルから出てくるような細いデリケートな旋律が響いた。内部の歯車のついた軸の機械的な回転から生まれる時計の音楽だ。揺れと東洋の音楽には一種の催眠効果があって、そのためいつそこから連れ出されたか、もう分からない。後になって何回も訊ねたけれど、両親はその夜ぼくが誰の家に行ったのか答えられなかったし、『ベニスと月とあなた』を観たことも思い出さなかった。その映画は実際に町でやっていたのだけれど。あの肥った女性は誰だったのか、あの二人の子どもは誰だったのか。顔の腫れぼったい、動作ののろい、ぎょろりと目の据わった男の子と、優しい、ちょっと赤毛の、上品な女の子は？　ぼくたちを戸口まで送って、ぼくのポケットに客間のキャンディーと、夏だったけれど、金色の円いチョコレートを詰め込んだ、あの幽霊じみた男性は誰だったのか？　しかしそれから二十年後に彼女の家で同じ人形を見た。さて今、書いているとき、人形はぼくのそばにある。揺する。すると書斎で眠そうに揺れながらマンダリンは金属的で多彩なメロディーを口ずさんでいる……。

　二年ほど前、ぼくはある書類を探してビュッフェをかき回していた。わが家では領収書や申告書やありとあらゆるノートを古いぼろな赤いハンドバッグに詰め込んでいた。母親がドンカ・シモ縫製所に通っていた娘時代のものだ。ある仕切りの中に、ヒューズや何かのスプリングの隣に、新聞紙の包みがあり、軟らかいので何だろうと思った。開いてみると、十五センチほどのブロンドの髪の毛の房が二つ、根本の方を輪ゴムで、細くなった先の方をサテンのリボンで閉じてあった。わきにやや黄色くなった写真があり、隅の方は折れているが、しごく鮮明だ。庭に立っている二歳か三歳ぐらいの素っ裸の男の子で、額の上に巻き毛が一つ、そうして両側に灰黄色の編み毛が肩の下まで垂れている。片方の拳を目に当てていて、顔には心配げな表情が浮かんでいる。唇がまくれて、今にも泣き出しそうだ。そこで突然、記憶の中に、非常に生き生きといくつかのイメージが閃いた。それは世界の始まりのように彩られていた。大きなチューリップの花壇、ニガザクラの葉を洩れる黙示録的な日光、ルーペで見たようなひどく大きく黒い土塊、巣の真ん中にいる握り拳ほどの緑色の蜘蛛、朽ちた材木、そうしてスカートを日光に照らされた女性が一人、近寄っている。それから見知らぬ陰気な男性がきらきら光る機械をこちらに向けている。確かだ、カメラマンを覚えている、注射をした医者だと思った。してみると房毛はぼくのだ。母はぼくに女の子の服を着せたとよく話していた。白いスカートだけなので、近所の人々はアンドレイの女名前でアンドレアと呼んでキスして、息が止まるほど抱きしめた。だからきれいな子どもだったのだと思えば慰められる。三歳のあと痩せ始めて、ポートレートはカラーの代わりに木炭画の顔となった。そうしてたった二週間前に昔の美しさを取り戻した、それどころかずっと美しくなったと書こうとは、皮肉もいいところだ。誰にせよこんな美しさの氾濫の意味するものは災厄か、あるいは死にほかならない。鏡でもなく血縁でもなく、美こそが忌まわしいのだ。

ある夜マルチェラの夢を見た。ところでその夢を思い出したのはずっと後のことで、ある夢想の午後だった。家族で引っ越した四階建てマンションでの遊び相手だった彼女の夢を見た。引っ越しは三歳と数ヶ月の時で、その夏には四歳になった。夢に見たマルチェラは、実際にもそんな感じだったろうと思うが、男みたいな女の子で、ぼくより少し大きく、歯が恐ろしく欠けていて、服装はだらしなく、たいてい黄色いパンツに、杏の果汁でよごれた花柄のランニング一枚だった。いつも悪魔憑きみたいに歯をむいている子だが、多分うっかり屋さんのところが可愛らしく、髪を囚人のように短く刈り、金色のイヤリングには赤い石があったが、ルビーにしては下品にぴかぴかし過ぎだった。マルチェラと一日じゅうほっつき歩くのが好きだった。朝、もう汚れた顔でわが家のドアを叩き、母が開けると、「おばさん、赤ちゃんはなにしてる?」と決まり文句(これはそのころまだ数ヶ月の弟がいたからだ。このあと数ヶ月で肺炎で死ぬ)。一緒に出て、ときどき砂場へ行った。あるときそこで砂を掘っているとだんだん水が滲み、大きなイボガエルが何匹もぞろぞろ出てきた。うごめくケーキみたいだが、目が人間のように大きかった。車輪遊びもした。お互いの足を持って、上になり下になり転がる。そのうちに砂場はぼこぼこになり、口も鼻も耳も砂だらけになった。夕方は探険に出た。フロリャスカ地区のぼくたちのマンションの近くに倉庫のようなメランコリックな望楼があった。正面に錆び付いた非常階段の残骸がかかっていた。夕陽を受けて赤く目立つ煉瓦の塀に大きな鎹《かすがい》が影を落としていた。横のドアの隙間からマルチェラが先に入った。そこは板がなくなっていた。猫だけが出入りする割れ目だが、ぼくたちは難なくすり抜けた。とりわけマルチェラは手足が木の枝みたいに細いので、一気に飛び込むのだった。内部は暖かく赤茶色で、割れ目や釘の穴から夕陽の赤い光が勢いよく射し込んでいた。ぼくたちは名も分からぬ機械やら黒い機械油のにじむチェーンのついた重い金属の車台、トタン板をかぶせたものに立てかけてあるぼくたちの丈より大きい歯車などの間を歩き回った。マルチェラは何にでも触り撫でたがり、しまいには体じゅう油だらけになり、錆びた金属のネックレスを首に掛けたり、複雑な鉄の骨組みによじ登ったりした。床にはぼくの腕ほどもある釘やら、錆の浮いたベアリングやら、金鋸、ドライバー、錐、いろいろな太さの針金がびっしり詰まった木箱などが散らばっていた。真っ暗になると、怖くなる。ある夜、マルチェラが脱いだ下着で窓ガラスを拭くと、透き通った穴から星をちりばめた青黒い空が見えた。こうした探険の後はいつもお仕置きだった。少なくともマルチェラは次の日青あざをつけてやって来たが、相変わらず陽気で、すぐまた繰り返す気だった。

マルチェラがお医者さんごっこを教えてくれた。マンションには半地下階があって階段を少し下りる。曲がり角の壁にくぼみがあって、ベンチを置いてあった。そこで遊んだ。誰にも知られてはならないのだ。この秘密の遊びのおかげでぼくとマルチェラは二人が同じではないと知った。服装だけではなく、すべての女の子とすべての男の子の間には奇妙な違いがあった。ぼくにはその明らかなことを認めることがとても難しかったことを覚えている。何度となくあの薄暗いベンチへ行き、見つめ合ってしょんぼりし、ぼくのうちには軽蔑の芽が生え、そうして彼女のうちには卑下と畏敬が芽生えていた。

その秋、一家は別のマンションに、シュテファン大公大通りに引っ越して、数年後に学校へ通い始めた。初めの四年間については、覚えているのはほとんど三年と四年の間の休暇を過ごしたキャンプのことだけだ。ぼくらの宿舎は子ども三十人の寝室のある細長いプレハブで、キャンプ全体は森の真ん中だった。この森は、そのマジック、終わりのない植物の繁茂、幹と根と立ち枯れの多種多様な形、霞む樹冠、透き通る葉の間から筋を引くように射し込む日光を伴って、かつてぼくの味わった最高の魅惑の場所だった。一日じゅう森をぶらつき、トウヒの樹皮で船を削り、レスリングやサッカーに興じた。男女に分かれ、年齢別に組み分けした。女の子の組はスズランなどの花を摘み、ヒナギクで王冠をこしらえ、日向の草の実を集めた。夜になるとぼくら男子組はひどく幅広な窓の内側に集まり、カーテンのかかった大理石のプレートの上で怖い話を始める。夜、眠ったまま家々を巡る夢遊病者たちが、目を覚まさせると即死する話でぞっとする。男子組の中に一人、ひどくませた子がいた。大人みたいな口を利き、あの歳でアラン・ポーの「大鴉」を暗誦できた。トライアンと言った。何者であったか、どうなったか、どんな奇病を患っていたのか、今もってぼくは知らない。本を読むように毎晩『パール街の少年たち』の一章を話した。また彼は毛皮をかぶったようにふわふわで、円いルビーのように透き通った目の、長さ十センチもある巨大なオケラをガラスの広口瓶に入れて飼っていた。みんなが食堂の夕飯から帰って来て、寝室でわいわい自分のベッドをかき回してパジャマを引っ張り出し、誰かが隠れて着替えるために大きなカーテンを寄せて、長い白い室内に日光がわっとさし込むと、トライアンはいつも瓶を窓枠の前に置いて、裸の子やパジャマを半分かぶった子の間で、服のままで夢見勝ちに、巨大なオケラに催眠術をかけたがっているみたいに凝視するのだった。するとオケラも起き上がり、夕陽に赤いガラスに前足をかけてじっとしていた。この言葉のない対話は何分も続き、日ごとに長くなるようだった。トライアンは、オケラの頭の中に入り込むまで精神を集中して、瓶の中から虫の目でみんなを見るのだと話していた。するとオケラの考えが彼の頭にしみ込むというのだ。もしそんなことが起こるのだったら、ぼくらは、彼にのどを嚙みつかれないように、逃げ出さなくてはならなかった。恐ろしいことだ。男の子二、三人で、オケラを殺そうと決めた。トライアンは瓶を自分のベッドに入れて鍵をかけ、合い鍵は紐で首に掛けていた。でもぼくたちには別の合い鍵があったから、ランタンの明かりで瓶を探った。中で跳ねるので振動していた。洗濯室へ運んで、中にいる奇怪な昆虫をつくづく眺めた。怪物は斜めに跳ね、シャベルのような前足でガラスの壁を叩いた。瓶をどうすればいいか分からなかった。トライアンが釘でいくつか空気穴を開けてあるプラスチックの蓋を取るのは怖い。結局、洗濯室の上の窓から、裏の茂みへ投げた。寝室へ帰ったが、まどろみかけたところで、誰かにつつかれた。寝室は大騒ぎだった。三つか四つのランタンの光がおずおずとあちこちを照らしている。子どもはみんな目を覚ましていて、急いで、そうっと、寝室のドアの方へ集まるのが見えた。「起こすなよ、起こすなよ」と、みんな、怯えた目を瞠《みは》って、ささやき合っていた。隣のベッドのタタール人風の子がぼくに、トライアンが夢遊病だと言った。それはぼくらにとって「幽霊」か、そんなようなことだった。ぼくも起きて廊下に出ると、みんなの二十歩ほど先にあの大きなブロンドの男の子がゆっくりと玄関の方へ向かっていた。彼の素足が、壁に沿って並んだ靴やカラーソックスを押し込んだサンダルなど、みんなの履き物の列を乱した。ドアを開けて、暗い戸外へ出て行く。みんなも外へ飛び出した。彼を追い越してしまったりもして、星明かりの下で、彼の固まった顔、見開かれた目が見えた。というのも、真上の空の青さが遠くで薄れ、地平線は白っぽい筋を引いていたから。頭上には黄色い星が大きな空間を空けて鋭く輝き、遠くへ行くほど星は密になって、地平線上の白い霧と見分けがつかなくなるのだ。この星空の下をトライアンは歩み、プレハブの後ろへ回り、それからまっすぐ雨樋の近くの雑草を分けて、ついには針金の垣根のところまで中庭を埋め尽くした茂みでベルトのあたりまで隠れて、遠くの暗がりで姿が見えなくなった。ランタンは白く煙る空気を照らすばかり。トライアンは棘の灌木にからまれながら、頑固に直進していた。しばらく立ち止まり、それからオケラの入った銀色に光る瓶を手に持って戻って来た。玄関に入り、ぼくらには目もくれずに廊下を抜け、寝台の鍵を開けて瓶を入れ、元通りに鍵をかけた。それから自分のベッドで座って上半身を起こし、そのまましばらく宙を見つめていた。彼が横になり、確かに眠り込むまで、誰も自分のベッドに入る勇気はなかった。それぞれ、月から身を守るために、ベッドの頭側の飾り板に布団を一枚掛けていた。言うまでもなく、その夜はもう眠れなかった。そうしてその後の夜はもう何も起こらなかった。

トライアンはそのほか見つめるだけで紙片やマッチ棒を動かせると主張していた。そうして、毎日さなぎやミミズをやるオケラのことを考えていないときは、天井から下がる金属の棒の端に付いている白い磨りガラスの球のどれかの凝視を始めるのだった。ぼくらも目が痛くなるまでその棒を見つめていると、ときどき球がちょっと動くように感じることがあった。ただトライアンだけは五、六センチ左右に揺することができたのだ。よく頭痛を訴えた。あるとき、いつものように彼を「眠らせ」ていて、つまり彼をだきしめて、頭を胸に押しつけ、喉をしめていたら、目を覚まさなくなるところだった。三十分も失神していたのでとうとう病院へ運んだ。後にぼくは十六歳になった彼をローゼロール街の第十病院の薬局のホールで見たことがある。何か薬をもらう列に並んでいたとき、彼が入ってくるのが見えた。このときほど強力な眩暈を覚えたことはめったにない。トライアンは信じられないほどひょろ長くなった。多分身長百八十センチはあった。ズボンも火のように赤いジャージにシャツとズボン、足にはバスケットシューズ。だが体つきはこのスポーティな身なりと対照的だった。手も顔も皺がより、歩き方はまるで老人。ただ目の妙な光り方でまだかろうじて彼と分かる。実際のところ廃人だった。ぼくだけでなく、二つの窓口に並ぶ人たちも、ベンチに座ってインフルエンザや性病予防のパンフやテーブルにつきもののガラスの水飲みをぼんやり眺めていた人も、憐れみと恐怖の眼差しをトライアンに向けた。ぼくは彼に声をかける勇気がなかった。いずれにせよあの休暇のキャンプから七年過ぎていた。薬を受け取ると急いで外へ出た。

だがトライアンは今別の意味で気になっている。ぼくが〝表現できないものを書き留めよう〟と、どの地図にも誰の記憶にもなくなった道を再建しようと試みているこの書き物のためだ。というのは、トライアンには昼間の顔もあって、それは当時のみんなにとって同じように奇妙なものだったから。トライアンは女の子に関心があり、女性のことばかり考えていた。愛するとはどういうことか、最初に説明してくれたのはトライアンだった。ぼくたちはその話を聞いて、自分らのわるふざけのことしか考えずに笑った。だが彼は、愛とはわるふざけばかりではないのだと主張し、自分の見解を擁護した。そうじゃなく、恋人を持つこと、ただただひたすらその彼女を思うこと、彼女から離れないこと、マーガレットの首飾りを作ってやり、手をつないで森の中へ消えることなのだと。「そうしてそこにね……」とぼくたちは、なおにやにやして続けた。みんなの間では夜になれば女の子はどうできているか、女の子となにがやれるか、そればかり話していたから。違う、違う、とトライアンは応えた。女の子を愛することはとてもすばらしい、その子のために詩を書ける、食堂で彼女と向かい合う席に移れる……。彼の情熱的な言葉でみんなは少々勢いを削がれたが、それでますます強情に、そんな考えをからかうのだった。女の子と男の子はぼくたちには別の二つの種と思われ、一つは木の枝で砂場に小さな円に縦線を引き、もう一つは二つの円と線一本のシンボルを描くのだ。もちろんトライアンはまもなくガールフレンドを見つけた。アンテ・リヴィアと言ってぼくたちより上の五年生だった。リヴィアは髪を円く刈って、ミレイユ・マチューのモードを何年か先取りしたおかっぱ型だった。入浴の後は栗色の髪が赤味を帯びて煌めいた。すらりとして、優雅で、上品に育っていた。お好みの穏やかな青緑のドレスを着たところは小さな令嬢だった。トライアンは一日じゅう彼女のそばできりきり舞いだった。ほかの何人かのハンサムな少年が競争のつもりでリヴィアと同じ班の女の子をガールフレンドにした。自由時間にはこのグループは森の中でみんなと別れて、木々のアーチの下、倒木でふさがれた小道をずっと遠くまで、小鳥の鋭いさえずりと蠅の低い羽音の中、ところどころ日の射し込む黄金のしじまを辿るのだった。少年たちは針葉の枝で冠を飾り、頑丈な棒で武装していた。樹皮でベルトをこしらえ、林のまばらなところは鋭い叫びを上げて走った。ときどき、海綿状になって楽に持ち上げることのできる倒木の皮を剝ぎ、内側の溝をのぞくと、そこは狭い長い通路の果てで昆虫がうごめいていた。足でキノコの群生を踏みつぶし、木の洞《うろ》に手を伸ばして鳥の卵を探した。この小グループは小川を渡り、森の一番美しいあたりへ深く入り込み、ツリガネソウとスイバで一杯の小さな空き地に出た。そこで輪になって座った。彼らは何をしていたのか、何を話し合っていたのか、ぼくはそれが知りたかった。それを（ひそかに）心の底から望んでいたが、自分でその秘密から遠ざかっていた。それればかりか、敵意と軽蔑に満ちた別のグループのオルガナイザーになった。説明しようのない憎しみで、トライアンのグループの少年と少女の友情を罪と見なしていたのだ。ぼくらは一種のパトロールを組んで、彼らを追跡し、木の陰で見張り、出し抜けに棍棒を振り回して叫びながらグループの真ん中に暴れ込み、少年たちと争い、少女たちを追い散らした。何メートルもつなげたツリガネソウの鎖を見つけて踏み千切り、色とりどりな森の花の花束を壊して戦利品にした。憎しみがあまり強かったので、少年たちが秘密の集いのために予め集めたイチゴの山を、食べずに踵で踏みつぶした。樹皮のベルトを締めて、針葉の冠をかぶり、少年たちに代わって座り込んだぼくらは、あとどうやってキャンプにまだ残っている少年少女のつながりの跡を消そうかと考えた。少女らとバレーボールをしたり、話だけでもしている少年を見たら、誰であろうとぼくらの敵になった。花を摘んだり、小鳥の卵を探す奴は殴った。それはぼくらの考えでは女の子のすることだから。あるとき、ハシバミの実ぐらいの小さな多彩な卵を握った男の子をつかまえた。それを取り上げて地面に叩きつけた。卵の殻が砕けて草の上に小さな血の海が拡がった。ほとんど形の出来上がった雛が血泥にまみれてちぢこまっている。羽毛のない翼がちょっと動いたような気がした。ひと晩じゅう気分が悪かった。

ところが、トライアン・グループのメンバーは、負けていないで勇ましく迫害に立ち向かった。トライアンはさまざまなロマンチックな防衛機構を編み出した。少年の間にも少女の間にも、常時メモや秘密の信号を取り交わすネットワークを組織した。ぼくらもときどきそのメモを手に入れた。たとえば、「リスよ、馬に城へ行けと言え」。そうしてぼくらは、誰が馬で誰がリスで城ってどこだ、と首をひねって何時間も過ごす。それからぼくらのポケットの中や枕の下からメモが出てくるようになった。大きな字で「復讐」と書いてある。今もそれが目に浮かぶ。その大きな菱形の文字の下に赤い矢が描いてあった。時たま仲間の誰かが捕まって、額に濡れたカラーデザインの紙を貼り付けられて来た。描かれているのは、普通はロバの絵や、「ばか」という文字だ。その紙をはがすと、額に「刺青」が残って、二、三日は消せないのだった。

ぼくらの方もトライアンをばかにしようといろいろやった。そうして、もちろん本能的に、トライアンが一番確実に嫌がる方法を見つけた。ガールフレンドのアンテ・リヴィアにからむのだ。食堂でキャンディーの空箱を六つほど見つけて、蓋にアンテという字だけ残るように切り取り、その下に赤や青や黒のマジックで、トライアンと書いた。夜、食事のあと、食堂の裏の森の際へ行って、キャンディーの蓋を木に釘で打ち付けた。恐ろしい結果になった。教員たちは大騒ぎで、全員を整列させ、中の何人かを呼び出したけれど、いつもいたずらで知られている連中だけで、わがグループの真犯人には当たらなかった。しかしリヴィアは家へ送り返され、トライアンはすっかり頭に来て、誰彼となく当たり散らすのだった。

キャンプは終わりに近づいたけれど、ありとあらゆる男女関係に対するぼくの無意識的な憎悪は終わらなかった。しかし最後の二、三日になって大きな、苦しい驚きを味わった。それは八月の初めで、青空に細かに固まった白雲が重なり、日に照らされた森のメランコリーと、スイバの苦い味と道ばたのアリの死骸が奇妙な感じで混ざり合い、重苦しい気分になった。何度か、行きずりにリヴィアを見かけてはっとしたことがあった。ほかの女の子たちと全然違う赤味を帯びた髪、視線を当てる前から目の隅に飛び込むドレスのあざやかな青緑色の飾り、彼女の歩き方、こうしたすべてが、今理解してぞっとするのだが、ぼくを惹きつけ、もっと見たいという気になった。キャンプの焚き火で、カラマツの弾ける火花を透かして、時折り彼女の横顔が、炎の反射に応じてサフランのように黄色く、あるいは斑岩のように赤く見えた。高く積んだ薪の灼熱、芸術プログラムの踊り手らのスパンコールや蝶の羽の煌めき、かき鳴らすギター、これらがぼくの網膜に、頭に、皮膚に層をなして残っているが、ぼくにとって重要なのは彼女を見ることだけだった。とても恥ずかしかったが、甘い、無邪気な羞恥だった。キャンプが終わり、数時間列車に揺られて帰り着いたブカレストはさながら荒野と見え、自分の家は陰気で狭苦しかった。食卓で、両親の前で、ぼくは涙ぐんだ。

その後の年月、小学校高学年から中学生のぼくは恐ろしく臆病な子どもになった。女の子とはまるで言葉を交わせなかった。近くの公園の並木で一緒に遊んでいる少年少女を絶望の目で眺めていた。女の子がいくらぼくとふざけたがっても、返事は決まって「ほっといてくれ!」だった。あるいはあっさりと背を向けて離れた。自分が惚れたと誰かに見られるより恥ずかしいことはこの世にないと思っていた。それはなんとも耐えがたい考えだった。まだ結構ハンサムな子どもだったのだ。クラスの女の子たちは、自由時間に、男子をハンサムな順にランクしたリストを作り、そのあとで細かく千切った。だが数人の男の子がくずかごから字を書いた紙片を全部拾い出して、苦労してランキングを再構成した。男子十七人中自分は四位だったと覚えている。これには驚いたけれど、ぼくは勉強がよくできて、それが美的判断の秤にも錘になっていたことを考慮する必要があった。ともあれぼくの振る舞いは変わらなかった。女の子と目を合わせられなかったし、しまいには男の子の目も見られなくなった。多分、それが何か隠れた感情を暴露するかもしれないとか、あるいは、無意識に、ぼくがそんな感情を抱いていると他人に疑われるかも知れないという気がしていたのだろう。

このころは冬が厳しかったと覚えている。積雪が学校の窓の下まで届き、灰赤色の夕焼けの波が校庭のマロニエの上に、学校のそばのノスタルジックな煉瓦置き場の上に降りかかった。空気がコーヒー色になっていた。放課後、ぼろ手袋をはめた手に雪つぶてを握って、女の子たちが通るのを待っている少年たちの目は鳥の目のように赤く煌めくのだった。厳しい空気の中に星が現れるころ、六時間目のぼくたちは電灯の明かりで黒板に並ぶグロテスクな化学式や奇妙なアボガドロ数の比率、あるいは立体幾何学の変なクリスタルガラスで頭がくらくらしていた。また雪が降りしきる時、ルーマニア語の時間のぼくらは窓の外を眺めていると、教室全体が宇宙船のように猛スピードで空へ斜めに舞い上がって行くような感覚に襲われた。大体において照明のある教室は屋外の膨大な暗闇と対照的で、昔の人々が洞窟の中や焚き火の周りで感じたに違いない隠れ家の先祖返り的な親密感を生むのだった。世界が小さくなり、そこで生きるのは楽だった。あの時代のぼくの一つだけの幻視経験はこのようなある夕方のことだった。それについて大したことは話せないし、説明も見つからない。休み時間で、サッカーや何かのことをべらべらしゃべっていた。女の子たちはもっと勉強熱心で、黒板の前に集まり、ヨーロッパ地図でいろいろな地方を探していた。女子の多くは男子より背が高く、サラファンの下に美しく円い乳房があった。その周りで、ドブネズミだのマンモスだのブタだのアヒルだのと珍奇なあだ名の連中がちょっかいを出そうとうろうろしていた。このまとまりのない教室の騒音の中、見慣れた姿や顔の散らばる黄色い空気の中で、あのわけの分からないことが起こった。誰かに声をかけられたときみたいに、はっとぼくは目を上げた。すると少し先、一メートルほど上に、青い球が見えた。直径六十センチほど、眠りを誘う燐光のような強烈な藍色だった。巨大なゼラチン状のシャボン玉のように見えて、空中で動かない。そのときにぼくが考えていたことはすべて、たとえば大きな危険を前にしたときか、即決を迫られたときの〝考え〟のように、すべて識閾下だった。初めは球体が実際自分の網膜についた染みかと思った。つまり一種の眼内閃光と。しかし視線を別の方向へ動かすと見えないので、また球体を見つめる、そして、これは説明の付かない現実のものか、あるいは視覚ではなく精神の所産かと認めざるを得なかった。その青い大きな球体は多分三十秒ほどぼくの上にいて、その間その魅惑を抜けられなかった。もちろん、ほかの誰一人それを見た者はいないのだが、やはり妙なことに、その三十秒間のぼくの茫然自失に誰も気がつかなかったのだ。球体は忽然と消えた。ぼくが一瞬目を逸らしたあと、また見上げたときにはもう見えなかった。そんな瞬間には怖さはなかった。われに返ったのはずっとあとになってからで……。

ぼくがリリに惚れたのはそのころのことだ。これがぼくにとっての災難だった。キャンプで起こるはずだったこと、それが今起こっていて——逃れるチャンスはなかった。今でも美しいと思われるあの女の子（彼女も入ったグループ写真を一枚持っている）を毎日見ていた。髪を後ろに束ね、円い額を見せ、いくつかほくろのある頬、微笑みがちな豊かな唇、そうしてややくりっとした黒い目の、ごく温かくてしかもどこか皮肉っぽいまなざし。とは言え彼女を正面から見つめたことは一度もなく、なるべく避けていた。でもときどき窓とか物理や化学の実験室のガラスに映る姿を眺めた。リリは周囲に何か不透明な空気をふりまいた。ときどき仲のいい女友だちに聞きにくいような話をした。また教室にいろいろな本を持ち込むのだが、それはていねいに読んでいくと遠回しにエロチックな章句が見つかり、すると大胆な女の子が集まって一緒に読み、顔を赤らめてひそひそと妙な笑い方をするのだが、男の子が読むときのような奇声を上げることはなかった。そもそもこの学年で一番骨が折れる授業は生殖の話のある生物学だった。その章を飛ばす教師もいた。今にも吹き出そうと待ち構える三十のにやにや顔が相手ではやりようがないから。けれどもぼくらの女教師は良心的なばあさんで簡単にはあきらめなかった。すでにウサギのところで避けられない「増殖」についての授業の問題があった。今は人間のところへ来たからもっと大変だった。それは家族が永年の間苦労して築いてきた心のバリケードを耐えがたいほど圧迫するのだ。家ではこうした話題に触れるのは恥ずかしいことと心得ていたのだが、今はこの誠実な女性が、教壇から、「そんな話題」についてぼくらに話しかけていた。それはわれわれの内面を崩し、羞恥心が耐えがたいほど緊張して一種の笑いとなるのだった。そういう授業の時間に生徒が三人指名され、その中の一人は、勉強は嫌いだがまるきりサボるわけでもないリリだった。ほかの二人は一言もしゃべろうとはしなかったが、リリはまるで神経系か消化器の話のように冷静に、授業の最初から何一つ抜かさず答え、少しもふざけもしなかった。傷ついたわれわれの魂がそのときにはどうして反応しなかったのだろう？　逆に、みんなはリリをヒロインのように賛嘆のまなざしで眺めていた。

校外にはもっと進んだ関係があったようだが、リリはクラスにも一人友だちはいた。背がひどく高く顔が赤いのでコロラドというあだ名の男子生徒だった。毎晩リリを家まで送り、授業中にメモを送り、大体において、ライバルになりそうな奴を近づけないように気を配っていた。夕方おそく罰ゲームが始まり（実のところぼくは一度も加わらず、作り笑いを浮かべるだけで情けないほど無関心だったが）、彼ら二人が組む番になったときには、〝罰として〟教室の中央の椅子に上がり、そうして、たそがれの光線をうけた焦げ茶色の姿で抱き合い、キスするのだった。そのときリリが寄り添う姿の物憂い繊細さは、母親にキスする少女の眠たげな身振りにそっくりで、ぼくには現実には存在しない態度に見えた。忘我と昂奮と苦痛でずっしりと重い金色の世界、一秒たりとぼくには息がつけないであろう世界。それでもそうした瞬間には犬のように苦しみ、恐ろしいながら目が眩むほど美しい経験を拒まれ、世界の外に置き去りにされて、自分はのけ者なのだと改めて感じていた。ぼくが彼女の視線に耐えられず、たまたま一声でもかけられると度を失うことはごく簡単に分かっていたろうと思う。最初に気づいたのはもちろん彼女で、面白がって、ますますいたずらをするようになった。そのころ、わがクラスでも神託ゲームが始まった。つまり恋愛に関するさまざまな質問のリストで、それには

「はい」「いいえ」「多分」のどれかで答えなければならないのだった。〝好きな人〟についての百ぐらいの質問があった。目の色、髪の色、身長、同じクラスの人か違うかに始まって、どんな俳優、歌手が好みか、あるいは〝いつかあなたにキスしたことがあるか〟まで。回答がなにか具体的な形を取ってくると、それに応じて、その人物があなたについてどんな感情を持っているか、お告げが下せるようになる。例えば、〝あなたを愛している〟、あるいは〝気に入っている、でも愛してはいない〟、また〝あなたが大好きだ〟、または〝あなたなど真っ平ごめん〟などの神託が出るのだ。誰かに神託が降《くだ》るときは、みんな教室の真ん中の腰掛けの周りに集まって、誰のことか言い合い、軽口をたたき合う。一つ一つに皮肉なコメントが聞こえる。〝ホッホホー！　テディが好きなんだぜ……〟、〝いや違う、サシュカさ、あれは目が青いぞ！〟、〝でもよ、サシュカはチビじゃないか？〟。もちろん女子生徒は神託に答えるときに意中の少年のことを考えているとは限らない。ときどきは落第生やとんまを〝お得意さん〟にしておもしろがり、集まったみんなを楽しませていた。ともあれ、このゲームは遠回しに仄めかすところがあって、罰ゲームとおなじように昂奮させるのだった。八年級の終わりごろの日永のある日、色黒で活発なペトルッツァが神託を始めた。男友だちはいなくて他人のデートの手引きをしている愛想のいい女中さんのような子だ。ぼくも含めて（ぼくはまさにペトルッツァのことを考えて、お告げは〝あなたは気に入られているが愛されてはいない〟だった）、何人もが答えたあと、リリの番になった。素敵な口元、豊満な赤く輝く唇が微笑んでいた。大きな黒目のモーヴな煌めきは耐えがたいほど。二年まえから好きだった。うなじで結んだ髪、円い乳房、力強いくるぶしの脚と、シルエットの細部まで頭に入っていた。リリは笑いながら質問に答えていた。考えている人の身長はと聞かれたとき、ぼくは最初の疑いで怯えた。そのときリリはぼくのほうへ視線をあてて答えた。「中くらい」と。あとの答えは夢のように聞こえていた。研ぎ澄まされた本能は決して間違えていないと分かっていた。ぼくのことを考えている、ぼくのことなのだ。みんなそうと知っていて、ぼくを笑いものにして苦しめようと示し合わせているような気がした。その場を離れたかったが、そうすれば余計に見え見えだろう。だから終わるまで我慢した。男子の中にコロラドもいて、有頂天に楽しんでいた。すべての質問が終わり、降された神託は驚愕だった。〝あなたをひそかに愛している〟。その瞬間、リリはけたたましく笑い出し、ぼくを指さして数秒間そのままにした。みんな面白がって、ぼくをからかい、ぼく自身も彼らと一緒になって笑おうとしていた。ゲームは別人へ移った。ぼくは数分後にそっと抜け出してトイレへ行った。恥ずかしくて真っ赤な顔を洗いたかったのだが、そこでは何人か煙草を吸っていた。で、諦めた……。

その日からリリへの想いは一層増した。彼女は何かと言えばぼくと話したがり、ぼくの方はぶっきらぼうに応じてもじもじと離れるのだった。夜々、息苦しくなり、リリを思ってベッドで転々と寝返りを打ち、それから窓際へ行って冷たいガラスに額を当てた。彼女がバルブ・ヴァカレスク通りに住んでいることは知っていた。で、その方向へ向いて話しかけるのだった。あるとき、返事がはっきり聞こえた。ぼくの名前を言った、彼女の声はそこに、ぼくの右耳のそばで響き、それは少しも幻覚らしくはなかった。今でも、幾晩も続けて彼女と交信していたと絶対に確信している。重要なのは月が出ていて、彼女の住まいの方を眺めていることだった。するとはっきり〝アンドレイ、あなたね?〟と聞こえて、それから三十分ほど無駄話をした。学年の終わりで学校は活気がなかった。生徒も先生も疲れてうんざりしている。ギリシャ系のシンディリはテープレコーダーを持ち込み、みんな教室の後ろに集まってしゃべっていた。例年どおりの整列、賞状授与やらばかばかしい儀式が続いた終業式の翌日、本当の祝典があり、そのために毎年うちの学校は国営サーカス場を借り切っていた。硬いベンチが並ぶ円形フィールドの頭上にさまざまなニッケルメッキの台やらネットやらがぶら下がっている大ホールが親子で一杯になった。初級の小さな子どもたちはあちこちぶらつき、ライトの前で回転する緑、黄、赤、青の円盤のついた金属製の巨大な反射鏡をいじり、上級生はクラスごとに集まっていつまでもおしゃべりしていた。〝私服〟出席を許されていたぼくたち卒業生は、それぞれ家にある一番いいシャツやズボンで来た。少女たちは体に合わないスカート、ブラジャーが透けて見えるメッシュのブラウス、母親のストッキングなど、けったい極まるもので飾り立てていた。ファンタスティックに編み上げた髪型はパパルーダ☆さながらだけれど、よく似合うとも言えるのは、少女たちがフレッシュなおかげだった。マニキュアをしている娘もいた。それから二人ほどはオウムみたいに頬紅白粉を塗りたくっていたので校長夫人に帰宅を命じられた。彼女たちはみんな昂奮し、気分は令嬢そのものだった。まだ十四歳と思いたくはなく、もう男性の頭を狂わせることができるつもりだった。まだ自動車のタイプだの戦争映画だのにかかりきりのぼくたちのことなど蔑みの対象でしかなかったはずだ……。

胸の高鳴りを抑えて待ちわびていたが、リリが現れたのはおそく、プログラムはすでにずっと前に始まっていた。それはサドヴェアーヌの小説『魔法の森』による一種の即席ミュージカルで、われわれ男子の目はリズーカ役にひきつけられていた。背は高めでとても格好いい七年級の子で、着ているものはバレリーナのタイツだけだった。そのわきでは犬のパトロークレに扮した男の子が跳ねている。舞台は蝶や花やそんなたぐいの子どもたちでいっぱいだった。古いスピーカーから雑音が、実は優しい童謡らしいのだが、鳴り続けていた。一番先にリリを見たのはぼくだったと思う。身なりはシンプル、襟ぐりの深い袖無しの白いブラウスに、黒いミニスカートだった。もし初めから来ていたらスカートのせいで追い出されていたろう、脛がむき出しだから。手に薄紅のバラを持っていた。彼女独特の優雅な身ごなしでズック張りの腰掛けの間を抜けて行った。ぼくたちから遠いところに一人で座り、しばらくそこでときどきバラの香りを嗅いでいた。それから思い直してぼくたちの方へ来て、ぼくの二列ほど上に空席を見つけた。その間じゅう、ぼくはこっそり彼女を目で追っていた。何か友だちに言おうとするふりをして振り向いたとき、ぼくは目を疑った。リリは脚を重ねて腰掛けていた。もし魅力的でなかったら淫らに見えかねない姿勢だった。両脚の白くマットな肌が上の方まで見えていた。そうして気がつくと、彼女がぼくをじっと見つめているのだ。いつぼくの隣へ来たのか分からない……。きつい香水を漂わせて微笑みながら目の隅でぼくを見ていた。ぼくの方は舞台のパントマイムに目をこらしていた。突然、手を握られた。ぼくはびっくりして彼女を見、手を外した。「アンドレイ、なぜわたしを避けるの?」と言いながら、また手を取った。「ほっといてくれ」とぼくは答えた。「みんなに見られるよ」と言ったものの、もう一度手を引き抜くほどの力はなかった。真っ直ぐ前を見ながら、震え始めていた。ホールには、オーケストラの近くなどに誰もいない場所があった。音が大きすぎたり、高さの関係で舞台が見にくかったりするからだ。結局そういう席までリリはぼくを引きずった。そこに並んで、リリはバラをいじり、ぼくは気が遠くなりそうで、汗びっしょりだった。もう何も頭に入らず、彼女の存在がその香りだけでぼくを混乱させると分かっていた。クラスメートはみんなこちらを見て、意味ありげに歯をむき出していた。耐えきれなくなって、黙って立ち上がり、手近の出口から逃げ出した。皮肉っぽく低く呼びかける声をなお耳にして、それから、寒気がして歯をがちがち言わせながら、首をすくめて、家まで走った。ベッドに転がり込んだきり動けなかった。熱が出て、母は体温計を見てぎょっとした。薬を出し、医者を呼んだ。ヴァカンスの初めの

☆ 雨乞いのための緑の葉をまとい、水をかけながら農村の道を踊り歩く巫女《みこ》、またその行列。

数日の間、具合が悪く、悪夢でよく眠れなかった。湿ったシーツの上でいつまでも寝返りを打って目を見開き、月光のさし込む青白い空気を通してベッドの脇の肘掛け椅子の方を見つめる。そこにリリが腰掛けているのがありありと見えた。制服のサラファン、髪は引っ詰めて、つやつやした唇で奇妙に皮肉な笑みをたたえている。するとぼくはベッドから起き出して彼女の髪を、肩を撫で、まったくの現実だと思っていた。そのとき温かい液体が胸から指先へ流れるのが感じられ、そうしてぼくの両手は、心得きっているように、脱がせようとするのだった。しかし彼女の服も体も一体だった。ガラスのようなものでできた彫像だが、しかし生きていて、動いた。服は脱がせられない。

一瞬、机の上の増え続ける原稿用紙から目を上げて、反射的に鏡を見た。視線が鏡の布カバーに書かれた別のテキストで塞がれたときショックを受けた。それは難解な、解読不能なテキストで、そこからは何一つ出てこない。真実の光がぼくを粉砕するにはそのカバーを外しさえすればいいと分かっている。そこに何が映っているか明らかだろう、だがそんな明白さが誰の役に立つというのか？　それはぼくを焼き尽くす炎だろう。それでもなお、一目、鏡を見たくてたまらないのだ！　けれども苦しく締め付けるこの物語が終わらないうちは、それはしないだろう。ぼくがひたすら書いている間に、何度も、家族の老人たちが部屋に入ってきた。水槽の金魚に餌をやるとか、ビーズ玉やクリップの入ったケースを取りに来たとか、あるいは古式の家具やキリストの脇腹から葡萄が生えているイコンの埃を払うとか、いろんな口実を設けて。だが結局最後はぼくのそばへ来て、心配を不器用に隠して長い髪を撫でる。ぼくがいくらか初めより優しい口調で、どこも悪くないのよ、ただ物語を一つ書かなきゃならない、それが終わったらお医者を百人でも呼んでいいわと説明すると、ばあさんは実際に泣き出すのだった。一週間で書き終わるとみんなに約束した。彼らは諦めて納得したのだが、午後じゅうほかの老人たちと一緒にサロンに集まって何時間もささやきあっていた。あの子は間違いなくどこかおかしい、みんなそれが怖くてならないと。ぼくは食堂での食事も断っていた。そこにも大きなベネチア鏡があり、それにもカバーを掛けてくれとまでは頼めないから。というわけで彼らはここまで、書斎まで食事を運んでくれ、ぼくが物語を書き続けるために大急ぎでかき込む間、見張っているのだった。

書き進める。ぼくは奇行と奇想の気むずかしい青年になっていた。〝わが人生〟に、高校最終学年に、彼女の出現がなかったら、ぼくは現実とのコンタクトを決定的に失っていたろう。契約した四つの図書館から本を借り出しては、一日じゅう、夜もおそくまで読み続け、詩人というもの全体を次第に深く発見し（まず読んでいたのは詩だったから）、次に個別に探究した。気に入った詩はみんな簡単に覚えた。そして、休み時間にクラスメートが教壇でピンポンに興じている間、黒板をヴェルレーヌやエリュアールの詩で埋めた。フランス語やラテン語の時間には奇妙な例文を作った。文章の中で動詞を活用させなくてはならないときは、たとえば〝黒い花が透き通った狐を見た〟とか、〝ぼくは梨の牛で緑地をたたく〟などと、無意味な文章を、文法だけは正確に合うよう気を配って答える。もちろんお気の毒なことに先生方は呆気にとられていた。でもぼくはよく勉強したし、〝創作コンクール〟では何度も入賞していたから、文句は言われなかった。自分のことを呪われた者と見なし、級友のことは軽蔑し切っていた。もちろん特別な手帳を持っていて詩句を書きとめ、日記も始めた。それは何度も読み返したから、今でもほとんど暗記している。次々にカミュ、カフカ、サルトル、セリーヌ、バコヴィア[☆1]、ヴォロンカ[☆2]、ランボー、ヴァレリーへ全身全霊を注ぎ込んだ。身の回りで起こることにはほとんど注意を払わなかった。級友たちはいつも学校へレコードを持ってくるが、それは大概割れたケースにテープが十文字に貼ってあるようなひどいものだった。光るケースからは奇抜な身なりのグロテスクな髭面とか、巨大な煙突の並ぶ上を羽の生えた豚が飛び回る憂鬱な工場の風景などが立ち現れた。ぼくが無関心に聞き流している論議の中を謎めいた文句が飛び交う。ガダ・ダ・ヴィダ、レッド・ツェッペリン、サンバ・パティ、イマジン。催眠的なリフレーンがささやかれ、辛辣な詩句が唱えられる。「ヒトラーなんか信じない／ジマーマンなんか信じない／ビートルズの曲なんか信じない／信じるのは自分／ヨーコと自分／これが現実／夢は終わりだ☆3」。教室にテープレコーダーを持ち込み、つないだアンプから出るギターの音はあんまりやかましくてぼくは五分と聴いていられなかった。自分と同年代の若い連中が好むものは全部無視していた。こうしたクライシスの続いた二年間というもの、ぼくはほとんど狂気に近く、頭蓋を包んで凍り付いたその息吹が今もなお感じられる。蛇が脱皮するとき鱗のついた皮膚が少しずつ剝がれるように、ぼくの世界は現実世界から離れて、平行する夢のフィルムになった。ただひたすら読み続けてばかりはいられず、それに外の空気を吸わずにいると、夜息苦しく悪夢を見るので、毎日暗くなる前に散歩に出た。ガラツィ通りから公女ルクサンドラ通りをたどってガラツィ広場に出、それからトアムネイ通りの先のひっそりした黄金色の小道をモシロール街道まで入る。古い家々を眺めた。街路の上に蜂の巣形に危なっかしく張り出したバルコニー、アーチの下の化粧漆喰、軒蛇腹や怪人面、苔むした石膏のアトラス像。地平線の下に日が沈んで行くにつれて、黄金色の壁が琥珀に、ついで朱に変わり、破風の怪物の頰から鼻が壁一杯に尖った影を落とし、窓ガラスは血をたたえ、また白いワンピースの少女が鉄の槍の立った門の前で、昔々の、生まれる前のことかと思われるほど古い思い出に耽っている。ぼくはあのころ何度もヴィーナス通りまで歩いたが、そこに、白と赤の梁のある大きな商人の家々の一つの中に、ぼくの人生で出会う最高に恐ろしいほど美しいものとなる娘が住んでいるとは思いもしなかった。その通りでぼくの心を奪っていたのは、そこに並ぶいくつかの仕事場、小工場の頽廃的な眺めだった。外側は大抵アクリルペイントで塗ってあったのだが、それが何年かのうちに剝がれ、以前に黄色に塗られた下地が大きくむき出されている。その上にはまだ残った濃紺の塗料が乾いた房になってぶら下がっている。その先になると庭に馬をつないだ小屋や、葡萄の房を屋根に載せた田舎家があり、隠居がポーチに座ってボール紙にラッカーで海景やリラの花を描いていた。ヴィーナス通りが黄昏れると、シルヴェストル小学校近くの道ばたに捨てられたまま雨や霜で錆びついた冷蔵庫が、この世ならぬピンク色にくすみ、景色全体が作り物めいてきた。ぼくは悲しみに包まれて家路をたどるのだった。

ぼくのエロチシズムは挑発的な禁忌状態に入っていた。一切がパラドクシカルで解決不能だった。本やアルバムにエロチックな文章やヌードを探すが、同時にこうした衝動に抗う気持ちがあった。自分は他人と全然違う、恋愛やそれに関するすべては自分のためのものではなく、自分は凡俗な人間条件を遥かに超える道を歩いているように思われた。それどころか、そのころ強く感じていた絶対化の傾向から、エロチシズムこそが人間の自己実現を妨げるのであり、恋愛とは、ひいては女性とは凡俗化の、挫折の原因なのだと思い始めていた。二年の間、今触れたような疎外状態の中で、ぼくはこの件について奇怪な観念系を構築した。自分には果たすべきもっと高貴な使命があるのだから、いかなる女性をも知る権利はないと決めた。不死はまさに純潔によるのであって、恋や色事をした瞬間に決

☆1　ジョルジェ・パコヴィア（一八八一―一九五七）。ルーマニアの象徴派詩人。
☆2　イラリエ・ヴォロンカ（一九〇三―一九四六）。ルーマニアの前衛運動を推進した詩人のひとり。
☆3　ジョン・レノンの「ゴッド」より。ジマーマンはボブ・ディランのこと。

定的に疵が付くのだと、ある種の確信を抱いた。それは実は明晰な理論化などではなくて、抜け出しようのない衝動なのだった。確かに一人で勝手に苦しんでいたのだが、ほかにどうしようもなかった。

女性が怪物に見えた。実際のところ女とは不具になった男と見えていた。乳房、脂肪の付き方、拡がった腰、男性と趣の違う髪、これらは恥ずべき身体的欠陥に見えていた。女性の身ごなし、ある種の動作の優雅さ、異なる心理、それこそごまかしそのものだと思った。エレガントな身なりに凝る女、男性への媚態につとめる女性を憎んだ。ぼくにとってそれは要するにエロチックな欲望のひけらかしを意味した。蜘蛛の雌が交尾のあと雄を食うところを読んで、人間世界で性交のあと女が男を殺すと何が起こるかを想像する幻想的小説を書き始めた。二つの基本的本能の間でもがく男のジレンマを想像した。女は君を破滅させる、それでも君は女の魅惑から逃れることができないのだ……。あるいはつがいながら愛人をかじる奇妙な尼さんという名のカマキリのことを考えていた。あるいは何秒かの間に雄の唯一の弱点、キチン質の殻の唯一の裂け目を見つけて、そこへ尻の毒針を差し込むサソリの雌のこと……。

もしぼくがたとえばマゲール大通り☆やロマーナ広場で、建物の角々に巨大なねばねばした蜘蛛の網が張られ、その中心で鋏にそっくりな胸をした裸の女がじっと待ち構えているのを見たとすれば、その光景は、その女の方が〝わが母、妻、恋人、または娘〟など、身振り、微笑み、気弱さの網を張るだけの普通の人間的存在と見える現実の女性より、ぼくにはもっと自然なものに見えたことだろう。ぼくの錯乱が深まるにつれ、いよいよこの点での疑問が重なり、ありとあらゆる空論に迷い込んだ。こうして人間の女性性とはどんな特徴を見て決められるのかと考えた。新生児では性の区別は厳密に解剖学的なものでしかない。二歳か三歳までに子どもは違う色の服を着せられる。男の子は青、女の子はピンクか赤。だがその後、友だちどうしの間で男の子と女の子の区別を知ると同時に、顔つきの違いが、定義はできないものの、目で見て次第にはっきり分かるようになる。あとからこしらえた区別（女の子の長い髪、特別な服装――スカート、ドレス、イヤリングのような特殊な飾り）や、思春期に現れる二次的な性徴のほかに、もっと謎めいた精神的指標が存在する。実際はそれこそがもっとも強力な指標だと思う、それが情念を規定するからだ。ぼくたちが女を愛するのは体つきが完璧だからではなく、独特な目や口の形のためで、そこに（いつ形作られたのか？　なぜ現れたのか？）、彼女の深く微妙にエロス化された個性を見て取るからだ。愛する人が裏切ったという考えにも増して我慢ならないのは、彼女が片方の眉を上げて誰か他人に微笑んだことだ。彼女の頬に、口の周りに現れたその皮肉な愛情の皺は、ただ自分からの影響によってのみ出現するもので、他人に向けて繰り返されることはあり得ないと思ったのに……。もし女の目が化粧してなければ、男の目と区別するのはごく困難だ。女性はまつ毛が長く濃く、目は長く切れているかも知れない、しかし女性の目が大きく、黒々と燃えているのは自分が彼女を愛している間のことで、愛さなくなってからは普通の二つの目としか見えないのはなぜか、誰にそれが説明できようか？　口は男性の口と容易に区別できるが、でも何によって？　確かにこの口、あれこれの口が女性のものとは知っているが、その区別の要因を筋の通った言葉で表現できるとは思えない。われわれは自分の性を出られない以上、こうしたあらゆる微細な特徴を必然的に男の目で、あるいは女の目で見るのだ。

ぼくは目に見えて変わった。顔つきは苦行僧の趣、目からはやや異様な悩みの光が射した。口元は

☆　ブカレスト都心を南北に走る幹線道路。北端がロマーナ広場。南端は一九八九年の民主革命発端のバリケードで知られる大学広場。

肉感的なままだが、それも内部の苛酷さに苦しんでいた。長細い鼻の下に口髭が生え始めて、顔の線全体が伸びていた。孤独に安住して、起こるはずの何かから全力で身を守っていたのだ。

ある晩、ヴィーナス通りを通っていると微かなメカニックな歌声が聞こえた。突然子どもの頃のあの情景が思い出された。あの変わった家、たくさんのおもちゃを持った子どもたち。セルロイドのマンダリン人形が何やら東洋風の音階で歌っていた。それはある家の角の色ガラスの庇の上の開いた窓から聞こえてきた。庇の上にはたそがれの薄い光を受けて金橙色の猫が一匹うずくまって、恐る恐る部屋の中を覗いているのが見えた。そこから、おもちゃの歌が途切れたとき、ちょっとしゃがれた少女の声が聞こえた。「ちぇ、生意気ね！　あっち行け！」猫は壁を走って、家のそばの大きな柳の木に飛び込んだ。厚地の赤いカーテンを片寄せた窓から顔を見せた少女はひどく小さく、弱々しく見えた。縮れた長い髪は樫の木の明るい栗色で、きれいな丸い顎に薄黄色の目をしている。この貴族的な顔つきは通りすがりにぼんやり頭に残っただけで、あと暗くなるまで散歩を続けた。その後、何度かそこを通って庇の上の窓の方を眺めたことがあるが、半年の間は、ときどき見えたのは年寄りの女だけだった。ずっと大きい別の窓には、地球儀や、たいそう気取った、多分高価な家具や、水晶のつららの下がった黄銅色に煌めくシャンデリアが通りから見えた。ぼくの日記に書かれていたのは、詩や、読書ノートや、おかしな夢ばかりで、外的な事実はごくわずかしかなく、この〝出会い〟については一行もなかった。その日のメモにはネルヴァルの『オーレリア』を読み始めたとあるだけだ。

高校最終学年に進み、まもなく満十八歳になるころのこと。自分の将来について次第に鬱屈が募るのを感じ始めていた。ほんの一年前には人生に関わることのすべてを、〝生きる喜び〟のすべてを決定的にきれいさっぱり諦めようと決めていた。ちっぽけな人生に満足しているように見える人々が嫌だった。自分はユニバーサルで、この自分がそのままコスモスになると感じていた。しかし今はこの生き方が生理的に耐えられなくなり始めていた。次第次第に、自分は天才ではなく、みじめな挫折者だと感じられた。この変化は孤独の圧力から生まれた。以前は放って置かれることを喜び、好んで何週間も家に閉じこもり、暗くなるまで読んだ。電話に答えなくてはならないときは、心の中で罵倒した。高校の初めの二年間はまだクラスメートがお茶や誕生会や学校のホールのディスコなどに誘いにきたのだが、一度も行かないのでみんな諦めてしまった。ぼくに対して彼らが抱く感情は、美しい蝶になるかも知れないが、また気味の悪い虫が出てくるかもしれないさなぎを見るときのような、控えめな賛美を交えた恐れだった。ぼくはよく話題にされたが、そんなとき弁護する者でさえ、ぼくと個人的な関係を結べるだろうとは想像できなかったのだ。十七歳の誕生日にクラスが用意してくれたプレゼントは、紙できれいに包んで、リボンをかけてあったけれど、それをぼくに手渡す勇気は誰にもなく、机の上に置いた。宇宙人にでもプレゼントをしたかのように、自分らの仕業が気になり、少々びくびくしていたのだ。ぼくは人間らしさをすっかりなくしていた、そこに気がついてはいた、しかしこうして超人への道を進んでいると思っていた。最終学年の前のヴァカンスには、このような孤独を体験した結果、自分の精神的統合が心配になった。三ヶ月間というもの、引き続き抽象的なものへの愛、誰にも向けられない愛で心が重かった。少しも家に落ち着いていられず飛び出しては、誰か知り合いに会えないものかと、日ざしで薄黄色に明るいブカレストをうろついた。腕を組んで歩くカップルや最新モードで飾り立てた女性、またお決まりのレコードを抱えた自分ぐらいの少年たちがムジカの店前で交換しているのを羨ましく眺めた。スティッキー・フィンガーズ＋五十レイでディープパープル・イン・ロック、キャラバンサライ＋フーのマイ・ジェネレーションのシングル盤でウマグマ。疲れ切って帰るのだが、午後にはまた初めからやり直しだった。

学校の再開を待ちかねていた。今までになかったことだ。堕ちたか堕ちかかった天使のように、ひどく孤独過ぎる感じだったからだ。だが天使のままでいることは、ぼくの中でうごめいているもの、どうやら悪質だが、ぼくの上に次第次第に強い力を及ぼしてくるものを、否定することを意味した。幾度となく、目覚めると孤独に泣いていた。

　とうとう最終の十二年級が始まって、初めてのことだが、見慣れた顔をまた見るのが嬉しかった。たまたま最初の授業だった生物実験室で、まず見たのが、自転車の名手、好人物風の平べったい顔、いつも半ば閉じている緑色の目の「綿《ブンバック》」だが、彼は生物の女教師が〝子どもたち〟と呼びかける度に手帳にマークをつけ始めた。収穫は大変なものだった（手帳には線が二百本引かれた）けれど、女教師が見とがめて、指名した。「綿」はなにくわぬ無邪気そうな顔でパラメック（ゾウリムシ）についてかなり正確に答えたが、六十点だった。先生が何度注意してもこの微生物の名前を〝パリマッチ〟と言うからだ。次は身長一メートル九十三センチの「ダル」、このあだ名はもちろん生物の時間に習ったウマの先祖のカルからついた。そうして、あとその時間では、メラが座っているのが見えた。歯が引っ込んで、目つきはどこか間が抜けていたが、マラルメのことは誰かから聞いて知っていた。あるとき女教師が一階の教室から実験室へ等身大の人体骸骨を取りに行かせたことがある。メラは階段でつまずいて転び、針金から外れた骨が、校長のザンビラおじさんの見ているところで、職員室前のホールに散らばった。別のデスクには八年生みたいに子どもっぽくて、真っ青な顔の「死人」が座っていた。際だったのはたった一回、自分でも理由も分からぬまま一つの叙事詩を数学の時間（叙事詩に語られてもおかしくない有名なドルンガ先生が授業中にお気に入りのペキニーズの話をしているときだった）に創ったことだ。その詩は結局二行しかできなかったが、有名になっている。〝ランプの薄明かりの中／座る二人の丈高きひげ面〟。あまり目立たない双子のグリゴリッツァとネグルッツァ。身長一メートル四十八センチで七センチのヒールを履いているグレコローマン選手のミハラケと、出産のときの鉗子で頭が歪んでいる大男で、この世で興味があるのはおもちゃの電気機関車だけというネアグもペアだった。一種の下手な道化役のルルで終わりにしよう。ぼくも一緒にいたあるキャンプの仮装舞踏会で、白粉を塗って女の服装で出てきたが、ぼくは見ただけで気持ちが悪くなって、壁に寄りかかったものだ。

クラスの女生徒と言えば、ぼくには、ほとんど同じような女子の集団だった。とはいっても一人、掃除婦のような顔のファルカシュはモードの雑誌に夢中だった。ほかになぜか男名前で呼ばせるヴァシレ。またかなり変わった、めっちゃナイーブな、一種の場末の美人、一種の黒い白鳥ディアリーサは三年生のうちに妊娠していて、その後高校を退学した。当然ながら、真面目でよく勉強する生徒もおり、一方、かなりきれいでいい家の出だから、陰口の材料に事欠かぬたぐいもいた。だがいずれもあまりぼくの関心を引かず、実際のところ、今ではよほど努力しないと思い出せない。なお二人新しいクラスメートがいた。一人はポニーテイルを垂らしたブロンドで、プレシュコイウという優雅な名前で呼ばれていた。もう一人は小柄で細くて、誰かが休み時間に〝ミニチュアのプリマドンナ〟と名付けたのだが、有名校の〝ユリア・ハスデウ高校〟からの転校生だった。その顔つき、黄色の目の〝マダム顔〟にも、力強い、ちょっと割れたアヒル声にも、漠然と覚えがあるような気がした。一学期のひと月ほどの間、休み時間ごとに、ホールで小さなグループとしゃべり続けているのを、見るともなしに見ていた。たいそうエレガントで、宝石入りの指輪をつけ、しばしばイヤリングを換えていたが、クリップだろう、ピアスの孔はないようだったから。確かに授業中はイヤリングを外したけれど、厳しくない男の先生のときはつけたままだった。たとえば英語のトム先生は、自分でも背広とネクタイを呆れるほどしょっちゅう換えていた。彼女の名はジョルジアアナ・ヴェルグレスク、だが友だちはジーナとかジヌッツァと言っていた。きっと家でそう呼ばれていたのだろう。だがこの呼び方は愛称なんかではなかった。なぜならば、女子たちはこの新しいクラスメートが全然好きではないどころか、むしろばかにし、スノッブな甘やかされた子扱いしようとしているのがすぐ見て取れたからだ。彼女が持っていて、校外でだけ使っている化粧品、白粉、香水、石鹼のたぐいに関しては、ずばぬけていた。二言三言目には、ぼくにとってはロックミュージックにはまり込んだ男子生徒の口から聞こえる文句と同じように無内容な語彙が出てきた。たとえば、ブルダ、シャネル、ディオール、ヘレナ・ルビンスタイン、エラ、オーバン、ランコム、ラックス、レクソーナなどの名をぼくは一度も聞いたことがなかったし、苦い香水と甘い香水の違いは知らなかったし、デオドラントとシャンプーはみんな同じ、靴一足探すために半日かけるのは無駄と思ったし、ブルージーンズもコーデュロイも、言うまでもなく宝石類も、普通の人間のために作られたものではないと信じていた。こうした分野についての無知という点ではわが女子クラスメートの大部分はぼくとあまり違わなかったから、彼女と話すときには、ぼくと文学の話をするときと同じように、へまを恐れて控えめにしていた。だが、彼女が生きる幻想的世界のため、その分野で彼女が持つ洗練されたアクセサリーのために、本能的に彼女のことを憎んでいたのだ。始まりのベルが鳴ると、この新しい同級生は非常に素早い〝高慢な〟動きで、高いヒールになれた活発な少女の身ごなしで、真っ先に教室のドアへ向かった。最小サイズの婦人靴はいつもキュッキュッと独特な音を立てるので、やがて、白赤モザイクの廊下の先で、まだ姿が見えないうちにすぐそれと分かるようになった。

初めて話し合ったのはいつだったろう。幾度もなんとなく言葉を交わしていたと思う。とにかく彼女はぼくに魅かれるところがあった。文学が好きだったし、特に、一部の生徒たちはぼくを〝優秀〟で値打ちものだと見なしていて、それはいつも彼女に一種の催眠効果を及ぼしていた。あるときぼくは〈ルチャーファル〉☆を買ったが、途中で秋の大粒の雨の大きな雫で濡らした。薄暗い教室のデスクにシーツのようなページを拡げて、サンドバーグの翻訳を丁寧に読んでいた。そのとき彼女がぼくの横に来て（ベンチにぼくと並ぶ生徒は外でサッカーをやっていた）、猫みたいに熱心に、自分もその詩を読み始めた。「気に入りませんね。これは詩じゃないわ。こんなものは誰でも書ける」と言った。ぼくは先生気取りで、サンドバーグは大詩人なのだと説明し始めたが、彼女は憤然と否定し続けた。別のとき、タラス・セヴチェンコ通りを家まで送って行った。葉の散り切った栗の木から時折つやつやした実が落ち、灰色の家々の壁は濡れていた。鉄格子の中庭から煙の匂いがきつくノスタルジックに漂っていた。彼女は黄橙色の光沢のレインコートを着ていて、乾いた落ち葉の山を靴先で蹴散らしておもしろがっていた。そのとき、半ば子どもっぽい、半ば気取った表現で、〝数学学部の彼女の友だち〟のことを話した。その後何ヶ月もの間ぼくの悪夢となるあのシルヴィウだ。けれどもその昼過ぎには、ほかのことを考えながら、笑って聞き流した。彼女の欠点はもろによく見えていた。甘やかされた子どもっぽい考え、教養の見せびらかし、やや型どおりのゼスチュア。笑うとこちらも笑わされた。というのは、そのとき独特な形の美しい唇の間から、意地悪いコウモリのように曲がった可愛らしい歯並みが覗くからだ。上唇の中央に垂直な小さな〝尾根〟があって個性豊かなアーチを描いていた。その口元は〝ティピカル〟な女性モードの、つまり柔和とか親切とかの受動的な表情を取ることとは決してなかった。逆に、ひたすら神経質、ひたすら気取り、皮肉、児戯なのだが、しかしまだ完全には身につかないまでも成熟した女性のある種の洗練があった。ちょっと反り返った鼻が一層気の強そうな感じを与えた。ただ黄色く明るい目元には普通の意味での美しさがあった。まだジーナが好

☆ ルーマニア作家同盟による文芸誌。月二回刊。若い作家向け。

きというわけではなかったが、でも最初から、知っているすべての女性とは違うと思った。ぼくの傘の下で、ぼくが全然知らない人物の身に起こるさまざまなエピソードを語った。彼女は名前を言うだけで十分と思っているのだが、何者なのだ、マリクとかタニクは、ペネロパとは？　ただ母親のことだけはいつも甘く〝あたしのママ〟と呼んでいた。幼稚園のエルゼ先生について、彼女の住む通りにできた子どもたちのグループについて、フォフォとミシュリーヌの、イリエシュとシミナの色模様のことも話した。彼女の家に、庇があって角に柳の木があるヴィーナス通りのあの大きな家の前に来たとき、やっと気がついた。一度、夕方、庇の上のカーテンのついた窓で見た少女とジーナが結びついた。それを話すと、ジーナは腹立たしげに、あの猫の奴めらはいつも庇のガラスにおしっこをかけに来るのと答えた。その連中と絶えず戦わなくてはならないのだ。それから〝ちょっと暖まるように〟コーヒーを飲んで行けと誘われ、これにはびっくりした。それでも木の葉と小枝を象った巨大な鉄製の閂《かんぬき》のついたどっしりした門を入った。あまりたくさんの思い出が今はごちゃごちゃにからまっている薄暗い大理石の小ホールの先で階段を上り、部屋のドアに着いた。家は迷宮の感じだった。家の印象そのものよりも、今もっと生き生きと思い出すのは、この思いがけない訪問のことを綴った日記だ。赤いプラスチックのカバーのメモ帳が目に浮かび、あの日の一行一行が目に浮かぶ。

〈一九七…年十月九日。だんだん実人生から遠ざかる。痩せこけ、血の気のない疲れた顔、芦で編んだ渦巻きに沈み込むような目、質素な柱頭と切妻壁を思わせる黒い声、何かルネサンス様式のもの、割れて埃まみれの一つの青春。

　大きな古い家に入った。天井が高く燻された部屋（部屋ごとに黄褐色の暖炉）、壁には色とりどりの奇跡を描いた異様なガラスのイコン、また金属のイコン、十字架などがかかり、ブロンズの角飾りのついた古い家具がある。この家には小さな蠟人形が集まっている。同じ顔をした老婆が数人、髪の真っ白な老人一人。すべてが塗られ、ゆがみ、不自然だ。沈黙に浸された古い家（それも音楽のしみ込んだ沈黙。アンジェイ・ワイダのカメラなら、ひび割れて漆喰の落ちた壁に、聖なる騎士たちに、宝石を刻み込んだアップライトピアノの鍵盤の上の痩せこけた木彫や石膏のキリストの顔に、マクラメに、緑とピンクの絹を着て動かぬ老女たちに、その鼻のまわりのつやつやした肌に、動かぬ目に、はい回ることだろう。レースのように、ほとんど感じられぬほど微かに、バッハの静かなフーガが部屋を膨らませていた）。ぼくは黙って黒い朽ちた額縁のついたイコンを眺めながら考えていた。これはどういうモンスターなのか（前からそのしゃがれ声、小さな骨っぽい体、コウモリの歯から感じ取っていた年寄りめいた様子――それでもやはり淫らなばかなことを言っては喜んでいる少女。彼女にはナイーブな、センチメンタルな、女っぽいところは全然ない。彼女の〝ボーイフレンド〟に平凡とか俗だとかそんなようなことを言われたときに泣いたと言っていたが、ぼくは彼女の泣くところなど想像できない、ドライそのものだ）、隔絶した、廃れた色と影に浸された空間に生息するこの十七歳の少女。床の絨毯は片付けてあったから、各部屋ごとの天井から下がるシャンデリアの照明を和らげるものとてはない。酷薄な死んだ生命。

メモしておかなくてはならない文章がある。トーマス・マン『大公殿下』の一節。「ぼくには選択の余地はなかったと白状しなくてはならない。常に、ほかのあらゆる人間的活動には完全に無能と感じていた。ぼくには、ほかのすべてに対する疑いようのない、無条件のこの無能性が、詩を仕事にすることの唯一の証拠、試金石であり、それどころか、実は、詩を仕事と見てはならず、詩とはまさにこの無能性の表現であり避難所のように思われる」

ここに、遂に、希望を与え得る何かがある。〉

今では、もちろん、ぼくがあのころどんなつまらぬことを書くにも使っていたこの美学化されたやり方には笑いたくなる。日記のこのページに現れるジーナとその環境の様子は二倍もデフォルメされている。その理由の一つはこの不器用なマニエリスムで、もう一つは周知の心理すなわちぼくがおよそ女性なるものへ抱いていた反感のため、エロチックな攻撃に対する防御の必要のためだった。ジーナは本当に老人たちの環境で育ち、その結果、彼らから受け継いだ癖や奇妙なところがたっぷりあった。でもそれと〝年寄りじみている〟というのとは大違いだ。確かにこの一年の間に見違えるほど成長し、本物の女になったのだが、しかし、繰り返すけれど、それでも最初あんなに痩せっぽちと思っていたのがおかしく思われる。今、これを書いていて、彼女の顔つきに集中しようと試みると（そうして一瞬でそれを実際に目の前に結ぶのはなんと簡単なことか）去年の夏海で撮ったスライドに映る姿そのものでしかない。そこでは舌を巻くほど美しい。男ものの薄手のチェックのTシャツ、わずかにカールした長いまっすぐな髪はオーク色で、片側に分け目を入れて梳かしてある。バックに泡立つ緑がかった海が見え、こちらを振り返るジーナの顔は悲しげな、辛そうな表情を浮かべている。目は大きく、苦い笑いの口元の皺に情緒がたゆたう。ほかにまだ青春前期の写真も見た。みんな、灼熱の鉄に触るみたいで、見ていられないような気がした。その写真を撮ったときにはぼくの存在すら知らなかった、そうしてぼくは彼女の人生のそれほど貴重な瞬間を逃がしたという事実、彼女がそれほどの感動をほかの者のために浪費していたという事実は、それが特定の誰かではないとしても、理解しがたく、受け入れにくい。

初めて家まで送って行ったあのとき、少し彼女の部屋で待たされた。つまりまさにその部屋で今書いている。ぼくは周りのもの、中でも美しいイコンをしげしげと眺めていた。彼女はコーヒーを二つ持ってきて、レコードをかけたが、そのプレーヤーときたらおよそ最低の代物で、一九五〇年代に売っていたような、灰色のビニールカバー付きだった。目の前でジーナはちょっとタンゴのゼスチュアをし、それから隣に座って、文学の話を始めた。明らかに、ぼくとは他の論議はできなかったから。三十分ほどでぼくは辞去した。その午後は明日の予習をする気になれないと感じた。書斎のトランクに腰掛けて、冷たい暖房に脚をかけ、何時間も窓を眺めていた。運命の予感があった。すでにそのときからぼくは虜になったこと、この少女–女性がぼくの内部建築をすっかり分解するだろうということが分かっていたのだ。その後の日々もまた家まで送り、次第に、二人ともその道筋を一緒に歩くことに慣れた。ぼくは本気にならないように努め、絶えず彼女の虚を衝き、皮肉で応じていた。いくらそうしても、日曜日に〝トランプしに〟来るとか、土曜日の晩に〝お茶〟に寄るとかいうボーイフレンドたちのことを仄めかされるとどんなに心が痛むようになったか、すぐに気がついた。控えめな、皮肉を含めた微笑さえ浮かべて、ありとあらゆる打ち明け話に耐えなくてはならなかった。彼女とシルヴィウの間の大恋愛を詳しく聞かされた。この点でジーナは信じられないほど残酷だった。授業中にどの科目のノートブックにも欄外に大文字で SILVIU と書いていた。一度、彼女はある部屋の内部を描きかけたことがあった。それからベッドの上にすでに描いてあった写真入りの額のスケッチを数本の太い線でカットした。ときどき泣きながら登校したことがあり、ある日は初めの二時間だけで帰った。ジーナは苦しんでいた、彼女の恋はうまくいかず、そうして彼女の不幸をまず支えねばならないのはぼくだった。ある夕方のこと(もう粉雪があり、外は暗くなっていたから、十一月の半ばだったと思う)、ぼくの手を取った。道の真ん中だった。不幸せで顔が変わっていた。だが不幸のすべてを、後によくあったように、途切れ途切れの逆上したしゃべりに変えて、その間にもどれほどぼくを慕っているかと、ほとんど叫び続けるのだった。助けてよ、いつもそばにいてね、と頼む。がつがつとキスする。ぼくの方も肩の後ろに腕を回して、そのまま彼女の家まで歩いた。あのコーヒー色の空気のこもった玄関ホールで立ち止まって、唇よりも頬や目に切ないキスを交わした。彼女の顔は涙で濡れ、ぼくの方は彼女の名前を繰り返しては抱きしめ、コートの上から喉や胸を愛撫し、ひとりでに心に浮かんでくる愛の言葉を何とかして避けよう、遅らせようと努めていた。一週間ほどの間、彼女はこんな風にべたついていたけれど、その顔の黒々とした悲哀、頑なな沈黙は、ホールでのぼくの時間を愉しくするより以上に苦しいものにした。もはや詩を書くことすらできなくなり、家の中を歩き回るのを早く止めて毛布にもぐって眠りたくなるのだった。だが夢には痛烈な孤独の感覚があった。幾度か、こうして、何処かの公園のきりもなく錯綜し続ける並木道を歩く夢を見た。それは微かな光の射す霧のような、ピンクがかった紫色の夕暮だった。黄昏のこの一郭では物に重さがなく、非常に濃い情緒的な密度だけがあった。その煌めく空気、濃密な靄のすべてがぼくの中に苦しくたまっていくのだった。その空間は無限で、希望はないと分かっていた。突然、途方もなく大きい広場に巨大なモニュメントが出現した。目の眩む高さに尖塔と崩れた彫像を突き出すようにして、夕焼け空に古びたブロンズ色のドームが回転していた。半ば廃墟と化した建築物で、アーケードも破風も苔むして、壁に深く刻まれたゴシック式の怪物が歯をむいている。この建物には人間的な尺度に合うところがどこにもない。ドームの中の際限のない螺旋階段をぼくは上っていた。この世には、たとえ夢の中にでも、巨大なドームの下にいる人間の感情を表現できるような言葉は存在しない。百メートル上方、塔の中心部、菱形の石板で構成する天井に、円い窓が空いていて、そこから夕焼け空に漂う雲が見えた。あとは濃淡さまざまな青みがかったブロンズの闇が空間を満たして、その中の自分は、まるでただのちっぽけな虫だった。そのうちぼくは突然伸び始め、ふくれ始め、縦横にストライプを張り詰めた幾何学的空間を一杯にし始めた。伸びるにつれて壁の曲面に青白いフレスコが見え、ますます暗くなる外気が隙間から流れ込むステンドグラスの楕円の中に、夕焼け空をバックにして、鳩が一羽ずつ止まっていた。まもなく背をかがめ、はいつくばって、膝を口元に押しつけ、手足を組み合わせなくてはならなくなった。巨大なドームを一杯にしてしまったから。繰り返し見るこの夢から覚めるときはいつも孤独に呆然とし、自分の人生は終わったと感じていた。

すでに雪が降り始め、ジーナと高校を出るときは暗かった。手を組んで歩き、ジーナはときどき自分の手をぼくのポケットに押し込んで、ぼくの手を抜かせなかった。ひどく気が変わりやすく、時に朗らかに、時にぼんやりと、時に見ていられないほど悲しそうだった。愉しいながら同時にいささかの希望もなしに、ぼくらはショーウィンドーのライトに照らされた薄雪を踏んでゆっくり歩いていた。二人の交友が進むほど、ぼくには二人が異なる世界にいること、その間には一方的な感情の不合理な橋しか存在し得ないこと、誰もそれを渡ることはできないことが見えてきた。彼女が一年前にレニングラードの旅について、ネヴァ川の岸辺と橋を散歩した乳白色の明け方のことを話し始めたとき、ぼくは絶望していた。ぼくは彼女が一人、夢見がちに、川辺のそよ風に髪をなぶらせて、鋳鉄製の街灯の下、石造のライオンのそばを通り、また秋の夕暮の公園の壊れたベンチに座っている姿を想い描いていた。それから彼女は、海で、水に反射する日光を受けて泳いだ話をした。良家の娘たる彼女の幼時の情景をまたきりもなく回想し始めて、近くの通りの垣根に尖った鉄棒を並べた中庭を指さした。青いコートに緑のフェルトのジャケットの子どもが何人か雪遊びをしている。彼女も幼稚園時代に何度となくあそこで遊んだと言う。長い間たたずんで鉄格子の間から眺めていたが、その表情からぼくは目を背けざるを得なかった。もうシルヴィウについて話し合うことはなくなっていたけれど、彼女の言うことのすべてに、言葉の調子に、気分に、キスにまで、というのは人通りの絶えた雪の路上で急に立ちどまり、柱に寄りかかって〝キスして〟と言うからだが、彼女のあらゆる気まぐれの中にシルヴィウの影を感じた。ジーナは、自分の身を守るために、自分の不幸に一息つかせるために、ひとりぼっちにならないために、自分の恋の断末魔をまっすぐ見つめなくてはならないとき誰かに手を握ってもらうためにぼくを利用しているのだということは分かっていた。彼女の友だち役を務めるぼくは何者だったのか？　醜い妙な坊や、統合失調症一歩手前で、あやしげな文学のほかは何も知らず、人生経験などまるでない。服装は行き当たりばったりで一度も旅行したことがなく、友だちはいない。彼女に対抗するものとしては、何とか彼女を失うまいとするぼくの盲目的恐怖しかない。ぼくにとってジーナはガールフレンドどころではなく、耐えることのできない存在、強烈過ぎるけれど飲まずにはいられないドラッグだった。遅かれ早かれすべてだめになるだろう、ジーナはぼくから去るだろうと分かっていた。だがあの家のホールで、顔の輪郭がやっと分かるだけの暗闇で、ぼくたちの愛の身振りはますます野放図に、無鉄砲になっていった。ジーナの小さい細い体がますます大胆な愛撫にも緊張しなくなった。ぼくは女の抱きしめ方を知り、愛撫の快さを知り、軟らかい口元、唇と歯と舌の淡い味、髪のシャンプーの匂い、まつ毛の芳香に酔うことを覚えた。ブラウスの下の乳房の形を学んだ。別れたあと、雪片の舞う中、いくつかの電停を歩いて過ぎた。冬の空気が気持ちよかった。手のひらは夜眠るまで彼女の肌の匂いを留めていた。

彼女を家まで送っていたころ、いろいろ妙なことが起こった。水晶のように晴れた冬の夜、ガラツィ広場を通りながら、四〇番の市電停留所の上に昇った満月がレールを金色に照らすのを二人とも眺めていた。月の話で、ジーナは数人の友人と山へ遠足したとき、あまりに孤独を感じたので、文字どおり月を食べたくなったと言った。〝でも分かる？　文字どおりよ！〟もちろんぼくは嫉妬に身を震わせ何か防戦しようとしたが、そこでびっくり仰天した。月を見ると真ん丸ではなく、一部が欠けており、地球の影でしかあり得ないその影がゆっくりと、だが目に見えてますます広く、表面を隠していった。二人は立ち止まり、鞄を下ろして、抱き合い、驚嘆して、この屋根の上の光景を眺めた。やがて琥珀の天体の輝きは半分になり、影はさらに進んで、細い三日月が煌めくばかりになった。この間、ガラツィ広場をタクシーやバスが走り、通行人も行き交っていたのに、誰一人として、このやがてまた大きくなり、十五分もすれば元の完璧な球形を取り戻す月を一緒に眺めようとしなかった。あとになると、このすべては説明しがたい二人の夢のような気がしてきた。

日曜日には、ジーナは会おうとしなかった。電話をかけても家にいない。いつも祖母が出て、ジーナは街へ出かけたと言うのだ。日曜の夕方何をしているのか？　下校の午後送りを断るときは何をしているのか？　とてもありそうもない想像に耽った。しかししばらく前から彼女は一種の高慢な調子を見せるようになった。誰かに対する優越や、状況を支配していると感じるときにいつも示す、あの俗っぽいニュアンスだ。そのとき見せる、シニカルで同時に罪ありげな謎めいた顔つきに、ぼくはぎょっとするのだった。言葉遣いにはエロチックな仄めかしや術語が多くなり、それが会話のテーマとは関係ないところで飛び出す。彼女は何か自慢したいか、あるいは何かぼくに伝えたくて、その欲望の方がぼくを傷つけまいとする配慮よりも大きいのだと感じられた。あるとき小さいタワーのある家の前を通るとき「とても色事向きの場所ね！」と言った。それからその同じ夕方だったと思うが、裸の男がどう見えるか知っていると仄めかした。もちろんぼくは笑って話題をばか話の方へ向けた、だがどちらにもたっぷりショックを感じていたのだ。これはある意味で、そのやりきれない局面を立て直す助けにはなった。なぜかというと、ぼくは緊張するとすごく雄弁になるから。想像力を奔騰させて彼女をなだめ、魅了しているつもりだった。だが話は違った。彼女は自分の喜びと凱歌をぼくに感じさせたかったのだ。とうとう、数日後、結局シルヴィウのもとへ戻り、彼の家へ行き、彼に服を脱がしてもらったの、でももちろん、〝なにも起こらなかったわ〟と言った。こうしたことはみんな、暗いホールで、大理石の階段で、すべてを女性らしい夢幻に彩りながら話した。彼はまずレストラン・ベルリンへ連れて行って、チンザノを二人で飲み、それからバラを一本買って、タクシーで彼の家へ行った。彼はモーターバイクを持っていて、日曜日はそれに乗り……。そこでぼくはもう止めろと叫んで通りへ飛び出した。声を上げて泣いていた、暗くて助かった。泣きながらスキーウエアのショーウィンドーやテレビ修繕の店、明るい靴屋の前を通った。彼女を失ったとは分かったが、それを納得できなかった。まるでぼくが死んだ、あるいはジーナが死んだと誰かに言われたかのようだ。学校でいつも彼女を見るだろうが、それでももう彼女はいない日々、それは果たしてどう過ぎて行くのだろうか、想像することができなかった。もう二人で家へ歩かず、彼女の馬鹿話や甘えや皮肉趣味を我慢することがもうないというのは、どういうことなのだろう……。大通りの雪の中に足跡の長い筋を残していた。ぼくは終わった。

その晩、ぼくはもう決して彼女と関わるまいと決心した。日記にこう書いた。「ジーナにはないのだ、分かり合おうとする気がない。あの倒錯した女の子の中にあれほどの怪物性が、あんな愚劣さが住めようとは想像もつかない。目の前で二人の建築が、その柱あの柱、その段あの段、その壁あの壁と、水に落ちた角砂糖のように溶け崩れて行く。いずれにしても、もう何もできない、彼女の動物的な不合理に対しては闘うすべがない。自分が何者なのか思い出さなくてはならない、昔の生活を再開しなくてはならない、何がどうであっても。ぼくはものを書く人間なのだ、人間以下の意識混濁のだめ女のために身を滅ぼすわけにはいかないのだ」。こんな調子で、ジーナを人間の惨めさ卑小さの体現と見る錯乱の中で三ページほど書き連ねた。多分彼女の顔、彼女の声の恒常的偏執にもましてぼくを悩ましていたのは、自分の情熱の生理的側面の方だろう。心臓の張り裂けるほどの鼓動、胸郭と骨格の中の重く熱い苦痛、きりもなく苦い独白を続けていなくてはならない不眠。

翌日学校でまず彼女の姿が目にはいった。いつものとおり女生徒らの間で、聞く者がいようといまいとお構いなしに、応答にはまるで耳も貸さずに、きゃあきゃあしゃべっている。彼女の華やかなレトリック、周囲に無神経にふりまくフランス語やドイツ語の表現が、なんと気取って見えることか。それは媚態を作る老婦人の、滑稽な貴婦人流の言葉遣いで、彼女に独特であり、それがぼくには、芝居がかりや気取りは嫌う方なのに、魅力的だった。ときどき考えてはおもしろがっていた。ジーナの言葉の一つ一つがなんと〝真珠〟という語にふさわしいことか、彼女を特徴づける魔力と浅薄さの渾然一体を、その語がなんとよく表現していることか。その日は努力して彼女に一瞥もくれなかった。男生徒たちと組み、休み時間は冗談を言い、サッカーの話をし、ミック・ジャガーとロバート・プラントの歌い方の違いを論じた。だが、あたかもジーナの位置をつきとめる内部レーダーをぼくが持っているみたいだった。彼女に背を向けているときでも、雪の校庭に出たときでも、彼女が〝見えて〟いた。どんなに遠くても話し声が聞こえ、何を言っているか分かった、恋愛のことを細大漏らさず触れ回らずにはいられないことも知っていた。今ではクラスメートたちは〝数学学部のボーイフレンド〟が日曜日に彼女をバイクで連れ出すことを知っていた。一番辛かったのは彼女がぼくを避けないことで、何度か休み時間に何か読んでいるぼくのベンチに来て、ノートに手早く小さな花を描き、そこに大文字でGINAと書いた。動作が途方もなく活発だった。足取り、手の動き、書き方の速さにはいつも目を瞠るばかりだ。ぼくをただの友だちと見ていること、ぼくに対する態度に何の違いも見えないということに屈辱を覚え、憎しみが波立った。彼女は何度もぼくと話そうとしたが、それを乱暴にはねのけた。すると例の偽善的な微笑みを浮かべ、無関心なふりを見せつけられて、またもなおかっかする。愛と憎しみと軽蔑と賛美と崇拝と嫌悪のないまぜで、まったくの色情症だった。毎夕、自動車のヘッドライトが照らし出す優しい雪片の乱舞の中を、もう夜明けが決して来ないと思われるような冬の遅い日暮れの奇妙な孤独の雑踏を縫って、一人で家路をたどった。

一方彼女はぼくが落ち込むにしたがって成長した。おかしな気取った少女、お年寄りに育てられた子どもから、次第に、巨大な、神官めいた存在になってきた。ジーナはすべてになった。ぼくは日曜になると家にじっとしていられなかった。マフラーとコジョック☆をまとって、都心まで歩いた。朝は眩しかった。大通りの歩道、地下通路エスカレーターのゴム手摺、大学と建築研究所のタワーの雪が気分を昂揚させた。凍ったきらきらする空気が、ガラスのように透明に、ぼくの内部センサーをしびれさせ、執拗に頭蓋骨の内壁にまといつこうとするイメージを消し去る。モーターバイクの彼と彼女、オレンジ色のヘルメット、ジーナのヘルメットから肩へ流れる栗色の髪。ぼくはドナウ喫茶店に入り、ゆっくりと、休み休み時間をかけて、ケーキを一つ食べた。黄色がかった窓ガラスから外を眺めていた。白いコジョックやファンタスティックなオーバーの美人がいた。黒人、アラブ人など、大きな毛皮の襟のカナディアンコートにくるまった外国人がいた。客観的になろう、自分の中から出よう、恋の心の病と闘おうとしてみても無駄だった。内部のイメージが外部のそれを圧倒していた。

月曜日、ジーナは学校へ来なかった。次の日は一時間目が始まって先生が入ってから来た。その日の授業の終わりまで口も利かず、一人でいた。ずっと横目で探っていたのだが、その表情は疲れか悲しみか、読めなかった。最後の休み時間、ぼくが席にもどると、腰掛けに置いてあったノートの隅に、あのよく知っている四弁の花の画と、活字体のGINAがあった。ジーナの方を見たが、彼女はぼくには注意を払わず、黒板の英語の不規則活用動詞表を写していた。彼女がほんのちょっとしたことでぼくの気分を変えることができたのは奇妙なことだ。歯の痛みが一服の鎮痛剤で治まるように、赤の色鉛筆でさっと描いた一輪の花が、突然、ぼくの体内に、もう望みもしなかった落ち着きを据え付けた。あんまり力が抜けて、一瞬体が軽くなった。その晩電話をくれた。家には誰もいなくて、真っ暗だと言った。ぼくは暗い中ではものすごいものに見えそうな古風な家具ばかりのあの家の中の細っこい真珠母のようなジーナを思い浮かべていた。許してね、〝彼〟とはすっかり終わりなのと言った(だがその名前を言わずにこの意味深な彼を使うこと自体が逆を証明していた。ぼくにとっての彼女がただ一人なのとおなじことだ）。それから始まるお決まりの腹立たしいほど感動的なおしゃべりは、苦悩とノスタルジーを三人称で表しているからこそ、薄いベールをまとった愛の表白であり、抑えられた彼女の不幸の噴出にほかならないことがよく分かるのだった。今までになくひとりぼっちな感じがしている、ぼくのことを後悔していると言い、酔っぱらったようにぼくに語りかけてくる情熱的な幻想は、そうでもしなければ彼女を押しつぶしそうなのだった。早口で、涙ながらに、ぼくのことが好きだ、もう別れたくないと言う。ぼくは電話を切ってから、しばし思いに耽っていた。これがみんな本当だというチャンスがわずかでもあり得るという事実がぼくの目を眩ませ、ジーナをぼくのものにできるかもしれぬと思いたくなり、突如、これまで百回も反芻してその度に解消不可能と思った二人の間の違いを全部忘れさせた。選択の余地はなかった。全身全霊を挙げて、彼女の言葉をすべて信じるよりなかった。だが、どこか意識の地下水の中に、災厄が確実という感じが、ジーナは決してぼくを愛さないという確信が残っていた。この感覚が、理由のない希望とかわりばんこに、ぼくの内面的均衡の一切をひっくり返すのだった。ぼくの心は、愛と憎悪、希望と絶望、賛美と侮蔑の間のこの不断の揺れの中で破滅へと向かっていた。でもさしあたりは幸せだった。ジーナとシルヴィウの物語は終わったと信じる気になり、それだけがぼくと彼女の間の唯一の障碍物だったかのように、解放感に浸った。翌日はまた吹雪の中を家へ送って行った。冬休みが近づいて、ぼくはこわごわ年越し祭《レヴェリオン》のこ

☆　白い羊の毛皮の上着。羊毛の糸だけで綴ってあり、短いチョッキも長いコートもある。民俗衣装だが、都会でもふつうに着る。

とを考えていた。そもそも、彼女と過ごすことになるのか？　それはありそうもないという気がする。二人は頬に首筋に氷の矢を吹き付ける雪の中をうつむいて歩いていた。曲折があり、ときどきオレンジ色の暗い街灯に照らされる街路は、旋風に掃かれてところどころ舗道の敷石がむき出しになり、また風の弱い別の場所では積もった雪が青白い波の影を作っていた。ジーナは手袋を外して手を毛皮で縁取りしたぼくのポケットに入れた。その細い力のない指を握り締めていると、ときたまあるかないかの震えで応えるのだった。何度も立ち止まり、風に吹き飛ばされそうになりながらキスした。お互いに毛皮帽子を押しつけ、重たいコジョックの上から抱き合おうとし、まつ毛に氷の星をつける暗い寒気の中で目を見つめ合った。雪にまみれたジーナを煌めかせるのは、セルフサービスのショーウィンドーのライトだ。花嫁の帽子や、ボール紙の橇に乗った子どもや、色とりどりの電球やボールが飾ってある。狐の帽子のデリケートなとんがりの下の彼女の髪と顔が、瓶や缶詰の間の台座に立った綿の髭を生やしたサンタクロースの衣装の錫箔の反射を受けて、突然赤くなった。家に着いて、玄関ホールで抱いたとき、ちょっとわたしの部屋で休んでいかない？　と訊ねた。一緒に家の中へ入って行くと、居間のテレビの前にジーナの二人の祖母と一人の伯母の三人が毛布をまとい、ちらちらする画面の不思議な明かりを受けていた。今晩はと挨拶して、彼女について部屋に入った。その部屋をなんとよく覚えていることか！　何度か夢にも見た。たいそう高い天井、アップライトピアノ、どこかルネサンス様式風な装画の文箱、どの壁にもガラスのイコン、美しい青い模様のテラコッタのストーブ、古びて色の褪めた紅サテンのカーテン。二人は重たいコートを脱ぎ、ファンシーな枕のついたキルティングの狭いソファーに座った。ジーナは何分か席を外してジーンズと薄黄色のTシャツで戻った。あまり大きくはないが丸い乳房の形がはっきり分かり、乳首がコットンの生地を透かして見えた。緑色のナッツのケーキと、変わった形のクリスタルのカップでイチジクのワインを出してくれた。天井から下がったランプのつらら型クリスタルで赤味を帯びて和らげられた光が二人の上に落ちていた。あれこれ些末な話題をしゃべっているうちにワインもなくなり、そのあと生唾を呑み込みながら黙り込んで顔を見合わせていた。二人の緊張が高まり、やがて耐えきれないほどになった。彼女が先に負けて、仰向けに絹ふち飾りの枕に頭を載せた。ぼくはキスに酔い、Tシャツを脇の下まで捲ってむき出したブロンズの乳頭の乳房に頬を当てた。長い間愛撫を交わして、しまいにジーンズの金属のボタンを外し、ジッパーを下げた。その音で二人ともわれに返った。どうやら進み過ぎた。おばあさんたちは数メートルほどの所にいたし、隔てのドアは磨りガラスだった。ジーナはジッパーを元どおりにし、急に顔色が暗くなった。目に涙が湧き、やがて声を上げて泣き出した。腕に抱いて、すすり泣きをおさえようときつく抱きしめた。泣く理由は分かっていた。ジーナは目を拭って、手のひらをぼくの頰に当てた。苦悩の面持ちでぼくの目を覗き込み、叫ぶように言った。〝もうシルヴィウは好きじゃないの。分かった？　もう愛していないの、全然、彼なんていや。さあ、彼をばかにしてやろうよ、いい？〟そうしていきなりTシャツを脱ぎ、ズボンのボタンをまた外すと、小さなパンティの上端に何本かの縮れ毛がはみ出して光った。ぼくたちはまた抱き合った。だが今度は一切を忘れた冒瀆の意欲が彼女を煽り立てていた。ぼくは彼女の抱擁を離れて起き上がり、服を着た。鏡を見て身なりを整えた。髪は濡れて房になっていた。ちょっと櫛を入れた。ジーナも起きて、シャツを着て、髪の巻き毛がほどけたまま、ぼくの肩にもたれた。二人はちらつく鏡の中で見つめ合っていた。ぼくの目は飛び出した頰骨の上で紫色がかり、一方ジーナの琥珀色の目は赤褐色の薄暗がりの中で余計に明るい色に見えた。クリスタルの鏡面に並んで浮き出した二人の顔、陶酔の仮面のように無表情に張り詰めた顔をぼくは今でも覚えている。しばらくの間黙って身じろぎもせず見つめ合い、それから彼女は特有の苦く幻想的な微笑を浮かべて、人差し指をぴたりと鏡に向けた。ところが鏡の中の像はこの動作を真似なかった。鏡に映るジーナの手はぼくの肩にかけられたまま、それでも現実の手は透明なエナメルのマニキュアの指をじかに冷たいガラスの上のぼくの額に触れ、鼻に沿って下がり、唇でしばらく止まり、それからゆっくりと喉のラインをたどって胸で止まった。一本の軽い湯気の線が今はぼくの顔を分け、細かな粒が赤味を帯びて震えていた。幻影でしかも現実のその手が今度は鏡の中のジーナの額の方へ向かい、眉の間にぴたりと指を当てて止まり、それから奇妙な、知ったかぶりの微笑を浮かべ続けている唇の方へと降りた。指はジーナの乳房の間で止まり、それから一筋の湯気のラインを残してガラス面を離れた。手はそれから上がって、一杯にひろげた手のひらを鏡面のふたりの頭の間に押しつけた。その場所にも赤みがかった湯気の手の跡が残った。次に、ジーナの手はぼくの肩に降りて、映っている像と同じになった。もはや現実の二人と鏡の映像の間には寸分の違いもなかった。ためらいがちな足取りで、ジーナはソファーに戻り、絹飾りの枕に頭を載せると、数分後には寝入っていた。ぼくの知る限り、目を見開いて眠る女は彼女だけだ。動かぬ視線は、呼吸する胸の動きと対照をなして、昏睡状態の人間のようで、自分の死を見、聞き、感じている精神の外観を呈していた。ぼくはジーナの上にかがみ込んでその目を覗き込んだ。瞳孔は大きく開かれ、蜜の色のごく細い輪に囲まれているだけだ。しかし、その暗い瞳に見えるのはぼくの顔ではなく、彼女の顔だった！

　ぼくは入院するとき万年筆を持参できず、そのためにここでボールペンを頼まなくてはならなかった。しかもくれたのは最低の赤ボールペンで、書くよりも汚すといった方がいい。ぼくの手はひどいことになっている。とにかく、ぼくが書き続ける許可を貰えたのは一つの特権だ。スタッフは多分、ぼくがどうしてもここに持ってくると言い張ったこの原稿の束を読めば、何らかの結論が出るだろうと思っているのだ。確かに、彼らはどこかに〝執筆狂〟と書き込んだのだ、そうして急いでこれを利用しようとしている。そもそも、ぼくは原稿を預けることに異論はなく、結局は誰かが読まなくてはなるまいし、彼らはほかの誰かよりもよく理解するだろう、理解できる範囲内でだが。執筆を中断してからどのくらい過ぎたのかと考える。もう火曜日なのか水曜日なのか、八月か九月か知らない。とは言え、サロンの窓に見る外景から、どうやら秋の初めと思われる。毎日中庭を散歩し、何度か落葉を地面から拾い上げたことがある。白い建物の間を蜘蛛の遊糸《ゴッサマー》がさざ波のように流れ、患者たちがいらいらと髪から振り落としている。でもぼくはそのままにしておき、夕暮近くなってから、サロンの白壁に反射する夕焼けの光の中で、櫛で払う。というわけで今はおそらく九月の半ばだと思う。空は真っ青で、一面に黄色い光が拡がるけれども、涼しい。

白い板のナイトテーブルで書いている。隣のベッドにはエリサベタ、ブロンドで、何か汚い。今はシーツの上にトランプを拡げて夢中になっている。オーストリア製だという古いカードを持っていて、どの人物の絵も目に針を刺してある。占いが当たるように。まずいくつか扇形に並べた。次いで数字と画で並べ、そうして〝これがあんただ〟と言いながら一枚を指で示すと、そのままじっと動かない。ぼくは彼女の手品をよく見たことはない。エリサベタが目を大きくむいてぼくに示すカードを見た。それはジャックだったが、カードの下側の画は逆さまのジャックでなくて、ゴージャスなクラブのクイーンがジャスミンの花を指にはさんでいる。ぼくは手早くカードを交ぜたが、エリサベタは痙攣し始めた。発作が過ぎてから、一緒にパッケージからカードを一枚ずつ出したが、もうあの変なカードは見つからなかった。エリサベタはぼくにたいそう優しく、言うなればべたべたして、ぼくの気まぐれを何でも叶えたがる。ぼくに気まぐれがあればということだが。けれども彼女は垢だらけで、てんかん持ちのくぼんだ目が怖かった。何日か前の晩、ベッドをくっつけようと言い出した。ぼくは落ち着きなさいと言ってやった。一緒に寝て、夜じゅういちゃいちゃするあのミラとアルタミラのようになるのはごめんだ。ミラは手の指も足の指も畸形であっちこっちを向いていて、グラスもほとんど握れないということを考えてみれば、二人の仲はとてもロマンチックなことだ。一方アルタミラ（実はパウラがそう呼んだのだ、本当はシュテファニア）は、間違いなく、よくできた娘で、ある晩寝たら十六日間眠り続け、その後目覚めると何もなかったかのようにすましていたことがあるが、それを別にすれば完全にノーマルなのだ。医師は毎朝回診に来て、十台のベッドを一々診察し、話し込む。ぼくのベッドの縁に腰掛けて、目を覗き込む。ときどきぼくは胸を覆うのを忘れるが、彼は見逃さない。それからナイトテーブルの上の原稿の束を眺める。書き終えるまでは持っていかないと約束してくれた。ほかには、明らかに、ほかの誰とも話し合うべきことはない。そもそも、書いているのは病室にぼく一人ではなかった。窓際のベッドのラヴィニア（自分ではラヴィッツァと言う）は日に八時間、熱に浮かされたようにドールとかいうもの宛てにラブレターを書き殴っている。その文章はピンクやオレンジや青や紫の紙に行間をたっぷり空けて書き、そこにはイラストを描くスペースがあった。ラヴィッツァは子どものように舌を横ちょに出しながら、色鉛筆で花や、大きな目と黒点二つの鼻でできた王女や、鳩や、ハートを描く。手紙を入れる封筒まで、ポップアーチストの描く自動車に似ている。ラヴィッツァは毛布類の交換が済むとすぐに、シーツまで愛するドール宛ての長い手紙に変えてしまう。麻布にえび茶色の色鉛筆で幅十センチもの文字を書き連ね、空いたところは子どもっぽいイラストで埋める。彼女のベッドは不思議な眺めとなり、長大な手紙にくるまれて眠るようなものだ。ラヴィッツァの隣はパウラ、これはおとなしい、日中は常識のある娘なのだが、ぼくたちはみんな嫌っている。それは毎晩眠りを乱されるからだ。パウラは夜になると寝言でお母さんと話している。叫び、手をばたばたさせながら、幼いころの彼女にどんなあしらい方をしたかと責める。男のいない母親と二人だけで半地下の小屋に暮らし、女の子は母親のあらゆるヒステリーに耐えなくてはならず、何度かはナイフで血管を切ろうとするのを最後の瞬間で止めた。今夜もパウラは狂っているし、ミラとアルタミラのベッドは軋み続け、看護婦たちがドアを開け放して廊下の照明がぼくの目に入るままにする。不眠の夜が今はぼくの刺激となり、書く気にさせる。そこで、同室者たちが読んだり爪を磨いたりする昼寝時間を利用して、また原稿に取りかかる。

数日前のこと、ジーナが眠りながら開けたままの目に、ぼくではなく彼女自身の姿が映っていたことを書いていたとき、ぼくはその瞬間の凍り付く恐怖を再体験していた。また見ること、もう一度またもう一度、理解するためではなく知るために、また見る必要があると感じたのだ。デスクの前から立って、死にもの狂いで鏡のカバーを剝いだ。見つめた。それから叫び出した。デスクのセルロイド製マンダリンを取って床に叩きつけた。老人たち（マリクとタニクとそれからペネロパ、みんな恐怖で真っ青、顎によだれを垂らして）が部屋に入ってきたとき、ぼくは床をはい回り、絨毯を引きずり、窓から引き抜いた真っ赤なカーテンにくるまっていた。床には本棚の本やピアノの上の人形が散らかっていた。ぼくを鎮めることはできなかった。彼らが宥めようとすればするほど昂奮し、涙が顔を濡らし、床に垂れた。意識が薄れて、二人の白衣の男がぼくを起こして道路の救急車まで運ぶのを、ただ夢のように感じていた。病院までの十分間ほどが、なぜか知らず滅法長く思われた。病院へは彼女の家族の老人たちが毎日、陽気なふりをして、大瓶で牛乳とニッキ、ニンジン入りの米粥とレモンジュースを持って面会に来た。彼女の母とその夫も立ち寄った。母親は細かいところまで彼女にそっくりだが、薄っぺらなおしゃべりにかけては一段上だった。頭は小雀、何かと言えば気の利いたことを口にしたがる。女性の大部屋に入れられたことには初めとまどったが、結構すぐに慣れた。状況を受け入れ始めた自分の受動性がちょっと怖かったが、しかしその怖さも実際に感じるものというよりも、むしろ感じるべきだろうというものだった（実のところは、すべてが偽の笑劇、カーニバルと見えて、涙が出るほど笑いたかった)。ここではエリサベタと顔面麻痺の粗野な老女の間に置かれた。このラウラおばさんは一方の口の端が顎の方に垂れていて、片目だけで瞬きした。眠りたいときもう一方の目は指で閉じる。開いた口の角にはいつも涎が垂れていた。ほかの点では白粉の濃い愛嬌のある老婆だが、誰ともしゃべらず、いつも半身を起こして手鏡を覗き、口の半分で微笑んでいる。紫色の髪が透明な蜘蛛の巣のように枕に拡がる。ぼくは何もできない環境に慣れるのに数日かかった。まもなく神経科に運ばれたのだと気がついた。女性患者たちはあらゆる種類のノイローゼか局部麻痺かヒステリーがある。ここは外の金色の秋の透明さ並みに明るい一種の冥府だなと呟いた……。

ジーナの部屋を出たとき、ぼくは眩暈がして何も考えられなかった。マンションのホールは暗く、老人たちはとっくに寝室へ行って、隅のテレビは薄闇に呑まれていた。レンブラント風の金属的な油っこい煌めきの一筋がテーブルの大きなブロンズのお盆の縁に浮かんでいた。通りへ出て、もう十二時近かったが、除雪車のキャタピラーに山を築かれる黙示録的な雪の中、家まで歩いた。眩しく白いヘッドライトの中を、雪はこの世界をいつか覆い尽くそうとばかりに降って降り続けた。手袋はぬれて、靴の中にも軟らかい氷片が忍び込んだ。ショーウィンドーの照明の中で流行のセーターとカナディアンコートのマネキンがスキーの上でじっと立つ前を通るとき、赤と緑の蛍光灯の光で、遠くからこちらへ向かって腕を組んでやってくるカップルが見えた。鞄を提げていたから高校生だ。近づいたとき、女子がジーナにそっくりで驚いた。あの跳ねるような歩き方、いつまでも続く靴底の音、同じ毛皮のコート。かぶっている赤い光沢の狐の帽子は、これもジーナのに似ていた。ジーナがこちらへ向かって来る、男子のポケットに手を入れたまま声を上げて笑っていると分かったとき、ぼくはよろめきかけた。すれ違いざまに男子の顔も見た。青白く長い顔、目が落ちくぼみ、細長い鼻の下にうっすらと生え始めた口髭。二人がジーナの通りの方へ遠ざかっていく前に一瞬彼と目を見合わせた。その青年はぼくだった。

　それ以降、ぼくは何度もジーナの所へ行った。しばらくの間彼女はシルヴィウのことは忘れきったように見えた。ぼくらにとってその冬は彼女の部屋での狂乱のうちに過ぎた。そこではその度ごとに様子が変わり、次第に深く進む愛撫の度に、それまでのすべての体験と異なる情感のニュアンスがぼくに啓示された。ある晩、彼女は別の部屋からおよそ二十着ばかりの古いドレスを持って来た。祖母や曾祖母からのサフランのようなもので、黄色、絹飾りのショール、金糸で刺繍したベルトがついていた。ダイヤのイヤリングをつけると、ぼくがオレンジとハヴァナ・クラブのカクテルを味わっている間、次々に試着してコマのようにくるくる回って見せた。彼女には重たいそんなドレスを着てロシアの肩掛けにくるまったところは例のマトリョーシカ人形のよう――また、そのとき頭を掠めたのは『カラマーゾフの兄弟』のグルーシェンカとの比較だった。別のドレスはウエストがたいそう高く乳房のすぐ下から始まり、デコルテの形が美しく、ゆったりした帽子を顎の下の幅広の青ざめたリボンで結んだジーナは、イブライリャーヌの『アデラ』を思わせた。だがロシア娘のドレスが一番よく似合った。意地悪げな笑顔と、ほとんど理知的な甘さの目、甘みのない甘さのためだ。〝パリから〟母親が持ってきたスリップを着るために彼女が簞笥の扉の後ろへ回ったとき、ぼくらはすっかり酔っていた。見ていいと言われたとき、ぼくは目を疑った。黒いレースのスリップは黒々と光っていた。ごく短く脹ら脛の上までだったから、パンティが見えた。この肉感的な衣服はジーナの無邪気な、優しい、子どもっぽい顔つきと対照的だった。ぼくはジーナを抱きしめ、絨毯に寝かせた。一種絶望的な憤怒に駆られて愛撫し合っていた。ジーナはぼくの肩を力一杯抱きしめて、耳元にあえぎあえぎささやいた。〝アンドレイ、今はだめ、でも誓うわ、アンドレイ、誓うわよ、私はあなたのものになる……〃ぼくは完全に我を忘れた。ただ、彼女よりも多分自分の方が怖かった。ぼくにはエロチックな行為は何か遠い儀式に思われて、いつかたどりつくなどと信じる気はまるでなかった。本能では足りない、何をするのか、どうするのか分かるまいと心配だったのだ……。経験不足コンプレックスを過剰に感じて、自分があの知っている人間でなくてはならないと分かっていた。このことがぼくをジーナから引き離すことになるもう一つの障碍に見えていた。後に考えたのだが、もし当時のぼくにちょっとでも情事の経験があったら、ジーナはまさにあのときぼくのものとなり、おそらく（おそらくだ！）永久にぼくのものだったであろう。こうしてガラスのイコンの部屋でのぼくらの逢瀬は臆病な激情の中で空費されていた。

でも学校では二人はいい友だちで、いつも一緒にいた。同じデスクに座り、ぼくらの関係は知れわたっていた。多分二人のことで悪口が飛び交っていただろう。なぜかといって、ジーナの女友だちはみんな本能的に彼女を憎んでいたし、一方ぼくのことは尊敬はしていたものの、哀れな神童が邪悪な手に落ちて、ますますひどい目に遭うだろうと思っていた。そう、憐れみと恐れの混ざった「目を覚ましなさいよ、かわいそうな人！」と言わんばかりの目で見ていたのだ。高校の廊下でジーナはぼくの腕を取り、例のサラファンを可愛らしくまとって、大理石の神殿の中で色とりどりの蝶が羽ばたく不思議な夢を語り、あるいは甘えて菓子パンを買いに行ってくれとせがんだ。薄暗がりの中、しばしばその澄み切った目にあまり深い悲しみが見えて、ぼくの方も暗澹とし、彼女と共に過ごすぼくの全人生は砂の上に築かれていて、二人の結びつきのすべてはただの幻想に過ぎないという気がしてくる。そうなるともう一日じゅう一言も言わず、すると彼女は「さあアンドレイ……ほら、もういい加減で……」とキャアキャア声を上げてぼくを引っ張り、笑わせようとした。あるいはノートに手早く花を描き、その下にさっと大文字でGINAと書いた。そうしてぼくらの物語は続くのだが、それにもかかわらず、そのころからすでにぼくの心中には彼女を保つことは不可能だろう、先へ行くほどもっとひどくなるだろうから、今別れねばなるまい、という思いが兆していた。彼女が飽き飽きして、何もしたくないように見える度に、夕方たどりついた彼女の門前でさあ行ってと言われる度に、もう終わりだと、彼女には新しいボーイフレンドができて、ぼくから解放されたがっているのだと感じた。けれども、度重なるぼくの乱暴な態度にもかかわらず（何の理由もなくまる一日、彼女が涙を浮かべて近づいて来るまで口を利かなかった。それどころか、さっさと決着だという自滅的な衝動に駆られて、面と向かって放って置いてくれと言ったことも何回もある）、彼女はいつも戻って来るのだった。今思うに、あの学期の終わりの時期、ジーナは本当にぼくに惚れ込んでいたのだ。

　しかし冬季休暇の初めの日々にぼくらは顔を合わせなかった。冬は穏やかになり、きらきらと青く明るい空の下でつららは溶けた。雪も溶けて数日のうちにシュテファン大公大通りの舗装も泥の層の下から見え始めた。午後いっぱいを暖房に近い窓際で過ごし、ブカレストの街を眺めては、彼女のことを思っていた。電話すると病気だ、インフルエンザにかかったと言い、それからあとの日々は祖母だけが電話に出て、ジーナを出さず、ベッドから起きられないとか、今お風呂で、一時間あとにジーナが電話するとか言う。でも夕方遅くなってもジーナから電話はない。妙な話だが全然疑わなかった。ジーナはぼくに誠実だということに慣れすぎていた。一番苦痛に感じられて来たのは、年越し祭《レヴェリオン》を一緒に過ごせる見込みが小さくなることだった。友だちの集まりに二人も呼ばれていた。蠟燭の明滅する灯りの震える中で、シャンパンのグラスをぼくと合わせるジーナ、それから新年の合図の真夜中にキスするぼくらを、何度となく想い描いていた……。そうしてひそかに初めて三つ揃いを注文してあり、着てみて鼻高々だったのだ。ダンスは知らなかったけれど、姉がいくつかのステップを教えてくれ、熱中しているときには、なんとかやれると考えていた。ぼくは別の人間になろうとしていた。ぼくは変わったのだ、ただの図書室のネズミだけでなく、〝生きている〟少年にもなれるのだということを彼女に見せようとしていた。

なぜかというと、ジーナの影響で、ぼくは目が開いて、周囲の世界に注意を向け始め、そうして今までどんな無味乾燥で時代遅れの生活を送ってきたかということが少し分かっていたからだ。何時間もの間、彼女の家で、《ネッカーマン》《ブルデ》など、エレガントな女性の映像で一杯の重い、ぴかぴかするページでできた厚いモード雑誌を眺めていた。疑問が浮かぶ。これらの唇、これらの身体を享受している男性は実在したのかどうか、どこかにこんなカップルがJ&Bを味わいながら愛し合う密室が存在したのかどうか。ぼくもシルヴィウのようなモーターバイクが欲しい、同級生の家で見たようなメタリックな丸いケースのAKAIが欲しい、ジーナが送ることになりそうな美しく軽やかな生活をしたい。ぼくは自分の冴えない格好に、お金がないことに悩み始めていた。ジーナを都心のバーに誘えない、一緒に山へ行けない。だが第一に、自分のいい加減な夢想的な根性が恨めしかった。分かっている、いつでもそれが邪魔して自分の望むような生活を送らせないのだ。ジーナが冬ごとのスキーや、きりのないカナスタ・ゲーム（最近はブリッジまで覚えて夜ごとにブリッジ・クラブで過ごすようになった、少なくとも祖母は電話でそう言った）の話をする度に、ぼくは胸が締め付けられた。というのも、こうした気取った娯楽の魅惑は彼女をぼくから取り返しのつかないほど遠ざけると分かっていたからだ。そのころはどんな本を読んでも、登場人物をぼくと彼女に引きつけずにはいられなかった。こうして、たとえば『愛の最後の夜と戦争の初めの日』☆1『ダニアの戯れ』☆2を読んだ。どちらの作品もぼくに告げたというよりも、ほとんど数学的に証明していた。それは、ぼくは彼女と一緒のままではいないだろう、彼女は次第に自分に向いた人生に身を委ねていくだろう、そこでのぼくの場所はせいぜい青春の愉快な想い出の一つでしかないだろうということだ（何年も後にぼくらが出会うときを想像していると、〝あなたってそんなに辛かったの……〟というのが聞こえてくる)。とはいえ、そういうライフスタイルを、体験しないまでも、真似しようとは試みた。なぜならば、ジーナを失うという恐れは、ぼくの習慣よりも、人格維持の欲求よりも、さらに強力だったからだ。ぼくは全身全霊を上げて彼女に合わせようとし、彼女に成形されようとし、〝ぼくに手を着ける〟に任せ、〝生きた青年〟にしてもらおうとしていた。この理由から、年越しの集まりを、あるあり方のための一種の出発点と見なすようになっていたのだ。そのあり方では、ぼくが彼女の期待するような存在であり得ることを、自分にも彼女にも証明するはずなのだ。

　十二月二十九日、いつも通りにまた夕方ジーナに電話すると、祖父が出て、彼女は親類のところへ年越しに招かれて、ブカレストにいないと言う。老人は少し困ったように見え、好きで嘘をついているのではないことが明らかだった。田舎に親類はいないと分かっていたから、ブカレストにいるか、山へ行ったかだ、いずれにせよ誰かと一緒に。ジーナは蠟燭の光の揺らめく中で、ほかの誰かとシャンパンのグラスを合わせ、そしてキスするだろう。その電話のあとでさえ、ぼくは信じられず、そんなことがあり得るとは想像できなかった。ぼくは年越しを家で過ごした。両親は何も特別な用意はせず、ワインの一リットル瓶、それだけ。九時にテレビをつけて、座り込んだ。姉は友だちに招待されて行ったから、いつも貧乏くさいわが家はいつにも増して冷え冷えしていた。十二時に灯りを消して、テレビの青白い映像を見ながら親子でキスし、食料品店の安ワインを飲んだ。ぼくは上着を着て、

☆1　カミール・ペトレスクの長篇。一九三〇年刊。
☆2　アントン・ホルバンの遺作。公刊は一九七一年。

ちょっと空気を吸いに出た。旧年の最後の一秒が過ぎるともう彼女のことを考えるのを止められず、なお想い続けながら歩くシュテファン大公大通りは暗く、凍り付き、オレンジ色の街灯にうっすらと照らされて、地獄の廊下さながらだった。ブロックの角からサーカス小路へ曲がった。雪片はごくたまにしか舞わないけれど、積雪は膝に達し、その中を泳いで歩く。小路の角ごとの檜と樅の植え込みは枝をたわめてやっとのことで立っていた。もし何百もの色付きの矩形が霧の中で微かに瞬いていなかったら、まるでシベリアだ。それはまだ霧の彼方のサーカスドームまでの両側に建ち並ぶ四階建てブロックの窓だ。種蒔く人派《サマナトリスト》の物語の中の貧しい子どものように、窓をすかして、色とりどりのちかちかする星やおもちゃやキャンディーや花リボンをどっさりつけた樅のツリーを眺めた。オーディオセットのリズムに合わせて震える緑色や赤色の光のダンスが見えた。暗いバルコニーから赤い燐光を引いて落ちるタバコの吸い殻が見えた。ぼくは目に涙をためて彼女に話しかけ続けていた。聞こえてくれと、昔リリを相手に話しかけていたように。大声まで出して話し、氷の匂いのする空気の中へ湯気を吐いていた。雪をかぶった樅の間を通り、小路がカーブしてから池へ下る坂になった。ここ、下の方では、霧が一層深かった。あちらこちら、所々にぽつんと灯っている照明が大量の闇にいくらか裂け目を入れている。湿気も寒気も気にならなかった。やがて氷結した池を楕円形に囲む柳の木が見えてきた。あそこが終点だ。軟らかい雪に被われた氷の上を進んだ。闇を透かして自分の手がやっと見えた。凍結した池の上を長いこと小刻みに歩き、それから突然、苦痛に襲われてしゃがみ込み、手袋をはめた手で積雪を掃いた。下は平らな黒い氷だった。死の惑星のような沈黙が漂っていた。二メートル先は何も見えない。ぼくは凍った世界の真ん中でたった一人だった。この新しい奇妙な世界に魅惑されて、ぼくはジーナも何もかも忘れた。氷の奥深く覗き込むと、藻のからまりの中に溺れた子どもが見えた。金髪で、エメラルドのような緑色の顔だった。そう長い間見ていられなかったのは、カタカタと小さな物音が聞こえたからだ。ぼくは耳が急におかしくなり、そうして胸郭の中で心臓が溶け去るのを感じた。立ちすくんで音が聞こえてくる方へ目を凝らした。それは婦人靴のヒールが水晶のような氷を踏む音だった。ぼくは知っていたのだが、サーカスドームの方の氷はスケートのために雪を掻いてある。だから近づく人はそこを通って来るのにちがいなかった。しばらくするとカタカタという音は止み、聞こえるか聞こえないかのくぐもった音に変わった。一箇所、霧がコーヒー色の雫で彩られ始めた。初めはうっすらと、それから次第にはっきりと。実際、まもなく数メートルのところにぼんやりした身体の動きが見分けられた。ぼくが見えるとその人影は止まり、ためらった。でもぼくの方へ向かって、だんだん霧の中から出てきた。あと一歩のところまで来たとき、煙る靄がまだその体の周りに絡みついていた。それは黒髪の三十歳ぐらいの女性で、黒のぼってりしたアイライナーできついアイシャドウを長く引いていた。フード付きの毛皮コートと灰色のブーツだった。ぼくたちは互いに別領域の存在であるかのように目を見合わせた。人類の男と女への分割が、このときほど奇妙に見えたことはなかった。それは女だった、そうして死を招く奇怪なもののように思われた。ぼくと同じようにできてはいなかった。あたかも二人は別の原料で作られ、それぞれが別の成分からなる気体を呼吸しているようで、両者の間にはいかなるコミュニケーションも不可能だった。あたかもぼくには未知の新しい感覚を表現しているかのような、つかみどころのない表情でぼくを見つめていた。ぼくに何か言おうとしていたと分かっているが、しかしあの静寂の中では言葉などは破廉恥そのものであったろう。出し抜けに、女は惨めに泣き出した。子どものように、わめき、息を切らし、すすり上げながら。嗚咽で身を震わせて、ぼくの肩に倒れかかった。困ってこちらを向かせた。顔はすっかりくしゃくしゃ、目を拭いたのでマスカラが頬から口にまで拡がっていた。ぼくがそれを自分のハンカチで拭いてやる間じゅう、女はありったけの力でぼくの腕につかまりながらしゃくり上げていた。池の岸まで引っ張ってきたが、そのとき突然彼女は止まり、ぼくの顔を彼女の方へ振り向かせた。ぼくの目を凝視した。彼女が意識を集中しているのが分かった。ぼくの脳の中へ入り込んで、そこに恐ろしいメッセージを残そうとしているかのように。しかし何一つぼくのところまで抜けては来なかった。分かったのは彼女が捨てられた女で、ぼくと同じように冬の中へ出て来たということだけだ。女をサーカス小路に放って置き、ぼくは体の芯まで凍り付いて家へ帰った。

その三週間の冬休みの間、ジーナからは何の消息もなかった。ぼくも電話をかけなかった。こちらから歩み寄ることは自尊心が許さなかった。夜々情けなく悩んでいたけれど、夜が明ければもうそんなにひどくはない。街にも出て、友だちの誰彼と学生クラブでピンポンをしたり、都心で展覧会を見たりしていた。日に七、八時間読書に耽り、日記帳に支離滅裂な詩や読後感を書き綴り、なおその間に夢の断片やジーナについての短い文句をはさんだ。ほとんど毎晩ジーナの夢を見ていた。彼女に関しての（一応の）落ち着きには何か狂ったものがあった。ぼくの元へ戻らないだろうとは思えなかったのだ。一月十日だったと思うが、こう書いていた。

〈外へ向いた生活。中心へ、ぼくへの道を見つけるのが困難になった。不能、怠慢の感覚を帯びるはかない散文、無関心、散漫な注意の上に突発する情緒の発作。

ビーベリの『タナトス』☆1とポポヴィチュの『夢』☆2を読む。ヴァージニア・ウルフの『オーランドー』を読み終わった。

ときどきジーナのことも思い出す。彼女は去った、そうしてまだこの先ぼくらの間に何か起こるかどうか分からない。多分明日か、多分もう二度とないかも。彼女に対するぼくの感情は、もう愛ではなくなり、奇妙な恨みを帯びた優しい共感になった。ぼくは昔のあの健全な結論に達した。彼女と顔を合わせることはできまい、そうして、たとえわけもなく蒸し返すことがあっても、終わりは同じだろう。彼女とは詩の中、夢の中、思い出の中の方がいい、そこなら彼女のイメージは美的かつ無害だ。彼女がぼくを愛する機会が何かあると思えば、やってみようが、でもそれはばかげた話だ。それでもやはり彼女なしにはぼくがゼロだということは本当だ。昨夜彼女を夢に見た。ぼくは彼女の家にいた。すべての部屋に通じる大きなホールだ。ほかに人はいなかったと思う。寂しさの溶け込んだ夕暮れの赤く暗い空気が漂っていた。壁には高さが少なくとも五メートルはある大きな古びて膨らんだ深紅のドアが一つ。ぼくは窓際に立って、遅れている彼女の姿を求めて通りの奥を見ていた。外も同じように寂しかった。同じ赤い空気の中、霧をかき分けるように電車が走っていた。はがれ縮んだドアにうんざりしていた。ジーナはもう来ないと気がついて、家へ向かったが、家に着くと、鍵を開けて啞然とした。そこはやはりあのホールで、目の前の壁には同じ巨大な、深紅の、漆喰のはがれた木造扉が描かれてあった。〉

ぼくは自分の感情のあとを注意深く追っていた。ジーナへの情熱の減衰が見て取れると嬉しく、同時に悩ましかった。朝は彼女を愛し続けたくなり、彼女の仕打ちを忘れ、仲のよいときの彼女の顔しか頭になかった。だが夜になると、心臓の鼓動、強度の苦痛に動転して、ほとんど生理的な苦しみに意識が狭まる中で、彼女のことはもう二度と会いたくもないと考えているのだった。死ね、ぼくの頭から決定的に消え去れ、と願っていた。しかしながら、この思いまでもがぼくを悩ませた——彼女のことを考えずに生き延びることは想像できなかった。学期の始まりと避けがたい再会を前に、彼女は

☆1　イオン・ビーベリ『タナトス、死の心理学』一九三八年。
☆2　リヴィウ・ポヴィチュ『夢、心理学と病理学の問題』一九七八年。

どんなものになったのかと考えた。夜は眠れず、窓へ行き、カーテンを潜り、澄んだ夜空の月を眺めつつ、きりもなく二人の再会を想い描いていた。

二学期の初日はぼくにとってドラマチックだった。一時間目にジーナが来なくて、多分これっきり来ないのだろうと思った。心は揺れていたが、冗談やレコード騒ぎの生徒の輪にぼくも入った。インドで製造されたロックのレコードなら何でも一枚半（百五十レイ）で買えた。ワニ並みの歯をしたブスで気取り屋のメラはローリング・ストーンズ二枚とサンタナ一枚を売る。「綿」は King Size と書かれたバッグにハリスンの三枚組みのレコードのケースを入れてきた。ケースの写真で髭を胸まで垂らし、奇怪なこびとに囲まれているのは多分ハリスンその人だ。彼はこの〝三枚セット〟を二枚（四百レイ）で売りに出している。これを誰かに勧めるときは、決して忘れずに、一枚目はマイ・スウィート・ロードだと言う。すると誰でも目を輝かせた。だが一番のセンセーションを巻き起こしたのはラドゥ・Gだった。アルメニア人らしい顔、コルネーリウ・バーバ☆が描くような太い眉毛のクラスメートで、〝ミュージック〟に没頭していた。彼は持って来た赤いアルバムのラッカーでぴかぴかするケースの写真は、数百人のグループが群生ポリープのように座り、その前には古い金モールのユニフォームらしい物を着た四人の若者がいた。みんなが〝ワーイ、サージェント・ペッパーズだ！〟と言った。それから、狂ったようにそのチームの演奏ぶりを真似し始めた。ある者はありったけ股を拡げ、膝を曲げ、反り返って、左手を想像上のネックの上で動かし、右手で想像の弦をはじき、口からはギターを真似しようと奇妙な音を出していた。ほかの連中は腰掛けでやかましいリズムを叩いた。その瞬間はみんな真似で昂揚、みんな何を歌うか分かっていた、なぜならば彼らはレコードを全部、音を一々覚え込んでいて、だから誰かが歌の一節を歌い始めれば、みんなが即座にそれを続けて大満悦だった。少し後でぼくがアントニオーニの『欲望』で幕切れの仮想テニス試合を見たときには、クラスの大勢でみごとにやってのけたロックバンドの真似の方がよくできていたように思えた。そもそもラドゥ・Gとメラはエレキ・ギターを持っていて、バンドを作る準備をしていた。そうして今、休み時間に、ラドゥのギター・ソロにアレンジしようという〝ワーワー〟ペダルのことを相談していた。化学の女教師が制止したこの論議の輪の中にいたぼくは、羨望たっぷり、自分は役立たずだ、生きた世界のことが何も分かっていないということを改めて感じたところだった。女教師とほとんど同時に、満面の笑みを浮かべたジーナが、ネズミみたいにドアからすべり込んだ。あまりご機嫌なので、小さな不揃いの歯の一本が唇の間からはみ出して、可愛い魔女ふうのいたずらっぽい様子を見せていた。紺碧のサラファン、青いブラウスの襟に細い金のネックレスを覗かせてなお小さく見え、まるで子雀だった。ぼくのベンチに転がり込み、〝ボンジュール〟と一言、そうして鞄から本を出しにかかった。ぼくは返事をしなかったが、その時間中、黒板に何が書かれているかも分からなかった。ずっと横目で彼女を見ていた。ジーナは上体を真っ直ぐに、気取って、ありったけの女っぽさを見せ、へまをしたと知っている甘ったれ子のように、ずっと冷笑を浮かべていた。彼女は〝ノーマル〟に振る舞い、二人はただの学友に過ぎず、ぼくらの間には一度も何もなかったかのようで、ぼくは度肝を抜かれた。休み時間ごとに次は何の授業とぼくに訊ね、あとは暖房のそばに集まって陽気におしゃべりしている女生徒の中に混じった。まもなく自動車やモードについてのご託宣を降す彼女の割れた声だけが聞こえてきた。耳の遠い老人相手のような大声で。

☆　ルーマニア人画家（一九〇六―一九九七）。ゴヤにたとえられるリアリズム、レンブラント風の光の効果を活かした肖像画でルーマニア最大の肖像画家と言われる。

放課後、メラが、両親が留守だからというので、ぼくと友だち何人かを家に招いた。ぼくの他にはマネア、どこか不作法な奴で、ウエイターの息子で、英語の先生がリトル・タイガーとあだ名をつけたのは、髪が赤茶色で、動作がネコ科ふうだから。ラドゥ・G。それにメラと同級でガール・フレンドのメリーナ、彼女を見るとみんながクリーデンスから〝モリーナ、きみはどこへ行くの？〟と歌い出す。「亡者」とその彼女でキンチャクソウの学名をもじってカルチェオラ・サンダーリナとも呼ばれるサンダ。だがサンダ（これはファミリーネームだった）はジーナの親友だったので、実際は呼ばれていなかったジーナもついてきた。とにかく一同はぼくとジーナの間に何かあると察していたから、きつい一幕が見られることだろうと興味津々となっていた。ぼくの方は彼女からできるだけ離れて、男子たちと活発に話すようにしていた。話題が映画になると、これはぼくの得意の分野だったからなおのことで。映画資料館 でアントニオーニ監督の『太陽はひとりぼっち』を見て、モニカ・ヴィッティがアラン・ドロンと窓ガラス越しにキスする場面に夢中になっていたところだった。グループは大通りへ出たところで、まずセルフサービスの店に入り、ウオッカを二本買った。女子たちは何やら笑って叫んで、うまく店員を怒らせた。可愛らしいお転婆ぞろいで、歯茎を[illegible]き出したり、ばかみたいに舌を出すのが好きだった。両側にいっぱい駐車している脇道[illegible]通って、メラの家に着いた。質素なマンションだが、木造とアルミニウムの家具、黄色いつや消[illegible]のシャンデリアがあった。本棚が一方の壁全面を占め、特別な場所に壮麗な日本製ピックアップ[illegible]があ[illegible]ターンテーブルの金属が光り、そうして無数のニッケル縁のメーターや小さなランプが[illegible]いた。みんなは、テーブルやビュッフェからデリケートな仕上げの皿やそのほかの妙なも[illegible]タゲレオタイプの写真機、折り畳みレンズの鼻眼鏡、ロシア人形など——を床に落とさな[illegible]にしながら、好きなところに座った。男子は本棚のレコードセクションへ集まった。そこに[illegible]なくとも二百枚、エレガントな大きいケースのクラシックもあり、使い古したロックのレコードにはみんな黄色いセロテープが付いていた。メラはクラッカーを少し持ってきて、それから耐えがたいほど猛烈な音楽をかけてボリュームを最大にし、みんなはウオッカに取りかかった。ほとんど怒鳴らなければ話が聞こえなかった。それでもときどき、ぼくにも部屋の反対の隅でジーナがしゃべっている話の端ばしがつかめた。彼女とサンダリーナは脇へ寄って、笑いながら、昂奮し、しかもいつもヴァンプ風を気取って、ジーナはサンダリーナに自分の年越し祭《レヴェリオン》のことを話していた。その夜は二軒の家へ行った、道々キスをした、めちゃくちゃに踊りまくって、しまいに床にひっくり返った……。もっと聴こうと耳をそばだてていたが、しかし聞こえるほど不愉快になるばかり、もうここにはいられない、がまんの限界だと感じていた。絶えずウオッカをグラスに注いでいた。やがてとうとうコントロールできなくなり、何人かが踊ろうと立ち上がる間、ぼくはひたすらジーナを見つめ始めたが、彼女は素知らぬ顔だった。ぼくは痴呆症みたいに見ていたのだと思う、というのは、正気をなくす前に、サンダの恐怖のまなざしに気づいていたから。その瞬間からあと、ぼくに残っていたのは記憶よりも感覚だ。あとで聞かされたことだが、ぼくは男子生徒たちにジーナの仕打ちを涙ながらに訴え出し、ありとあらゆる名前をつけ、しかもそれから、グラスのウオッカをこぼしながら、よろよろとジーナのところへ行って、その手を握り、ものの十五分もの間、どんなに彼女を愛しているか、狂ったようにしゃべりまくったそうだ。

〝君は阿呆みたいにひっきりなしに『きみはぼくのすべてだ……きみはぼくのすべてだ！』と繰り返していたよ。あの「亡霊」よりもっと青い顔だった。もうおれたちは君と言葉が通じなかった。君は哀れなジーナに、つまり哀れな悪魔めに、サソリの悪魔めに襲いかかった、彼女は優しく何か言おうとするのだけれど君はまるで聞く耳がない、彼女の前でできる限り卑下することだけが君の望みみたいだった、あるときほっぺたをあれの膝にこすりつけてね……〟

〝あのなあ、君はものすごかったぜ、ぼくにはどうすることもできなかった、君の頭がしゃっきりしていたら説明してやろうと思うところだったけれど、そんなことはまるで無意味だったな。〟

〝ジーナが帰ったあと（君は帰ったときも気がつかず、後ろ姿をぼんやり見ていた、すっごく可愛かったなあ）、それからほかのみんなも帰って行ったあと、キッチンへ行くと君がいて、ほとんど目をつぶったままで、コーヒーをお盆に載せておれに持ってきてくれたね。よく引っくり返さなかったもんだとびっくりしたぜ。コートを着るのを手伝ってやった。いくらか醒めたように見えたんだ。そうでなきゃ帰さなかったよ。〟

ぼくは一月の冷たい空気の中へ出たときのこと、停留所でトロリーバスを待ったこと、バスが来たとき、乗ろうとして雪の中へ転がり、バスの手摺につかまろうとしたことを覚えている。家には、ありがたいことに、誰もいなかった。高校の制服のままベッドにひっくり返り、眠り込んだ。目が覚めると暗闇で、初めびっくりした。それからジーナのことを思い出した。シュテファン大公大通りの電車の音を聞きながら一時間ほどうつらうつらする中で、ジーナのレヴェリオンの顚末を逐一思い浮かべ、息が詰まりそうに感じた。顔を洗って、それから、窓外を見渡しながら、どんな理由があろうと二度とこんなことにはなるまいと心に決めた。自分をこんな風にだめにするわけにはいかない、誰……のために？　日記帳を拡げ、大きなぶざまな字で書いては消し、消しては書いた。

〝ジーナに幻滅した、一緒に生きるのは不可能だと目が覚めた。彼女は望んでいない、情緒的であるべきあらゆるものを凍り付かせ、ただの思わせぶりにしてしまう。あれは低級な人間だ、エゴイストでしまりのない無責任な高級娼婦の枠を超えろと求めるわけにはいかない。お互いに軽蔑し憎み合っているのではないか。これはジャングルだ。〟

ぼくは電話を待っていた、とにかくぼくを惨めな状態に置いていったのだから。だがその日は誰も

ンサやなり皮のーガイタ・ルトリや面頂仏のラメ、かるけ行へ校学もでれこ朝翌。たっかなこてし話電

ところがこの度はぼくへのクラスメートの態度は最高だった。ジーナについてはもう考えたくなかった。ダの思わせぶりな目つきにどう立ち向かおうかと自問した。メラの仏頂面やリトル・タイガーの皮肉やサン

電話してこなかった。翌朝これでも学校へ行けるか、メラの仏頂面やリトル・タイガーの皮肉やサンダの思わせぶりな目つきにどう立ち向かおうかと自問した。ジーナについてはもう考えたくなかった。ところがこの度はぼくへのクラスメートの態度は最高だった。メラの家での辛い事件のうわさが広まったことを別にすればだが。でもぼくがからかわれることはなく、逆にみんなぼくのことをもっと評価して気を遣い出した。とくに女子からの同情は今までにないほど高まった。みんな、ジーナには含むところがあったのだ。ぼくと仲のいいロレータ・ベルディアンは、クラスで一番知的な子だと思うが、数日後、たまたまぼくら二人が入り口当番だったとき、廊下で話し合った。彼女は、ジーナがすることはみんなショーで、見られることが、どこでも注目の的になることが好きなのだと言っていた。みんなが彼女をこういう軽薄な目でしか見ないのもおかしなことだ。この今、彼女にこれほど腹を立てているときでさえ、ぼくはジーナへのこんな中傷には断じて同感できないと感じていた。彼女が時折どれほど魅力的に、善良に、そうして知的にさえなれたかということをぼくは知っていた。たくさんのでたらめの中で、時にはっとさせるような反応を見せることを、どれほど死や老化を恐れていたかを知っていた。確かに、彼女がほかの誰かのもの（ずっとシルヴィウなのかどうか知らないが）になっていることで悩みもし、憎みもしていたけれど、それゆえにこそ彼女が一層屈折した存在に見えていたのだ。彼女は遠ざかるほどますます素敵に見えていた。デスクは別にしたけれど、彼女には何もしないと決めていたけれど、そのときでさえ二人のつながりは切れなかった。数日後、ジーナがまた電話してきた。無邪気な笑いを含んだような声を聞いたとき、本当と思えなかった。電話は切ったが、次の日彼女は休み時間になる度に近寄ってきた。ちっちゃい鼻にコウモリの嘴で罰当たりの微笑み、軽くウエーブした緑の髪で罰当たりにきれいだった。ぼくのそばに立って、ぼくを見つめるだけで何も言わず、それから、気後れを装ってぼくの指や髪に触った。ぼくはすぐによそへ離れる

のだったけれど、でも彼女が近づくのが見えると微笑まずにはいられなかった。〝私ひどいことをしたわねえ!〟と、ときどきささやきかけた。一週間ほどでまた話はし始めたが、どちらも親密になることは避けていた。また家へ送って行き、また彼女の部屋で何時間か過ごし、ときどきはキスもしたが、それも何やら気が散って、本式ではなかった。彼女の子ども時代のスナップ――はっとするほど可愛らしく、多分写真が黄色いせいでちょっとレトロ――のアルバムを見せたり、また壁にスライドを映してくれたり。みんな彼女の写真で、カラーだった。なぜどの写真もあんなに悲しげなのだろうか? 大笑いしているときでさえ、本当に嬉しくて楽しんでいるときでさえ、悲しみが伝わってきた。いいや、彼女はぼくが日記に書いたような〝高級娼婦〟ではなかった。そもそもぼくに高級娼婦なんか愛せるはずもなかった。彼女は育ち方が悪かったのだ。甘やかされて、欲しいものは何でも持っていたが、外見と違って、苦悩と未達成感が根にあって、不安な存在のままだったのだ。暗い室内で壁に投射した(薄闇の中でぼくは彼女に頰を寄せていた)スライドのうちの一枚は、祖父の仕事がフォークロア関係だったためによく連れて行ってくれた村落博物館の中庭が写っていた。ライトグリーンのスーツ、エメラルド色のイヤリングで中景に写ったジーナがまっすぐこちらを見つめている。多分壁の一段目のガラスのイコンの紫色の列の下に投射された等身大の映像が、ぼくの予想外の行動を惹き起こしたのだろう。ぼくはソファーから立って壁の前に座った。ジーナの顔の映像がぼくの顔の上に映されて、二人の相貌が混ざった。ジーナはプロジェクターの眩しい電球のわきの暗がりで目をきらきらさせながら、私たちの子どもはそんな顔になるのかもね、とおもしろがった。それからスライドが抜かれ、ぼくは光の四角な空白の真ん中で目が眩んでいた。

ぼくはきみを愛していると何度も言っていたのだが、そのとき彼女は嬉しくもなさそうに見えるので、しまいには言う勇気がなくなった。一切のイニシアチブをなくしていた。それを持ったことがあるとしてもだが。ジーナが望むことを何でも、無条件にしなくてはならなかった。彼女が劇場の切符を買い、彼女が映画を観ようと言い、またもし喫茶店とか、春になってビヤホールとかに入れば、決して二人分ぼくに払わせなかった。今では日曜日に会うこともあるが、ぼくがやろうと言うことは、どんなに当たり前のことでも、拒んだ。今では日曜日に会うこともあるが、彼女がその気になったときだけだ。次の日曜に何かを提案すると、初めは同意するが、決まってと言っていいほど、土曜日にはキャンセルの電話が来た。もちろん、時にはこんな無理強いの従属に耐えられなくなって、ぼくも乱暴になり、道の途中からでも離れることもあり、二人の間に積もり積もったと感じているあらゆる惨めなものにすっぱりとけりをつけるつもりで、一番ひどい言葉を投げつけることもあった。そうすると、しかし、それまで冷たく見下していたそのジーナが泣き始め、別れたくない、ほかの誰よりもぼくのことが好きだと言い出す。この情緒の圧力には抵抗できなくなって、結局いつも、気が咎めるままに、ぼくが譲歩した。しかしここまで来ると、同じサイクルに戻って、彼女の侮蔑、ぼくの前で表す冷淡と退屈がまた二人の関係の基礎要因となるのだった。これはみんなひどい意気阻喪の種だったから、地獄の冬からの再生として春の訪れがいっそう待ち遠しかった。重いコートを脱ぎ捨てて、潤いのある太陽の輝きのもと、あの生々しい香りの中を飛び回ると、ヴィーナス通りの町工場のがらくたやシルヴェストル小学校の黄色いトイレまでが、ぼくらには新しいきれいな世界の魅惑をたたえているように見えた。中庭からは馬の蹄のかたかた踏む音が聞こえ、舗道の磨かれた花崗岩は青空を斜めに反射し始めた。冬の間ジーナを送るのに通った暗闇に代わって、今は濃密な黄昏を、草と古い石灰の匂いの中、夕焼けの窓と青い軒蛇腹を見ながら歩いた。そうしてまさに今、日曜日に、淡色のブラウス、大きな安全ピンで水晶を取り付けたタータンチェックのスカートのジーナはとても女らしくて、今、ピタール・モシュ通りからシュテファン大公大通り、宇宙飛行士広場へとお決まりのコースを散歩しながら、ぼくがすべてを忘れて最初からやり直せそうだと感じていたそのとき、ジーナの方はまるで冷淡で、ほとんど人が変わったようだった。彼女のしていることはただのルーチンで、しかもますます気楽なルーチンに見えた。ただ、何か飲んだあとはやや気取りを見せ始めるが、それがぼくには余計に気に障った。四月にはこう書いていた。

〈書く意味のあることがだんだん少なくなる。昨夜は、雨の中、ぼくに苛立って、例の気まぐれヴァンプの仮面をつけたジーナと一緒に、混み合ったバーを梯子した（どうして彼女はそんなところをみんな知っているのだろうか？　さあウニオンに入りましょう、さあカプシャへ、さあスパニッシュ・サロンへ……）。コンチネンタルでは三十分待ったあげく、食事しなければ飲ませないと言われ（ジーナは塩入れをひっくり返し、ぼくはたっぷり非難した）、それからムンテニアで甘い黒ビール、音楽、ぼくはだんだん頭に来てどれにも文句をつけ、彼女は仏頂面、グラスやボトルやライターで一杯のテーブルに腰かけて煙草をふかす連中を横目で眺め、それからまた雨の中へ出た。傘の下で彼女は優しくなり、両手をぼくの腕にかけ、甘えていた。それから玄関ホール（Never change your love）、それから奥の階段に並んで座り、甘美に真剣に愛について語らい、それからだしぬけに急所の一撃。〝あのね、わたし惚れてるの……〟そうしてぼくは初め、半信半疑で、まさかと思いながら、ぼくのことかなと。だがちょっと間があって、〝今日飲んだのは私たちが別れるためよ、オーケー？　未来がどうなるのか分かっているわ……〟それに対してぼくは、彼女が本気なのは分かったのに、冗談にしてしまおうと試みた。顔を手のひらで挟んだ。ジーナは例の眠たげなずるい Je m'en fiche《どうでもいいの》。ぼくは今までなかったほど集中してその目を見据えた。何分間もじっとそのまま動かさずにいた。〉

破局までは一つの場面しか覚えていない、春休みにもう一回会ったときだ。朝、イコン公園でデートした。空気は冷たく、まだ葉のない木々の間に見える空は真っ青だった。ジーナは爪先まで隠れるジーンズの上に彩色ウールのポンチョを着てきた。二人は公園と画家ヴェロナ通りとの境の縁石に腰をおろした。公園には人気がなく、ただ遠くに老女が一人、褐色のチョッキを着せた犬を連れていた。ぼくはジーナの肩に手をかけ、彼女は穏やかにデリケートで、これが間違いなく美しかった一つの関係の最後のひと時なのだと分かっていて、その終焉のメランコリーを賞味していた。ぼくは静かに話しかけた。もう一度、彼女を諦められない、とても愛していると言った。彼女は答えて、二人は友だちでいられる、友情は恋愛よりも美しい感情だ、などいろいろ続けた。この自分だって幸せではない、大きなリスクを前にしているのよと。〝彼は実のところ私と楽しみたいだけなのだと思うの。女好きみたい。〟こう言いながら見せたパニックを、彼女は本当に体験しているのだと感じた。しばらくの間二人ぼんやりとブーランドラ劇場の看板や、黒っぽい木々の間を走り回る犬を眺めたあと、彼女はキスして、と言った。彼女の唇はルージュのために香水の味がした。肩を撫でながら、二度とぼくにシルヴィウの名を言わないでくれと言うと、彼女は呆気にとられ、それから涙しながら笑い出した。〝シルヴィウ？　あなたって一列車遅れね。ボーイフレンドはシュテファンていうのよ……ほら、これ。〟

そうしてぼくから体を離し、おもしろがるあまりデリケートに振る舞うべきことを忘れ、ブラウスの下から金鎖のペンダントを出して、爪で開いて小さな白黒写真を見せた。痩せ気味で金髪を短く刈り込んだ青年の顔だ。これはジーナにボーイフレンドがいる最初の確実な証拠だった。それまで、理屈の上では知っていたのだが、それでも彼女の誇張だろう、ぼくに嫉妬させたいからだろうと願っていた。今になって、自分が彼女の世界では余計者に近いちっぽけな存在だとはっきり分かり、憤怒と屈辱と心痛を露わにせざるを得なかった。ありったけの悪口を並べ、さんざん傷つけようと努め、ついに二人とも立ち上がって、もう一言も交わさずに右と左に別れた。トロリーバスの教会前停留所で、人目をはばからずに号泣した。バスの中では声を潜めて泣き、涙がコートを濡らすに任せ、家に着くと母親の前でヒステリックな発作を爆発させた。玄関でひっくり返って子どもみたいに手をばたつかせ、絨毯にくるまって泣いた。母はぼくをなだめようとして〝息子をこんな目に遭わせたジーナのあばずれ〟を呪った。三十分もしてからやっと静かに椅子に掛けることができたが、食欲はなかった。自分をめちゃめちゃにしなくてはなるまい、もう生きていてはならないように思われた。息をするのがやっとだった。一時間ほどして、彼女から電話があった。許してねと言い、それでぼくは一遍に気分がよくなった。しかし今度ばかりはもう何も望みはなく、反対に、忘れることが絶対に必要だ、ジーナを忘れるか、もう生き延びないかどちらかだ、と分かっていた。

その夜、またあの無辺際の公園の夢を見ていたと思う。黄昏の靄の中の並木道が地平線に交わり、古代の煉瓦でできた、この世のどんなものよりも大きな巨大モニュメント。ぼくはまた塔の崩れかけた螺旋階段を上った。反響と物影に満たされたドームの下を、またとぼとぼと大理石の石畳を踏んでいた。自分の身体がふくらんで怪しく伸びる中でたとえようもない孤独を感じ、塔の頂上の深紅の太陽のような丸窓が次第に近く見えていた。ぼくは大きくなり、窮屈になり、肘と脇腹と脳天にドームの軟らかく弾力のある壁面を感じた。そうして突如、張り詰めて、引き裂くような叫びを上げながら塔の天井を頭で突き破って、次の瞬間に気がつくと外にいた。星を映す氷の斜面を、無際限の鏡面を、世界のガラスの縁を歩いていた。寒気がぼくの周りを吹きすさび、それから星々へと渦巻き、星にも氷の薄皮と針ができた。だが寒気にも増して孤独が身にしみた。凍り付く霧の中から人影が一つ、輝く鏡を裸足の踵で踏んで、ぼくの方へ抜け出して来た。それは女だが、足元の鏡に映っている姿は男だった。ぼくに近寄ると、手のひらでぼくの顔を挟んだ。ぼくの目を覗き込んだ、あたかもぼくに言わねばならぬ言葉に彼女の生命がかかっているかのように。ぼくも彼女を助けようと、彼女を理解しようと、頭脳を空にして彼女がそこへ入れるようにしようと試みた。望みはないと分かっていた、相手は女性だから、畢竟ぼくが理解できるわけはないと。

悪い天気になった。昨夜は雷と稲妻で眠れなかった。そうして窓にはカーテンもない。あの青く震える電光が部屋じゅうを照らし、骨をバラバラにされるようなあの雷鳴が続くとき、女たちがみんなひどい悲鳴を上げるので、当直の看護婦が来て、映画の『サウンド・オブ・ミュージック』さながら、お話ししたり歌ったりしてくれた。ミラとアルタミラは抱き合い、怯えて頬をくっつけ合って、猿の赤ちゃんのようにきょろきょろ見回していた。またラヴィッツァは色とりどりのベッドでシーツを頭からかぶってハイエナのように唸っていた。シーツには直径一メートルもあるギザギザつきコインに村落博物館の木の教会まで描き込んであった。当然のこと容態がますます進んでいると思われるエリサベタは、また落ちそうになり、てんかんのように口に泡を吹いて跳ね回るので、とうとう看護婦はライトを点けて、枕を頭の下に入れ、痙攣がいくらか鎮まるまで腕で鼻と口を押さえていた。また今日は、朝、看護婦が薬のカートを押して来たとき、エリサベタはうつろな目でトランキライザーを飲むと、また枕の下にもぐった。彼女には朝飯が与えられなかったので、同室のみんなは猜疑の目を交わした。そうして医者があと二人看護婦を従えて入ってきて、その一人がニッケルのケースを運んで来たとき、理解した。これは話にしか聞いていない腰椎穿刺というおぞましい処置をエリサベタが受ける準備なのだ。この用語ほど患者たちを震え上がらせるものはなかった。パウラと五十歳ほどの遺尿症と夜間自動徘徊症患者のマヤの二人は、この病室の先輩格なので、彼女らの目の前で脊髄に注射されて下半身不随になった女性の話をした。脳造影撮影のために空気を注入されると、彼女たちによれば、頭痛がして、頭が肩にくっついたような感じが空気を抜くまであるという。それでみんなぞっとしながら夢中になって、薬のせいで何が起こっているのか分からないらしいエリサベタの殉難を見守った。看護婦がパジャマを脱がせて胸をむき出し、白い金属ベッドの上で上半身を起こし、それから顎を胸に押しつけて背を丸くし、肩と頭をしっかり押さえた。つやつやした皮膚の結節のような背骨と伸びた肋骨が黄色い肌の下から浮き出して、それはどこか不名誉な男の背中を思わせた。脊椎の半分より下が標的で、医師が素早く手で探り、看護婦がヨードらしい液体で濡らした綿で拭いた。それから消毒済みケースのガーゼの下からピストンが内側いっぱいに押された細長い筒を取り出し、かぎ針のように太くて長く、先端を斜めに削いだ針を取り付けた。苦しませる用意をし、それを非人間的な冷淡さで進める彼らの顔にサディズムの気配がまったく見えないのが自分には奇妙に思われた。犠牲者、殉教者を描いた絵画、至近距離から射込まれた矢の刺さる体、切り取られて黄金の盆に載った乳房、首のない体の脇に抱えられた頭、腹から抜き出して巨大な糸巻きに撒かれた腸、頭から腰まで鋸で真っ二つになった少女、このたぐいのあらゆる画の中で、刑吏は醜悪で、痩せこけて、歯をむき出し、苦しみを眺めて悦に入っているのではないか。当のその連中はできもの、レプラ、乱視、爪は抜け落ち、という塩梅だ。殉教画では、誰がどちらの世界のものか、よく分かる。ところが今は――見ろ、醜い、てんかん発作の、汚れたままのエリサベタを手中に置いた、優雅で博学な白衣の人たちが、パニックと心痛を呼び覚ますような悪魔の道具を操っている。歯医者や外科医やそのたぐいの人による拷問が、患者のためになると思ったことはない。すべて苦痛なるものは悪い、生理的だろうと精神的だろうと、悪いし、屈辱的だ。白衣の下にスリップらしい緑っぽい影のある何やら植物的な看護婦が注射器を持って針先を脊椎の間のあのつばをかけたようなヨードの光るところへ向けて、肌へ針を押し込んだ。一旦止めて、それからまた押し込むと、小さな音が聞こえた。エリサベタは変に肉感的な具合に呻き、それからすすり泣きを始めた。看護婦はすぐに針を管から外す。途端に、針の太い方の先から金色の液体——脊髄液だ——の雫が吹き出し、それをきらきら清潔に光る試験管に手早くおさめた。エリサベタのあえぎと呻きはますます強くなり、やがて、また力を入れて、針を引き抜いたとき、しゃがれた叫びを上げた。なお数分間、針を刺した所に湿した綿のタンポンを当てて、背中を丸めたままにし、それから静かに仰向けに寝かせてパジャマをかけた。少なくとも二十四時間頭を動かしてはならないのだった。大部分の患者は目を背けていた。ラヴィッツァは顔をシーツに押し当てて死にそうに泣いた。パウラは静かに壁を向いていた。自分とあの顔面麻痺のラウラおばさんだけがつぶさに見た。自分はいらいらして指で巻き毛をいじっていた。彼女は顔の半分で笑い、半分泣いた道化《アルルカン》の表情で、片目をパチパチさせていた。この件でその夜とあくる日午前中は気が紛れた……。

ドクターがさっき来て、書き終えたかと訊ねた。とんでもない、まだだ。ナイトテーブルとシーツの上に並べたこの用紙に何を書いたのか？　それは自分の作品か、それとも彼女の作品か？　どこまでが彼女ので、どこが自分のか、まだ見分けがつくか？　また怖くなる。彼女の脳の風景の中に迷い込み、ピンクや真珠母色の地帯のあやふやな地面を踏み、彼女の大脳回の谷へ、前庭の断崖へ分け入る。彼女の前頭葉の薄暗い森の中の細道の奥、滲出水に顔を写し（でも誰の顔？）、溶けた煤の中で呻く記憶の溝の上を渡り、火の粉の雨の下できりきり舞いし、浄められて爬虫類と歯のある鳥がひしめく間脳の中へ登り、そこで羊歯の巨木の間をさまよう。そうして、上では、新皮質の恍惚のあの六つの層を探って。半球上に描かれているのは胎児のように変形したジーナの姿だ。平べったい額、肉感的な唇と巨大な舌のある口、微小な身体、だが全身と同じくらい長い指をグロテスクに拡げた手。そうして至る所でウジや昆虫や爬虫類やほ乳類の秘密会議、一方大集会はラマピテクス、アウストラロピテクス、ピテカントロプス、それからクロマニョン人、ローマ人、ケルト人、ダキア人、スラヴ人、タタール人、曾祖父、祖父（マリクとタニク）、両親、親類、自分自身まで、そこで、ジーナの脳の中で集まっているが、しかしウェルギリウスもベアトリーチェもいない、どんな救済も星への上昇もない。彼女の知性の迷宮の中をさまよい、彼女の目の回転レバーを引き、彼女の膝を動かすペダルを踏む。爪はすでに磨き済みのこの細い軟らかい指を見つめる。その指でボールペンを持つ。すると——誰が書いたのか？

　残りは少しだ。数日で終わる。そうしたらこの原稿の山をナイトテーブルの上に置いて行こう、ラヴィッツァほど恥ずかしがりではないから。誰でも読むがいい、誰でも勝手な想像をするがよかろう。この鏡カバーに、このテキストに、この構成《テクスチャー》に、この織物《テクスタイル》に、どんな動機づけでもどんな解釈でもつけられよう。中に何も見えない場合にだけ成功だったと言えるこのぼろ切れに。自分には限りもなく織り続ける気はなく、昼間に織ったものを夜ほどくつもりもない。反対に、今こそ先へ進めようと思っている。ドラゴンかカフカの毒虫か、あるいはリルケの恐ろしい天使（確かに、ある意味で彼ならぼくを受け入れるだろう）の住み処へ入って行くのだ。しかし最後に書いておこう、ジーナとの別離のあと、イコン公園での例の醜い一幕の後、少なくとも三週間、もしくは多分まるひと月の間、話をしなかった。それはぼくにとって暗黒の一時期で、今でもそこからどう抜け出したのか分からない。もう読書もできず、ちょうど大学進学資格試験と、特に入学試験が近づいていたのに、勉強もできなかった。正気をなくし、生き延びるすべを知らなかった。昔は孤独の薬だった街の一人歩きもできず、ピンポンも、映画も耐えられなくなった。いくらか近いクラスメート（友だちとまでは言えない）の何人かがぼくには助けが必要だと感じて、なんとかぼくをこの恋の病から引き出そうとした。ジーナの方は、顔を合わせても表情がなく、解読不可能な真珠母の殻をかぶっているようだった。学校ではぼくにまるで注意を払わなかった。三学期の初め二、三週間のあと、ぼくはまた彼女のデスクから離れたが、何の反応もなかった。彼女はすっかり変わって、まるで何歳か大人になったようだった。振る舞いに誇らしげで挑むような調子があった。今はためらいがちなところはなく、結局、やりたいことが分かっていて、成熟し力強くなっているように見えた。クラスメートと話しているときも甘えがなくなり、言うことすべてが確信に満ちていて、彼女としてはそれが経験の証拠だった。それは一人の女だった。疑問を抱いたり考え込んだりすることはない、彼女は知っていた。多分もうぼくを見ないことで彼女が採用したこの〝ハイ・スタイル〟のために彼女は別人になり、強者の列に入った。ぼくの方は青春の溜まり水の中で顎をぴくぴくさせていた。もしぼくにもっと大きな忍耐力があったら、多分高校卒業後には彼女に会わず、忘れることができたろう、ジーナのいない世界はどういうものか想像できなかったし、今でもできないのだけれど。まずいことに落ち着いていられず、ある晩彼女への手紙に取りかかった。十六枚書いて、自分であの玄関のポストへ入れに行った。年代もので白くなった石段のあるあのホールにはもう入って行かなかった。醜悪な仕事現場が取り壊され始めたヴィーナス通り、やはり何か工事が始まったモシロール街道、それからエミネスク通り、トアムネイ通り、ヴィイトール通りと、冬に彼女を家へ送り、それから手をポケットに入れて帰って来たあのコースは、ブカレストの名も知らぬ街路の作る蜘蛛の網とは違って、ぼくには生きた心のあるゾーンと見えていた。というのもあそこでは実際に蜘蛛が窺っていたし、蜘蛛の糸はまだ毛むくじゃらの足の振動と青白く丸い腹の暖かみを保っていたから。彼女に手紙を書くなどばかげていると分かっていたけれど、それは識閾下の、情緒的な、だからこそ余計強力なロジックから発する行為であった。ぼくはあの状況下で課されていることをした。それはお涙ちょうだい式の手紙ではなく、悲しいけれど乾いた、控えめな、時にはいささかシニカルな調子だった。今では一行も覚えていないけれど、でも大筋は分かっている。一緒にいられなくなったことをどれほど残念に思っているかということを、そうして、彼女が何者なのかを最終的に把握するため、彼女との完全なコミュニケーションを最終的に取るために、彼女の脳に、神経叢に、血管に、全身の細胞に浸透できたらいいとどれほど望んでいるかということ、それを明らかにしていたのだ。二日後、夜遅く、ジーナがたいそう昂奮して電話をかけて来た。ぼくの〝恋文〟を読んだと言った。

〝もしあなたが私の扱い方を知っていたら、もし私をちょっと楽しませることを知っていたらねえ……。あなたのことがとても好きだったわ、でもどうすることもできなかったの、あなたはなんにも分かってくれなかった……。でも貴方のために何でもするわ、何でも、い、い、何でも求めてよ……。〟

ぼくはもう何も求める気はないよと、そうしてあの手紙はジーナには関わりがなく、ぼくだけに関わることだ、君が読もうと読むまいとどうでもいいと言った。電話しながら震えていたのだが、冷静でいられた、今は彼女のことが分かっていたからだ。

そうして翌日(日付を思い出そうとも思わないし、その意味もない。あのときから時間のことは無意味になった)すべては起こった。今よくよく考えて気がつくのだが、朝から、耐えがたい太陽に起こされてから、何かがまともでなかった。部屋のカーテンを母が洗って、今はパノラマ式三面窓のすべてから湿気を含んだ神々しい朝日の光が差し込んでいた。眩しくて初めは目を開けられず、何分かの間、明け方の錯綜した夢の泥炭と瘴気と靄に満ちた谷間にいた。付着した赤茶けた苔が異常に伸びて青く透き通っている橇でしばらく滑り、ねっとりしたゼラチン状の液体の中をイルカのように泳ぎ、その液体はここかしこ凝縮して金色の指となり、肩甲骨、脊椎、唇、頭蓋骨、二の腕の動脈と静脈、リンパ腺、腎臓組織となり、すべてが形をなして眩しく煌めいたかと思えば、すぐに溶解する。耳たぶ一つ、環状の筋肉、四本の尖った根のある臼歯、あの世で呻くかのように歪んだ顔。その幻想的液体の中を浮遊し、滑る回廊から出ると、中央のゼラチンに満ちたホールで、大きな黄昏の太陽がゆっくりと血だらけの卵黄のように回転しているのが見えた。私は頭から突進し、膜を突き抜いて、言葉にならない莫大な輝きの中へ身を投じていた……。

学校で、午後、ジーナがまたぼくのところへ来た。ずいぶん長いことぼくらはもう彼女のいわゆる〝会話〟をしていなかった。だから現実の十八歳の彼女と、ぼくの神話に現れる巨大な、輪郭の定かでない、非客観的な女性との間、むしろぼくの内面世界を支配するある力の場との間には、何の関係もつかなかった。いつも何の考えもなく言葉にもせず彼女と言ったが、十二年級の女子の中の一人のジーナ、愉快な、にやにやしているジーナのことは忘れてしまったと言える。休み時間ごとに埒もないことを話し合い、二時間目の後は同じデスクに並んだ。

歴史の時間には、仲のよかったころのように〝きみが一行、ぼくが一行〟で詩を書き、あまりおもしろがっていたものだから、二人とも廊下へ出されそうになった。それはただの休戦で、幻想は抱かず、キルケゴールのように、繰り返しが可能かどうか確かめようとしていただけだ。ところでキルケゴールならぬぼくのレギーネ・オルセンはぼくにそれを信じさせておこうとしたようだ。夕方(と言ってもこの季節は真昼のように明るく、青く澄んだ空の白雲にまだ一点のピンクも反映していなかった)ぼくはまた彼女を家の方へ送りながら、いつものコースの落ち着いた街路の響きに、心が次第に重くなった。ところどころ、花壇とか教会がある小さなさびしい広場に出る。青い服の小さな女の子が筋のついた彩色ボールを壁にぶつけていたが、止めて、ぼくらが鉄柵のついた垣根の前を通るところを眺めていた。もう二度と入ろうとは思っていなかったジーナの部屋。壁にぐるりと二列のガラスのイコン、アップライトピアノ、彩色の文机と、狭く天井までの高い窓ガラスにかかる深紅のつやつやしたカーテン。夏が近く、冷たい陶器のストーブのそばでも、あそこはいつも息詰まるほど暑く、空間に弾力があり、ぼくと彼女の周りを締め付けてくるように思われた。ときどきぼくらは幻想的に彩られた出口のない子宮の中で抱き合っている双子、初めから生まれ出ることを拒まれている双子のように感じていた。そう言えば、ジーナもぼくも数日違いで六月の双子座の生まれだ。ぼくは占星術の本をたくさん見た。まったく低級なのも、科学的な装いのもあったが、すべて一つの点で一致していた。自分だけで充足する双子座生まれの二人の間ではどんな恋愛関係も長続きしない、相手としてはこのナルシシズムから引き抜くことのできる牡牛座とかサソリ座のような非常に力の強い星が必要なのだという。だがその日はぼくとジーナについての星占いの意味するところなどこれっぽちも考えてはいなかった。彼女はまたソファーでぼくの脇に座って、小さな銀のスプーンで皿から緑色のナッツのキャンディーを食べながら、昔通りに、クリスタルのグラスでシナモンの香りのする軽いワインを飲めと勧めていた。繰り返しは可能だった。ジーナは再びぼくの知っている甘えん坊の少女だった。黄色い目、生き生きした顔色、純潔な喜びしか窺わせない唇。暗くなるまで話し、ぼくは彼女の髪で指をくるみ、彼女は話しながら笑いながら、ぼくの左手の指をおもちゃにしていた。それはまるで去年の秋から今までのあの部屋にぼくがいたことのすべてを、まるで濃密な多色の漆の層のように、一つ一つ重ねるみたいで、そのためにぼくらの世界が、少なくともぼくにとっては、次第次第に現実味を増して、ついには幻想にしかない現実以上の現実性を帯びるに至った。彼女との一瞬一瞬が彼女とのすべての瞬間であり、ぼくが見ている一つ一つのものがそのものについてのぼくのすべての記憶に重なり、もはや何十もの重なりの中で現実の対象が見分けられなくなっていた。彼女の声は以前の声に重なり、そうして以前の声はその前の声に重なった。秋なのか春なのか、彼女の部屋に来たのが二度目なのか二十回目なのか、もう分からないほどになった。彼女を何度おかしな枕つきのソファーに寝かせたか、何度胸を愛撫し、何度手を背中にまわして温かく乾いてすべすべした皮膚の下に微かに分かる肩甲骨をさぐり、皮膚の下に弾力的な脂肪の層を感じたか、そうして何度彼女のT

郵便はがき

料金受取人払郵便

1 0 2 - 8 7 9 0

麹町支店承認

9781

1 0 2

差出有効期間
2022年10月
14日まで

切手を貼らずに
お出しください

［受取人］
東京都千代田区
飯田橋2－7－4
株式会社 作品社
営業部読者係　行

【書籍ご購入お申し込み欄】

お問い合わせ　作品社営業部
TEL 03(3262)9753／FAX 03(3262)9

小社へ直接ご注文の場合は、このはがきでお申し込み下さい。宅急便でご自宅までお届けいたし
送料は冊数に関係なく500円（ただしご購入の金額が2500円以上の場合は無料）、手数料は一律3
です。お申し込みから一週間前後で宅配いたします。書籍代金（税込）、送料、手数料は、お届け
お支払い下さい。

書名	定価　　円	
書名	定価　　円	
書名	定価　　円	
お名前	TEL　（　　）	
ご住所 〒		

フリガナ
お名前

男・女　　　歳

ご住所
〒

Eメール
アドレス

ご職業

ご購入図書名

●本書をお求めになった書店名

●ご購読の新聞・雑誌名

●本書を何でお知りになりましたか。

イ　店頭で

ロ　友人・知人の推薦

ハ　広告をみて（　　　　　　）

ニ　書評・紹介記事をみて（　　　　　）

ホ　その他（　　　　　　　）

本書についてのご感想をお聞かせください。

入ありがとうございました。このカードによる皆様のご意見は、今後の出版の貴重な資
して生かしていきたいと存じます。また、ご記入いただいたご住所、Eメールアドレス
小社の出版物のご案内をさしあげることがあります。上記以外の目的で、お客様の個人
を使用することはありません。

シャツを脱がせ、チェックのスカートをくしゃくしゃに腰までまくったか、もう数えられない。右手の指がパンティの上縁に触れ、硬い縮れ毛に分け入ったとき……。しかし今彼女は半身を起こし、ぼくの頬を手のひらで挟み、例の引き締まった尊大な表情で、ぼくのために何でもしようと言った。〝今度こそそうしたいの、分かって？　でもここではなく。さあ来て、見せるものがあるの。〟

起きて、服を着ると、ジーナは鋳鉄のハンドルの付いた一枚の真っ赤な色のドアを指さした。それは衣装戸棚とピアノの間だが、今まで見た覚えがなかったのだ。ジーナはそのドアを開き、二人は狭い廊下に入り込んだ。壁面は洞窟のような湿っぽい不規則な形の石組みだった。ドアを閉めた後も真っ暗にはならなかった。光源はどこにもなかったのに。ものの輪郭や色合いは見分けが付き、少なくともぼくの二歩先を歩くジーナのシルエットは日中のようによく見えた。髪の毛の一本一本が金色の微光を放っていた。彼女は片手を後ろに伸ばして人差し指をぼくが握れるようにし、こうして二人は狭いトンネルを進んだ。廊下がどこへつながるのかということをぼくはちっとも考えず、奇妙な魅惑の導きに任せていた。ときどき同じ湿っぽい石に粗雑に刻まれたいくつかの段を降った。地下の寒気が、髪をなびかせ、腕の皮膚を鳥肌にする気流のように感じられた。下の地面がぬるぬるしてきて、水たまりにありとあらゆる屑が見えた。プラスチックのコップ、その中に固まり付いている潰れたマッチ箱、ソーセージの皮を包んだ油紙、汚れた綿切れ。ある曲がり角では女の子が髪を結わくゴム輪で結んだ赤い二つの小さなボールが見えた。やがて壁面から水が泡を立てて流れ出し、貧弱な地衣類や苔類の青白い花を潤して、ぼくらが通ると苔の下からダニのたぐいがはい出すのだ。トンネルの屈折が多くなるにつれてますます廃棄物の溜まりが増えた。染めた羊毛、千切れた写真、電車の切符、ぼろ布人形の腕、数メートルものびしょびしょなトイレットペーパー。この面には七面鳥の尾、あの面には雌牛の乳房が描いてあるさいころ。錆びてほつれたギターの弦。ジーナはときどき振り返って肉感的な思わせぶりな笑顔を見せた。空気は濃密になり、今は踝まで来る水溜まりの中を皮膚が透き通って人間のような手をした盲目のホライモリが泳いでいた。頭の上では交通の騒音がはっきり聞こえた。電車が軋んでは遠ざかり、自動車のエンジンが全開。ブカレストの土台がところどころコンクリートの枠組みをぼくらのトンネルまで延ばし、そこから曲がった鉄線が出ていた。ときどきトンネルが二股に分岐し、そうしてジーナも分からなくて立ち止まり、困惑の視線をぼくに向けることがあった。それから勝ち誇ったように微笑み、分岐の片方の数メートル先のピンクのチューインガムの塊とか、黴の粉をかぶったチーズのパテの半かけを指さすのだった。その道を取り、ぼくらの頭上に雲のように浮かんでいる市街の下をさらに深く分け入った。脚にくっつく幼虫類だらけの膝まで達する水の中をかなり歩いた後、幾段か上ると、道はやや真っ直ぐになり、乾いてきた。子ども時代の電車ごっこでマルチェラのスカートにつかまったときのように、ジーナの指を握ったまま、緩やかに登るトンネルの終わりの部分を通り抜けると、その行く手に、ジーナの部屋のよりも大きい真っ赤なドアが見えた。ジーナはそれを開ける前に立ち止まって、湿った板に背をもたせた。ぼくはキスして、それから二人は、ほとんどよろめきながらだったが、こうしてドアの向こうの暗闇いっぱいのホールに足を踏み入れたのだ。

この闇の中に、緑がかった大きなガラスの表面が微かに光り、その背後に暗闇が定かでない形に凝縮しているように見えた。ジーナがドアを閉めて右側の壁をまさぐった。そこには電気のパネルがあった。フォーク形の小さなレバーを上げると、だんだん明るくなった。ここにも光源らしいものは見えなかったのだけれど。ただ単純に、ゆっくりゆっくりと、見えるものすべてが、だんだんにさらに生き生きと、くっきりと、あたかも空間のそれぞれの点が独自の光源であるかのように、自分で形と色合いを持つようになった。まもなく、強力なネオンに照らされるように、広間に並ぶガラスケースの列全体が見えてきた。ああ、この場所はよく知っていた！　子どものときにも、その後も、何十回もここへ来ている。これはぼくにとってもっとも魅惑的な場所、世界の謎の中心と見えていた。確かに、地下の展示室にはあまり長いことぐずぐずせず、どんどん通り抜けて、上の動物、鳥類、巨大な骸骨のところへ、コウモリのひしめく洞穴へ急いだものだ。アルコール瓶の中の青白い死骸、ガラスの目玉で縫い目の見える剝製、このアンティパ博物館☆1での古代墓場の一切が、このありふれた宇宙にあって夢の塊のように見えていた。今は、ジーナの部屋がアンティパ博物館につながっているのはごく当たり前のような気がしていた。実際、驚きから生まれた喜びがあまりにも大きかったために、相変わらずジーナの指を握って、笑いかけていながら、ほとんど彼女のことを忘れてしまったほど。博物館にいるのはぼくら二人だけだ、未だかつて誰もできなかったような博物館見学ができるぞ！　彼女は待ちきれないようにぼくを引きずった。だが館内をぶらつく間じゅう、ぼくは立ち止まっては展示を貪欲に見ずにいられなかった。というのも第一室には黒いガラスケースかガラスカバーのついた台がおよそありとあらゆる色合いの光を反射していた。シルヴァナイト、赤味を帯びたシナバール、方鉛鉱や雲母の付着した大きな塊の閃亜鉛鉱、蒼鉛、だれか小便をかけた角砂糖のような黄色い硫黄、筋の入った片麻岩、砂岩。鈍く輝き、あるいは水のように透明な準宝石のための特別区域があった。ピーリー・レイース☆2の地図のシナ海に出ているような緑色に透き通った砂金石、

☆1　ブカレストのグリゴーレ・アンティパ国立自然史博物館は生物多様性の展示で人気がある。
☆2　ピーリー・レイース（一四六五—一五五三）はオスマン帝国の提督。多くの戦功にもまして、アメリカ大陸を詳明に描いている世界地図（一五二一）の作成者として有名。

ガラスの焦げ茶からガラスの赤まで、そうしてガラスの青からガラスの橙まで千の色の瑪瑙、見た人が一年以内に死ぬ虎眼石、名付けようのない色のモッカ石、紅瑪瑙、血滴石とも呼ばれるヘリオトロープ、毒々しい色の孔雀石、並んで寂しさを放散する蛇紋石とプラソパール。千倍も大きくて、地下の大きな泡の中に形成（誰のために？）されて、今は厚いガラスの上に置かれているのは、石英の晶洞石と、紫水晶の晶洞石の紫色のハリネズミ。アタナシウス・キルヒャーの科学で日の目を見たこれらの神々を前にしては、燦然と、お行儀よく、手を加えられた宝石類は、無害な文明人のように見える。オパール、サファイヤ、トルコ石、緑柱石、電気石が向こうを張っているのは大きな安物ガラスのイミテーションのダイヤモンドのグレートモーグル、大小のコーイノール、ダイヤモンド・スチュアートとも呼ばれる魅惑的な〝月世界の石〟、テニスボールよりも大きい巨大なカリナン・ダイヤモンド、〝南の石〟。すべてのガラスケースにジーナの顔が映るのが見えた。彼女も遊び心に乗り、ぼくらは一番奇妙なものを探した。彼女の腰を抱き、ときどき唇で軽く耳たぶをはさんでみたりした。だが彼女は分類学のパラダイスの中を先へ先へと引っ張るのだった。暗い回廊を急いで通った。ジオラマの小さな窓が並んでいて、粗雑に塗った石膏で示される生活は、カンブリア紀、シルル紀、デヴォン紀（ただいくつかのはっきりしない水中の形、円錐形だが巻かない殻をつけ、触角を出した軟体動物の一種、それから細い花縞で大洋の底にくっついている不自然な黄色のトウモロコシの一種）、石炭紀、ペルム紀、三畳紀、ジュラ紀、おかしな爬虫類のいる白亜紀（ジーナは十五センチほどの〝偉大なる〟ティラノサウルス・レックスを見て顔をしかめて笑った）、中新世、鮮新世、第四紀（南極などは児戯に類すると思わせる黙示録的な風景の雪に埋もれたマンモス）。化石の回廊へ来るとジーナはもうおとなしくしていなかった。骨格の頭に黴の生えた石膏のような角が突き出す大きなシカの膝を止めてあるナットを外し、甲羅のあるほ乳類の石化したドームによじ登り、ダチョウの骨格のようなもののそばに ジャイアント・モアがいるケースのガラス戸を開けようとした。そのかぎ爪の近く、砂の中に二つの卵の化石があった。ガラスを片側に引いて、ジーナはラグビーボールのような卵を抱え上げた。ぼくは急いで取り上げて元に戻そうとしたが、ジーナはネズミみたいにキッキッと笑って背を向けたので、卵はコンクリートの床に落ちて鈍い音を立てた。卵は割れ、ぼくが砂の上に戻して転がしている間に、割れ目からひと筋どすぐろく細い血の流れが見えた。ガラスを戻してそこから逃げた。黒い小さい裸の原始人がいるジオラマに目を瞠り、やっと我に返って大笑いした。裸なのに、ネアンデルタール人かクロマニョン人の男は性徴がほとんど完全に欠如していて、その代わり女は痩せた胸元に美しい限りの乳房を自慢できた。家母長制だと理解するのは難しくなかった。地下室の終わりは蠟で仕上げた人工洞窟で壁にコウモリのミイラがぶら下がっていた。曲がり角でぼくらは立ち止まってキスした。無数の照明が照り返す澄んだ池の中へ、金属パイプが仕込まれた鍾乳石から水が滴っていた。一階へと階段を上った。一階ホールは隅々まで明るかった。入り口の狭いドアガラスからトロリーバスの火花が見えた。夜だ。博物館の明るい内部が全部の窓を通して外から見えるはずだという考えが頭を掠めた。だがジーナは、外れてはならないルートと時間が決まっているかのように、さらに先へぼくを引っ張った。

入ったのは気も狂いそうな無脊椎動物の陳列だった。怪物の標本ケースの展示室が延々と続いた。アルコール瓶に保存された青白い肉の悪魔たち天使たち。〝このあと、来るのは吐き気かそれとも死なの？〟とジーナは怯えた。実際、初めのガラスケースはむしろ優雅な標本を保存していた。白い筒状のレースあるいは揺れる海藻の葉のような、コップかむしろ鉢のような、脚が五十センチもある聖杯のような海綿類。腔腸動物はひらべったい瓶の中にヒトデを並べていた。幻覚を招く存在、青いベールの上のピンクのベールの上の緑のベール、そうして珊瑚類。くねる枝の珊瑚、プラスチックのような艶のある石の、血とそれからまだ何か紺碧のものの詰まっただらんとした枝のようなウミウチワ、白くまるい塩の塊のような石珊瑚。虫のところを通るとき、ジーナは吐き気の振りをして見せたが、いくつかは特別に美しかった。深紅や琥珀色、無数のひだと波動。軟体動物のスターは下水管のように太い瓶の中の青白くいやらしい巨大なタコ。その隣にオレンジ色に黒い縞のついた殻のオウム貝で、目から触角が出ている。それから次は無数の昆虫類で、ぼくたちはその前を通りながら、まるで別の惑星の異様な動物相を検分しているみたいに、ありとあらゆる感嘆詞を発するのだった。物質がこれほど醜怪な形をどうして取れたのだ？　まず、太さ一メートルほどの丸い巣の中に密集するシロアリ。次は指ほどもある黒いスズメバチ、金色のモンスズメバチ、醜いハエのようなセミ、それに雄を食うカマキリ。ジーナは、しばしば彼女の夢に現れていたという（ぼくもそれ以来色とりどりの巨大なチョウをよく夢に見た）エキゾチックなチョウの前に上機嫌で立ち止まって、羽を拡げると人手のひらよりも大きな標本を指した。澄んだ紺碧か、絹のような淡い黄色で、終わりはツバメの尻尾かコブラの頭になっている。眠りを誘う翼を持つ虫たち。ビロードのように泡立つもの、ガラスのように透き通るもの。ジーナは一つの標本箱を開いて、針に刺さっている一番大きいチョウ（ぼくの記憶ではポリュフェモス）を取り出して胸に当てた。それから、ぼくによく見せようと顔を向けた。彼女の左胸全部を被ったチョウはそこで羽を少し動かし始め、針から体を抜こうと足で彼女のTシャツを蹴り始めた。巨大な種子の形で目方が五百グラムもありいろいろな角や触角を持つゴキブリ類にはもうあまり興味がなかった。その代わり、足を拡げて横たわる奇怪なクモ類のケースからは離れにくかった。おかしなことだが、これら恐怖そのものの顔は、聖アントニウスの誘惑や、地獄の口や、地獄の中心にいる悪魔の化身を描いた中世の画には全然出てこなかった。これに比べれば角と蹄を持つ悪魔など滑稽だ。そうしてそれぞれの瓶に書かれている名前ときたら。すべて、格調高きラテン語で、震駭を、戦慄を仄めかしていた。あるものは肥って、厳めしい体つきと短い足に見える爪、またあるものは血染めのように赤い四つ爪を拡げていた。あるものは細く乾いて、腹はタランチュラのように黒か蒼白、注射器のような赤い不吉な十字や点がついている。またあるものは球形で、糸のような足は体長の十倍もある。そうした中でカエルほどの大きさで、グロテスクな睾丸のように黒く毛むくじゃらな鳥食いクモこそは恐怖そのものだった。ジーナは同じように毛深く突き出した鋏角のあるその体から目を離すことができなかった。左手の指を拡げてケースの冷たいガラスに押し当て、クモの足に重ねていた。ガラスに手の湿気の跡が残った。サソリの方がまだ我慢できた。その仲間は帝王からマッチ箱に入るようなものまで、同じ形、琥珀色、半透明。緑黒色の筋が一本だけオパール色の殻から透けて見える。それは尻尾の節を経て、末端の棘まで続く毒の道だ。大きな鋏は怖くはなかった。無害なザリガニの鋏と同じ。ここは急いで通り過ぎた、クモの所に長く止まりすぎて遅れたかのように。これから甲殻類（野ウサギほどもあるイセエビ、瓶に入った赤いウミザリガニ）を、ムカデとオオムカデを、しばらくたたずんでヒトデを、長く丸まった腕のクモヒトデを、そして珊瑚のような五つの角のあるヒトデを鑑賞した。ぼくは緑色がかったガラスに映るジーナの姿の方をよく見ていた。それは次第に奇妙になり、変貌していった。微笑はある種の約束事か仄めかしのような紋切り型になったが、結局何を意味するのか理解できなかった。さらに先へとぼくの指を引っ張り、ときどき、ぼくが少し長く立ち止まっていると、肩を寄せてきて、ぼくがその場を動くまで、引っ張ったり押したりした。魚の部屋で皮が裂けて不自然に塗られた魚の間をうろつく楽しさったらなかった！　サメ、ユニコーン伝説の元となる二メートルの歯を持つイッカク。黒い革の凧のような対角線が四メートルにおよぶ長菱形のマンタは、ガラスケースに収まらないのでそれの並んだ上に載っていた。ケースの内側には何十ものガラスケースの中で、アオミドロをかぶって腐って目玉の飛び出した青白い魚たちは、ハリセンボン、フグ、マンボウ、鳥のような赤っぽい、オレンジ色の筋の入った翼を持つトビウオなど。サラマンダーとカエル類。アマガエルからヒトの目をした疥癬病みと一キログラムもある黒いチチカカの大ガエルに数知れぬ爬虫類まで。ムカシトカゲ、ミズオオトカゲ、カメレオン（色は落ちているが）は悪魔学の論考『魔女に与える鉄槌』☆から出てきたように見える。これら夢魔の存在からは毒がしみ出ていた。ジーナは急いでガラスケースの列を目がけて走った。その中には、木の幹に巻き付いてニシキヘビとアナコンダが待ち構えていた。ジーナはケースの中に入り、その動作でぼくをびっくりさせ、巨大なヘビたちの太い鱗の体に頬をこすりつけた。アナコンダの三角の頭を手のひらに挟んで、じっと見つめた。ガラス玉ではあるが爬虫類の赤い透き通った目は魅力的だった。この度はぼくの方が、毒ヘビや木製台座の上に軟らかい腹をべったりつけたワニの間を分けて、先へとジーナを引っ張らなくてはならなかった。ガンジスワニはガチョウのような長く細い鼻面に鋸みたいな歯があった。珊瑚のように赤くて幅広の黒いリングのあるスルククヘビがとぐろを巻くケースの隣は、空腹らしいコブラと角ありなのや角なしのマムシだった。爬虫類室の出口のところのカメは確かにあの地獄では一番体裁のよい生物だった。スープガメ、ゾウガメ、ウミガメは老人風のメランコリーでぼくらをちょっと楽しませたけれど、横木に載せてあってまたがれないので、ジーナはちょっと不機嫌になった。

一階の爬虫類の回廊から続くいくつかの小部屋に少しだけ原始的ほ乳類がいた。靴墨を塗ったような黒光りする皮の翼を持つジャワオオコウモリが、タイヤのスポークと鉤爪を肩に引っかけて吊されていた。もちろん有袋類がいて、意外に小さいトロンクニクカンガルー、コアラ、タスマニアオオカミ、そうしてその他のエキセントリックなオーストラリア産の生物たち。もし手を伸ばしたら三角形の歯形をつけるぞと歯をむき出すビーバー、ダリのいないアリクイと針を逆立てたヤマアラシが左側のケースに縫い目を見せて並んでいる。右側は円筒族のモグラ、ノネズミ、オオモグラネズミ、ハリネズミと、いずれもミミズやさなぎの捕食者たち。こうして何やら疑わしい先祖からの枝分かれを通って、ノアの方舟のように、ガラスの巣にペアでいる真のほ乳類の大広間に入ることができた。真ん中には巨大な骨格が立ち並ぶ。あるものはピンクがかった黄色、セイウチのような反った牙のディノテリウムゾウ、別の少し小さめな紫色のはマストドン。オオカミ、カワウソ、キツネ、ヒョウ、雪ヒョウ、トナカイ、イノシシ、キリン、カバ、シロクマ、アザラシ、ライオン、バイソン、イボイノシシ、山ネコ、すべてさまざまな土や雪の色の毛皮あるいは無毛、五センチもの皮、みんな無骨なあるいは優雅な足で疾走する姿勢で固まり、それぞれ親しげな顔、あるいは人嫌いな顎、あるいは恐れと困惑の表情を見せ、毛玉みたいに小さいのも天井まで届きそうなのもあり、カムフラージュの斑点、縞模様や無地、みんなガラスの目で、どこか無邪気なガラスのボタンの奔流。ジーナは走ってディノテリウムの下に座った。ちょうどぼくらの頭上二メートル、黄色がかった肋骨が丸くなり始めて、背骨の先が折れたあたりに、ぼくら二人の体を合わせたぐらいの大きさの頭蓋骨が吊り下がっていた。怪物の太い柱のような脚の間に支えのネジと支柱が見えた。粘土の脚の巨人。彼女がぼくに何も言わぬまま、二人してせっせと仕事に取りかかったのは一種のテレパシーのようだった。今でも、ほかのいろいろなことの中でも、ぼくに謎なのだが、ぼくらは一体なぜこの身の丈五メートルの哀れなでくの坊をぶちこわす気になったのか。およそ三十分もかけて、ビスを緩め、ボルトを抜き、とうとうこの老いた骸骨は膝を突いた。それ以上やる気はなかった。勝ち誇って、インドのゾウ乗りのように、

☆　十五世紀にハインリヒ・クラーマーがまとめた論文。中世の魔女狩り、宗教裁判に大きな影響を与えた。

脊柱伝いに頭蓋骨までよじ登り、そこの硬い平らな骨に腰掛けて、周りの剝製の生き物どもを見くだした。一瞬、それらの方から、まるで数百の生物種の毛皮が一度に震えたかのような憤怒のうなりが聞こえてきたという気がした。ここですることはもう何もない。北極風景の中にセイウチやアザラシをかざった壁のジオラマの前を通り、あらゆる角と頭骨に見守られる階段を二階へ上った。ここは、ディノテリウムの広間の周りの四角なギャラリーで、空中が鳥で一杯だった。みんな、ジーナの胸のビロードのような大きなチョウをつぶらな目で追っていた。チョウはまだ軟らかい羽をひらひらさせていたのだ。だがそれ以外はみんなそれぞれの止まり木でじっと動かなかった。「オオハシの死霊も愉快な守り神もある」というディモフ☆の詩句が頭に浮かんだのは、これらの、裂け目から藁が覗いている黒塗りのカラスの尖った嘴、オオハシやサイチョウのずんぐりした嘴、ハチドリのような、中にはクマンバチのような針の形を見たときだった。羽毛もふくらませ、脱色されていた。かつてプルシャン・ブルーやエメラルドのような緑色だったクジャクの尾がキジの錆色に、オウムやゴクラクチョウの羽毛の虹色が灰色から栗色に、あるいはどぎつく彩られて、色鉛筆で彩色した婚礼写真か、喘息病みのごまかしのほっぺたを見ているようだ。決めた、面白くない。そこでいくつかの小部屋からなる栄光の人類起源の部へ入った。ガラスケースとジオラマがサルを見せる。小さなキツネザルと、オレンジを探してうろつく、ネコの体にヒトの顔をしたグエノンからヒヒ、マンドリル、吠えザル、尻の赤いサルたち（パテをつめてあとから塗ったのが見え見え）、鼻が尻尾のように長いマントヒヒ。もちろんジーナは大喜びで、ついに滑稽な脅かし顔のチンパンジーの赤ちゃんを母親の腕から奪って自分の胸に抱っこし、髪を撫でた。その先で、親しみをこめて肩を叩いた相手は大きなゴリラ、悪魔のような醜い雄で、顔つきは野蛮な累犯者。それから面と向かって腰を下ろし、その胸を拳で叩いて、〝ターザン〟。次に自分の胸を叩いて〝ジェーンよ〟。それからまた〝ターザン〟。〝ジェーン〟。〝ターザン〟。〝ジェーン〟。ぼくはいつものように声を立てずに笑っていた。しかしマドロス・ポパイのように手が長く赤いオランウータンの方は他人のもののコロンビーヌを望みなく恋する白い道化の憂い顔だった。その辺でぼくらの笑いの発作は去った。

丸い室に入った。そこでは個体発生の過程の展示を試みていた。まず平行に並んだ魚類、爬虫類、鳥類、ほ乳類、それからヒト。アルコールに沈めた金属片に、肉眼ではやっと見える程度の段階の胚芽の進化が示されていた。桑実胚、胞胚、原腸胚、諸器官の分化まで。胎児は進化の中で大古からの諸過程をたどった。そこには鰓《えら》や爬虫類の特徴や、後に再吸収される先祖返りの形成が現れていた。真の輪廻転生、カルマ、実在の無窮の転輪だ。一つの壁には切断した模型で妊婦の胎内の胎児の姿勢を見せていた。ぼくはタタール人との戦争の残虐さを連想した。生きたまま母親の腹から引きずり出された胎児たち。さらに先で、やはり壁面の棚に、畸形の胎児を浮かべた広口瓶が何十本もならんでいた。脳過大症や無脳症、真ん中に一つだけ目のある赤ん坊、唇の上に一つだけの鼻孔、三本脚でその一本は足先なし、腕がなくて肩からじかに翼のように出ている小さな手のひら。皺だらけで、淡い黄色、軟体動物のように黄色くぶら下がっている皮膚の奇妙なこと。まぶたをむかれた目の中の視線の退屈そうなこと。賢くて、生まれ出なかったことにまずは満足しているかのようだ。カエルと天才の間にあって、その冷笑的な肉体性を正視できないあるもの。彼らもまた何やらわれわれを凝視していた。吐き気を催す液体の中に臍の緒を揺らめかしながら見送っていた。ジーナはぼくのようには恐ろしがらず、一生を過ごしてきた家の中にあって、取り替えようなどとはちらりとも考えたことのな

☆　レオニード・ディモフ（一九二六―一九八七）。ルーマニアの夢幻派詩人。

い醜い家具を見るような、一種の落ち着きと諦めの目で眺めていた。ぼくらは出来損ないの一つ一つに注目しながらその部屋をぐるりと見て回った。ヘビのところでやったように、ジーナはある瓶の曲面に手のひらを押しつけて、痛々しい集中力をこめて、あの生気のない地の精の目をじいっと見つめた。ぼくらはそれまで気づかなかった狭いドアを通って、屋根裏部屋のような、ラスコーリニコフが暮らしていた〝箪笥〟のような小部屋に入った。壁に剝がれた紙片、空間の半分以上を占める古いソファー、小さな書棚に古本が並んでいて、その中に『チベットの死者の書』、ネルヴァルの『火の娘たち』、ドストエフスキーの『ネートチカ・ネズワノーワ』と、ウィリアム・ブレイクの『ユリゼンの書』の版画のアルバムがあったのを覚えている。図版の一つがアルバムから切り取られて木のドアに画鋲で止めてあった。跪いて泉を見つめている女の後ろ姿だ。女の上方に巨大な黒い太陽が輝いている。ぼくらはソファーに腰を下ろした。ジーナがシートの下から取り出した靴箱にはいろいろな小物が詰め込んであった。クリスマスツリーのボール、頭の壊れた人形、大昔の写真、切符や挿絵、錆びた注射器、聴診器。〝私がずっと、ずっと小さかったとき、ここへ来る道を見つけたのよ。私のお人形、親類からのプレゼントなど気に入ったもの、好きなものを何でもここへ持ってきた。お菓子をゆっくり食べるためにここへ来たの。一晩だって博物館の好きな動物の間を一人で散歩しなかったことはなかったと思うわ。「うっかりペネロペ」のお話の女の子はこんなふうにおかしなドラゴンの間を歩き回っていたと想像していた。それをみんなよく知っているわ、魅惑がすべてを包み、私まで包む。でも一番気に入っているのはこの小部屋の中、ここ、深く、深く、ほんとにふかあく。ここで私は自分自身を感じるの。〟しゃべっているうちに、ジーナはとっくに変貌し、まったくの別人になっていた。奇妙な魔法使いに、忘我の手を組む修道女に。ぼくはその腕を引いてソファーに寝かせた。二人の人生で初めてのセックスだった。ぼくはその行為について、その感覚について、ごく少ししか言わないが、それは羞恥心からではなく、そんなものはこの原稿用紙に入り込む余地はないのであって、事実上、何が起こっているのかを一瞬も意識していなかったからだ。彼女は、全裸だったけれど、いつにも増して生き生きしていたけれど、何か定まらない非現実的な輪郭を持っているかのようだった。彼女、それは次々に、唇の皮に皺のよった口、小さい乳房、枕の上に乱れて波打つ髪、激しい息づかい。彼女の中へ入ったとき、これらモザイクの印象のすべてが溶けて、粘土細工みたいに柔らかく、亜麻の種子とほとんど同じ彩りと匂いを帯びて流れ始めた。ぼくは突然全体性の感覚を持った。それは青白い光、限りない緊張、伝えられない直感だった。二人は一瞬宙吊りになり、それから、明け方のトカゲのように、少しずつ麻痺が解けて、いつもの局限された人生に復帰した。

目が覚めるとぼくは変わっていた、ジーナの中へ移っていた。叙述しようもなく誰にも体験しようのないあの瞬間、その叙述を、再体験を、これ以上先延ばしすることはもうできない。ぼくは仰向けになって、自分の上に屈み込んでいる朦朧とした存在の瞳に映る自分を見ていた。そこに見えていたのは、目の曲面でわずかに変形されたジーナの顔だった。ぼくの意識の範囲がやや拡大したとき、その存在はぼくの姿をしていて、果てしない恐怖を浮かべてぼくを見ているのが分かった。自分の体を見回した。それはわが愛する女性の体だった。彼女の腕、彼女の胸、彼女の髪、彼女の腰と脚。彼女の肌と彼女の骨、そうして唇には彼女のルージュのエーテルの味がした。片方の耳には彼女の緑のエメラルドのイヤリングがまだ付いていて、もう一方の環はベッドの二人の間、くしゃくしゃな服の中で光っていた。そうして彼女はぼくだった、ひょろ長い痩せた男の体、肋骨の浮いた胸、狭い腰、毛むくじゃらな脛の間のウジみたいな性器、そうしてとりわけ、彼女はぼくの顔をしていた。ぼくの目、ぼくの長めの顎、官能的で悩ましげな唇の上のぼくの髭。そのぼくはかつて一度も、夢にさえ、見たこともないような自分の上に屈み込んでいた。あたかも死後に自分の体から出て、あらゆる角度から自分を眺めているかのように。ジーナがサイとか虫に変わったとしてもこれ以上の震駭はなかったろう。二人は長い間、怯えきって、話もせず身を引きもせずに、顔を見合わせていた。何か考えるには疲れすぎてぼんやりしていた。機械的に服を着て、何度か間違えては取り替えた。身振りはためらいがち、動作は躓きがち、手はつかみ損ねるのだった。二人はお互いがまったく異なる化学や生物学からなる別世界から来た存在であるかのように顔を見合わせていた。出し抜けに、ぼくの前のその姿はベッドに身を投げ、枕に顔を押しつけて、むせび、しゃくりあげ、激しく泣き始めた。拳で枕を叩き、狂ったように七転八倒した。しかしこの泣き声の間に別の音が混ざり始めた。それは木のドア越しで、衣擦れに、弱い音の断続に似て、サッサッ、カタカタ、キッキッと、箒かマラカスの音のようだ。それを聞くと、ぼくのそばのあれは（〝あれ〟がジーナとは思えないので、こう呼んでおく）黙り込み、それから、困惑の表情で、ぼくの手をつかみ、思いがけない力で小部屋の外へ引きずり出した。床を歩きながら、ぼくは靴のヒールであの巨大なチョウが落ちて破れた羽をまだばたつかせていたのを踏みつぶした。

ジャングルのあの息詰まる騒音は一瞬ごとに強さを増した。胎児たちの部屋に出ると、緑がかった広口瓶の中で彼らがみんな目を大きく見開き、妙な動きをしているのが見えた。一人はガラスの縁へはい上って、五十センチほどの臍の緒を引きずりながら床へ飛び降りようというところだった。アンドレイの体が急いでぼくを引きずり出さなかったら恐怖で麻痺していたろう。息を切らせて走った。どの室も目を覚ましていた。展示ケースの中で動きが始まり、口を開け、目を回転させていた。鳥たちはクウクウキイキイ鳴き始め、取り付けられた棒から離れようと羽ばたいて、塗料や海藻の匂いのむんむんする埃を立てていた。クジャクたちの鋭い叫びに追われながら階段を駆け下り、一階のホールを駆け抜けた。木の幹ほどの骨でできているディノテリウムの骸骨はもう一度足で立とうと莫大な努力をしているところで、それがホール全体をがたがた振動させていた。周りでは全部のガラスの巣の中で、草食動物も肉食動物も、長い眠りのあとのように伸びをし始めていた。ヒョウは尾を波打たせて唸りだす。ヌーは蹄で叩き、キリンは色模様の首を伸ばす。〝南極の生命〟のジオラマでは、巨大な海のゾウがセイウチのより三倍も長い牙を打ち振り、つやつやした皮膚の下の脂肪を波打たせて吠えた。二人が死にものぐるいになって走る背後から、ガラスケースの割れる音が聞こえていた。地下へ急いだ。そこはぞっとするような虫の室だった。色とりどりのチョウや、バッタや、セミ、テントウムシ、コウモリ、ジャワオオコウモリで空気がみっしり詰まっていた。瓶から逃げ出してきたトビウオが一匹、矢のように向かいの壁へ突き当たった。巨大なゴキブリ、バッタ、クモ、サソリが床にうごめいて生きた絨毯を作っている。一足ごとに何十匹も潰した。ミミズがコブラの下に集まり、ニシキヘビが木の幹からとぐろをほどき始め、ガラガラヘビが尻尾を脅迫的に鳴らした。これらの生き物はみんなまだ麻酔中のように見えるが、明らかに回復していた。怠け心臓のようにヒトデはアルコールの中で脈動し、また十キログラムもありそうなずっしりした魚類がのたうち、とうとうケースをひっくり返し、今は濡れた尾で床の石畳を叩き、大口を開けて顎の歯をむき出している。二人は喘ぎ喘ぎ、やっと色とりどりの鉱石が壁に影を落としている広間にたどりつた。レバーを見つけて照明をつけたが、なんとドアが影も形もない！　そこには地下通路に通じる真っ赤なドアがあったのだ。半泣きで必死に壁面を隅から隅まで撫で回したが、無駄だった。博物館の入り口から出るほかはない。もし鍵がかかっていたら、おしまいだが。とにかく引き返して、今は活発になった虫たちの波状攻撃に直面した。虫はたまたま群がっているのではなく、みんなで二人に向かって来ているのが明らかだった。サソリが靴の甲に尻尾の針を突き刺し、チョウが目を回させようとばかり顔にぶつかり、赤いアリが脛を登り出した。一階では今は全部の動物が吠え、うなり、鼻を鳴らし、歯をがちがち言わせながら、鋭い牙と角の壁を造って二人に向かってきた。追い出された。やっとのことで博物館の入り口にたどり着いた。ドアを開けて戸外の夜の涼しい空気に紛れ込むまでの時間が永遠と思われた。後ろ手にドアをばたんと閉めたとき、動物たち、鳥たち、爬虫類たち、虫たちの波が地震さながらに鉄張りの重い扉にぶつかる音が聞こえていた。入り口の階段を下った。出てきたヴィクトリア広場はいくつかのオレンジ色の街灯が弱く灯っているだけで、無人だった。ただはるか遠くに憲兵が一人、退屈そうにゆっくり歩いているのが見えた。美しい夜だった、夏でなければ夜はこんな風になれないような。ぼくらは手を取り合い、これを最後と目を見交わした。口を利く必要はなかった。ぼくらには分かっていた、すべては失われたのだ、これからはそれぞれが、可能な限りなんとか切り抜けて行くしかないだろうと。二人は新しい脚、新しい体が運んで行くそれぞれの家へ向かった。何をしなくてはならないのかは、いや、しながらでなければ分かるはずもないだろう。

これで全部だ。ジーナのことはもう何も知らない。その後どういう人間になっているか、どうやってまだ生きていられるか。知らないし、知りたくもない。一年間、おそらくぼくの人生で最後の妄執と狂気だったあの娘を、他人の体の中に、それと認めることはもはやない。こんな状況の中でぼくがまだ生きようと試みるのはばかげたことと思われる。鏡にごまかしの布をかぶせて、彼女の体の映像から自分の意識を守ろうとしてみた。だがその姿は、はるかに始末の悪い霊魂の小道を通って襲って来て、防ぎようがない。モンスターにつかまった、そいつは四つ足ではい上がってぼくを抱きしめる。ぼくは地獄の盗人らの溝にもがく亡者のように、一瞬ごとにモンスターと溶け合う。ぼくは疑う、この考えそのものすら、果たしてぼくのものか、それとも彼女のものか？　ぼくのこの告白の多くのページの甘ったるさはどこから来る？　ぼくの性分にふさわしくない何やら悲愴な文体は？　もしかしてこれは野獣の毒か、その歯茎から滴る汁か？　書こうとしたのが、この幕を上げようと、空の舞台と客席でこのサイコドラマを演じようとしたのが間違いだった。誰のためにぼくはこのコメディーを書いたのか？　今、きみはそばにいるのか？　きみは今、ぼくに力を貸すことができるか？　できるのか？

　まずいことに、ぼくのそばで、今、ぼくの肩越しに物憂げに見ているのは、ほかならぬラヴィッツァで、シーツの取り替えを待っている。それまで彼女はラブレターの続きを色鉛筆で自分の体にまで、手の届くところは全部、文字とナイーブなイラストで埋め尽くした。今は自分の胸に緑のインクで貴方も書いてちょうだいと書き、横に栗色の髪、青い目、赤い唇の女の顔を描いている。こういうわけだ。いずれにせよここから出なくてはならないだろう。ここでは野獣との闘いを切りもなく先延ばしするだけだ。ぼくの妄執が払われることはない、書くことで元のぼくにはなれないし、なろうとも思わない。ああ神よ、このままでいたくはない。だから、とにかく〝世界〟に復帰するまで、いかなる決定も延期だ。そこではぼくが何を、とりわけどのように、なすべきか、分かるだろう。ナイトテーブルの上に積み上げたこの原稿の山は、語っているその内容よりもさらに大きな挫折だ。これは今夜にも燃やそう、もう医者にもほかの誰にも渡さないことに決めた。なぜならばこれを読まれたらもう絶対にここから出られないか、あるいは多分もっと悪い地獄へ行き着くだろう。嫌々ながらだが正常な振りをしよう、発作のあと頭がよくなったとして、おじいさんおばあさんを喜ばせるお行儀のいいジーナちゃんになろう。

　なぜまだこんなことを書き連ねているのか、今、全部焼き捨てるのだと分かっているのに？　どうして、こう、一字、また一字、形にするのか？　もしかして空気を一口、それからもう一口、稼ごうとしているのか？

　いや、いつかは終わらなくてはならない。よし。終わった。

彼は洋服簞笥の蝶番から鏡のついた扉を外して投げ出した。くぐもったばしんという音で、鏡の面が絨毯を剝がした床で砕けたと分かった。絨毯はソファーの幅に丸めて、ビロードと絹のオレンジ色のしゃれた枕に載せてあった。滑車のついたアップライトピアノを部屋の真ん中まで動かして、ペルシャ絨毯をそこへ立てかけた。大汗かいてソファーを持ち上げ、これも黒光りするアップライトピアノに立てかけた。ピアノの蓋に取り付けてあるブロンズの燭台二つの間にうまく収まった。休んで呼吸を整え、乳房を覆っている黄色いTシャツで埃だらけの手を拭った。窓際へ行った。晩秋の重い黄昏に舗道の小石が赤い火花を散らして、ヴィーナス通りは微かに光っている。たいそう長い枝の一本ある柳の木が庇まで届き、そよ風に揺れている。二本めの枝分かれのところにオレンジに錆色の入った年寄り猫が一匹まどろんでいる。窓は開け放したまま、深紅の緞子のカーテンを引いた。室内に薄赤い暗がりが降りた。カーテンの間から一筋の光線が書棚の隅に当たって金属の小さな十字架がきらりと白く光った。書棚から本を出し始め、何やら考えながら、ピアノとソファーの周りに並べた。大きなバルトルシャイティスをボール紙のケースから抜き、献辞を読んだ。〝ジーナへ愛をこめて、わが世界の猥雑なロココの下にあって、われらの肉と骨はゴシックで、またわれらの精神もゴシックなることを思い出すように。アンドレイ、一九七…年二月〟

キメーラ満載のページをパラパラめくった。ほかの本と並べて置いた。いきなり奔放なギタリストの真似をして、左手でギターのネックを痙攣的につかんで反り返った。*Into the fireeee!* と小さく叫んで笑い出した。書棚と称されたものは、もうただの黒いニス塗りの物体に過ぎず、本がなければ軽いもので、これも部屋の真ん中へ動かすのは簡単だった。でもすぐ疲れて、家具を一つ動かす度に長い休みが必要だった。具合よく、部屋にはもう大したものはなく、天井が高く見え始めて、クリスタル飾りのついたシャンデリアがいっそう高い所から下がっているかのようになった。書棚を引きずり、押しつけてから、幅広い安楽椅子に取りかかった。淡いピンクの地に淡い緑の花をあしらった繻子で、素敵なカバーだ。それをひっくり返して脚を上にソファーに載せ、絨毯のちょっと歪んだ角にもたせた。それからライティングデスクの扉を両側に大きく開いた。ルネサンス風の情景の上に見事なラテン文字で AMOR OMNIA VINCIT と書いてあるその扉を蝶番から外して床に放り出した。中にはビャクダンの匂いのする棚の上に無数のきらきらしたクリスタルや軟ガラスで成形された色とりどりの透き通った瓶や半透明の瓶があった。毒々しい黄色や緑色の液体が内部で表面を軽く揺らしていた。一本を取った。メダルの凝った金色の文字を読んだ。パリの夕暮。立ち上がり、それを手榴弾のように握って、いきなり床に叩きつけた。デリケートな芳香が数百の粒となって飛び散り、四方八方に濡れた跡を残した。官能的な匂いが部屋に溢れた。次々に一つ一つの小瓶が同じ運命をたどった。Sensation, Fidji, Magie noire とラベルを読み、それから、破片が目に入らないように左手でふさぎながら、力一杯床に投げつけた。最後の二、三本のオーデコロンと奥にあった青い薬用アルコールの小瓶は割らないように注意して、中身を部屋の中央に盛り上げた家具の山に振りかけた。〝きつい香水を絨毯に撒け、／バラを持ってこい、お前の体を蔽うために〟☆と呟いて嬉しそうに笑いながら。窓へ行って閉めた。カーテンは引いたまま。室内にはものよりも匂いの方がいっそうありありと、目に見えるような濃密な煙を空気中に拡げた。フランス香水の水たまりの中へ踏み込み、靴底でクリームの小箱や白粉のチューブを踏みつぶした。すでに疲れたその体に悦楽の眩暈が染み渡った。彼は人工

☆　ルーマニア現代の象徴派を代表した詩人ジョルジェ・バコヴィア（一八八一—一九五七）の弔歌。

楽園の中のデゼッサントのように横になって眠りたくなった。でも十分な眠りのときがあるだろうと分かっている。腰掛けに乗って、赤と血と黄金と紺青に彩られた素敵なガラスのイコンを壁から外しにかかった。有翼人面の馬に乗り、口から二、三本の細い炎の舌を吐くところだけが怖ろしい緑色の爬虫類を滑稽な槍で刺し貫いている聖ゲオルギオス。骸骨のイエスが脇腹の傷口を見せ、そこから実もたわわな葡萄の樹が空高く伸びていた。翼と黄金の光輪をつけた天使たちに見守られて深紅のキルティングの下で眠る聖母マリア。繃帯を巻き付けてミイラのようなラザロが緑色がかった棺桶の中で半身を起こしているのへ、イエスが多分〝起きて歩け〟と書かれた羊皮紙の巻物を見せていた。鎧を着て槍を担いだ大天使ガブリエルも同じような羊皮紙を持っていた。イコンを外した壁の青白い長方形のどれにも、こんもりと蜘蛛の巣が残った。朽ちた木の額縁には無数に木食い虫の跡。まず一段目のイコン、次に二段目と、全部で十五枚か十六枚のガラスのイコン。ふらふらになって腰掛けから下りた。空気が吸えなくなっていた。ばかのように笑い、エーテルでひりひりする目から涙が湧いた。しばらく壁により掛かって休んだあと、家具の周りの本の間にイコンを並べ始めた。すべてがこうあるべきだと見えてきた。

まだ衣装簞笥があった。よろよろしながら、肩ごと棚の奥まで手を入れて、肌着類、ジーンズ、Tシャツ、パンタロン、さまざまな生地のスカート、ぴかぴかするスリップ類、ディスコ向きのベスト、ケース一杯の化粧品と黄色や縞模様や真っ赤な靴下、新品もすり切れたのもあるオリジナルなブルージーンズ、軽いふわふわな綿のワンピース、金色バックルのベルト、金色のコインをつけた黒いネッカチーフなどを腕一杯に抱えて取り出しにかかった。それを手のひらでぱたぱた叩いてピアノの上に重ねて並べたから、丈高い家具に囲まれたピアノは、愉しく軟らかい色とりどりの魅力的な寝床に似てきた。それから、簞笥のもう一方の奥から、ハンガーごと一山のナイトドレスを出した。丁寧に刺繡を施した金襴のような厚い古いものがあり、軽い絹地もあり、それから何着か毛皮の上着と帽子があった。黒と赤の花模様の白いコジョック、あの梨色やクリーム色の外套、学校へはジーナが着てこなかった狐の毛皮のコート、それにフードのついた長めのダウンコートが三着。下には彼女のたくさんの靴のうち一番高価そうな何足か、革製で小さく、金属の小さなアップリケをつけたのもあった。全部出して、部屋の真ん中の奇態な建造物の上に置ける限り並べた。もう簞笥を動かすことはあきらめた。もう力が無いし、眠気が骨という骨に染み渡った。

準備万端整った。部屋はちょうど塗装を始める準備のように見える。ヒステリックに哄笑して、空っぽな壁に沿って足を引きずりながら、荒れ果てた室内の笑い声の素晴らしい反響を堪能した。もう立っているのがやっとだ。一番重たい一番ひだの多い黄色のドレスをつかんで頭から被った。首と手首の紐を適当に結ぶ。スカートは踝まで届いた。手のひらを乳房に、腰回りにはわせ、宙を見つめながら肩に垂れる巻き毛をなでた。大きなテラコッタの暖炉のところへ行き、あらかじめ用意しておいた小さなガソリン缶を後ろ側から出した。家具と衣類の山に振りかけ、それから、黄褐色の液体の蒸気を吸い込まないように頭を反らせて、ドレスにもかけた。〝これで全部だ〟と声を上げた。〝全部、全部！〟部屋の隅で嘔吐したかったが、あと少しの間、頭脳明晰を保つことに成功した。床から新聞紙を一枚拾ってくしゃくしゃにし、巻いた絨毯の下をくぐってピアノの蓋の上に上り、香水の香りの衣服の厚い層の中に横たわった。揉んだ新聞紙にライターで火をつけてピアノとソファーの間の床に投げた。炎が弾ける音を聞くと、うつむけになり、頰を眩暈するリンネルの波の重なりに埋めた。

すぐに眠り込んだ。

REM

コルタサルがある。マルケスではぼろぼろな『エレンディラ』の大型版が一冊、赤い厚紙の堅固な装幀の『サラゴサ手稿』、一メートルほど並ぶ『二〇世紀の小説』、それからもっとずっと長いパステルの『BPT（万人文庫）』と『ウニヴェルス』叢書の行列、光沢のある白黒の『美術文庫』が並ぶ（すぐ目につくのは、サンドライユの『形の知恵と錯乱』、ブリオンの『幻想芸術』、それからゴシック、マニエリスム、バロック、ロココと近代美術に関するありとあらゆるおしゃべり——それはゴシック、マニエリスム、バロック、ロココについての情報源のすべてだろう）。ほとんど画板の大きさの画集アルバムが斜めに重なって棚一つをずっしり重くたわめている。薬品臭いニスの重み。一冊だけちょっと手前にはみ出している。その表紙にドームと銃眼のある赤っぽい建物が目路の果てまで続く風景の中に、ドアの開いた木造の幌馬車のようなものが見える。夕方だが、あまり遅くはなさそうだ。輪投げ遊びの女の子の影が砕石路面に長く伸びている。ほかのアルバムでは、白くはっきりとした背文字の画家の名前だけが見える。ティントレット、グアルディ、ダ・ヴィンチ、ドガ、春信、ポントルモ、マンテーニャ。ほかの棚には、目の届く限り、詩集。ストライプ入りの色とりどりの『最も美しい詩』叢書（エリオットにはコーヒーブラウン、アメリカの詩には鮮やかな緑、ヤニス・リッツォスには煉瓦色が何とよく似合うこと！　ほかの色は想像できない）、吸い取り紙みたいな青灰色の表紙の『オルフェウス』叢書（ここでは優しいディラン・トマスを思い出す――「ぼくはリンゴの枝の下で若々しかったから……」）、最後に、真四角だけれど美的センスのある『ポエシス』叢書には暗い黒のウォレス・スティーヴンズと濃緑色のランボー。天井まで本でいっぱいの壁、書棚はほとんど見えない。調和のとれた乱雑、一つのコスモス。ところで君は哲学者か？　ではクリーム色のトーガをまとって小口に君の名前と何を書いたかが載っているところへ行ってくれ。君はエッセイストか？　君の位置はあそこ、ペトロス・ハリスとカミュの間で、灰色のストライプを着なくてはならない。君は政治学者か、原子物理学者か、何かオリジナルな考えのある生物学者か、社会学者か、人類学者か？　すると『現代の諸観念』シリーズの中だ、レモンの黄色からパンジーの紫まで好きな色を選んでいい。君は何か定義されない存在か、無名なあるいは有名過ぎる小説家とか、教育者かな？　では単独の巻になる、それには利点もあれば不利もある。建築技師か、材料抵抗学の教授か、鋳物師か、数学者か？　それは残念。この単身者住宅《ガルソニエーラ》の住人のレディーが君を買うことは決してないだろう。

首都の端に近いちっぽけな単身者住宅。ここへ来るにはバスをいくつも乗り換え、降りてから灰色の小路をたどらなくてはならない。マンションの階段の壁は淡いグリーンでごみの臭いがする。鋳物の台の上に萎れ切ったアスパラガスの鉢、ヴォロネツ修道院☆を写したはげはげの写真一枚、夾竹桃

☆　ルーマニア北部にある世界遺産の外壁画建築群の一つ。

を植えた木箱の下から這い出す小さなゴキブリ。番号の付いたひどく狭い感じのドアの並ぶ長い廊下の突き当たりの部屋で見られるのは、およそそんなところだ。快適レベル三（最低）の1DKマンション。でも彼女の部屋は手入れが行き届いて快適である。きりもなく並ぶ書棚（今見ると大きい重たい腫瘍学の論文集、アデノイドに関する本が一冊、もう一冊は真っ赤な攻撃的なタイトル『白血病』がある）の下に延びるダブルソファーに幅広の赤い至極暖かそうな毛布がかかっている。これも無駄ではなかろう。この場末までは暖房が届きにくいはずだ。床は、びっくり、ライムストーン！またその上には灰色のウサギの毛皮が二枚。ソファーのわきはやっと通れる程度に空きがある。だがその狭いスペースに割り込んだ小さなテーブルにリンゴを入れた籠一つと灰皿一つ、テーブルの下に新聞と雑誌類、とりわけ〈ルチャーファル〉、〈オリゾント〉、そうして、その下に黄色くなった〈ロムニア・リテラーラ〉が一部。窓の近く、左の壁のくぼみに洗面台と簡単な調理台。入り口のドアを開けるとすぐそばにトイレとシャワーのあるバスルーム。部屋の綺麗に塗られた内壁に何枚か落ち着いた色のゴブラン織りタペストリーが掛けてある。夕陽、ガチョウを抱いた少女、窓際で手紙を読む女（おそらくフェルメールのコピー）。もちろん、彼女が少女時代に自分で織ったのだろう。

部屋はとりあえず空だが、彼女がもう来そうだ。番号をとても覚えられない彼女のバス（三六〇あたりかな？　一二〇あたりか？）と、それに学校や家内工場の脇を通る彼女の小路と私を結ぶ糸が震えている。透明な手足を部屋じゅうへ伸ばす。欲望に、待望に震える。窓ガラスを窺い、次にすばやくドアへ走る。毒の滴る鉤爪だけを外に出して、本の間をすり抜ける。浴室をゆらゆら歩き、ミニキッチンのなべの間をかき回す。それは昔ながらの空腹、昔ながらの覗き見、いつまでもきりがない。安楽椅子の寝室ドア側の端に紐で綴じたファイル。隣にはがきサイズのスクリーンのミニテレビとニッケルメッキの長いアンテナが横向き。時間つぶしにファイルを開く。それは占星術の読み物をゼロックスした紙の厚い束だ。十二宮の記号は気取ったイラストで描かれている。行き当たりばったり双子座生まれのお歴々について読み始めたが、すぐ退屈してファイルの紐を元通りに結ぶ。見回すと、小さな棚に載せたディスクの山が目に入る。カバーに毛のふさふさした雄山羊のねじれた角をつかむ少年の大きなカラー写真が表紙になっている一枚を抜き出す。そのとき廊下に足音がして、エール錠の中で合い鍵が回り、彼女が入る。

狐の毛皮に街の雪の匂いを入れて来る。眉毛にまだ氷の針が残り、同じく狐の毛皮で縁取りしたウールの帽子も雪で白い。ぴったりしたパンタロンの裾を押し込んだ短いブーツを入り口でばたばた踏み鳴らしている。手袋を、それから腰までの毛皮の短コートを脱いで、パンタロンと同じ焦げ茶色のセーターになる。トルコ模様のデリケートな色柄マフラーを首から外し、ジッパー付きブーツも脱ぐ。皆さんのために描写できるように、なおよく見る。彼女は一見三十五歳ぐらい。顔は美しいとは言えず、むしろ変わった顔だ。今は外の寒さで赤くなっているが、そうでなければ死人のように青白い。またときどき頬がショーウィンドーの石膏の少女のような薔薇色に見えるのは、どちらかというと厳しい顔とは対照的な珍しいローズ・ボンボンのファンデーションを使うからだ。そうして今はアイシャドーを付け過ぎて、目尻が油っぽく長い線を引いている。かなりはっきり見える髭の影がなければ、口元は美しかったろう。突き出た頬骨と、耳の前にカールしている短い髪と、こわばったような喉が、一種の無用な威厳を漂わせ、断定的で念入りなモザイクのビザンチン像にどこか似ている。一瞬もじっとしていない。さもなければずっとうまく描写できたろう。まあ肝腎なところは言えたと思う。今はセーターを頭から脱いで、ほとんど少女のように特別きれいな体がさらによく見てとれる。ただ二重に近い喉と腰の上のわずかな脂肪の波がこの体の優雅さに弓を引く。あら探し屋でなければ抱きしめたくなる。喉元を飾る十字架の鎖が今は背中に回って肩甲骨の間あたり、また指は、確かに皮膚が乾き気味だが、たくさんのトルコ石の指輪をはめている。彼女の星座の色だ。今幅広のベッドに腰掛けて、パンタロンを脱ぎ、白茶色のストッキングになっている。黒いストレッチセーターも頭から脱ぎ、その下にコットンのブラウスが現れる。起ち上がり、ミニ・カップボードの中をかき回している。それがあるとは私も今気づいた。これはどんな少女にも負けないシルエットをもう一度鑑賞するチャンスである。タオルを出してバスルームへ入る。そのドアには盥の子どもを描いた薄黄色のプラスチックのアップリケがかかっている。まもなくシャワーの音が聞こえるが長く続かないのは、スヴェトラーナの悲鳴と苦笑からすると、お湯が熱くないのだろう。つまり彼女はスヴェトラーナという名前なのだが、まずその名は全然似合わないし、それからかなり奇妙な響きで、どうも私にはあまり落ち着きがよくない。でも彼女はナナと呼ばれていて、そうしてそう呼ぶ人たちはエミール・ゾラを読んだことがないか、もしくは気にしていないので、すべて問題なくなる。

私は室内をぐるぐる回りながら、だんだんいらいらしてくる。私の手足、爪、透明な腹でいっぱいになった部屋は、次第に冬の黄昏の中に溶けこむ。バスルームのシャワーが止まってからずいぶん経ったが彼女は出てこない。ときどき、瓶を棚に置く音、それから他のよく分からないもっと低い振動、蛇口からの水音、歯を磨く音。もう待ちきれない。ドアの下から滑り込んで、さあ彼女から数センチのところだ。ベルトまでは裸で、ざんばら髪があのアンリ・ルソーの税関吏のような黒に染めてあり、結局、齢が分かる。化粧を落とした顔は、今また化粧し始めているが、それはどこか髭のないアジア人の男を思わせる。素晴らしい乳房は彼女の体の一番若々しい部分だ。片方の乳首に小さな十字架がかかり、温かい肉を枕にキラキラしている。さんざんそわそわして、さんざんドライヤーで髪を乾かし、さんざん鏡に向かってくしけずり、鏡は角が汚れ、ネジが一本抜けていて、さあ六時五分前、もうすぐ彼が来る。梨色のパウダーの下の顔が青白いのが分かる。顔のニュアンスに合わない蒼白さ、特徴的な蒼白、言うなれば精神的な蒼白だ。あまり気分がよくない、何かショックを受けているのが見て取れる。興奮し、喜んでさえいるはずだが、しかし内臓に、あるいは脳髄に何かあり、それが調子を狂わせた。唇がこわばり、悲しい。「猫かぶりの微笑み、珊瑚色の唇に」☆。悲しいオリエント女性の、悲しいクレオールの、悲しいアイドルの唇。

バスルームから出て着替えにかかる。私には興味がないし、時間も足りない。そこで部屋を後に、マンションのゲートを出て、歩道いっぱいを占める毛むくじゃらな四肢で、雪で泥だらけの暗いでこぼこ小路を、醜悪に、透明に、はって行く。夕暮であちこちに何人か通行人が歩いているが、彼はいない。もっと進み、大通りに出て、それを下りながら、黄金虫のように赤くのろのろと雪の中を進むバスを一台一台窺う。コーヒー色の雪の飛沫で窓ガラスまで汚れている。やっと、一台のバスの中に彼を感じ取って、動いている車に飛び乗る。押し合うばあさんたち、高校生たち、労働者たちの中に彼を見つける。ほとんど片足立ちで、運転席の窓ガラスのプラスチックカバーの横棒に手袋をはめた手でつかまっている。この青年は見たところ二十四歳ぐらいだ。背は相当高く、金髪、毛皮帽子の下からひどく長い巻き毛が出ている。金色の顎髭と頬髭が子どもっぽい顔を辛うじていくらか鋭そうにしている。口元と顎の見せる残酷さは、しかし、邪悪ではなく、暗く憂鬱なものだ。もし燃える家の中から救い出せるのは襁褓《おむつ》の赤ん坊かジョルジョーネの絵かとなったら、ためらわずに絵の方を選びそうだと思わせるところがある。実際は、しかし、ここしばらく十一歳年上の女性と付き合っている、いささかぱっとしない、覇気のないだけの若者なのかもしれない。何はともあれ、急いで彼の皮膚の

☆ ミハイ・エミネスクの詩「カーマデーヴァ」から。

下に潜り込み、毛細血管を経て、血液の中を泳ぎ、しだいに太くなる血管を伝わって、赤血球やハリネズミのような白血球の間をかき分け、ようやく世のあらゆる泥灰岩と沖積土もろとも、彼の脳の膨大なデルタにたどりつく。そこで私は爪を引っ込めて気持ちよく横になる。ナナの待つ部屋の方向へバスが一メートル進むごとに私の飢えは昂進して、満たされることのない食欲が絶頂に近づく。

畜生め、この女、バスケットを抱えなくちゃバスに乗れなかったのか、それをぼくの足元に転がすのか。幸い、二つ目のバス停で降りるのだ。あそこまで遠過ぎる、この寒空をこの情けないざまで地の果てまで歩かなくてはならないんだ。不屈なところを彼女の前で見せるために病気になるなんてぼくの流儀じゃない。また、ナナがどうやらぼくに惚れたか、あるいはそう見えるか、というのも都合が悪い。ぼくはいざこざはごめんなのだ。とは言え、彼女にはどこかおもしろいところがある。思うにまず第一は年齢だ。それは彼女との関係をちょっと間の悪い、後ろめたい、少し顔を赤らめるものにして、そこが気に入っている。成熟した女性と関わるのは若者なら誰でも望むところだろう。だがぼくの場合は違う。彼女は色事の指南役というよりも、要するに魂として、思想として、そうして成熟した女性の、本当の女性の記憶としての興味なのだ。女子高生や女子学生は大抵の場合ただの思い上がった仔猫ちゃんに過ぎない。確かに、琥珀の瞳と一種間の抜けた非順応主義のベールをかぶったりしてはいても。過去はなく、あるいはまだ過去の意識はなく、ただのディスコの相手というだけで、そのエロチシズムは、仮にあっても、単に付き合いとしてのおしゃれに過ぎず、未熟な果物のように想像力を刺激するだけだ。大方は熟すことがない。やがて魅力は消えて、正規の誠実な使命にいそしむ大勢のまともな妻君の列に加わる。技師、船員、会計係——彼らは、ストロボの閃光の下で、鏡に反射したランプから出る一かけらの光線の下で肉を波打たせる雌虎の美しさの餌食になる。

……こんなことを考えながら青年は、両目を代わる代わるぱちぱちさせながらダマロアイア街区の暗闇の中へバスを降りて、弱く照らされた四角なブロック群の方へゆっくり歩く。ぼくが娘たちのことを話すとき、ぼくには酸っぱ過ぎる葡萄のことを考えていると思うだろうが、もっともだ。実際、正直言って、ぼくは今話したような至極彫刻的な、ファッショナブルな娘たちとは、まあ縁がなかった。二十二歳のときの初めての女は、それはもうばあさんだった、二十九歳。それからまた時に一人、時に一人と付き合った。でもこの相手を許し、許し、最後のところで許さないフーテン娘たちにはさんざんな目にあっている。そんな一人を相手に何ヶ月もの月日を無駄に過ごし、もううんざりした。マジなところ、ぼくはそれ以上長い間一人の女と一緒に生きようとしたことはない。ナナはぼくにとって思いもしなかったチャンスではある。彼女の家で眠ることができる。それはかつて一度も、誰とも、しなかったことだ。ここへ来るのはあのシェルバンのつまらぬお茶の会で知り会ってから四回か五回目になると思う。ナナはシェルバンの従姉妹で、自分も台所で立ち働いていた。ことは簡単に運んだ。ついにぼくは女を得た、いや、彼女がぼくを得たと言う方がいい。自分の部屋を見せてくれた。気に入った？　ノルウェーの森……。でも、言ったように、彼女の住まいが遠いのはまずい、一緒に外出して人に見せられないのはまずい。映画や芝居に行けば世間は母親と一緒だと思うだけかも知れない、でも友だちの間では？　みんなにからかわれるだろう。確かに、ぼくは意地悪だが、そういうことだ。利用している、そういうことだ。望むのは、お互いがしばらくの間、問題なく、いざこざもなく、利用し合うだけだろうということだ。ときどき想い描くナナの姿は、『さよならをもう一度』で大きな螺旋階段の手摺の上に身を乗り出して、アンソニー・パーキンスのぼくに叫びかけるイングリッド・バーグマン。「でもわたしは年寄りなのよ！　年寄りなの！　年寄りなの！」その展望がぼくには一番つらい。ほら、彼女の表情に罪もなく打たれる小動物の姿を一瞬想像する、そうしてかわいそうで顔を背ける自分を感じる。誰かがぼくのために苦しんでいると知れば、それが誰であろうと、美しかろうとなかろうと、ぼくは決して離れられないと思う。とはいえ、きっとうまくいく。

ああ、玄関ホールはいくらか暖まっていて、もう雪片は目に当たらない。貧相な階段を上る。一体なんでいつも火葬場の臭いがするのさ？　さあ、彼女の覗き穴つき濃紺のドアだ。ノック、きみは開けて、いつもの通り、ぼくを仰天させる、なぜならぼくは多少不愉快な気分できみの顔を見に来るのだが、そこへきみはなんと素敵なんだ、微笑みで頬骨をなお高く、眉毛のラインをずっとまっすぐに、思っていたほど威圧的でなく見せる。きみの頭は真っ直ぐで誇らかで、またやや男性的なその姿勢には例の不確かさがあり、ぼくはほれぼれする。手伝われて肘や脇に雪の残るオーバーを脱ぎ、赤いタートルネック・セーターになる。ベッドに腰を下ろす。赤いカバーで完全にカムフラージュされている。ちょっと感動している、ナナ、きみのようにぼくのための身づくろいをしてくれた女はかつて一人もいなかったから。きみの中にある優しさと哀愁とはにかみがぼくを勇気づける。注意深く見れば、他にも何かある。髪を撫でながら、何が悲しいのかと訊ねてみる。ぼくが見ているのはただの悲しみではない、何か別のものだが、でもそう訊ねる。少しためらい、それから物語る。きみには表現の正確さを限りなく尊重する学者ぶった女教師の口調があって、快いとは言えない。本のような話し方。けれどももうすぐ分かる。一時間か二時間あとにはその作り物の上品さを放り出して、まるで仔猫になる。それでようやくいい感じだ。でもベッドまではまだだ。二人は堅くなって、文学について論じ合うだろう。つまりきみは言う、ちょうど勤め先（今でもまだきみが何をせっせとやっているのかよく分からない、数字のこと、数字また数字、頭文字のたくさんついた研究所）から出てきて、雪の降るバス停留所で待っていたの。一時間半か二時間前。バスが来るはずの方向がほとんど見えなかった。横殴りの雪もそっちからで、目を開けられないから。同じように待っているみんなの目の前に、暮れかかった道路に、野良犬が一匹、尻尾を足の間に挟んで歩いていた。黄色っぽい毛皮の上に雪がまだらに着き、後足の毛はつららの中だった。鼻は黒く、通りかかる通行人の目をじっと見ていた。あっちへ行きこっちへ行くけれど、道路の真ん中ばかり。寒さで固まっているように見えた。そこへいきなり暗い空気の中から車が現れてまともにぶつかって、ずどん！　と重いもので太鼓を叩いたような音がした。あの犬の叫び声の高かったこと、信じられないほど。あれはワンでもキャンでもギャーでもなかった、ある肉の塊から噴き出した純粋な苦痛ね。「非人間的な」呻き声、と言うことがあるなら、非犬的な叫びと言えばいいでしょう。自動車は消え、犬は道の真ん中のまま、くるくると尻尾を追いかけていた。同じように大声を上げながら、前足だけではっていた。後足はだらんとしたまま。叫び続けているうちに、同じ方向からまた車が来て、また轢いて、今度は車の下に巻き込み、腹を上にして後ろに放り出して行った。車の下にいた間（一秒足らず）の犬の悲鳴はとても聞いていられるものではなかったわ。何人かの女は手で顔を覆い、一人は頭を立木で支え、一方男たちは遠ざかる車を罵っていた。犬は歩道まではい、ガード沿いに腹ばいになった。もうクンとも言わず、ただときどき黒い口を開けるばかりだったの。きみのバスはそのすぐあとに来たんだね、ショックを受けたきみは混雑の中で気分が悪くなった。そうだろう、ぼくも——きみの話だけで——身震いが出た。きみの手を握って、トルコ石の指環に見入った。きみに優しくするのが好きだ、他の女にはできない。きみは立って、ポシェットからコーヒー豆の入った黄金色のパケットを出す。オーストリアのコーヒーだ、最高と言う者も、最低と言う者もいる。きみは豆をグラインダーに入れ、透明なプラスチックの蓋をして、モーターが震え始めると手で押さえる。ぼくも手をその手に重ねる。腰を抱いて、もうお行儀よくする気はまるでない。夜は長い、事は順を追ってやらないといけない、そうでないと醜く、不愉快に、いやらしくなりかねないから、と分かってはいる。しかし待つことができるほどにはぼくの経験は足りないのが心配だ。こんなに強くぼくを惹きつけるきみと一緒のときは、会話は放り出して（だから何を言ったか覚えていない）きみを腕に抱きたくなる。やってみるか、きみの方も十分に別世界に行っている、でもそうすれば蓋は外れてコーヒーが部屋じゅうに飛び散るだろう。落ち着いて、きみが湯を沸騰させる間、静かに、最近読んだ本のことを話し合う。きみは怪しげな本を読んだ、どちらかというとタイトルに惹かれたのだが、それを勤務先へもポシェットに入れて行った。本は『深み』という題で、きみは深遠な内容に違いないと想像した。確かに、それは一人の女の計り知れない深みの話だ。ぼくは辛辣に言う、普通そういう深みについて書く著者は、深さの測り方を知らないものさ。ぼくの方は、先週きみが貸してくれた二冊の本を読み終わった、実際のところ噛み下した。サリンジャーの『ナイン・ストーリーズ』（みんな素晴らしかったが、中でもぼくは「笑い男」が一番気に入った。なぜかというと、ぼくにも幼いころにありとあらゆる不思議な話をしてくれた友だちがいたから。ムグレルという名前だけれど、ヒトラーは大勢いたのだと話した。どのエピソードでもわが軍の一人の兵士がヒトラーを一人殺していた）と、それからジョン・ウェインの『ナンクル』、すごくはないけれど、ところどころ、きみ流に言えば「深み」がある。

　何はともあれ……。コーヒー。きみの青い縞模様のカップで飲む。震え始める、もうがまんできない。でも、やれやれ、なお待たなくてはならない。なぜかというと、またきみの星座の話でぼくを苦しめる。それを考えるだけでぼくの髪は逆立つ。きみはどうしても、これが、それが、またあれが、どうなるか見たがる。ぼくの仕事は、恋愛は、どんなたぐいの知能があるか、どんな病気に気をつけるべきか。おお、女は一晩じゅう人をかっかさせることができるのだ。確かに、この時間ぼくはただ座っているだけじゃない、両手できみを撫でている。でもその成果は、時に声がかすれたり、時に止めて目を閉じたりするだけのことだ。しどろもどろにもなるが、諦めようとはしない。結局のところ、何の結論も出ない。星占いのご託宣の中でぼくに当たっているのを見つける。でもほかのところは全然合わない。諦めて、ベッドメーキングに取りかかる。それからぼくらは服を脱ぐ（きみは、いつもの通り、バスルームで着替えて、つつましく、真っ赤な花柄のガウンにくるまって現れる。その下には何もつけていないので、ぼくはそのたびにまた幻滅する）。ぼくは先にあの大きな羽毛布団にもぐっている。きみはそこへ入ってくるとすぐ求めてくる。

ここで、親愛なる読者よ、不本意ながらあなたにひどい打撃を与えるだろうと心配だ。すなわち、私は四角なベッドの中で起きていることは何一つ話さないし、描写もしないだろう。今はヴァリの――言い忘れていたが、これが髪も髭もブロンドの青年の名前で――かなり沸騰している脳味噌からはい出して、彼の全体の姿が、その起伏の形、クレーター、震動が見えている。私は書棚の一番上にしゃがんで、マンディアルグの『黒い美術館』に腹をこすりつける。四肢を不器用に動かして、シャンデリアまで届かせる。わが犠牲者は貫かれ、痺れ、もうすでに何一つ抵抗できない。それでも生きている、記憶は完璧で膠質で、飲み下し易い。夜の終わりには、今顔が快楽で痙攣している（あるいは苦痛で麻痺している？）この女性に残っているのは、乾いた抜け殻が私の火花の網の中で揺れているばかりだろう。だが捕獲と斬撃の技術面を云々するのは私の好みではない。これらの面は自分本人の経験からよく心得ているということが前提になる。お勧めできることは、ここまで読んだら、五分間目を閉じて、自分の体験のうち一番美しい（あるいは一番新しい）愛の夜々の細部を思い浮かべるといいだろう……。

もう目を開け。もうオーケー。私があの二つの裸体にとりかからないのは、そうしてこの先もしないのは、物語の時間が来たからだ。偽善的な読者よ、きみの道徳律に傷はつかない。彼女は今型どおりの必然的な姿勢だ。頭を彼の胸に載せ、彼はその肩に腕を回している。私は急いで彼の左側頭葉に腰を据える。ちょっとでも傷がつけば失語症を、失書症を、失読症を引き起こすあの場所へ。

テレビの放送が終わって、映像が消えたあとすぐにガラスのスクリーンに手のひらをかざすと、指に何千ものピリピリを感じ、意想外に荒っぽい電撃が聞こえるね。けれども、もう一度その滑らかな表面に手をかざすと、もう何も感じない。スクリーンは無感覚になった。ちょうどそのように、ナナ、ぼくは今きみを撫でている。きみの乳房は、きみの肩の肉は——もう何も言わない、椅子とかシーツのざらざらした表面みたいだ。同時にきみの心、きみの性質、もっと深いきみの存在そのものが表に現れてくる。大海原の青々した水面から盛り上がる島のように、島は今にも動物や鳥や花やトンボの遊ぶ森林で覆われよう。きみは女であることをやめて、女になる。ぼくたちはおしゃべりを始める。それは朝八時まで続くだろう。きみと一緒のときは、一晩じゅう目を閉じたことがない。きみに映画の話をした、笑い話を話した、それから色事を打ち明け始めた。きみが耳の傾け方を知っている、いつも気をつけているという事実が、ぼくには狂おしいほど気に入っている、きみがぼくの話をいつも聞きたがっていたわけではないとは感じるけれど。この間の夜（五日前）、マリアとのばかげた話を始めた。彼女の話にきみがうんざりするといつも〝ブラッディ・マリー〟と呼ぶあのマリア。ぼくが彼女の誕生日に結局は行ったのか、今きみはそれをどうしても知りたい。あの一件は恥ずかしい。もしきみに会わなかったらぼくは何をしていたか分からない。ぼくがブラッディ・マリーを知ったのは一年あまり前で、すぐに彼女はぼくに惚れ込んだ。ぼくのことを大学時代から知っていて、雑誌に載ったぼくの短編をいくつか読み、ぼくのことを偉大な何とかだと考えて、いつもそう言いたがった。一度もそれを真に受けたことはない。あれはブルドーザー・ガールだった、まるまるとふくらんで、黒い目の縁、素晴らしい黒髪。まったく狂っていた。幸せな気分のときはそれは見ものだった。歩きながら歌い、叫び、骨が砕けるかと思うほどぎゅっと抱きしめ、頬に血のにじむほどかじりつく。彼女と会った後はいつも傷だらけの帰宅だった。初めて一緒に過ごしたころの思い出の品らしいありとあらゆるたぐいのものを取って置く。飲んだビール瓶のレーベル、ぼくが贈ったスズランの萎れたまま、頭に人形の付いた小さな楊子（ぼくにご馳走してくれたときのテーブルにあったもの）、半分燃え残った飾り蠟燭（その明かりで一夜を過ごしたことがある）、三角形のチェックの生地見本（それで仕立てたスーツを初めて着たのが一緒にホテル・アテネパラスへ行ったとき）。そのほかもっとたくさんのもろもろ。それを全部大きなMの形に切ったボール紙のパネルにセロテープで貼り付けて、ぼくの誕生日のプレゼントにした。彼女は感動的でグロテスクで、ピンクでライトグリーンで、生まれた世界とは別の世界へのその熱烈な憧憬には感銘を受けたものだった。ぼくへの狂った恋慕は脅威だった。よく二人で一晩じゅう街を歩き回った。しかしひどい没趣味、キッチュな偏愛（対象は低級なポップ・ミュージックと安っぽいメロドラマ）、病院の待合室へ入りながら「ハロー・エブリバディ！」と呼びかけ、それが病人の楽しみになると思い込んでいる無神経に、そのころぼくは呆れかえっていた。そんなわけで、三、四ヶ月して、きみが好きではない、だから別れなくてはならない、と皮肉な調子で告げたのだった。その晩、彼女をひとりで家へ（ベルチェニのスラム街へ）帰らせると、夜中の三時に母親がまだ戻らないと電話してきた。ぼくは驚き、いろいろばかげた想像をした。興奮しきって、ばかみたいに朝まで祈った。「神様、作家になれなくてもいいから、どうか彼女が無事でありますように。何かよくないことが起こりませんように……」。それ以上の捧げるものはなかった。彼女は朝の五時に家に帰った。街を歩き回っていた（ここできみがひどく意地悪い、そうして偽善的な憐れみでいっぱいの渋面を作るので、この話がどんなにきみの気持ちを掘り返しているか理解できる。マリアを妬いているのだ。「ヴァアリ、あんたはまったくナイーブね。本当に彼女が一晩じゅう街を歩き回っていたと思って？」と言う。ぼくはもう一度それが彼女らしいところだと説明するが、きみはなお、マリアが実は誰かのところにいたのだと仄めかす。でもなぜヴァージンだとあなたをだましたのかしら？　いいや。マリアはただのヴァージンどころか、彼女流に子どものような、生まれたままの清らかな処女だった。この点についてはいささかも疑っていない。その後何度もだまされたけれど、しかしこの点に関しては彼女を疑うことはできない。だから皮肉はとっておきたまえ、あれをきみは知らないのだから）。それから長い間会わなかった。偶然、秋の十月、道で出会った。しばらくおしゃべりして、それから別れてそれぞれの家へ向かった。驚いたことに、帰ると気持ちが乱れていた。初めて、彼女に惹かれている、いないと寂しいのだと感じた。翌日朝から大学へ行った。廊下に出てくるのを待って、気がつくと求婚していた。ぼくはとても幸せだった、問題は解決したように考えていた、というのは彼女がぼくを愛していたことを知っていたし、何も変わってはおらず、いつもすべてはぼく次第だと信じていたから。しかし彼女は何と言えばいいか分からなかったのだけれど、固い態度を変えなかった。ぼくの方はブラッディ・マリーとの幸せな家庭生活を夢見ていた。二日ほど後、彼女のブロックの近くの公園で会った。でっかい、みずみずしい梨を一つ彼女に持って来てやった。彼女はかじりながら、きゃあきゃあ叫んでいた。また会いましょうね、また相談しましょう……。きっと二年ぐらい後に……。もちろんその間もブルドッグ・ガールは処女懐胎そのもののように手つかずでいなくてはならないと言う、なぜなら彼女は花冠やあらゆる飾りにふさわしくありたいのだから。そうしてぼくと来たら、自分の申し込みで彼女を有頂天にしていると思い込んでいたとは……。ぼくは全部めちゃめちゃにして、そうしてぼくらはかっかして別れた。そんな女をもらうような知恵遅れを探すんだな、とまで言ってやった。幾月もの間、まだときどき、気が咎めていたので電話をかけた。ぼくは、哀れな娘がそれでもまだ一緒になりたがっているはず、だが怖がっているのさ、ぼくのやり方に怯えたのだと想像していた。二度ほど家にぼくを招いておいて、最低の待遇をした。人を冬の真っ最中に迎えるのに窓は開けっ放しで、フードを頭にかぶって台所をしていた。

皮肉っぽくしゃべり、三十分足らずで追い出された、一時間もかけて訪ねて行ったのに。出されたパンケーキは酸っぱかった。わざと捏ね粉にレモン汁を入れたのだと思う。明らかに仕返しだ、人をばかにしている。ぼくはいつもかんかんになって、もう絶対に彼女とはこれっきりだと決めてそこを出てきた。だが家に帰るとまた優しい気持ちが戻ってくる。認めることができなかったからだが、理由ははっきりしていた。彼女は他に誰か見つけて、ぼくとはもうかかわりたくない。色々な仄めかしから、どんな奴かは分かっていた。ばかな船員で、彼女の豪華な背中のために五八サイズのジーンズを買って来た。彼女の首にニッケルメッキのカセットプレーヤーを押しつけてフランク・シナトラとオペレッタ歌手クレオパトラ・メリドネアヌを聴かせた。ときどき彼女の家にやって来て、彼女に求婚した貧乏な作家の卵のことを笑いものにしていた。夏にはマリアはややしょんぼりし、ぼくのところへ寄ると、ぼくは服を脱がせるままになった。彼女の上になるのはまるでロデオだった。ムスタングみたいに右へ左へ身をよじるのだった。でもたった一日あとにはまたしてもぼくを忘れた。南米からマドロスが帰ってきて、彼女は鼻高々。一ヶ月で船員がまた出航すると、ぼくのところへ来たり彼女の家へ呼んだり、そうして肩に身を寄せて、どんなに愛しているかぼくには決して分かるまいなどと言って、大地が裂けるほど泣くのだった。泣くときにはビートみたいに赤くなり、トランシルヴァニア人の妻君なみで、タマネギの匂いがして、目から涙が筋を引き、滑稽だった。しかしぼくはなお、その貨物船員の話はぼくを惹きつけるための作りごとだろう、彼女はまだぼくを愛しているのだ、と願い、ぼくの方も憂鬱で、ばかみたいにセンチメンタルになっていた。でもアンティル諸島からのマラシェシュティ号だかマラシュティ号だかが寄港し、安物のガラス玉のネックレスをかけたポパイが来ると、またもぼくへの皮肉な嘲弄が始まるのだった。信じがたいことにぼくは一年以上この愚行を続けた。パラノイアの原動力である自己愛には現実を完全に否定して一つの人形劇を創作する力があるのだ。そこではいつもぼくが銀の靴を持って来る王子で、そこではいつもシンデレラが王子様を待って、厩の下男と暮らすのをためらっている、確かに汚くてもその方が安心なのだが。連続ドラマはここまで来た。今きみは知りたい（そうしてきみの一風変わったオリエント風の顔は一言も聞きもらすまいと、濡れた髪をぼくの鎖骨に貼り付かせて）、またひと月ほどの冷たいあしらいの後で思いがけず届いた招待状の彼女の誕生日に、あなた行ったの、どうなの。行った、行ったよ、行ってしまった……。実のところ、混乱しきって一時間ほどで失敬した。泣けばいいのか笑えばいいのか分からなかった。例の船員はフィリピンのどこかにいて、そのかわりブルドッグ・ガールの家には彼の友だちの有象無象が集まっていた。すてきなニックネーム揃い。ラム、ネズミ、ハハム……。ハハムにはぼくも同情して「バルダムです」と自己紹介した。これはしかし顔に似合わぬ無愛想な奴だった。ぼくが握手しようとしたら、こっちを見もしないのだ。どうしてぼくを招いたのか、分からない。でも分かるのは、この家の様子が変わっていてひどくびっくりしたということだ。マリアは壁じゅうにどこからコピーしたのかギリシャ語の文句をぶら下げていた。Thalassa! Thalassa! やら Panta rhei やら、みんな海にかかわるものだ。一つのランプは灰色の帆船をかたどり、船尾に電球がついていた。ドアには大きな「大地の愛し子」の看板。多分マリア自身のことのつもりだろう。ベッド脇のシーツ棚の上に、セルロイド張りの卵形の枠に、男はスカートにトルコ帽、女はチョッキ姿のキプロス農民の画。民芸品の屋台に転がっているような惨めなキッチュだ。みんなほとんど宗教的な沈黙のうちにナット・キング・コールに聴き入っていた。そら、わがシンデレラ、わが夢の女性、生涯を共にと思っていた女性だ、彼女を見ろ、密輸煙草のケント のことをしゃべっている、貨物船の話をしている、マラシュティ号が十日か十五日でもどるかどうかで夢中になっている。見ろ、バルパライソから受け取ったレリーフはがきに、キャンディーの箱のように、髪を輪に編んだ短い青いプリーツのスカートの女の子がボートで波を蹴立てて近づくハンサムな青年を待つ安っぽい絵はがきにうっとりしている。絵はがきを動かすと青年はオールを漕ぎ、可愛い恋人は手を振るのだった。ぼくは恥ずかしかったよ、信じておくれ、ナナ、今もまだ恥ずかしい。同じように辛く、悲しいのは自分の今の体たらくだ。多少とも自分にふさわしい女に惚れたのだと思えればまだよかった。そうだ、情けない。やれやれ、彼女との結婚式はどうだっただろうと、今考える。どんな騒ぎか、何たる惨状だろう！ベールをかぶり、レモンを手に花嫁の花束を腕に抱えて、喜びの叫びを上げながらゼスチャーをするブラッディー・マリー。シンバルを鳴らしながら集まるバンド、片隅から登場する民俗舞踊のカルシャール、ご機嫌のかけ声、ホップシャ、ホップシャッシャ！ そうして彼女はメインテーブルで涙ぼろぼろ、髪を三つ編みにした母親がお金を入れる封筒を一人一人の前に置いて回る。それから、明け方近く、ブルドッグ・ガールをベッドへ伴い、処女を奪おうと努める。きみは少し体をずらし、今は頬をぼくの腹に当て、腰に腕を回している。この物語の後、二人ともかなり長い時間黙っている。ぼくは苦い気分、だが数日前よりはずっと落ち着いている。きみは……きみは黙っている。何を考えているのか分からない。天井の電球がこの眩惑の部屋を強烈に照らす、本の山、リンゴの籠を載せたテーブル、ゴブラン織り。安楽椅子にはぼくらの着物、ごちゃごちゃの山。「あなたってなんて繊細なの、女の子みたい」——とうとうそう言う。それから何の脈絡もなく、「わたしの喉に気がついて？」と、もう一度起き上がる、顔がちょうどぼくの顔の正面になるまで。軽く皺のよった喉を見つめる。女の齢は喉に一番よく出るとどこかで聞いたようだ。きみの喉は三十五歳の女の喉だ。顎の膨らみの下、片側に本当に小さな跡がある、切り傷ではなく、ひだに近い、移植プラスチック。「ここにほくろがあったの」と言う。おお、きみの眼差しの中のコーヒー色の何と綺麗なこと！ だが今はこれがきみの顔に唯一のきれいなものだ。女性の目を持つ男性。多分女性の口も持つ。ぼくの欲望が戻った、口できみの下唇を捉える。しかしきみはきびしい顔の後ろに閉じこもる。あのほくろは切除しなくてはならなかったの、と説明してくれる。そのあとまるでしゃくりあげているような、緊張した、途切れ途切れの言葉の奔流を切って落とす。きみは怖かった、とても怖かった。二年前の秋、恐ろしい夢を見て悲鳴を上げながら目を覚ました。明かりをつけると、枕に血の滴りが見えた。喉に二本の指を当てた。見た。血。ほくろから出血している。夜が明けるとがんの医者のところへ駆けつけた。その医者はずっと前にも受診したことがあって知っていた。乳がんを疑ったのだ。そのときからこのテーマで手に入るものを読みあさり、ひどいがん恐怖症になっていた。ほくろから出血したり、突然変色して紫やピンクや青になるのは徴候かもしれないと知っていた。まして直前に何か夢を見ている。結核や心臓病やがん患者の夢の予兆に関する研究がある。「でもどんな夢だったのかな、そのとき?」とぼくは訊ねる。きみは目を宙に泳がせている。「あとで話すわ」。医者はちょっとエキセントリックだった。妻君に死なれたばかりで、もちろんがん、という噂が流れていた。生理検査の結果が出るより前に、あいつはわたしに求婚したの。ぼくは笑い出す。そもそもぼくはこんなことの打ち明け話を聞くのは嫌だ。それだけのことだが、そのあとでまたセックスする気にはなれない。海からそそり出たサファイヤの島のままになっている。何か違う話をしてくれ。この前のとき、きみは暮らしているのではなく、生き延びていると言ったね。きみが記憶の回廊に背を向けて歩きながらつまずき、まさぐり、紫色になるのを知っている。しかしきみはどこか透明な場所に出ないはずはないのだ、そこではきみがあわれな年増女でも、将来性のない孤独な役人でもなくて、本当にきみであるような場所。地下で、この街の基礎構造から何百万キロメートルも下のきみのアパートの光の立方体の中で暮らして。きみの夫のことを話してくれ。

ブラボー、お若いの! 君が気に入り始めたよ。針金より強い糸で彼女をまるめ込んだね。ブラッディ・マリーの甘い雫で誘い出した。それは今や彼女の胃の中で震えている。君は正確に敏感な神経節を刺した。もう彼女を吸える、もう私の八本の脚でがっちり抱えている。頸動脈に牙を刺した、そうして夢の葡萄の味を口中に味わっている。おふたり並んでなんと甘いことよ！　彼女がなにか新しい話を始める前に、また君は愛撫を始める。スヴェトラーナという名にはまるで似合わぬ彼女の顔が上を向き、気取りもなく恍惚として、上唇がすぼまり、歯がむき出され、力の限り君を抱きしめ、自分の殲滅者《エクスターミネーター》を愛している。これはあまり時間がかかるので、親愛なる読者よ、あなたの待つ間を多少は埋める義務があると感じる。ヴァリについて一言二言話しても構わないだろう。学歴は標準的、幼稚園、小学校、高校、大学。今は文学部四年生で、この先どうなるかなど気にもしていない。もし誰かが君は首都の場末の外れのちっぽけな学校の教師になるだろうと言おうものなら、憐れみの目で見返すだろう。誰かが君はルーマニア文学界の大物になるだろうと予言しても同じことだろう。今のところ両親と同居、読書、読書、ひたすら読書。夢中になるのが仕事だ。少し書いている。たとえば二年後に（これをばらすのは彼の新米小説家としての可能性についてちょっとイメージしてもらうためだが）この本の冒頭の短編「ルーレット士」を書くだろう。もしも、あなたが本を読む者の良い習慣に従ってこの本を最後から読み始めていたのなら、手を止めて、今「ルーレット士」をお読みあれ。それこそ例の二人が愛しあっているこの時間帯にできる一番いいことだ。そうして、客観的時間としては、ほぼ同じだ。青年のこれ以前の発表と言えば〈アンフィテアトル〉に二、三の短編と、〈エキノクス〉にかなりまずい詩を二つ三つ出しただけ。私は彼の詩を紡いでいる要素が好きではない。エーテルの匂い、マニキュアの匂いが強過ぎる。トルコ民話のナスレッディン・ホジャのように自分を消費し過ぎる。本当の小説家は他人を消費するものだ。

　ああ、きみには飽きることがないなあ。ぼくらはまた離れた。きみは起きてバスルームへ行く。脹ら脛に届く男もののシャツだけで。水の音があらゆる考えを吹き飛ばす。ぼくらの愛の時間にきみは従順で、おだやかで、自分の人格を押し出そうとはしない、何の身振りも自分からしようとはしない、しかしぼくのあらゆる動きにやさしくしっかりと答える。ぼくは籠からリンゴを取ってかぶりつく。きみはシャツをヨットの帆のようにひっかけて戻って来る。ランプを消し、ベッドに入ってくる。濡れて、冷え切った手。ぼくは暗闇でリンゴをかじり続け、そうして突然、きみが話しているのが聞こえる。今までぼくらのそばにあれほどはっきり存在していた室内のもろもろの品物はきみの声と交代して、残っているのは灰ばかりだ。

　もう言わなくていい、夫のことはどうでもいいよ。彼はアル中で家庭生活七年の後にきみは去ったと言う。地獄の七年。彼はきみの小説や詩の本を窓から放り出した。結局、五年前きみは離婚した。離婚の宣告が出たのはちょうど今ごろ、十二月だったのをきみは覚えている。そのショックに耐えるのは奇妙に苦しかった。大晦日の夜、あまりに孤独で、最初に越したシュテファン大公大通りの単身者住宅にいるのが無意味に感じられて、ちょうど真夜中にサーカス小路へ散歩に出た。池まで降りて、そこで、霧に包まれた異様な世界の中で一人の青年に出会った。膝を突いて、厚い氷をすかして池の底を覗き込んでいた。きみは泣き始めた。今でもその光景を思い出すとぞっとするのだね。青年は、重々しく、大通りまできみと一緒に行き、そこにきみを残した。次第次第に霧の中へ消えて行った。その後一度も彼を見たことはない、夫のことも。

　初めてセックスをしたのはいつだったの、と訊ね、濃い闇の中できみが微笑むのを感じる。指できみの顔に触れると、間違いなく微笑んでいる。二人一緒に吹き出す。いつ誰と初めてしたかは全然重要じゃないことよと言う。けれども、もしぼくが辛抱していれば、ずっとおもしろいことを、つまりいつ初めて誰かとキスしたかを話してもらうこともできよう。「だって、誰かとキスするよりほかにキスの仕方があるかい?」と訊ねながら、手できみの顔に触れ続ける、ゆっくりと、しかし盲人のような喜びで輪郭をなぞる。「そうね」ときみは言い、唇が動くのを感じる。歯で静かにぼくの指を一本噛む。それから、「小さかったとき鏡の中の自分にキスしていたわ」。そのあと、控えめな無色の声で妙な質問をする。「REMのことを聞いたことはある?」「ない、ないと思う」とぼくはあまり気にもせず、好奇心もなくつぶやいて、「でもさ、初めてのときどうキスしたのか言ってくれ。〝話してくれ、ラップランドのエニゲル姫と/キノコの王クリプトのことを〟」☆そうしてきみ、いとしのシェヘラザードは素晴らしい話を始める。今エメラルドの島が海上数千メートルにそびえ、絶壁を反映している。ただ一筋の小道が上まで延びる。そこには黄色のタンポポとヒナギクと野生のキンギョソウの咲き乱れる草原が拡がる。透き通った大きな目の蝶とトンボが花々の上を舞っている。その向こうに花咲く若木の森がある。ここまで樹皮の匂いが届く。

わたしがまだ十二歳かそこらの一九六〇年か六一年にあったことの話をしましょう。二階が張り出し、細い二本の柱が玄関を守り、ありとあらゆるグロテスクな石膏のマスクがそこらじゅうにぶら下がった、モシロール街道のおかしな家に、両親と一緒に住んでいた。玄関の真上にバルコニーがかぶさり、その裏側に排水管が通っていて、金属製の鷹のくわっと開いた嘴から昔のサイダー瓶のような吐水口が突き出ていた。バルコニーはちっぽけだけれど、それでも夏にはわたしの遊び場で、ほとんどお決まりの住みかになった。そこでオレンジと金と緋色の縞模様の大きなボールを弾ませたり、ま

☆ イオン・バルブ(一八九五―一九六一)のバラード「クリプト王とエニゲル姫」の断片。

た何分もの間、蔦のからんだ格子の隙間から鷹の頭を眺めたりした。その目、鼻を膨らませた嘴、そうして頭を覆う羽毛の一本一本が、錆びた金属に綿密に彫り込まれていた。外の太陽の下で何時間もひとりぼっちで人形を寝かしたり歌ったりしたあと家に入るときは、まだ目に蔦の葉のきらきらした反射が残っていて、どの部屋もあなぐらみたいに薄暗く見えた。夕食の後また出て星を眺めるの。なぜか分からないけれど、そのころは今見えるのよりたくさんの星があったみたい。同じように、日蝕が今より多く、ほとんど毎週のように日蝕があって、それをあらかじめ煤を黒くまぶしたガラスのかけらで見るの。覚えている？　でもあなたはそのころはほんとにちっちゃかったのね……。あのころは雪ももっと降った。そうしてその年の夏、空に突然六本の尾を青白くひるがえす彗星が現れた。わたしは煌めく星々の間にかたまりついたような何千本も尖った角のある白っぽい光をバルコニーからいつまでも飽きずに眺めていたの。下の路面は当時砂利道で、両側にわたしたちの家と同じような、赤と煉瓦色に塗って、イタリア風の漆喰で飾り、窓ガラスには埃だらけのブラインドを下ろした家が立ち並んでいた。道路から聞こえてくるのはそのころの甘ったるい流行り歌だけれど、今でも幼稚なノスタルジーで胸がいっぱいになる。「月が窓から入ってくる／二人の部屋に……」。もし家の屋根裏に登って、明かり取り（それは一種の丸窓で、例のモシロール街道を飾るゴルゴン族のもう二人の代表が守護しているが、その一人は片腕がなく、化粧漆喰を支えていた鉄の切り株ばかりを星へ向かって差し伸べていたの）を透かして眺めると、周りの家々の屋根越しにブカレストの赤と緑の明るく揺らめくネオンサインが、一定の時間を置いて点いたり消えたりしているのが見えた。とりわけ都心の今はなくなったブロックの屋上のサファイヤ色のネオンがよく見えた。それが消えるとわたしも目をつぶって十一まで数えるの。目を開くと、ちょうどその瞬間にネオンがまた始まるのだった。それはわたしの人形のつやつやしたボール紙の顔に空色の光を当て、消えると赤い影や緑の筋と点々のネオンがそれに変わった。ブカレストの黒い輪郭を見渡しながら屋根裏にいるのは、父のどしんどしんと階段を踏む音が聞こえるまでだった。怪物のように滅法大きな赤い肉の立像が上ってきて、屋根裏部屋のドアいっぱいになる。わたしは父が怖かった。とは言え、わたしをぶつわけではなく、反対に抱き上げて、一緒に円い窓に寄る。とても大きな頭と小さな頭ともっと小さな頭（焦げ茶色の糸の房のあるボール紙のわたしの人形リリーの頭――リリー・シェルバンをレコードで聴くのが好きだったの）の三つの頭、六つのまるい目が寄り集まって星を眺めていた。それからわたしたちのあなぐらへ降りるのだった。

家から出ることはごくごく稀だったわ。友だちはいなかったし、両親は社交嫌いだった。哀れなママは買い物にしか出なかった。父は自分の神秘的な勤めに出るだけだけれど、そこからお金が来た。両親がわたしを散歩に連れ出そうと決めたときはうれしかった。父と諸国民広場の「子どもの町」へ行ったときのことは決して忘れないだろう。あのとき四つか五つだった。町は巨大に見えた。公園の中央の天まで届くモミの木には色電球、色とりどりのリボン、金色や緋、青に輝く大きな段ボール箱、人の頭ほどもある球、腕のように太い金ぴかの髪飾りがいっぱい下がっていた。モミの梢には五角形の赤い星があって、ブカレストじゅうの雪を赤く照らしていた。並木道には歪んだ鏡と人工雪でできた身の丈三メートルほどの雪だるまが並び、その胸に複雑な機械装置のついたガラス窓が開いていた。至る所で飴のねじり棒や綺麗な形の大きな磨りガラスの瓶入りサイダーを売っていた。大きな箱におかしな形の色つき砂糖が入っていた。お菓子のサンタクロースがいたり、本物のサンタさんもそここに子どもを集めてお伽話を聞かせていた。迷宮に入っても迷う心配はなかったの、立て札にはみんな道順を示す矢印があったから。長い、けばけばしく塗ったぼろ家の中にいるゴリアテ大鯨をわたしたちも大勢の行列に並んで見た。紫に染めた石膏の長いシリンダーみたいで、鯨髭の密集した口の中に魚の大群がいた。ほかの鯨はフレキシブルなプラスチックのプレートで、父のシャツの襟につけていたのと同じだった。ロマが角ごとに売っていたものだ。でも「子どもの町」で一番素敵だと思ったのは、モミの木を別にすれば、実物大の宇宙ロケット「ボストーク」で、タワーのようにてっぺんまで登れた。一番上のキャビンには、布と縮れ毛で作った犬のストレールカとベルカを見ることができた。そのあとすぐ反対側へ降りなければならなかった。というのは、ほかの子どもたちがあのややこしい口輪と何十個もの金具でつながれている犬を見る番になるからだ。あの犬たちの前に宇宙へ行った雌犬のライカは月にそのまま残ったのだと父が話した。晴れた夜には、ときどき煙る水晶のような月面の斑点を眺めたけれど、どんなに一所懸命になっても、わたしにはそこに何も見えなかった。ボストークの先にやたら色を塗りつけた三本脚の望遠鏡があった。そこでも父がまたいくらかお金を入れると、わたしもそれを覗くことができた。森や花や遊ぶ少女たちのいる星が見えるのだろうと思っていたけれど、円いガラスの中に見えたのは、きらきら光る大きな雪片のような色つきのたくさんのガラス片で、筒をそっと回すとそれがさまざまなイメージを作るのだった。見たこともないようなあの光と色の大盤振る舞いに名残を惜しみながら遊園地を離れた。そばを通ったある建物の屋上に何千もの電球のついたパネルがあって、そこにニュースが流れていた。黄色い電球の点滅で文字が左へ走るのだった。お土産をいっぱい抱えた人々が何分間かその出ては消える言葉を眺めていた。わたしたちは大きな丸い月が見下ろす街を通って家に帰った。

家には電話がなく、そのころそんなものがあることも知らなかった。だから親戚を訪ねることも稀だったが、訪問は突然のことにならざるを得ず、それをママはたいそう気にするのだった。そもそも親類は少なかった。ママの兄さんと妹、それにわたしの名付け親のおばさん。ラーザル伯父さんにはごくたまに、多分年に一度しか会わなかった。というのは離婚して、別の女性と同棲していることが多かったからで、ママはそれをひどく怒っていた。奥さんがママの友だちだったのだ。七十歳を過ぎた今日でもラーザル伯父は習慣を変えない。それが彼を元気にさせているらしい……。名付け親のところへもあまり行かなかった。上品な女じゃないからだった。彼女の家の中は、一歳やら三歳やら小さな子どもでいっぱいで、いつも汚れたどんよりした臭いがこもっていた。でもわたしはいつもその家へ行きたがった（フェレンターリ地区のロマの住む界隈のどこか曲がりくねった騒がしい通りで、黄色い惨めな教会、遠くから臭う公衆便所があった）、なぜかというと、この名付け親はたまたまＴＥＭＰ６というテレビを持っていて、スクリーンはごく小さいけれど、『ロビン・フッド』の始めの方や、『魔法の火打ち石』『鉛の兵隊』のような子ども向け映画を見ることができて、わたしはそれが大好きだった。そのためにはプリント地で縫った下着に汚れた靴の鼻水垂らしたちがわたしの髪を引っ張り、さんざんいやなことをするのも我慢していたわけ。でも一番よく行ったのはアウラ叔母さんのところだった。そこまでの道とそこで起こることはみんな、わたしには奇妙な冒険、別世界探検だった。わたしの人生で一番重要なことはそこで、ブカレストの町外れで起こった。そもそも、わたしが生まれた目的、わたしがこの世に生まれた唯一の目的と思っていることが、つまり「ＲＥＭに入ること」が、そこで起こったの。そうしてやはりそこで、その話をしていたから言うのだけれど、初めて誰かとキスをした……。ずっと後になって、十年以上経って、もう誰とも分からない男と、なんだか分からないパーティーの終わりに、初めて愛し合った。けれどもわたしはそのとき女になったということではないわ、心理的にはもうはるか前から女になっていたの。

ある朝、ママが部屋に入ってきて、アウラ叔母さんのところへ行きましょうと言った。嬉しくて飛び上がり、すぐ外出用ドレスに着替えて、膝までの白い靴下を履き、リリーにもライトグリーンのビロードのよく似合うドレスを着せ、下にはピンクのベール地のパンティと白いキャンブリック地のスリップ。完璧だった。急いでバルコニーに出て、朝の黄色い冷気の中、下の街路を音立てて行く電車や自動車を眺めていた。ときどき、その中に馬に引かせた荷車が混じり、側板には青と緑で花やセイレーンや鹿が綺麗に描かれていた。時たま馬は湯気の立つ黄色い馬糞の塊をあとに残した。この馬と湯気の臭いは、少しも嫌なことはなかった。ママの支度ができて、食事が済むと十一時になっていた。混雑する通りに降りて、ゆっくりオボールの盛り場まで歩いた。シロップやサイフォンの器具や、クリームと輪型堅パン《コヴリッグ》をつめた螺旋筒のあるキオスクの前を通る度にわたしの喉は鳴った。「塩とハッカでさあ食べな／お腹にいいよ、さあ食べな」。ごく小さい頃、ほしいものをママが買ってくれないと、道にひっくり返ってぎゃあぎゃあ叫ぶのだった。通りがかりのお婆さんができるだけ怖い顔をして「この悪い子はどこの子？　さあお婆さんの袋に入れようか」と言う、するとわたしはよけいひどく喚くのだった。ラジオでは毎日コマーシャルが流れ、「美味しいドロップ、キャラメルにボンボン」とか「レモーレモーレモネード」と混声合唱で歌っていた。我慢できるようになったのは、やっと学校へ通い始めた七歳か八歳になってからだった。でもいつでも食べたがりだった。どうして鯨みたいにならなかったのか、不思議ね。

オボールはわくわくする場所だった。今でも正確に思い出す、まざまざと目に浮かぶ。単純な交差点、そう広くはないけれど、今日ではもうどこにも見られないバルカンふうの、商人ふうの雰囲気があった。シュテファン大公大通りから入って来ると、形も大きさも彩りもまちまちなガラスや木の板に綺麗な手書きや、さまざまな印刷書体で書かれた店の看板が群れをなして襲いかかってくるのだ。ストーブ修理屋、布団屋、仕立屋、「窓ガラスと鏡」、時計屋、「立派な葬儀」（ここにはいつもサテンで内張りした棺桶が一つ立てかけてある）、YALEと書かれた巨大な木製のキーがいくつも壁にぶら下がり、駅にあるような大きなガラスの時計、だが針は絵で、店主の名前がある。左側にはバーが一軒あり、そこからいつも肉団子の匂いのする青い煙が流れていた。その周りにいつも群れていたのは酔っ払いや、プリーツスカートの女を連れたハンガリー衣装のロマや、縄でつないだニンニクと、麻の匂いのするふくらんだ袋を持った農夫たち。バーの向かいはおもちゃ屋「赤頭巾」で、これは夜も夢に見た。わたしにとってはお伽の国だった。オボールに着くや否や、この店へママを引っ張る。天井の低い、長い部屋に入ると、胸の悪くなる灯油の臭いがした。床は焦げ茶と真っ赤で、ステンドグラスから洩れてくる照明は全然届かなかった。その空虚なスペースに深く入って行くとようやく、おもちゃを載せたスタンドや棚がある。わたしは粗末な布を着せたいろいろな大きさの人形をうっとりと眺めた。大概はぼろきれでできていて、頭だけはすぐこわれる石膏のようなもので、髪は黒や黄色や焦げ茶の糸だった。とは言え、中にはカールした黒人娘のゴム人形もあった。燃えるような赤いニス塗りの鞍を載せた白い仔馬や、黄色と茶色の熊や、ブリキではばたく鳥もいた。屋台の上にはいつも五つか六つのおもちゃが飛んだり跳ねたり太鼓を叩いたりし、小さな機械が撫でると進み、ロケットが尻尾から火花を散らしていた。ママはおかしな形の厚紙を組み合わせて白雪姫やシンデレラや雪の女王の情景ができるあの安いおもちゃのたぐいを買ってくれるのがいつものことだった。わたしはそれにはすぐ飽きた。厚紙の形だけ見て画の描いてない裏で並べるのまで覚えてしまったから。縫い合わせ用の絵と穴のあるボール紙も買ってくれるのだった。その穴に栗色、青、緑、黄、赤の糸の付いた針を通しさえすればいい。それだけで、羊をつれた羊飼いや、トラクターや、手をつなぐ少年少女、蝶、みんな格好いい輪郭が出来上がる。「赤頭巾」を出るとなるといつも泣きべそだった。少し上ってミハイ勇敢公大通り側には大きな「鉄の店」があって、ブリキ板、釘、チェーンのほか、多彩な鳥を透き写しにした花瓶やコップも買えた。その先には、明々と照明されたショーウィンドーの中で緑色の服の肥った女がナイロン靴下を編み直している小さな部屋の次に、陰気な半地下室があって、亜麻、麻、ジュート麻のリンネルを売っていた。そこのスタンドや棚には、ナフタリン、植物繊維、ジュートのきつい臭いを放つ布の大きな束が重ねてあった。一本の柱に鏡がかかっていて、薄暗い中で顔を映したら、波だった鏡面に歪んだ顔のびっくりした女の子がこっちを見返していた。反対側の広場の奥の方に市場があった。今もある市場だが、当時のわたしには恐ろしいほど大きく見えた。その中はいつも寒かった。並んだ陶製のスタンドの前の農民からママが何やら買っている間、わたしは壁のモザイクや二階の人ごみを見上げていた。そこではハチミツを売っていることを知っていた。市場の囲いを出ると片側に肉屋の回廊がどこまでも続いていた。わたしをどきどきさせたのは、半分の豚、ずらりと鉤に吊された仔牛の大きな塊、大きな肉切り包丁で羊の頭をちょん切ってどろどろの脳味噌を流れ出させたり、肉を大きく切り分けたり、それを血だらけの白衣の肉屋が素早くやり、皮を剝がれ、血走る目玉をむき出した羊が台の上でそのまま切り分けられていた。そこを出るためには乳漿の匂いのにじむ大きな樽の脇を通らなくてはならない。無精髭の陰気にむっつりした男たちが樽から大きなチーズの塊を取り出していた。そのミルクの匂いのする汁気で脇の下までびっしょりだった。オボール交差点は誰でも勝手な方向へ渡った。信号はなくて、そこをうろうろしている巡査は、精密秤を持っている不具者や封筒に入ったくじの売り子とのおしゃべりの方が忙しかった。そこにあるのは皮革や煙草や落としたての馬糞や肉団子の臭いのする群衆だった。外出着のわたしとママは電車に乗るが、馬車やロシアのパベーダ車の間をほとんど進めずに、自棄《やけ》のように警笛を鳴らすばかりだった。電車の車体は木製で、外側にいっぱい枠があり、小さな窓と、鉄格子の上に一つだけ前照灯があった。いつもわたしが汚れる黒い油のいっぱい付いた折り畳みのドアを開くと、同時に踏み段が降りて、それに足をかけて乗り込む。でもあまり高いので、わたしは銅のパイプにつかまるにはママに抱き上げてもらわなくてはならなかった。普通は前から乗った。その方が混雑が少ないからだが、するとよく運転手のすぐ後ろになった。あの電車には今のような専用の運転席はなくて、運転手は乗客でごった返す最前部の綿のはみ出した椅子に座るだけだった。先端が金属のボールになっているニッケルメッキの取っ手をひねったり回したりして、ボールを金属のプレートにそってガチャガチャ言わせているのを見るのが好きだった。プレートにはドイツ語で何か書いてあった。車内の椅子は黄色いつやのある木の板で、天井からは楕円形のつり革がぶら下がって、手の届く人はつかまった。電車がスピードを上げてレールの上を音高く走るときは、取っ手がみんなリズミカルに天井を指した。カタカタ、カタカタ、それは日暮れ時には眠気を誘った。後部から乗ったときには、手動ブレーキが見えた。一種のネジつきクランクだった。

ママはつり革を握り、わたしはママにつかまって、前方にはとても綺麗な神秘的な街が一目では見られないほど拡がっていた。朝は街が冷たい水のような曙光に覆われた。紫の筋の入った青い花びらの朝顔が流行で、ほとんどの鉄柵の後ろに咲いていた。お昼には電車がたいそう混雑した。ベレーや鳥打ち帽に運動着の陽気な農民の一隊や、花模様のプリントのスカートに大きな肩掛けの女たちで車内はいっぱい、笑ったり騒いだり、車掌と運賃でもめたりしていた。ずる賢いのが小声で「検札だ！」と言う。すると、切符があってもぎょっとするのだった。日が暮れると電車はがら空きになる。車掌は停留所の間では小さなカウンターに頭を乗せて眠っており、ママもわたしを抱いて居眠り、そうしてわたしは黒い不規則なジグザグな家々の屋根の上に燃え立つような深紅の雲を眺めていた。わたしたちはこうして揺られながら、酔っ払いを避けながら、テントやニンニクの臭う辺りを抜けて、ムンカ映画館があり、とりわけ目立つ緑青の吹いた彫像が池の中に立つヴェルグ踏切に着くのだった。彫像は半裸の女性で、捧げ持つ壺から水が一筋流れ落ちている。草のような緑の筋のある、黒いさびしい彫像。「同胞なる蛇のごとく緑青を着け／街の泉に」と歌ったのは詩人イオン・バルブ。なおいくつか停留所があり、巨大な煉瓦の煙突や、中庭に油染みた大きな機械のある工場のそば、メランコリックな赤い車両が雪の中で錆びついている鉄道の転轍機のそば、ライムギ茶も売っていたドーナツ屋のそばを通り過ぎる。街路沿いに立ち並ぶのは、夏の終わりの虫食いの白っぽい、また黒ずんだドドメをいっぱい付けた、よじれ、こぶだらけの桑の老木や、焦茶色の甘く強い匂いの実が鞘の中でからから鳴るチークや、菩提樹、アカシア。なおいくつか停留所を過ぎて、やっと、ロンドで降りるのだった。今のブカレストにはもうロンドのような場所はない。それは円い広場で、あまり大きくはなく、周囲の家々の壁から、褪めた、混色の漆喰が崩れ落ちているために、いつも霞んでいるように見えた。ピンクと緑の間の紫っぽい埃が広場の中を舞っていて、肩や頬に薄く跡をつけた。家々には凸型の玄関があって、あんまり無様で滑稽なので、意地悪いご機嫌な気分になった。片足を球に載せた石膏のライオンがたばこ屋の入り口の両側で見張っていた。どの天窓も翼を拡げた鷹やこぶこぶの背骨のグリフィンの支配下にあった。屋根にはロシア正教の教会のような葱坊主《ねぎぼうず》が載っていた。崩れたのもある古代風の円柱だの、ややこしい軒蛇腹や、とんがった組み合わせ文字が貧弱なショーウィンドーの縁取りになっていた。どの塀にも色チョークで愚劣な落書き。広場の中央に竜騎兵の像がそびえて、その台座だけでも見たこともないほど大きかった。銃を足元に置いた巨大な兵士の全身を見るには頭を後ろにそらせなくてはならなかった。一番高い家々も像の足台より低かった。煉瓦色の雲が肩の周りにかかっていた。どこからどこまで石造だった。わたしが歩道で口あんぐりと竜騎兵を眺めている間に、ママはいろいろな店に入って、アウラ叔母さんと従弟のマルチェルへのプレゼントを買い揃えていた。普通は自動車型の瓶の安いラベンダー香水と、ピティコット印のチョコレートか金貨型のチョコレートを買うのだった。時にはピンクの人形のコーヒー入りアーモンド・ボンボンを買うこともあった。オレンジ色のボンボンはハチミツ入りだった。見つかったときには（だんだん稀になったが）ごつごつした氷砂糖を買った。わたしにも、その場で、シロップをくれた。野いちごのいい匂いのする冷たい飲み物だった。ロンドから電車を乗り換えて三つ目で降りた。ドゥデシュティ＝チョプレア地区に着いた。早足で歩くママに一所懸命ついて行ったことを覚えている。ママのドレスからは糊の利いた匂いがし、こういう際に使う（そのほかには決して化粧しなかった）濃いめのルージュ、一番安いルージュはおかしなラベンダーの匂いがした。でもその匂いは好きだった。「イヤリング」という名前のピンクの粉っぽい円盤形のボンボンのいい匂いを思い出させるから。お人形のリリーはイミテーションの鰐革のポシェットに入れていた。たくさんの知らない小路を回り、窓枠が緑で屋根が栗色の崩れた黄色い学校の脇を通り、いつも行列のあるボンベ・センターと、巨大な青い輪が上で回っているサイフォン・センターのそばを通って、ようやくアウラ叔母さんの住む通りに出た。

それは生け垣と低い正面が端から端まで続く長い真っ直ぐな通りだった。もし夏歩いてくると、いつも油っぽい木の電柱に掛け渡された電話線に無数の紙の凧がからまっていて、ここだと分かった。多くの凧は青い包装紙で作ってあった。でも水彩や色チョークで画を描いたのもあって、青空におかしな道化師《アルルカン》みたいなしみがついたようだった。見てごらん、アルルカンを！　ペンキを塗らない煉瓦の家に着くまでは通りを全部歩かなくてはならなかった。よく知っているその家は通りの終わりから一軒手前で、そうしてこの方向から見ると、街の終わりの一軒手前でもあった。庭の向こうに建つあと一軒の家の向こうには、雑草の原っぱがドゥデシュティ村の方へ拡がっていた。見渡す限りの野原。通りの終わりが別の通りにつながるのでなく、何にもないのが子ども心にとても奇妙だった。

門に着いて、扉の隙間から庭を覗くと、エゾネギの畝の間に置き放しのトラック、苦いサクランボの木、踏まれたストック、端に柏とバラ、そうしてもっと奥にトタン屋根の赤い四角な家が見えて、コンベがびっこを引きながら大急ぎで迎えに来るのだ。わたしが三歳ぐらいのときにほっぺたを咬まれたことがあるので、コンベが少し怖かった。でも本当はおとなしい、目やにをためた老犬で、硬い縮れ毛の生えた肥った体には足が短すぎた。今まで見たことのあるどの犬よりもひどい臭いがした。コンベはたいそう大きな声で吠えるので、煉瓦敷の間からタイセイの小さな花が覗いている小道をわたしたちがたどって玄関に着かないうちにドアが開いて、仕事着の腕をまくったアウラ叔母さんが大げさな喜びの笑顔で招き入れるのだった。

いつも灰色でうすら寒い長い廊下が居間に続く。ママと叔母さんがお話ししている間、わたしはガラスケースの中のガラスのお魚や、青い湖に浮かぶハクチョウをベールと黄色い絹であしらった壁の画を見たりし、何よりもミシンをおもちゃにした。引き出しからさまざまな色の布や、花模様のぼろや、真っ赤なビロードの切れ端を引っ張り出して、わたしの人形に着せた。すぐに従弟のマルチェルがやって来て、リリーの目を塞いだり両手をぼろ布で後ろ手に結わえたりする。笑いながらわたしから逃げて、いきなり後ろに回って髪を引っ張る。垢だらけでうるさいけれど、まるまるして茶色の目のたいそうかわいい子だった。突然わたしのことが気に入ったとき、大急ぎで自分の部屋へ走ってキャビット9のキャンディーの箱を抱えてくる。黄色い、いい匂いの、みっしり実質のある感じのタブレットを一枚くれる。ミシンの下のわたしたちのコーナーで遊びながら、そんなふうに一日じゅうでもぶらぶらしていることができた。マルチェルは壊れたおもちゃの自動車を持ってきて、リリーをトレーラーに乗せて引っ張り回した。ひっくり返す振りをして、わたしがわあわあ泣き出すまでやめなかった。スカートの下を覗いた。このとき、わたしたちの頭の上をママとアウラ叔母さんの会話やコンベの吠え声や、アンジェラ・モルドヴァンの甘いメロディーが流れていた。♪小川は長く、草は緑／いとしい人はもう見えぬ♪。わたしの一番昔の思い出は生まれた家ではなく叔母の家につながっている。二歳のときにそこで年越し祭《レヴェリオン》があった。不思議なほどよく覚えている。ダイニングルームには長いテーブルがあり、電球には赤いセロファンがかぶせてあった。部屋の中は何から何まで真っ赤だった。人の顔はきらきらと真っ赤だった。テーブルの上の皿もグラスも真っ赤だった。マルチェルが生まれるのは四年先だけれど、わたしのそばには従姉で三歳のニネータがいたが、これは後に小児麻痺で片足が細いままになった。でも当時は楽しげに歯をむき出して、テーブルの上に用意されていたプレゼントに手を伸ばしたのを覚えている。いくつかのボンボンとゴムの鹿が一つ。それから四角なチョコレートがあったと思う。女たちはありとあらゆるイミテーションの真珠の首飾りをつけていた。シャツ姿の男たちは巨人に見えた。わたしは赤い電球の光の中に薄れる彼らの顔を見上げていた。それは見ていられないほど恐ろしかった。

でも夏は家の中にいないで、すぐに、マルチェルをつれて庭へ逃げ出した。コンベは、がくがくとびっこを引きながら、雨に打たれた犬の臭いをふりまきながら、牙の間から赤い舌を出して、わたしたちの周りを回っていた。野菜の畝の間を気をつけて歩いて、トラックにたどりつく。アウラ叔母さんの家を知ったときからその青塗りのトラックは、タイヤがなく、小さな野菜畑の真ん中に座り込んで、鉄板は曲がり、惨めな有様だった。キャビンの屋根の上では、ふだん、ジージが眠っていた。この名前のネコ王朝の最後の代表者だった。わたしたちには触れなかった鉄板の熱さがどうして我慢できたのか分からない。ドアを開けてキャビンに入ると熱く、燃えるゴムか油布の臭いで息が詰まるようだ。マルチェルが運転席に、わたしはそばに座る。ドアを閉めると世界は小さく、親密になり、永久にそこにいたくなるのだった。革が切れてスポンジがはみ出しているシート、ゴムのちぎれた雑巾がこびりついている汚い窓ガラス、マルチェルが回している手を離すと逆回転して元に戻るハンドル、そうしてとりわけ今でも感じるあの匂い、そういうものが二人を現実と無縁な世界へ連れて行った。ときどき、もちろんマルチェルは戦車に乗って、手榴弾でドイツ兵をやっつけているつもりだった。

床のペダルを踏む。すると機関銃が発射されるのだとマルチェルは言う。でもわたしは頭に黒檀のボールが着いているロッドを前後に動かしながら、そんな空想からは遠く離れていた。夢見ていたのは、一生このキャビンの中で、リリーの世話をして、いろいろなお話や詩を聴かせてやることだった。ダッシュボードは壊れて外れていた。あるメーターは黄色いプラスチックで巻かれた二本の電線だけでぶら下がっていた。別のメーターはガラスが割れて、針を指で動かせた。走行距離計だけがもとの位置に残っていたけれど、これもビスが外れていて震動し、あちこちを向いていた。それにしても、このメーターはトラックの中で唯一まだ作動する部品だった。わたしたちがキャビンに一時間ほどいると、つまりそろそろ退屈するくらいになると、距離計は変身して突然新しい数字を示し、それがどんどん大きくなる。まるでわたしたちが何百キロも走ったみたいに。マルチェルはこんなことは気にしなかったが、わたしは数学のノートを持ってきて、初めの数字と下車するときの数字をメモした。いつ数字が変わるのか決して気がつかないのだが、同じではないのだった。小さな文字盤を涙が出るまで睨んでいてもだめだった。変わるべき瞬間がメーターには分かるのだ。キャビンから出たときの感じでは、この田舎の青くふくらんだ大空がすごく大きかった。太陽が何もかも黄色く染めていた。物の影は黒々とくっきりしていた。わたしたちはトレーラーに上り、ジージをつかまえた。このネコは布みたいに柔らかだけれど、立たせると突然背伸びして、目はまだ眠くて閉じたまま、背中をアーチ型に曲げ、バラ色の口をあんまり大きく開けるので、わたしたちは笑い転げた。顔を洗い始め、それから熱い屋根の上でごろりと転がる。夕方になるとようやく鳩を探しに行くのだった。なおちょっとコンベをからかったり、エンジンルームの蓋を開けて、中のパイプと油じみたファンの間にくっついたスズメバチの巣を見たりして、そのあとで、バラの列の間にすっくと立っているニガザクラの木に登った。木の上からは首都のこの一帯が全部見渡せた。後ろの方に、入り組んだ小路に沿って、屋根にアンテナがあったりする田舎じみた家々と、小さい教会の威厳に欠けるちっぽけなブリキの塔。地平線上には、家々の間から波間の泳ぎ手のように頭を出したロンド広場の竜騎兵像が見えて恐ろしげだ。映画館で『ゴジラ』を見たことがある。一つの都会を壊滅させる怪物。今は遠いので青みがかっている竜騎兵の像もそんなふうに見える。反対側を眺めると、畑地が、村境の木立まで拡がる耕地が見え、その向こうに別の教会の塔がちらりと日ざしを受けて煌めいた。

それにしても、ドゥデシュティ村との間を隔てる畑地には面白みが全然ないというわけでもなかった。反対に、その真ん中には、初めてニガザクラの木から眺めたとき以来、ずっとわたしの心を捉えていたものがあった。街路の終わり、畑地の始まりから百五十メートルほどのところに、それこそ耕地の真ん中に、一見まったく孤立して近づけそうもない、一軒の憂鬱で奇妙な望楼のような、エキセントリックな赤茶色の家があった。それは戦争前に誰やら不眠症のオーナーのために建てられた。オルテニアの大地主の城館ふうとでも言おうか、そのくらい頑丈で、力強い控え壁《バットレス》としっかりした稜角があるが、三階から狭くなり、最後は円柱型で銃眼付きの小さい塔になっていた。夏の黄緑色の日光がこの意想外の建物に鋭く落ちかかるので、一方の壁を照らしてピンク色にすれば、別の壁を腐ったサクランボのように黒っぽい影にした。タワーの中ほどだけに小窓が一つ煌めいていた。ほかに窓は見えなかったけれど、反対側にあったのかもしれない。この望楼のあたりには他に立木一本見えず、影を落とすものと言えば、数メートル離れた灰色の板葺きの倉庫が一つだけだった。このバラックがその後わたしの人生の核心になろうとは、唯一の生きがいの場所になろうとは、誰に言えたかしら？ヘロイン中毒者が〝トリップ〟からもどるときは、世界から色が消え、白黒映画の中で生きているようで、そこでは決して何も起こらず、もう時間は流れず、現実生活は死人の冥府でしかないという感覚を持つ。ＲＥＭに入って行ったとき以来、わたしにもその感覚があるわ。

アウラ叔母さんのところへは二、三ヶ月ごとに行き、界隈の同じ年頃の女の子何人かと知り合った。わたしが来たと聞くと（マルチェルがみんなの庭へ知らせに駆け回ってくれる）、二、三人が門の前に現れ、わたしは急いで開けに走る。それぞれ自分の人形と揺り籠やその他もろもろを持って来る。サテンの布団、おもちゃの医療器具セット、プラスチックの聴診器、注射器、赤ん坊のおしゃぶりとガラガラ。トレーラーに乗り、そこで幼稚園ごっこをした。人形をあやし、お行儀を教え、服を脱がせたり着せたりした。退屈すると人形は放り出して家の後ろ側へ行く。そこには裏口のドアがあった。きれいに磨かれた幅三メートルかそれ以上のコンクリートの床があって、夏は屋根の日陰になるので、アウラ叔母さんがX型の脚のあるテーブルを出して、その上でカード・ゲームをしたり、食事したりした。でもわたしたちはその床に色チョークで迷宮のような複雑な石蹴り図を描いた。ある者は人が両腕を伸ばしたクラシックな形に、ある者はカタツムリの渦巻き模様に。枠の一つ一つは別な色のチョークで、純色で、歪んだ形に、糸状に。バラ色、空色、オレンジ、橙……。枠の番号と名前は、吉か凶かによって、白か赤で書いた。空を流れる白雲が滑らかな床面に映るのがありありと思い出される……。よく午後いっぱいをしゃがんで過ごした。誰かが石蹴りの枠に小石を投げてゲームをしている間、他のみんなは角々に家を描いて、窓にはカーテン、ほとんど見られないような黄色い柵、栗色の四角な木から出る枝には赤いリンゴが生《な》っていた。お姫様も描いた。青い目に編み下げ髪、夢のような色合いの長いスカート。オレンジ色の指に持つバラの葉っぱにはピスタチオ色のチョークを使った。双子のアダとカルミナは、お姫様の脚を短く切り株のように、両手はひざの下まで長く、化け物みたいに描いていた。でも二人の描くところを見るのはおもしろかった。同じ図を同時に描き始めて、まったく同じ動作で、同じ色を選んで、同時に終わるのだ。ただ、二人の絵は左右逆だった。もし一人が木を家の左側に描けば、もう一人は右側に描いた。二人の描きなぐりの間で他に違いは見つからなかった。わたしより三歳下の幼い子たちで、いつも同じ服装だった。胸にハリネズミをつけたエプロンはあまり短くて、ちょっと動くと四角なパンティが見えた。わたしは清潔で落ち着いているアダの方が好きだった。カルミナの方はいつも鼻水を垂らしていて、ハンカチで拭けと言うと怒って、人形を持って帰ってしまうのだった。アダはいつまでもその後ろ姿を見ていた。焦げ茶色のつやつやしたカール、まぶたがふくらんで悲しげな目だった。しばらくはみんなと一緒にいたが、それから自分も姉妹のあとを追って帰って行った。離れてはいられなかったのだ。ロマの子のナデシコは口の中で悪態をついていた。というのはときどき双子は朝彼女の家の門前へ来て「ナデシコ、シッコシッコ」とはやしたて、ロマの一族が総出でかんかんになって飛び出して来ることになるからだった。しかしその他は、みんなでアウラ叔母さんの家へ来るときも、また原っぱで遊びながら、男の子らがパン切れをつけた糸で穴からキバチを出すのを見ているときも、女の子たちは仲がよかった。とはいえ、みんなプイアが羨ましかった。ある酒場の店主の子で、二日と続けて同じ服でいたことがない。この子を見ていると、貧しいドゥデシュティ゠チョプレアの場末ではなく別世界にいるような気がした。その母親は少し頭がおかしくて、ふだん裸で家の中を歩き回り（それどころか、わたしたちがプイアを呼びに行ったりすると、そのエデン流の風俗でわたしたちを迎え、香水の匂う肌と花のような姿態で驚かし、怯えさせた）、プイアの着物を簞笥いっぱいに縫い、ピンクの紗や花模様のカシミヤのドレス、青っぽい光沢のあるサテンの布で人形そっくりに着せては脱がせていた。プイアの真っ白な手の爪は紅のエナメルを塗られ、明るいブロンドの髪はいつも違う編み方で、耳の上で山羊の角みたいにくねり、黒人女のようなたくさんの房か、または縮れて翻る馬のたてがみのように結ばれていた。不釣り合いに大きい気取ったイヤリング、ワインのように赤い石の嵌まった指環、イミテーション真珠のネックレスが思い切って奇妙なシルエットを飾り立てていた。その代わりにおもちゃは持たず、わたしたちの汚らしいぬいぐるみの熊や、屑の落ちる人形などに対して、なんとはない嫌らしさの感じさえ見せた。どんなに頼んでも、自分の宝物でわたしたちを飾ることはうんと言わない。動作は冷たく幽霊のようで、身振りや姿勢はクラシック・バレエのように調律されていた。わたしたちのグループの中で一人だけ、プイアとよく一緒に遊んでいた子は、並外れて肥っていて、ばかも大ばかで、動きはのろく、トカゲのように冷たい肌をしていた。名前は綺麗だった。彼女の中でたった一つ綺麗なもの、それがクリナという名前だった。でもわたしたちは意地悪くこの唯一の慈悲の証しをはぎとって、クジラと呼んでいた。クジラとプイアはほとんどいつも一緒にいた。二人の間の関係がどんなものか、察するのは難しくなかった。二人で忌まわしい恍惚の錯乱に溺れ、そこではプイアが相手の意思を絶対的に支配する誘導者だった。クジラはプイアの聴衆だった。口をあんぐり開けてコケティッシュな女の子の語るシナリオに聴き入っていた。赤や金色の魚でいっぱいな水晶の池のほとりで休む銀の靴を履いたお姫様たちのお話だ。香しい花が咲き乱れ、イチジクやオレンジの奇妙な木々の幹にアオトカゲが登る庭を散歩するお姫様。蜘蛛の糸で織ったような薄い、切れ切れの、高価なフープスカートをはいて、恋封じの宝石を草の中にさがすお姫様。髪の毛が玉髄と黄鉄鉱でできていて、バラ色の雲で明るむ悲しい森をさまよう金糸をまとったお姫様。ユニコーンが一滴の涙を落とすエメラルドグリーンの池に憂わしげな唇を映すお姫様。宿命の夫を甘い毒入りケーキで殺し、その栗色の髪の房を黒い鋏で切って指輪に作るお姫様。青ざめた指に萎れたマヨラナ、間の離れた紺碧の目、震えているまん丸な乳房、筋のない手のひら、幸運をなくし、人生が終わったお姫様。クジラはすべてをまざまざと見て感じていた。お話は日々のドラッグだった。お友だちのルージュの引き方、眉の描き方、鏡の隅で白粉の振り方に見とれていた。母親を愛するように、いやもっとずっと深く、静かに献身的に愛していた。だがほかのわたしたちはプイア問題をもっとあっさり、気取り屋さんと呼んで片付けていた。それでもしぶしぶながら彼女の真似をして、よく家から古いルージュだとかアイライナーのかけらをちょろまかして、思いつくままに塗りたくった。それはとりわけ原っぱに出て大好きな遊びに耽るときで、お互いの間のいざこざは忘れて、みんなで歌い踊った。「きみは花、きみはヒナギク／きみは一番いい香り」と歌いながら日が暮れるまで耕地ではね回った。しばらくきれいに歌ったあとは、ふざけ始めて、ばかげた文句を並べるのだった。「遠くから送りましょう／柩を一つと蠟燭を一本」そんなぐあいに、「見えます、騎馬のプリンス三人」。すると誰かが訊ねる「あげる物は何ですか？」。小さな娘に、わたしたちプリンスが答える「首を切られた一人の男／海の深みへざんぶりこ……」。

だがわたしの一番の友だちはエステルだった、彼女のことは決して忘れないだろう。最近、二年ほど前にも彼女と会った。マゲール大通りを歩いていて、レストラン・グラディニッツァの前を通りかかったとき、女性がわたしを呼び止めた。馬みたいに大きく、狐のマフラー、帽子には薄緑のベールがかかり、編み手袋をはめた手にユリの小さな花束を持っていた。咄嗟には誰だか分からなかったが、よく見れば、その特徴は間違えようがなかった。薄い形のいい唇、尖った鼻、離れた両目の中で優しく輝く雌獅子のような誇りかな視線、まるく突き出た額。残念なことに黒く染めている髪は、そのむかし炎のように赤く、ヒューズのような輪を作って、そばかすだらけの背中に波打っていた。今はちょっとバーバラ・ストライサンドに似てきた。一緒にイタリア教会の向かいのカフェへ行った。不思議なことに、わたしがこれからあなたに話そうとしているあの奇跡の一週間のことをまったく覚えていないようだった。エゴールを忘れ、女の子たちを忘れ（プイアのことだけはぼんやり覚えていた）、大きな骸骨のことを忘れていた。わたしがＲＥＭと「クイーン・ゲーム」のことに触れると、彼女は話題を変えて、まもなく自分の民族の国へ、地中海南岸のあの一片の土地へ出発する話を始めた。「あなたたちを地のすべての民の間に散らすであろう」。キスして別れ、わたしのアドレスを教えて、一晩じゅう失神の気分だった。手紙は一つも来なかった。だがその晩、何時間も赤い靄の中の街をさまよったあと、あなたに話した夢を見て、それからほくろから出血したの。黒いテーブルの上の蓋のない柩に横たわった、死んだエステルの通夜をしている夢だ。粗末な木の柩の外へ赤い巻き髪が垂れていた。顔は白く静かだった。そばかすまでが青ざめていた。緑色の目が天井をはたと見つめていた。わたしは声を立てて泣いていた。あたかもわたしにいいもののすべてが失われ、灰の中に一人残されたかのような、身を切る悲しみに押しひしがれていた。涙にうるむ目で見つめるうち、この友が妊娠していると気づいた。レースのドレスの下で、ふくらんだ腹にゆっくりと緊縮が走るようだった。子どもがまだあそこで生きている、と思った。おそらくいま生まれるのだろう。そうしてその瞬間、エステルの下腹が突然空になり、形のはっきりしないものが、ドレスのひだの下で、日の目を見ようとしてうごめき始めた。ドレスの一箇所が片方へめくれて、氷のように白く清らかな脚を脹ら脛まで露わにし、そうして見え出した多節の長い爪で、あの血まみれのものはあたりをまさぐるのだった。わたしが恐怖で凍りついているうちに、大きな青白い一本の手が、突然、わたしの着ているサフラン色のツーピースの上着の端をつかんだ。そのときわたしは悲鳴を上げ、恐ろしいものの手に服の切れ端を残して柩のそばを離れた。びっしょり濡れたシーツの上で目が覚め、明かりをつけた……。

しかしエステルは、わたしがアウラ叔母さんのところへよく行ったころは、活発な、とても怜悧な子で、トラックのトレーラーの上で肌を焼きながら、いつも分厚い本を読んでいたの。日焼けが進むほどそばかすも増えた。そばかすは体じゅうに、赤みがかった肌いっぱいにあり、特に肩、背中、目の下、鼻のまわりに多かった。ときどきちょっと声が震えることがあり、また首をすくめる傾向があったけれど、この癖も腰まで届く金赤色の髪の美しさと、賢げでいたずらっぽい緑色の目で帳消しになっていた。彼女はご褒美つきの正方形と危険な枠のあるこみ入ったカタツムリ型の石蹴りチャートを描いた。そこに石を投げ込み、早口で「アンカラ－ナンカラ－アスタロット－ツェフィラフ－サバオット－サバオット－サバオット」と変な文句を唱える。わたしたちは片足で跳ねながら一つ一つ通り抜けなくてはならないのだった。不吉な枠で止まった子は災難で、激しい炎に焼かれるような、あるいは氷河に閉じ込められたような思いになるのだった。哀れなナデシコはそんな枠に捕まって午後いっぱい見えない壁を拳で叩きながらわめいていた。けれども吉の枠に当たった者には、見たこともない花とか、帆船の群れる入り江のカラー写真とか、本物の髪の毛をつけたプラスチックの小さなデリケートな人形なんかがそこで見つかるのだった。

分かるでしょう、友だちもなく、一人であの地下室みたいな家の中をうろつくだけの単調なわが家に比べて、アウラ叔母さんの家までの道々と、そこで過ごす日々が、わたしには何か奇跡的なできごとと見えていたの。庭、トラック、ジージとコンベ、マルチェルと女の子ら、見渡す限りの原っぱとその上に白雲の群れの点在する青い大空が、わたしの人生を背景にして、その日々をもつれた真珠のように浮き立たせていた。数年の間のことだったけれど、月に一度、二ヶ月に一度、朝、ママはアウラ叔母さんの家に行きましょうと言った。ＲＥＭの物語そのものを始める前に、背高ノッポさんのこと、わたしたちのゲームのこと、夢のことについて話をする前に、あの庭のもう一つの場所のことをちょっと言っておきたい。ときどきアウラ叔母さんの家へ行ったとき、女の子らがすぐには来ないことがあった。マルチェルは通りでサッカーなのか、庭は陽光のもとでひっそりとしていた。ひとりでしばらくの間、トラックのキャビンにリリーとジージ（たまに大口を開けて欠伸するだけの途方もなくぐずな猫）といて、退屈したとき、何かがわたしを庭の恐怖の中心の方へ惹きつけた。キッチンの方へ行って、パン切り用の鋸刃の大きなナイフを一本持った。これで武装してトイレへ向かった。そもそもは何が起ころうと絶対にそこへ入る気はなかったのだ。便意を催しても家まで我慢する方がましだった。だがニス塗りの上にタールの厚紙をかぶせた板張りで、あのガードマンの番小屋のような小さなキャビネットに、わたしは怯えるのと同じくらい惹きつけられていた。庭の奥、家から五十メートルほどのところ、煉瓦敷きの並木道の突き当たりだった。黄昏に真っ赤な空の下に黒々とたたずむ様子は無気味だった。ただ昼間なので入る勇気が出たの。木の素朴な取っ手を回してドアを開いたら、恐怖に震え上がった。壁じゅうに蜘蛛が待ち構えていた。じっと動かず、肥ったまるい体にわたしの指ほどの長さの細い足、いろいろな種類の蜘蛛、緑色から赤みがかったのまで、あらゆる腐敗の色……。どこにあるか分からない目でわたしを睨んでいて、今にもみんなでわたしに襲いかかろうとしているのが分かった。乳白色に見えるほど密に巻いた網の中には、別の種類が狙っていた。走り回る蜘蛛より大きく、短い足が筋肉隆々という感じだった。錆びたねじ釘で幾何学模様の本から千切られた紙が留めてあった。陶製の便器の黒く開いた穴にも蛆がうごめいていた。崇高に勇敢な行為として、わたしは後ろのドアを閉めて掛け金をかけた。立ったまま敵情を窺った。ドアの板組の隙間から射し込む黄色い光線が薄闇の中から照らし出すのは地獄の空間を飛び回る何百という蠅だった。もし一匹でもスズメバチが中へ入ったら、羽音はそれこそ耐えがたくなり、危険の感覚は最高だったろう。敵のちょっとした動きが見えただけでわたしは恐怖にわれを失い、叩き潰して回り始めた。壁をナイフで払って切り落としたあの細い足は、床に落ちてまだぴくぴくしていた。蜘蛛はびっこを引いてひょこひょこ逃げた。網の中の連中は思いがけない速さで隅の方の巣へ引っ込んだ。わたしの方は、ぶるぶる震えながら、縦横無尽に虐殺して回り、ついに壁に一匹も見えなくなった。それからやっとドアの掛け金を外して外へ飛び出した。悪いことをした、きっとやつらに復讐されるという感覚がこびりついていた。そのときのイメージはいつも、特に夜寝るときに蘇るのだった。明かりを消すとき、やつらはみんなで襲いかかって来るだろう、髪にまつわるだろう、腕の上を走るだろう、鼻から口から入り込もうとするだろう、あの毛むくじゃらの足で、あの曲がったかぎ爪で、柔らかい腹で。あの白っぽい糸でわたしをぐるぐる巻きにするだろう、そうして何万匹も寄って大宴会を始めるだろう。あのイメージを払うために、できる限りがっちりと目を閉じ、両手で払いのけるゼスチャーをした。それでもやはり腹に、胸に、顔の上に、ぞっとするやつらの疾走を感じるみたいだった。暗闇に目を開いて、微かな音も聞き逃すまいと緊張していると、大きな重い蜘蛛が一匹、顔の真上の天井に張りついていて、それが突然、光る糸を伝って足をひらひらさせて降りてくるだろうと感じる。そこで半身を起こして大声でママを呼び、ママは隣の部屋から駆けつけて明かりをつけるのだった。

普通は叔母さんのところに夕方の暗くなる七時か八時ごろまでいたわ。ときどき父も一緒で、もしシュテファン叔父さんも家にいたら（大概は「現場」に出ていた、長距離の運転手だった）、帰りはずっと遅く、十一時ごろになった。みんなで、ワインも手伝って楽しげにはしゃぎながら、わたしたちを門まで送ってくれ、それから突然、わたしたちだけが明るい星の光の降る黒い路上にいた。その時間には世界じゅうで唯一星だけが現実的で具体的だった。疲れてうつむいて歩くわたしを挟んだ両親までが、暖かくビロードのような絶対の闇の中で、ただの影だった。二人の目に星の光が小さく反射していた。聞こえるのは遥かな犬の遠吠えだけだった。わたしたちは停留所に長いこと立って、たくさんの回送車や違う番号の電車をやり過ごし、わたしたちの乗るポンコツ電車が思い出してやって来るのを待っていた。最初に乗り込んだ父がわたしを引き上げ、それからママが乗り、三人は固い座席に腰掛けた。こうして、磨かれた木のつり革が右に左に跳ねて天井に当たるリズミカルな音を聞きながら、ぽつんと灯るオレンジ色の電球の下で、到着までの終わりなき時間を揺られていた。いつも自分の腰掛けで眠り込み、オボールの停留所で降りるときにだけ目を覚ました。モシロール街道を歩いて、さあ、わが家の小さな慣れ親しんだ玄関に入る。そこで髪と肩から星の埃を振り落とさなくてはならなかった。

……そうしてきみ、イヴォンヌ・ド・ガレーよ☆…… きみは口をつぐんだ、そうしてリンゴを取ろうとテーブルの方へ身をよじった。話している間じゅう、きみは目を泳がせていた。ぼくの目は暗がりになれて、きみの顔と肩と左腕が、青白い揺らめきのように見える。きみはリンゴを食べ、ぼくはその肩の後ろに手をかけ、きみはぼくの中でいっそう体を縮める。きみの肋骨と腰をぼくの肋骨と腰のそばに感じる。ぼくは一言も言わない。映画館から出て、一緒に見た友だちと映画評を始めるのは没趣味だという気がしているあのときのように。友が映像から映像と並べ立てるのに任せておくだけだ。『白樺の林』の青白い結核病み、『決闘者たち』のロマンスグレー、『イルミネーター』の汚らしい赤毛、『五つの夜に』のライトグリーンとセピアと茶髪。いいとも、女詩人さん、ぼくはきみの声に耳を傾けるのが好きだ。ぼくたちが知り合ったあのお茶の集まりで、ばかのふりをしてきみに言ったことを覚えている。「この世に詩人でいることより滑稽なことはないと思うね」。するときみは、前々からそれを考えていたみたいに、即座に応じた。「いいえあるわよ、女詩人であることの方が」。そうしてぼくが初めてここを訪ねたとき、きみは雑誌からの、特に〈ルチャーファル〉の切り抜きを見せてくれたね。残念ながら見せただけで、読ませてはくれなかった。ほかにも七年前に〈アルバトロス〉が出した薄いきみの詩集を見せた。どんなたぐいの詩を書いているのか知らないけれど、うそじゃなく、読んでみたいのだ。だがこの点に関してはきみは譲ろうとしない。ぼくが勝手に調べないかぎりきみの詩のことは何一つ分かるまい。退屈したかとぼくに訊ねる。その声の中にあるのがコケットリーなのか懸念なのか分からない。ぼくはコケットリーと受け取って、乱暴に答える。「死ぬほど退屈だ」。そうして笑い出すのだが、その間きみはリンゴのかけらでふくらんだ頰をこちらに向けて、ただ微笑んでいるように思う。続きを話してくれ、どうなるにせよ。少しずつ、その不愉快な、傷つけられた落ち込み（そうして……そら、まだ愛しているよ、決まっているだろう？）、傷つけたのはぼく自身のブルドッグ・ガールの話だ――ぼくはこの呼び方に決めようと思う、ブラッディ・マリーよりずっと好きだし、彼女によく似合う、目に見えるね、ブルドッグ・ガール――その落ち込みは消え始めて、ぼくは希望を持ち始める、明日はもっとREMのことを考えることになろう、それが何であろうとあの二流ポパイよりも、と。彼らはたぶん鼻をつまんでパパイと発音するが。いずれにせよ、この間はこの点で見当が外れた。テレビで何かルーマニアの船団のことを、わが国の旗を僻遠の地まで翻しに行くあの素晴らしい男たちのことを言っていたときは、ぼくは波を切り裂く船首や下ろした錨の揺れる映像を追いながら、画面が突然切り替わって、前景に問題のあのマドロスが現れて、何万トンの鉱石や故郷の愛する家族への思いをインタービューされているところが映らないかと期待していた。けれどもその代わりに現れるのは会計係のような顔付きの年寄りの船長で、これには胸の鼓動も静まるのだった。いや、きみが誰だろうと、どれほどたくさんのREMを見たとしても、どんなに知的でも多感でもいい、ナナよ、きみと一緒に暮らせないとは何とつらいことか。足りないのは数センチメートル、数年、数千レイ、数冊の読書、えい、このたぐいのことが人と人を隔てる。きみをもっと、これ以上はできないほど、ぼくに近づけようとしてみる。しかし暗闇に仄かに浮かぶぼくらの皺ばんだ皮膚（そう、『二十四時間の情事《ヒロシマ・モナムール》』）が接近を拒む。きみはもう自分の中に女を何一つも

☆　アラン＝フルニエ『グラン・モーヌ』で、モーヌが恋する美少女。

たない。きみは一枚の地図だ。海の上に頭を出したエメラルドの島の地図。ぼくは指でその断崖の急峻な登攀路を、花咲く草原を分ける小道を指でたどり、芽吹く森に出た。木立の中を歩きながら、どこを見てもオレンジの萎れた花ばかり。曲がりくねった灌木の枝ごとに何百もの毒の棘。それらの間に、森の木の実が、皮のごく薄い赤や薄紫色の粒が小枝いっぱいに生って、ひわ色の小鳥についばまれている。運のいいことにぼくは霊だけ、精神だけだ、というのも肉はここを通れないから。精神さえここから出るのだ、もしノスタルジーの黒い露にまみれて、なお出る力があるなら。香り高いこの錯綜を出ると、切り立った砂岩の列が見え、不毛の道が一つの岩へ導く。その麓には――洞窟の入り口。

きみはリンゴを芯が出るまでかじった。立って、残りをデリケートに灰皿に入れる。部屋の空気は氷のように冷たいので、すぐに、震えながら、裸の腕を布団の下に引っ込める。

その夏は、前にお話ししたように、空に彗星が現れたの。わたしは明かり取りの窓からもう離れられず、それが見えなくなるまで見つめて、あの東側に拡がる六本の尾を追っていたわ。六月の末にママが大病をした。十二指腸潰瘍の穿孔で、夜中に救急車を呼んだ。呻き声をあげ、担架の上で体をよじり、またよじり続けていたのを覚えている。わたしには立派な大人がこんなふうに子どもみたいに痛がって泣くのが奇妙で、はしたないと思われた。そうして血ですっかり汚れたあのベッド……。二、三日の間、わたしはぼうっとして、お腹が空いた夢を見て、家の中をうろうろしていた。父は病院に詰めっきりでわたしの世話ができなかったからだが、あるたいそう冷たい朝、二人で（リリーと三人で）アウラ叔母さんの家へ行った。この度は叔母さんは待っていた。彼女は病院に行って来たところで、手術の後でまだ生死の境をさまよっているママが、それでも妹にしばらくわたしを預かってくれと頼んだのだ。そこで父は急いでわたしの着替えを全部無茶苦茶に袋に詰め込んで持ってきた（と叔母さんが言った）のだった。ロンドで電車を乗り換える間に平べったいミントの一箱と、従弟にもボンボンを一箱買い、十時頃アウラ叔母さんの家に着いた。最近行っていない間に何があったのか分からない。実際、最後は去年の秋、学校の始まる前だった。もう十二歳に近くなっていて、マルチェルと手をつないで庭に出たとき、あの子は映画『モンゴル人』の話を十回も繰り返してうんざりしたが、そのときものごとがすっかり変わったような気がした。違う光が、違う実体がすべてを被っているようだった。リリーを生きた狐のように首に掛けて、わたしはいつものトラックのつもりでドアを開けた。車室の中は楽しみいっぱいの懐かしい匂いがこもっていたけれど、しかしハンドルは壊れて十センチほどが欠けており、腰掛けのひびだらけの革の下からスポンジがはみ出し、サイドの窓ガラスは一枚割れて、あの極小世界はもう閉じてはいなかった。わたしはもう一度家に入って、何枚かの色つき小布の縫い合わせに没頭した。リリーは裸で、形が崩れ、わたしのそばでうつ伏せに寝ていた。

すでにマルチェルの触れ回りで女の子らが来ると、わたしには別の妙な、辛い、理解できない感覚が生まれたわ。何やら、しばらく冬眠して、目が覚めたら、寝込んだときと違う世界にいるみたいな。そうして最大の戸惑いは、その違いが根本的ではなくニュアンスの違いであり、そうしてその違うニュアンスこそがわたしには解明できず、頭の中で混ざり合い、旋転していた。うすのろナデシコが煙草を吸い始めたこと以外に、どこが昔のナデシコと違うのか、どうにも言いようがなかった。安煙草のげんなりする煙だけで彼女がそんなに遠くなるか？　双子はすっかり背が伸び、二人同時に、半ばぼんやりと、半ば皮肉に頬笑んで、白い歯と大きな焦げ茶の目を美しく輝かせるのを見ていると、楽しくなり笑ってしまう。プイアは相変わらず甲状腺機能不全の影法師を従えて、薄紫色のガラス玉付きフック、エメラルドを嵌めた金のイヤリング、首許の多層十字架など、装身具のすべてから湧き出る虹のような炎はそのままなのにもかかわらず、わたしの胸は冷たかった。その代わり、あとになってエステルが、そのころ出たばかりの鮮やかな赤色の小さい女性用自転車で現れたときは、胸に何か痛みを感じた。そうして前のように駆け寄ってキスせず、そうしたかったのだけれど、そうする代わりに、いくらか素知らぬ顔で彼女といくらか距離を置いた。ほかにどうしようもなかった。わたしの中の何かが自然に振る舞うことを邪魔して、それがわたしは悲しかった。エステルの方でもわたしを避けているようで、わたしと同じ気詰まりを感じていたらしい。それでもわたしたちの目は求め合い、視線が合うとあわててそらした。今でも人形を抱いてくるのはわたしと双子だけだった。彼女たちの人形の名前はやはりアダとカルミナだが、カルミナのぼろ人形がアダで、着飾ったカルミナはアダの人形だ。大きな人形で、ほとんど等身大だった。ナデシコは何やら猿とマリリン・モンローの中間といった物憂げな目つきをして、白けた顔で地面に唾を吐いていた。去年はまだ例の醜い出目の人形フロリナを抱いてきたが、今はわたしたちに軽蔑の目を向けていた。プイアは人形遊びなどしたことがないし、クジラは黒い女の人形を持っていたが、どこかに置き忘れたとか。だからリリーはみんなの間でいくらか退屈していた。わたしたちはトレーラーにもぐり込んで、映画と衣装の話を始めた。それぞれの得意をできるだけ自慢した。おでぶさんの乳房が大人の女のように大きくなったのをおもしろがった。自分たちも今にああなることは知っていたけれど、同じくらいの子の、とりわけクジラのあの格好は驚きだし、やや滑稽だった。女の子らはばか話を始めて、声をひそめ、くすくす笑うので、わたしはリリーの耳をふさいでやった。わたしたちも赤ん坊の誕生という永遠の問題に頭を悩ませ始めていた。その大筋は分かっていて、何人かは母親の身重を見たけれど、詳細となると全然手が届かなかった。女の子のわたしたちはいつかは自分の赤ちゃんを世に送り出さなくてはならないとは分かっていても、最後にどうやって送り出すのか、想像できないのだった。お腹を切らなくてはならないだろうということで結局一致して、今度はわが運命を嘆いた。だが気を取り直してもっと子どもっぽい話題に移った。わざと子どもっぽくしたのは、わたしたちは子猫みたいに自分を甘やかすのが何より好きだったから。

夕方、女の子たちが凪でいっぱいな紫色の空気を抜けてそれぞれの家へ帰った後、わたしは夕焼けで染まり始めた野原の方を眺めていて、そのとき彼らが来るのを見たの。それは信じられないほど細長い二つの影だった。遠くからは、竹馬に乗った人たちか、あるいはひ弱い陰気な幽霊みたいに見えた。まるで野原の靄から生まれて、靄はその輪郭に次第に濃くまつわり、近づくにつれて霧が現実の姿となるかのようだ。二人が街路の終点まで来るとよく見えた。相当な齢の一人の女性が杖を突いた若い男性の腕で支えられていた。二人の丈の高さたるや、文句なしに怪物的だった。それぞれ二メートル二十センチ以下ではなかった。だが途方もなく脆く、ちょっと体を動かす度にトランプのカードのお城のように崩れそうだった。骨はおそらくマッチ棒ぐらいの細さで、骨の上には皮だけで、その上に短すぎる服がゆっくりとひらひらしていた。風がそよと当たる度に輪郭が消えた。雲に隠れたような二人の顔はそっくりで、病的で、仄白かった。女性の髪は年寄りらしい薄紫に染まり、若い方は、多分息子だろう、白っぽいブロンドだった。母親よりさらに細く、足を引きずっていた。脛も腿も長く、硬く、イセエビの脚のように細いに違いなく、同じようにゆっくりだった。彼らがわたしたちの家の門に向かっていることが次第次第にはっきりしてきた。わたしは呆気にとられて門柱に寄りかかっていた。門よりも高いのだ。わたしのそばまで来たとき、わたしの頭が届くのはちょうどベルトまでだと分かった。二人はそこで立ち止まって門の上から見下ろしていたから、わたしは怖くなって中へ駆け込んだ。コンベは苦しげにキャンキャン吠えていた。わたしは家に入るとアウラ叔母さんの腕に飛び込んだが、叔母さんは門を開けに行った。わたしはこれから一週間寝ることになっている自分の部屋へ逃げ込んだ。ここと食堂はガラス戸で隔てられていた。薄暗い部屋の中で、花とアラベスクの浮き彫りが凍り付いたような冷たい狭いガラスに耳を押しつけた。アウラ叔母さんは部屋にノッポさん（近所の人がそう呼んでいることを後で知り、わたしもそう呼ぶようになった）を招き入れて話し合いながら、いつもの癖のとおり大声を出したり、陽気に口を挟んだりしていた。彼女にとっての礼儀とはおそらく自分の気持ちを極端に表に出すことで、相手がそれを自分に向けられたものと思わせることにあった。叔母は、食事のときもう一皿食べないと「料理が気に入らないのね」と仄めかし、怒っているらしいと脅えさせ、これ以上入らないところまで詰め込ませる種族の人だった。辛いやりとりを経て、何度も玄関から引き返した後でなければ辞去させない一族だ。その間、リスのようなすばしこい好奇の目をあなたの前へ後ろへ走らせて、あなたが夢にも彼女に言おうとは思わなかったことを発見するまで離さない。あの高さ限りなき女性の方も、ときどきぼそぼそと一言二言さし挟んでいた。わたしに分かったのは、薄紫の髪の女は自宅で裁縫を営むアウラ叔母さんが仕上げたドレスの最終試着に来たということだった。耳があまり冷たくなったと感じて、向きを替え、違う耳をガラスに当てた。向こう側、食堂の方にはガラスに柔らかいプリーツのカーテンが付いているから、見られるはずはなかった。しばらくすると話は終わり、ミシンの音がカタカタと途切れ途切れに聞こえ始めた。そこでベッドにひっくり返って『雪の城の司令官』☆1を読み始めた。夕焼けで部屋の空気がすっかり染まり、ピンクになったページから目を上げたとき、思わず悲鳴を上げた。あのノッポ青年がそっとドアを開けて、夢遊病者のようにわたしの方へ向かって来る。その脳天は天井に届いていて、やや左右不均衡な、青ざめて皺のある顔に手術の切り口みたいな一種の笑いが拡がっていた。目は大きく、無色で、縁取りしたように黒く囲まれていた。わたしが悲鳴を上げてベッドの隅に縮こまったのを見ると、立ち止まり、引き返そうとした。けれども駆け込んで来たアウラ叔母さんと鉢合わせした。叔母さんは青年と比べると七つの少女に見えたが、わたしをなだめて紹介してくれた。妙なことだが、十分も話しているうちに青年はもうそんなに怪物らしくは見えなくなった。というよりも、その怪物性が動物園のラクダのように無害でおもしろいものに見えて来たのだった。母親が向こうで試着しているので、息子はわたしの部屋へ来ることになったのだ。そんなに若くはなく、二十歳で、名前はエゴール。部屋に差し込む夕焼けの光の中で、その顔を間近に見ると、何日か剃ってない顎のブロンドの髭がたくさん光っていた。悲劇的に突き出ている顎、大きく真っ直ぐで、乾いた皮膚の下に薄緑色に軟骨が見える鼻、青白い目。部屋に二人だけになると、途端にわたしに親しみを見せた。初めての相手が怯えるのになれているが、そのうちに少なくとも我慢できるようになるよと知っている様子だった。向かいの椅子にかけて、大きな軽い虫のように、静かに体を前後に揺すっていた。わたしがニガザクラの上から見たあの望楼に母親と二人で暮らしていると物静かな声で話した。わたしが初めて口を開いて、その建物を知っているというと、何か大きなプレゼントを受け取ったみたいに生き生きとなった。そうして何の前置きもなく、奇妙な話を始めた。

「ぼくの一族はグルジアの出身だ。先祖は、あのかなり頭のいかれた殿様ハンジェルリ公☆2の時代のワラキア、今のルーマニア南部の公国にやって来て、ジュルジュでインド・サテンの商いをした。ドナウ川が凍ってピスタチオの殻みたいになり、それを透かして底の方にナマズやコイが見えるころ、一切合財をかついで向こう岸に渡り、ずっと昔に岸で座礁した金色の帆船の中に露店を出した。トル

☆1　アルカディ・ガイダルの児童読み物。

☆2　コンスタンチン・ハンジェルリ（一七六〇―九九）。一七九七年からワラキア公。

コ人やセルビア人やアルバニア人やブルガリア人や時には迷ったタタール人まで、重々しく高価な布類の光沢に惹きつけられた。ヴェネチア人や、西ヨーロッパの方の使節までこの曾祖父の露店で買った。彼らの方こそ立派な刺繍の付いた絹の服を着ているのに。ぼくらの家族うちの話では、ジュルジュのパシャが、ハンジェルリ公の廃位斬首の後、この曾祖父を自分の刀で斬り殺した。ハンジェルリ公はこの布商人を通してテッサロニキの伯父に手紙を送り、金二百五十袋の賄いでトルコ人使節に命乞いを頼んだのだった。曾祖父はまず家族を親類のいるシリストラの安全なところへ逃がしておいて、それから一番忠実な番頭を一人だけ連れて、馬の蹄を麻屑でくるんで、夜半にドナウ川の氷の上へ出た。突然靄の中から抜刀したパシャの一隊が現れて、岸の柳の近くで二人を捕らえたのだ。それから五十年の間彼の子孫は、聞くところでは、ガラス製品を売りながらブルガリアからトランシルヴァニアのセルビア人の住むバナート地方をさまよい、ドイツ人の住むところまで行った。ぼくのママと姉とぼくはあの布商人の孫の一人の子孫になるわけだが、彼はアドリア海岸に着いて、モロッコへ水晶を運んでそこからニッキを山積みして帰るヴェネチア人の商船に乗った。そのモロッコのベルベル人の住む海岸や、さらに南の黄色い象牙を出すガーナにかけてぶんぶん飛び回っていたガラスみたいに透き通った羽の青い蠅に嚙まれると大変だった。この蠅に刺された水夫は骨が伸び、手のひらや踵が大きくなり、鼻と耳が長くなった。このとき以来、ぼくの一族全部が、骨が細くなり、風が吹くだけで折れるようになった。でもやはりその同じ蠅からわたしたちはある贈り物をもらった。それは計り知れない値打ちのある贈り物だ。きっと後でいくらかそのことを話せるだろう。サテン商人の孫の水夫は骨の病気にかかって五十八歳で修道士になり、一八五〇年代にサモス島の修道院で死んだ。島は当時イオン・ギカ長官が治めていた。水夫の四人の息子はなかなか知られたギリシャの義勇兵《パリカール》だった。長男のマクリ・ヤーニはレロスからスミルナまでの諸島を荒らし回っていた海賊六百人の中でも一番有名だったが、自分からギカ公に降服した。彼は結核で獄死した。死後硬直のあとの計測で身長二メートル八〇センチだったという。真ん中の双子もギリシャ人になり、スピルとゾタリスという名前でキプロス島に旅籠屋《はたごや》を開いた。何やら怪しげな商売をやって裕福になると、喧嘩を始めて、一八八〇年頃にゾタリスはスピルを殺して妻君と財産を奪い、商品を全部黄金と宝石に換えてアメリカへ逃げた。桁外れに背が高く脆い人々は今日でも中西部あたりをうろついているはずだが、そんな消息を最後に聞いたのは前世紀の末だった。この系統とぼくらは実際上一切の縁が切れている。ぼくらは船員の末っ子から直接つながっている。彼は曾祖父が魚をたっぷり、好きだからというよりやむを得ず、食っていたジュルジュへ戻った。一八七七年のルーマニア独立戦争のころにはボスニアでルーマニア語の方言を話すアロムーンの村で食料品店を営んでいた。店がロシア軍に徴発されて、マルコスはグリヴィッツァ要塞の野戦料理人になった。ロシア軍とルーマニア軍の砲火の真下だった。一発の砲弾が彼の大鍋に当たり、気がつくと彼はルーマニア軍の捕虜になって、ジュルジュの病院で片足を切断していた。右胸に破片が四個あり、瀕死の六ヶ月から回復すると、マルコスはもうドナウ川の向こうへ戻らず、ルーマニア王国で仕事を始め、オルテニアに近いキルノージで酒場を開いた。場所がよくて売り上げは上昇、「びっこ」の屋号も有名になって、一九三七年までにはオルテニアに同じ名前のビヤホールができていたが、これはマルコスとは無関係で、彼はとっくに死んでいた。十分儲けた後、マルコスは酒場を妻君（ブロンドのルーマニア女で、ダゲレオタイプの写真が一枚うちにある）の側の甥の一人に任せ、義足だというのに、辣腕で熱心な小作請負人になった。多いときには十一箇所の土地を同時に請け負い、小作に出していた。一九〇六年に死んだが、既に騎兵隊に入っていた息子たちは将校になり、第一次世界大戦に従軍した。もっと言うと、実際に戦ったのはドミトル一人で、ミハイは前線へ出る前にチフスで死んだ。ドミトルがぼくらの祖父だ。十九歳で成長が止まったが、その時に身長二メートル四八センチで、ぼくらの系統で一番大きな男だった。戦後はブカレストに住んで、カードゲームとシャンパンと、高級ホテルのドアに料金を掲示しているたぐいのフランス娘に入れ込み、結果、マルコスから遺された金を数ヶ月でパーにした。なおしばらくは酒場をうろつき、いよいよみじめに、けだものじみてきて、やがて街から姿を消し、みんなの記憶からも消えたが、一九二三年に「ヴィットリオ・サーカス」の団員になってブカレストに戻ってきた。これは当時国じゅうを巡業する三大サーカスの一つだった。最大の「シドリ」は、巨大なテントとそのてっぺんの竿の先にレモンの葉のように翻る白と赤の絹の旗でぬきん出ていた。それからボルゾフ兄弟の「ル・マニフィック」には、有名な綱渡りチームと、踵に載せたバラを、後回転するだけで歯にくわえることのできる女曲芸師トゥドリッツァがいた。猛獣や珍獣はこの両方のサーカスも持っていたけれど、素晴らしいシリウスのつがいを自慢できる北半球唯一のサーカスはヴィットリオで、その煌めく琥珀のドームはときどきブカレストの場末にも聳えた。そこでぼくの祖父はポーランドとリトアニアの興行からもどったサーカスの最初の見世物に出るのだった。世界一の大男と紹介されて、荘重に、沈黙して、スカイブルーのカシミヤのゆったりしたマントで舞台に現れた。醜いがに股の大頭のこびとの群れが取り巻いて、オレンジを投げ合いながら馬糞だらけの砂の上でとんぼ返りしていた。ドミトル（ここではシニョール・フィレリと呼ばれる）がセンセーションを引き起こすのは、太鼓の乱打の中で大きな身振りよろしくマントを脱ぎ捨てるときだった。ごく小さいパンツらしきものだけで、行者さながらに痩せこけ、信じられないほどのっぽで、ところが首から踵まで夢でしか見られないような奇妙きてれつな刺青がある。一針一針に施された色鮮やかなインクと金粉がこの男をさながら世界の過去と未来の年代記にした。彼の刺青は皮膚の下を流れて輪郭が変わっていくように見えた。あるる演技では、双眼鏡で覗くと、鮮血のようなインクが右肩に降らせる星の雨が見えた。次の場面ではそれが下腹に移るが、今度は緑色のインクだ。ダイヤモンドを額につけたオウムが、今日は拡げた翼で肩甲骨を飾り、明日は喉と顎に登るのが見え、明後日は幻のようにシニョール・フィレリの頭上に浮かんだかと思うと、湯気のように溶けてしまう。ぼくの祖母はフィンランド娘で、サーカスの料理人として雇われた。ところがまもなく、夜々曲芸馬の藁の中でドミトルと寝ているうちに、ドミトルの肌に刻まれた模様の変化で未来を予知する能力が自分にあることに気づいた。八月のある晩、ヴィットリオ・サーカスのテントにいつになく大勢の観客がつめかけたとき、祖父の肌に、猛烈な刺青のジャングルの真ん中に、サファイヤで彫り込んだようにREMの三つの文字が、胸の全面に、予言のように現れた。ぼくの祖母のソイレは、すでに一九二一年にぼくの母を産んで、キルノージのマルコス未亡人に預けてあったが、その惑わしの三文字を指でなぞっているうちに笑い出し、泣き出し、叫び出して、舞台の砂埃の中へ転がり出し、頭と踵で飛びはね、ラ・マニフィックのトゥドリッツァでも羨むほどドラマチックに背骨を反らせた。この年はサーカスのオーナーのドン・ヴィットリオ・カラにとって破産の年になった。ソイレはヒステリー性錯乱症の診断でドゥードゥーの修道院で死んだ。ドミトルも数ヶ月後の冬、サーカス芸人の生涯を終える。ブライーラの公演の真っ最中で、火の吐き手、剣の飲み手、鎖のベルトに豹の毛皮の力士らの間で、出演していたつがいのシリウスに突然襲いかかられて引き裂かれた。ドラゴン風な鼻面と尻尾、ライオンの脚、コウモリの翼のこの神話的な獣は、どうやら、ぼくの祖父の黄色っぽい肌に変幻する刺青の中に、その凶暴性を触発する何かを見たらしい。どこか家の中に「世界でもっとも背の高いシニョール・フィレリ」のたくさんの新聞切り抜きをおさめたファイルがある。ゴージャ・ミトゥ☆と握手している写真ではゴージャがほとんどピグミーに見える。ボクシングの試合が計画されたのだと思うけれど、実現はしていない。この破天荒な人物から母は二つの思いがけないものを受け継いだ。家族の年代記一冊（それを端折ってきみに今まで聞かせたわけ）と切手のコレクション一つ。ドミトルの年代記は、実際は、ぼくの今の話よりも遥かに昔まで遡っている。それは十三世紀チベットのある僧院で起こったという詳細不明のいくつかの事件から始まる。そこから一人の若僧が出て、その子孫がカシミールを踏破し、ブハラとタシケントで交易をし、シルクロードを通ってイランへ降り、グルジアまで行ってそこに九十年近く留まり、そこから出たのが、初めに話したハンジェルリ公の時代の布商人というわけ……。分かるだろう、まるでぼくの一族全部が地図の上の道をゆっくりとためらいながらたどる指のように、何かあるものを探して、それがあることは分かっているけれど、その知識は、多分、血を通じてしか伝わらないかのようだ。あのＲＥＭを発見した祖母に至るまで、みんなは自分たちが探しているということに気付きさえしなかった。単に自分の人生を生きただけだが、その人生は本能的に彼らを西へと導いた。ママの結婚はごく早く一九三六年、十五歳のときで、当時は一メートル九十しかなかった。そのころ父はママより頭一つ分小さく、どちらかと言えば、結婚したのはおそらく凄い値打ちのある切手コレクションが目当てだったのだろう。よく覚えていないけれど父の名はアウグスティン・バッハだった。ブラショヴのドイツ人で、自分も熱烈な切手マニアだった。子どものころの記憶では、変人が二人して黒いページに色のついた四角な紙切れの並ぶアルバムをめくり、めくり、まためくっていた。姉は一九三七年に、ぼくは一九四〇年に生まれた。爆撃を逃れて一九四五年まで田舎にいたが、父はそこで、自分が看護人をしていた病院でジフテリアで死んだ。家族がしばらく滞在したドゥデシュティの田舎のママの知り合いの家からの帰りがけ、ママは喪服で、姉とぼくは荷車の奥に押し込まれて疲れ切っていたが、きみも見たと思う倉庫の近くを通った。ぼくらの望楼のそばのあの倉庫だ。もちろん望楼はあとで建てたものだ。どういうわけか見渡す限りの耕地の真ん中にあった、ただの倉庫さ。それを見たとき、ママは気分が悪くなった。荷車を止めて、ママは降りて、倉庫の周りを何度も回り、おずおずと指先で触り、限りなく繊細に扉の不細工な錠を動かしてみて、最後には、まるで寺院の前にいるみたいに、どろどろの畝に膝を突いた。荷車を引いてきた農夫がやっとのことで立たせた。ぼくら子どもは怖くなって、わあわあ泣くばかりだった。すぐその翌日にママは決心した。切手コレクションの中から一枚売って、その代金で望楼を建てたのだ。建設が終わった一九四七年にぼくらはここに引っ越した。姉は今から四年前までぼくたちと一緒に住んでいたが、ある建具師と結婚して、三歳ほどのたいそう早熟な子どももいる。それ以来ママとぼくだけで暮らし、ときどき郵便切手を一枚売って、それで生活費を賄っている。

やっとエゴールが口をつぐんで、しーんとした静寂が何秒か続いた後、口をぽかんと開けて聴き入っていたわたしはようやく気がついたのだが、部屋はすっかり暗くなって、見えるのは光沢のある表面だけだったの。テーブルの上のカップの口、ノッポさんの深紅色の瞳、造りつけストーブの丸みのついた角。ドアに嵌まっている曇りガラスが突然汚れた黄色に光った。向こうでアウラ叔母さんが明かりをつけたのだ。今はよく通る喉音rの声でわたしたちを呼んでいた。花開く桜の枝の模様をプリントした幻想的な青いドレスの「バッハ夫人」の粧いを褒めそやさなくてはならない。居間いっぱいにゆっくり動いている案山子たちのそばのわたしは侏儒《こびと》だった。お帰りはわたしが星空の下、コオロギの声の中を門まで案内した。そこからはバッハ夫人が一足先になり、エゴールはわたしの上に深くかがみ込んで、明日の午後望楼へ訪ねておいでとささやいた。「きみは話を聴くことができる。で

☆　ゴージャ・ミトゥ（一九一四―一九三六）は「身長世界最高のボクサー」と言われたルーマニア人ヘビー級ボクサー。

も問題は、夢を見ることができるかどうかだ」と言った。そうしてわたしの手のひらによく磨かれた小さなものを載せた。「それを枕の下に入れて、今夜見た夢を明日ぼくに話しなさい」。それから街路の終点の方へ離れていった。そちらの空は青みがかり、彗星が恍惚となった蜘蛛のように星の間で尾を翻していた。わたしは家に入るとエゴールがくれたものを眺めた。それはバラ色の真珠母が幾層も重なる日本の団扇《うちわ》のような形の貝殻だった。外側は溝が走り、色が濃く、内側は滑らかで、魚の腹のように白かった。そのくぼみに誰かが鋭い刃先で引っ掻いた模様がある。切れ目のついた円の内側に小腸のような無数の細道が交差していた。寝る前に、家じゅうに散らかった布屑を片付けているアウラ叔母さんのところでしばらく過ごした。マルチェルは豚の子みたいになって遊びから帰って来たが、わたしが目の前にいるばかりに罰を食らわなかった。食後にミントを一つずつ食べた。白いふわふわしたヤグルマハッカの味の芯のある円いチョコレートだ。それから叔母がベッドを整えてくれた。貝殻を枕の下に入れて眠った。朝になってやっと哀れなリリーのことを思い出した。忘れていたのは生まれて初めてのことだけれど、リリーはテーブルの下の床で寝ていた。

その夜、森の夢を見たの。雨の後の空気が日光のように煌めいている緑金色の森。露がしっとりと、金色の苔がいっぱい、何億枚もの透き通った葉のざわめく朝の森。赤みがかった木々、タンニン、枯れ木の匂いのする森の中、一挙に太陽に向かって身を反らせる若い、高い、しなやかな幹の間をぶらついていた。エメラルドと金色の若い幹のなんと生き生きしていることか！　枝の作る広大なドームのそこここに青空が覗いていた。静寂を破る鳥のさえずりはその空から来るかのようだった……。無限の森の中に行き交う無数の小道をハリネズミが潜り、テンが駆け抜けた。空き地ではうようよ集まる地ボタルの上にアザミや紫のスズランやエンレイソウが影を作っていた。迷子の女の子のわたしには森だけがあり得る唯一の現実と見えていた。ほかのことはもう何一つ覚えていない。また迷っているとも感じなかった。蝶の色彩や口の中でかみつぶした野イチゴの味でいい気持ちになって元気よく歩き、片足で飛び跳ねたり、腹ばいになって澄んだ泉に口をつけたり。それはわたしの世界で、そこからいつまでも出たくなかった。泥まみれの葉の裏に殻の割れたカタツムリがいた。二本の木の間に十字模様の蜘蛛が張った網が雫できらきらしていた。乾いた枝で裸の腕に掻き傷がついた。出口などを捜してはいなかった。小道は何かへ、別の何かへ行く道ではなくて、奇跡の中を歩き回る純粋な喜びなのだった。

　朝八時、ナデシコが例のしゃがれ声で門のところで呼んだ。わたしは牛乳を飲み、庭に出た。かわいそうなリリーのことでいい気分にはなれず、償いに一番きれいな服に着替えさせた。でも来始めた女の子らと話しているうちに、九時にはみんな揃って、わたしもリリーのことは忘れた。彼女たちにエゴールのことや彼の物語を聞かせると、意外なことに、みんな気に入らないようで、口を尖らせて「間抜けノッポなんかあっち行け」とかそんなことをぶつぶつ言っていた。でもわたしがとても張り切っていたので、しまいには、彼がそれぞれに初めて会ったとき、そんなようなデタラメな先祖の話や、不思議なものの入っているあの古い倉庫の話をした、と言うのだった。みんなが「チビのジョン」と呼んでいるその青年は、一人一人に掻き傷のついた貝殻をくれた。それぞれが枕の下に入れて寝たが、誰もちゃんとした夢を見なかった。すると翌日ノッポは馬鹿にしたような目で見るのだった。「おかしいのよ、チビのジョンもお母さんも」そう言っているのを聞くと、わたしも彼にばかにされないかと心配になった。いったい本当の夢を見たのかしら？　別れ際に、門のところで、あれほど辛そうな希望の眼をしたあの若いでかい弱々しい人をがっかりさせやしないかしら？　とにかく、今まであれほど生き生きした、あれほど現実的な夢を見たことはなかったわ。わたしたちは色チョークで画を描き始めた。女の子らはエゴールをマンガチックに描いた。にこやかなお月様の角に頭をぶっつけていたり、胆汁みたいな緑色や真っ赤の長い腕をどこまでも伸ばしてたくさん角のある星をつかんでいたり。でもわたしはエゴールがくれた貝殻をバラ色のチョークで描いた。まもなくみんなお絵描きに飽きて、突然、(誰が言い出したか忘れた)クイーン・ゲームをすることになった。ゲームは難しくはない。みんな一日ずつ女王になるというもの。仲間は七人だから、遊びは一週間続くことになる。日ごとに、クイーンは色を一つ、献上品を一つ、花を一つ、そうしてゲームの場所を一つもらう。クイーンはそれを使って一つのスペクタクルを、おもしろいゲームを考え、あとの六人は女王の家来としてゲームをしなくてはならない。一番夢中になったのはエステルで、うれしさに顔が真っ赤になって、そばかすがほとんど見えなくなったほどだ。確かに、これならまる一週間というもの、ちっとも退屈しないだろう。エステルはくじ引きをしようと提案した。わたしたちは早速アスファルト路面のチョークの画を濡れ雑巾で消して、そこに七つの曜日の円を描いた。一番大きな円を紫のチョークで描き、その内側に藍のチョークで、次に青、次に緑、黄、オレンジ、中心に残ったボールぐらいの円を赤のチョークで塗った。これが出来上がると女の子らは持ち物と花を取りにそれぞれの家へ散った。わたしは手にチョークをいっぱい持ち、描いた円の前にしゃがんで、コンベに匂いを嗅がれていた。なぜかわたしは昨日この家に来たときからひどく悲しかった。煉瓦造りの家、手入れの行き届いた庭、エゾネギの畝、トマトの垣根、いつもジージがボンネットの上で欠伸している日に焼けた青いトラック、すべてが黒い悩ましい日ざしのもとで、もう二度と持てないもののように痛ましく見えていた。庭の樹脂まみれの他の木々の上に高く伸びるニガザクラを眺めているうちに、望楼と、わたしの前で眠りを誘うコブラのように体を揺らせていた昨夜のエゴールの記憶が、はっと頭を掠めた。門口に出て街路の先を眺めた。電話線に引っかかった凧の尻尾が黄色い空気の中でひっそりとはためき、電柱にぽつんと留まったキジバトがそれを片目で見ていた。エステルを待ち、わたしがクイーンのときには彼女に何をさせればいいだろうと考え、それより何より、エステルがくじで当たった花を手にして玉座にいればどれほどいいかと考えていた。それがピンクのバラならいいと思い、自分がバラを提案しようと決めた。きっと彼女によく似合うだろう。家に入って、金色の紙で王冠をこしらえにかかった。アウラ叔母さんはわたしたちのゲームのことを知ると、色とりどりのビロードとサテンとクレープデシンの端切れや、マルチェルが幼稚園の工作でリンゴやモモやニンジンやキュウリを切り抜いた彩色アート紙も部屋に持って来てくれた。女の子たちも入ってきて、まもなく部屋は熱心な働き手でいっぱいになった。みんなは色紙でいろいろな鎖を切り抜き、首飾りやレースや腕輪や、作れるだけ作った。キッチンから持って来た椅子に枕とシーツを使って女王にふさわしい天蓋付き玉座を作った。別世界のもののように優美な鋏を回して、プイアが金色の紙で一角獣とライオンを切り抜き、玉座の裏に向かい合わせに置いた。床に残った紙切れや布屑を片付けてから、わたしはシュテファン叔父さんの古い帽子を持って来て、いよいよくじ引きのセレモニーにとりかかった。虹の七色のカードに（それぞれの色に、ちょっとした思いつきで、配色の逆の名を書いた。紫に赤と書き、藍色にオレンジという具合で、緑色だけはそのまま緑と）色名を書いて、帽子の中に入れた。みんな熱くなった。というのは色でクイーンになる日が決まり、みんな一日も早く最高の位につきたかったのだ。結局くじの結果が出て、紫は幸せなクジラに当たったのだが、当人はしばらくの間、すぐ今日クイーンになるのだという幸運に気がつかずにいた。でも一方わたしたちは、最初の日ではまだやり方がよく分からないと思っていたので、ほっとした――オーケー、決まった、ほら、自分はクイーンじゃない。少し後の方がいい、他人のやり損ないから学べるし、自分の日に何をやるか、ゆっくり考えられる。藍色はアダが、青はカルミナが引いた。その二人になるに決まっていた、よく似た色だから。真ん中の緑はプイアに当たった。ちょっと変わった緑の目に似合いだった。黄色を取ったのは、おかしなことにエステルで、読んだ途端に口を尖らせた。確かに、彼女に似合うのは頭から足の先まで真っ赤なクイーンだけだったろうが、仕方がない。黄色だけが彼女のがまんできない色だったのだ。すべてが哀れなわたしの親友に逆らっているように見えた。その不似合はただの始まりに過ぎなかった。ナデシコはオレンジで、わたしたちの間ではジプシー色ということになっていたから、いっせいに吹き出した。だが小さな野生女は大喜びだった。彼女はその色が一番生き生きと輝いていると思っていた。ガスで揺すぶられるような声で(いかにもそのようだった、というのはいつも小さい鉄の車に錆びたボンベを積んでガソリンスタンドの行列に並んでいたから)、何を着ればいいか分かっているわよ、従兄が清掃局で働いていて、網紐のついた「とってもでっかい」オレンジ色のチョッキがあって、こんなときにぴったりだと思うの、と言った。わたしはもうカードを開きもしなかった。最後のクイーンに決まりで、色は赤だった。わたしは簒奪者の感じがして、できることならエステルと入れ替わりたかった。赤はわたしとは何の関わりもないし、自分のスヴェトラーナという名前にわたしはごく薄い青緑色を感じていた。

色のくじ引きの興奮が静まり、スターになる順序については落ち着いた後で、また帽子を使って、秘密に、それぞれが家から持って来た女王への献上品を入れることにした。わたしは自分の献上品だけ知っていた。ミシンの引き出しから持ち出した体温計で、いつも三十六℃を指していた。一人一人の前に帽子が回されて、それぞれが持って来た品物をテーブルに並べると、こうだった。指輪、おもちゃの時計、深紅のボイルのスカートをはいた指ぐらいの人形、年寄り雌鶏の滅多にないほど大きな二股骨、ブカレストに現れたばかりの球つきの透明なボールペン、穴の開いた真珠、そうしてわたしの体温計。それから献上品の名前を書いた紙切れを帽子の中から引いた。わたしが取ったのは指輪、エステルは体温計、クジラは二股骨、プイアはボールペン、アダは時計、カルミナは真珠、ナデシコは人形。しかし初日のクイーンのクジラを別にすれば（彼女にはあの説明のつけようのない骨が当たっていて、その使い方は百万年考えても分かるはずはない、普通やるように折ることは明らかに許されないし）、ほかのみんなには考える時間が十分あった。本当の花は、ゲームの終わりまでに萎れるだろうから持ってきていないが、それぞれが花を一つ考え、その七つの花の名をカードに書いた。クジラはアサガオ、アダはヒャクニチソウ、カルミナはナデシコ（もちろんここで大笑い）、プイアはマツバボタン、エステルはダリア、ナデシコはタンポポ、そうしてわたしは、ここまではついていなかったけれど、花々の王、バラを持つことになった。分に過ぎたクイーンになりそうだ。いざ始める前に残っていることは一つ、場所選びだけだった。界隈のポイント全部を、議論しながらも、七つに区分けした。わたしの部屋、庭、街路、畑、エゴールの望楼、トラック、家の庭の裏にある廃墟。学校があったところなので昔の学校と呼んでいる。あらかじめみんな分からない方がいいからと、ゲームの場所は今くじ引きで決めないことにした。毎朝、その日のクイーンがカードを抜いて、それからみんなしてそこに書いてある場所に行く。さしあたりクジラが、ほっぺたをノネズミみたいに膨らまして、ピンクのしみのついた手を帽子に入れて、畑のカードを引き出した。みんなつまんないとぶつぶつ言った。最初の日に耕地まで行かなくてはならないの？　あまりありがたくない、というのはあそこではときどき男の子らがついて来て、穴から取ったキバチを投げつけるぞとおどかすから。でもその代わり、もう自分は畑のクイーンにならずにすむのは都合がいい。自分たちにはもっと上品な領地が残される。一番欲しいのは庭だった。そこなら十分なスペースがあり、しかも閉じた場所だから、わたしたちのすることを近所のみんなが呆れて眺めることもない。

これでゲームの準備はすっかり整ったと、みんなにっこりと顔を見合わせた。しかし、これが実はわたしたちのゲームとは言えないのだった、それはチェスが歩兵や馬や女王やのゲームでないのと同じことだということに、そのときは気づくはずもなかったろう？　いいや、そのときは、わたしたちの世界の上に難しい顔でかがみ込んでいる「チェスプレーヤー」を見ることはできなかったのだ。カルミナは双子の家の生け垣のアサガオを摘みに走り、みんなして最初のクイーンを飾り立てにかかった。アウラ叔母さんの紫のコートを着せた。クジラの大きな体はやっとのことで入った。髪に紫の紙鎖を下げ、頭に金色の冠をかぶせ、首には拳ほどもある大粒の真珠のネックレスをかけた。飾り立てた椅子を庭に出して、チョークの同心円の真ん中に据えた。クジラは玉座にマグダレーナ人のヴィーナスのように、大きく威圧的に座ったが、目はたえずプイアの助けを求めておろおろと見回していた。それぞれが彼女の前にぬかずいた後、アサガオと献上品の二股骨を手渡した。クジラは初めもじもじと拒んだが、結局受け取った。みんな、彼女のクイーンという身分にもかかわらず、軽蔑の目で見ざるを得ない気分だった。アサガオは胸において、蔓をコルセットに押し込もうとし、二股骨は何度か太い指でひねくり回して、ようやく二股の端の一本ずつそれぞれの手で握ることで落ち着いた。なにやら飛行機の操縦桿を握っているという案配だった。すると、二股の先の押さえていない方が軽く上下に動き始めた。みんな玉座の周りに集まって、意味ありげで予測できない二股骨の動きを見つめた。クジラは自分の手を見つめて口あんぐり。枝分かれしたその骨は、しなやかに身をよじって、握り拳から抜けようとしていた。プイアが近づいたとき、骨は本当に飛び出して、プイアの足元に落ちた。プイアは冷たい目でそれを見て（何事にも驚くことのない女の子だった）、拾い上げてまたクイーンに渡した。「わたしを引っ張るわ」と女王は言い、実際、長い骨が一ミリ一ミリ、彼女の手から抜けるのが見えた。「ついて行きなさいよ」とエステルが言った。クジラは玉座から立ち、何か狙うような形に両腕を前に出し、二股骨に従った。骨は彼女をロープにつないだ犬のように引いて行く。みんな、雨乞い踊りのパパルーダのようにじゃらじゃら飾り立てて薄紫色に羽織った太っちょのあとにつ

いた。一時近くで、たっぷり一週間は好天が続きそうな空の下、世界はきらきらと静まりかえってい
た。骨は門へ導き、こうしてわたしたちは人気のない通りへ出た。左へ畑の方に曲がった。途方もな
い大股で、敷石を蹴飛ばして進むクジラについて行くのは大変だった。舗道の縁には草が生えていた。
最後の家を過ぎると、先には見渡す限りの畑地が拡がった。遥かに遠く、その真ん中に、ガラス窓が
一つあるだけのもの悲しい望楼と、その脇にイボガエルのようなバラックが見えて、わたしはそこに
REMがあることを知っていた。二股骨がみんなを真っ直ぐ踏み込ませた原っぱは、耕地というより
も固い土で、生えているのはアザミと雑草と、あちこちにひっそりとアスターだけだった。至るとこ
ろにキバチの穴があった。自分の穴から遠く出張して太い素早い足でしゃがんでいた緑色の屈強な土
蜘蛛がわたしたちが通るとさっと隠れ家へ引っ込んだ。わたしたちはその神秘的な穴に目を近づけて
どこへ言ったか見ようとしたけれど、お化けが出そうでぞっとしてやめた。蜘蛛は電光のように飛び
出してまぶたを掠めた。空を仰ぐと、画に描いたような白雲が転がっていた。大丈夫。今はみんな二
股骨の先端をちらちら見やるおデブに肩を寄せて歩いていた。畑に五十歩ほど入ったあたりで、アダ
とカルミナがアスターとヤグルマギクで自分も小さな冠を作り、ばかみたいな衣装でばかみたいに
笑って見せたとき、クジラが立ち止まった。引かれなくなったのだ。二股骨は一瞬動かず、その後、
時計の針のように静かに地面へ向けて傾いた。クジラは悲鳴を上げて、火傷でもしたようにそれを放
り出し、骨は磁石のように地面に貼り付いた。みんなは顔を見合わせた。そこに、地下に、何かある
のに決まっている。二人ほど、膝を突いて、ぼろぼろの土を指で掘り始めたが、なんにもならない。
まもなくお昼の時間で家に帰らなくてはならないので、四時にスコップかシャベルを持って戻ろうと
決めた。目に浮かんで来るのは金箱とか、大昔の兜とか、四年生の物語の本で読んだ黄金のひよこを
産む雌鶏とかだ。さもなければあの七面鳥の卵ほどもあるダイヤモンド、わたしたちの遊び歌の「こ

の世界にはない奇跡の宝石」。わたしたちはなお十五分ほどクイーンの前にかしこまっていた。しかしこののろま娘はみんなに何の指示も命令も出さず、口を歪めて、喉を膨らませて、みっともないことに王冠を横っちょにして立っていた。女王様に変装した料理女というところだった。とうとう、わたしたちは、その場所に筋をつけて薄紫色のサテンの布切れをつけた枯れ枝を目印に立てて、ばらばらに別れた。わたしは庭に入ると、色つき同心円の真ん中に置き去りになっている玉座に腰掛けた。何の考えもなかった。実際、あそこで何か宝石を見つけるよりも、エステルに一言声をかけてもらいたかった。いいや、それだって要らない。本当を言うと、何が欲しいのか分からない。たぶん、もう悩みたくないというだけ、すべてがこんなに辛くないことを望むばかりだ。アウラ叔母さんのところには客があったが、でもまもなくマルチェルが来て、二人で食べた。彼は早速、どんな遊びをしているのか、あの玉座は何だと聞き出そうとした。同心円を消したい、ロシアの車のチャイカを描きたいという。彼の扱い方を知っていてよかった。食べ終わるとボタン・サッカーの箱を抱えてまた友だちのところへ出かけた。哀れな叔母さんは一日じゅう裁縫の仕事でいそがしく、わたしたちの面倒を見る暇がない。父は病院の面会日の明後日来て、わたしを病院へ連れて行くはずだった。わたしは両親のどちらもあまり好きではなかったのだけれど。

三時半、女の子たちもスコップのたぐいを引きずって現れた。暑かった。かんかん照りのもと、薄紫色の布は案山子さながらに枝の上にひっかかっていた。それを引き抜いて、誰にも見られていないことを確かめてから、発掘にかかった。近所の男の子の多くは田舎へ行ったし、他の子は別の街路で日が暮れるまでサッカーをやっている。だからまた畑地はわたしたちだけだった。はあはあと舌を出して熱心に掘り続けて、やっと深さ六十センチほどの狭い穴ができたあと、何かを塞いだ板にぶつかった。ふくらんだ赤いさなぎが一つくっついていた。ナデシコがスコップの光る刃で叩き切ると、胸が悪くなるような乳液が流れ出した。穴をさらに拡げて板を取り出すと、地の底へ降る階段があった。その穴から冷気が吹き上げてみんなの髪の毛を逆立てた。下の方、ずっと深いところに青い光が一筋引いていた。クイーンが最初に降りるべきだと衆議一決。みんな怖くてたまらなかったからだ。しかしクジラはあの通り反応がおそいので、もっとあとに、夕方になってから恐ろしがるのだろうとわたしは思った。今は途方に暮れてプイアを見ると、その目はあっさり奥へと合図した。そこでクジラは尻をついて、一段目に足を乗せ、首にきらきらする紙の鎖が汚れるので千切り、地下に入り込んだ。だんだん深くなる地下の影にためらう頭のてっぺんだけまだ見えていた。トンネルは地下蔵の階段のようにやや斜めで、さらに十メートルほど深いところで水平になるように見えた。なぜかと言うと降り始めて一分ほどするとクジラの頭の青い房毛が見えなくなったから。なおしばらく待ってから、次々にみんなも降りた。もし誰かがこの様子を見たら、野の幻影かと思ったことだろう。硫黄の煙の漂う中で「偉大な雄山羊」を囲むなにやら不浄な集会のために地下へ消えて行く奇妙な装いの若い魔女たち。階段はしっかりした石組みで、廊下になると、気付きにくいほどわずかな傾斜でなお降り続けた。おかしなことに、狭い廊下を進むにつれて、どこからか来る青っぽい頼りない光は、弱まるのでなく、強くなった。いくつも曲がり角を過ぎた後、巨大な広間に出た。

長いホール全体にふりそそぐあのウルトラマリンの照明を受けて、わたしたちの前に、仰向けに、踵をこちらに向け、手の骨を脇腹に当てた巨大なヒトの骸骨が寝ていた。みんな自分の目が信じられず、ぽかんとして眺めた。何人かが右側を、何人かが左側を歩き、大きさを歩測しながら、巨石のような膝蓋骨、どこまでも続く大腿骨、大洪水の前の爬虫類のような背骨、三角形でぎざぎざの胸骨についた船の蛇腹みたいな肋骨を眺めて進んだ。鎖骨と肩甲骨の向こう、七個の頸椎の先に、頭蓋骨が末期の笑みのように歯をむき出していた。臼歯の一つ一つがわたしたちの握り拳ぐらいあった。頭蓋骨の山は一メートル五十か、おそらくそれ以上あり、つるつるした表面にジグザグの縫合がはっきり見えた。踵から頭頂まで、骸骨全体はわたしたちの足でおよそ四十歩あったから、二十メートル近かった。わたしは父と一緒に「子どもの町」でゴリアテ鯨を見たときのあの不自然な、人工的な騒ぎを思い出した。あの惨めな見世物に比べると、この楕円形の洞窟で見つけた骸骨はまったく本物らしく見えた。わたしたちは牛や鳥の骨を見たこともあり、骸骨がどんなものか分かっていた。本物らしかった、途方もない大きさの他は。周りの洞窟はそれに合わせたような大きさの楕円形だった。初めは息を殺していたが、まもなく感心して見ていることには飽きて、骸骨によじ登ったり、手の指を動かしてみたり、しまいに胸郭に潜り込んで集まった。そこで十五分ほど休み、それからあれやこれや話し始めた。骸骨は何かお母さんのお腹の中に子どもを入れたものに似ていた。ただその小さな子はこんなふうに立ってはいられない、それではお腹に収まらないだろう。しゃがまねばなるまい。それからは子どもの骨はあそこで何からどうしてできるのか考えた。双子はそんなに長い間二人が同時にお母さんの中で一緒に抱き合っていたと信じる気になれなかった。「九ヶ月よ！」「九ヶ月よ！」とナデシコは、誰も反対してはいないのに、息巻いた。「でももしも」と投げやりなプイアが、氷のような緑色の目で、みんなの話を聞いてもいないようだったのに、「でももしも、実はわたしたちは大きな蜘蛛の巣穴の中にいて、その蜘蛛が食べた人間の骸骨をわたしたちが見たのだとしたら、それが多分神だったのだとしたら？」と口を挟んだ。すると、すばしこい毛むくじゃらのやつが何メートルもある八本の足でわたしたち目掛けて駆けつけて、一人一人捕まえて毒液を注射するところが目に見えるようだった。われがちに階段の方へ向かった。おそるおそる振り返るとプイアは逃げず、骸骨のそばにいて、紫のビロードの長い布を左手の小指の関節に結びつけている。みんなほっとした。蜘蛛は一匹もいないし、骸骨はわたしたちのものだ。わたしたちが征服し、わたしたちの旗が、わたしたちの今日のクイーンの旗が戦利品の上に翻っていた。

ゲームは好調に始まった。女の子たちは満足して家へ帰った。明日の朝また集まって、「藍のクイーン」アダが統治することになる。十時に骸骨のところで落ち合うことになった。それぞれ、穴に降りる前に、誰にも見られていないことを確かめなくてはならない。なぜならばローランドは、友だちの間で人気のあるブロンドの男の子の名前をつけたあの骸骨は、わたしたちだけのものでなくてはならなかったから。わたしは急いで家に帰り、体を洗って綺麗な服に着替え（蓄音機ではサリータ・モンティエル☆が歌っていた）、ノッポさんの望楼へ一緒に行くと約束したマルチェルを呼んだ。叔母さんは明るいうちに、つまり遅くも八時までに帰ることで許してくれた。マルチェルはうれしがった。エゴールがビックリするようなおもちゃを見せるとか、前にアウラ叔母さんのところへ来たときのように海賊の話をしてくれるだろうと思ったのだ。望楼に入ったことはないけれど、そこまでの道を知っていた。そこでわたしたちは手をつないで、おしゃべりしながら、笑いながら、道ばたにぽつりぽつりとタンポポが生えているだけで、はっきりしない小道をたどった。最後の家は裏の壁が灰色で凸凹で中が見えないが、そこを過ぎて左へ曲がり、畑道に入った。地平線に微かに見える木立の方から、夏の午後の暖かいそよ風が吹いてくる。まだお昼のような日ざしに雲はピンク、バッタやイナゴやいろいろな蝿が好き勝手に飛んでいた。後ろ手に組み、栗色がかった金髪の、肥り気味の、象のシャツ、短パンでわたしの前を歩くこの従弟がわたしは大好きだった。周りの風景の中ではまるで現実離れして見える塔のついた建物が近づいてきた。何年か前、ワイダ監督の『灰とダイヤモンド』を

☆　スペインの女優、歌手（一九二八―二〇一三）。

観たとき、ほこりっぽいオレンジの野原の真ん中にルネサンス調の椅子のあるあの書割にひどく感動した。ノッポさんの望楼はそれと同じくらいにあり得ないものだった。建物のすぐそばに近づいたときになってようやく、どんなに大きいか分かった。古い、苔むした壁の上を見ると、無限へと続く線という印象があった。実際には、望楼の高さはただの十五メートルほどのはずで、反対側に並ぶ窓から判断すれば二階しかないのだが。だがさらにその上に塔がそびえていた。遠くからは丸く見えたが、八角形だった。建物を一回りすると、垣根もなく、周りを囲む樹木もなく、犬小屋一つなく、ただ雑草の花で覆われた固い地面ばかりだ。十メートルほど離れて、歴青塗りのボール紙をかぶせた、朽ち果てたような倉庫があった。玄関のドアには赤錆びた門が見えた。ドアを叩くと、上の方の窓に、油絵の具で描いたような、エゴールの青白い歪んだ顔が覗いた。だがドアを開けて、どうぞと招き入れてくれたのはバッハ夫人だった。

部屋は天井が高くて戸棚の中のように狭かった。上から古ぼけたクリスタルのついた銅のシャンデリアが下がっていた。通った三つの部屋は同じ作りで、丸テーブル一つと椅子が数脚分の場所しかないけれど、天井が途方もなく高いので、バッハ夫人まで女の子のように見えた。エゴールがそろそろと階段を降りてくると、最後の部屋はまるで満杯になった。ちょうど母親はアイロンをかけていたところで、出始めていた電気アイロンでなく、炭火のアイロンだった。今エゴールは真っ赤なガウンで、合わせ目からごつごつした無毛の肌が見えていた。いずれにせよ、わたしたちはエゴールの招待客だったので、三人で塔への階段を上った。木の階段は氷のように冷たい一本の柱をぐるりと一回りしていた。上は素晴らしかった。今でもわたしはあんな卵形の四つの窓のある円い小部屋に住みたいものと心の底から願っている。床は寄せ木細工で、ワックスで磨いた木の香りがした。透き通りそうなほどすり減った一片のペルシャ絨毯の見事なアラベスク模様が床板の一角を覆っている。「三世紀昔の白ブハラ、本物だよ」と言いながら、エゴールは籠のリンゴを一つつまむような具合に大きな手のひらをマルチェルの頭に置いた。家具としては、同じように古く黄色がかった象牙細工の嵌め込まれた整理簞笥と、ソファーだけ。わたしたちはしばらく子どもたちだけになってソファーに座り、エゴールは腰掛けを一つ持って戻って来た。その後からバッハ夫人もケーキとココアのお盆を持って来た。エゴールは腰掛けるとポケットから次々に、赤と青のエナメルを綺麗に塗ったたくさんの鉛の兵隊と、金色のアカンサス葉飾りの大砲と、革の柄の短剣を出して、マルチェルに任せた。エゴールとわたしが話している間じゅう、マルチェルは貴重な絨毯の上で戦争を繰り返していた。

　初めのうちわたしたちの会話はまとまりがなかった。エゴールは、説明しにくい目つきで、力を入れて質問し、わたしは短く、おずおずと答えていた。ええ、ここは、アウラ叔母さんの家は気に入ってます。少なくとも一週間はいなくては、ママが……。そうして二人とも黙り込んだとき、わたしはポケットから団扇形の小さな貝殻を出して、彼に渡した。夢の話をした。短すぎると心配だったが、彼はいきなり立ち上がると、骸骨めいた腕を天井の虹色の房飾りに届くほど振り上げて、あのぎしぎし声で「ばんざあい！」と叫んだ。わたしも笑い出した。自分の人生にとても重要になるだろうと感じていたこのテストに合格したのだと誇らしい気分だった。今度は彼が何か本質的なことを明らかにするだろう、彼の骨を、軟骨を、肉を、生きた時間を蝕む謎を紹介してくれるだろうと待った。しかし彼はただ貝殻を返して、今夜も同じことをしろとだけ言った。「夢はつながるだろう、もしきみがいて、夢がきみを自分でＲＥＭにつれて行くならばね。ほかの道はない」「でも何がそこにあるの？」とわたしはせっついて訊ねた。彼がむりやりわたしの喉にそのＲＥＭを押し込もうとするのにちょっといらいらしていた。「そこには」とエゴールはそばの小窓から赤っぽい靄の拡がる彼方を眺めながら、「そこに全部がある」と答えた。わたしはまた黙り込んだ。部屋の空気は紅茶のような金色を帯びた。マルチェルは固い兵隊をぶつけ合わせ、短剣を握って足を曲げて整理箪笥の下をはい回り、大砲や瀕死の兵隊や勝ち誇る兵隊を演じていた。「ぼくが女性ならどんなによかったか！」とエゴールは出し抜けに言い出した。「きみは運がいい。女性になるだろうから。ぼくら男性は何の役にも立たない。いつも何かを探しているが、それが何か決して分からないのだ。ぼくらは他人から遠い所で自分の人生をぶちこわす、ただきりもない狂気のために。本当の人間存在は女性だ。ぼくらは出来損ないの人間だ。ぼくらは世界を腹から出せないので、頭から出そうと苦しむ。女性は体験する、男性は書く」。そのあと、思いがけない笑顔でエゴールは続けた。「わたしの名を墓碑に記してくれ、もうあくせく生きることはない」。今はそれがエミネスクの手紙からの引用文だったと知っているけれど、そのときは言葉の中身とそれを言うふざけた調子のひどい食い違いに愕然としていた。ある微妙な感動が流れるのを感じてはいたけれど、どう答えていいか分からなかった。いい加減暗くなったので、わたしはケーキを一つ食べて、帰ろうと立ち上がった。マルチェルは嫌がり、一晩じゅうでも遊びたがったけれど、結局は彼も兵隊から離れるほかなかった。親子にさよならを言い、エゴールには明日の夕方、また「五分間だけ」寄って、どんな夢を見たか話すと約束した。二人の何やらスミレ色の煙が点滅しているようなひょろ長い影法師が望楼の戸口からわたしたちを見送っている様子、彼は杖に寄り、母親の腰を奇妙な動作で支えて、二つの動かない顔が高みに見えなくなるところが、何かをあまりに強く思い出させたので、わたしは顔を背けた。手のひらにマルチェルの小さな手を感じていた。夕焼け空の下、ちっぽけな二人が狭い道を踏んで離れて行くとき、なぜとも知らずその手を口元へ持っていき、キスした。運よく男の子は望楼での遊びでまだ頭がいっぱいだったから、何も気がつかなかった。冷えた風が赤い嵐となって野の草花を紫に汚していた。

その夜、わたしはまた森にいる夢を見たの。やはり朝、永遠の眩しい朝だった。何百もの小道が交わる中で、わたしは決めた道筋を逸れずに歩いていた。巨木の幹に三日月形のホクチタケがついていた。地面に落ちた樹皮の下から、縮れた葉のついた爬虫類の尻尾のように青白い蔓が伸び出していた。ほとんど見えないような細い線の先端のそれぞれに白っぽい虫がついていた。そこの葉陰の青い空気の中できりきりと巻き、うごめいていた。自分の小道を跳ねたり踊ったりしながら進むうちに、突然そこに斜めに倒木が現れた。そのそばまで来たとき、楽しい気持ちはいっぺんに消えた。一瞬よろけた。直径がわたしの背丈ほどのその幹はすっかり腐っているように見えた。牙をむき出した赤い肉食アリの大群が樹皮の裂け目の中をぞろぞろ流れていた。それをよけて通るのは恥ずかしく感じた、わたしの道を外れざるを得ないから。引き返す気にはなれない。わたしは切り株に腰掛けて泣き出した。ところで夢の中の涙は現実の涙よりもずっとずっとつらかった。スカートの裾で涙を拭いていると手のひらほどもある醜い毛虫が踵の近くを通った。わたしは立ち上がり、何をしているかよく分からないまま、剝がれている樹皮の端を引っ張った。腐っていて、コルクのように軽かった。その下には、アリに食い荒らされたツグミの死骸が見えた。生き生きした赤い攻撃的な群れが死体の上に密集していた。わたしは死んだ翼の先をつかんで、アリごと全部何メートルか遠くへ放った。たちまち昆虫は倒木からいなくなった。残ったのはふかふかのスポンジのような木の奥深くへ運河の列を掘り続けるキクイムシだけになった。貪欲な昆虫はみんなツグミの遺骸の後を追って行った。そこでわたしは巨木によじ登ることができた。その上で、体の下にがさがさの樹皮を感じながら、しばらく馬乗りになっていた。涙は乾いて、また楽しくなった。気をつけて降り、顔に日ざしを受けて、また道を進んだ。

翌日は早く起きて、顔を洗った後キッチンへ行くと、アウラ叔母さんが清潔な油布の上に、粉を振って、粘っこいココアの層を敷いていた。わたしも椅子にかけて叔母さんがドーナツを作るところを見物し始めた。コップの口で切り取ったのを、熱いフライパンの上に並べ、ほとんど真っ赤に、節だらけになるまで焼いている。わたしは完全な円形の間に残っている三角形や潰れたのや、おかしな形の塊を自分でフライパンに載せるのが好きだった。ふくらむと犬や鹿やドラゴンになり、それをバニラ入りの砂糖にまぶした。それからその頭だの足だのを食べた。その間にアウラ叔母さんはわたしの頭を撫でながら、わたしが一歳半ぐらいのちっちゃな「ややちゃん」だったころ、ママが連れてきた話をしていた。木の捏ね桶に布団を敷いてわたしを入れ、寝入るまで揺すっていた。泣いたときはこう言って脅すのだった。「おとなしくしないとゴゴリッツァが食べに来るよ。ほらそこにいる……」。でもわたしは怖がって黙るどころか、目を大きく開け、指を唇に当てて「しーっ。ゴゴリッツァに聞こえるよ!」と言うので、ママは妹と笑い転げたという。わたしはドーナツでお腹がふくらんであと何も食べなかった。リリーに服を着せて庭に出た。十時になり、畑のローランドのところへ行かなくてはならない。コンベは鶏小屋のそばでピーマンをもぐもぐ食べていた。あれは雑食の犬だ。隣家には、高い柱の上に汚い鳩小屋が載せてあって、ジージは鳩を追いかけ回していた。怠け者だがときどき一羽ぐらい捕ることもある。すると隣近所から苦情を言われたアウラ叔母さんはジージを捕まえて頭を叩く。ネコはストイックにこらえて、目を閉じ、耳を後ろへ伏せている。そうして抜け出すと、受難の場から数メートル離れたところで、前足で頭をよくこすって洗い、鼻をぺろぺろ舐めながら、目を細めてこちらを窺う。顔を洗う習慣のほかはお行儀が悪いけれど、ジージはかわいい。わたしは道に出て、畑へ向かった。昨日どうにかカムフラージュした洞窟はすぐ見つかり、階段を降りて青い大きなホールへ向かった。巨大な骸骨で広間はいっぱいだ。腸骨は幅広かった、一人の男のものにしては広すぎた。だが肩も、わたしの足ぐらい太い鎖骨と三角の肩甲骨と並んで、幅広くがっちりしていた。まだ誰も来ていなかった。わたしは一人、巣の中の動物のように、象牙色の肋骨の間の背骨のところに立っていた。だから、頭蓋骨の方から太い声が聞こえたときは心臓が破裂しそうだった。「だあれだお前は、よおおそもの、そしてなあああにしに来たああ？」でも片方の眼窩からナデシコがにたにたしながら煤けた頭を出すのを見て、ほっとして笑った。彼女はそのころの癖で噛んだヒマワリの種をあちこちに吐き散らしていた。底が破れているその眼窩からは、苦労すればローランドの頭蓋骨へ抜けることができた。その内側はセルロイド人形のように綺麗で滑らかだった。ナデシコと二人でらくらく体を寄せ合っていられた。それどころか、必要ならもう一人女の子が入れたろう。一つ一つの言葉がぴかぴかの内壁の反射で、より厳しく、より具体的に、物質のように響いた。そのときのロマの子の独り言を思い出す。「ちぇ、一体どうしてここにサバリンを持ってこなかったのかしら、バリバリ食べるのに……」。するとサバリンという単語が骨の反響でまとまって大きくなり、とうとうわたしたちそれぞれの目の前で、あの外側に赤いジャムがついていて、いい匂いの生クリームが筋を引く懐かしいケーキの形になるのだった。しかし残念ながらゼラチンのようなその中身は、つかんだときには、指の間から流れて、空中に消えた。まだ生唾を飲んでいるところへ双子の姿が見えたので、同じように脅かしたら、慌てふためいて外の階段へ逃げ出そうとした。十五分ほどで全員が揃って、クイーンになるアダをいつもと違う目で眺めていた。アダは藍色のスカート、濃いめの薄紫色のブラウスを着ていた。みんなして王家の装いを飾るのだ。だがまず初めに、カルミナの拳の中から、アダは統治する場所のカードを引いた。当たったのは最高の渇望の場所、わたしたちの家の庭だった。それを読んだとき、アダがローランドの肋骨の間であんまり強く跳ね回ったので、骸骨が小舟のように揺れた。わたしたちは洞窟から出てまた庭に陣取った。アダを玉座に据えて、手に入ったもので飾れるだけ飾り立てた。左手にはインディアンの戦士を象った小な鉄の彫像を笏のように持った。彼女の花ヒャクニチソウがオレンジ色に胸に下がる。ゲームで使わなくてはならない腕時計もわたしが家から持って来てやった。婦人用の小さな時計で、バンドはラッカー塗りの赤い革、文字盤は金色で、針は黒い。時間を覚えるためのおもちゃで歯車装置はない。針はボタンで動かせた。それを彼女の腕にはめて、即位の儀式は完了し、一同はクイーンの前にぬかずいた。それぞれ、自分がアダだったらどうするかなと考えて、さあどんな命令が出るかときょろきょろしながら待つのだった。アダは百回も腕時計を見たあとで、時間稼ぎにそれぞれに何やかや取りに行かせたあとで、みんなにさんざんしかめ面をさせたあとで、ようやく決めた。その場でゲームを考え出したのだと思う。というのは、それまでやったことのない遊びだったから。みんなに命じて、まず庭の奥へ通じる煉瓦の並木にほぼ二メートルごとに道幅一杯になる線を引かせた。七本の白線ができた。クイーンは、その線が人の十歳ごとの年齢を表すことになると説明した。そこでわたしたちは最初の線の横に数字の10、次の線の横に20、こうして70まで書いた。わたしたちはそれぞれ自分の色の順に並木道を歩き、線を越えるごとにその歳の格好をしなくてはならない。みんな、そう素敵な思いつきとは思わなかったが、手始めとしてはまあまあだ。年寄りの真似は簡単だとわたしたちは考えたけれど、三十歳とか四十歳の真似はどうしよう？　とにかく命令は命令だから、萎れた昨日の花をまだ飾っているおデブさんが、もう十一歳だったから、十歳の線を踏み越えて、小刻みに、のろのろと、並木道を歩き出した。競技のときに言われる「時間を揃える」ために、アダは玉座で時計の文字盤を見た。小さな驚きの声を上げた、針がなくなっていた。落ちた？　そんなはずはなかった。文字盤のガラスを開いて、やっとアダは何が起こっているか分かった。指を中に入れたが、すぐに引っ込め、顔をしかめて指先の血を見た。針はそこにあるが、あまり速く回転しているので見えなかったのだ。血の雫が赤く光ってドレスに垂れ、布地を伝って拡がり、スカートに深紅のしみを作った。みんなが元気のいい針にそれ以上注意を払わなかったのは、哀れなクジラが夢遊病者のように煉瓦敷きの並木を歩くうちに起こっていたことの方にもっとびっくりしたからだった。第三ラインに近づいていて、みんな初めは大人の女を演じているると思ったが、それがまるで本物みたいだった。これはただの真似なんかではなかった。クジラは丈が伸び、腰と胸がずっしりし、髪の毛の色が濃くなった。今は本当にあだ名にふさわしい。木星のようにまるく、ずっしりした、トーテムに見るような豊満な女性だった。歩いているうちに服装も変わり、スカートの縁が上がりまた下がり、ハイヒールの踵は細かったりまた太かったりした。第三セクションの半ばで、指には厚い金の指輪が輝き始め、第四ラインを越えると髪が白くなり出した。丈よりも横幅が広くなった。顎の肉が三重に垂れ、乳房がほとんどへそに届いた。わたしたちは並木の縁を彼女と並んで歩いたが、彼女は気もつかないようでじっと目を前方へ据えていた。まばらな口髭も伸び、顎には太い筋が入った。第五ラインを越える少し前にクジラはくずおれた。わたしたちはぞっとして脇へ退いた。何秒かの間にあの巨大な女は朽ちた屑をまとう骨の破片だけになった。土色の顎骨、大腿骨、肋骨……。それらも粉々になってつかみようもなくなり、ついには何もなくなった。もしクジラが突然にわたしたちのそば、呪われた道の外に現れなかったら、みんな呻き出すところだった。そうして彼女がきょとんとしてわたしたちを眺めるところを見れば、何も知らないのだ、そうして知る必要もないのだと分かった。今度はアダの番で、彼女は時計を外して玉座に置いた。わたしたちはゲームを続けることを怖がるどころか、反対に、興味津々になってきた。ほかの女の子は今にどうなるのか、何歳で死ぬだろうかと知りたかったのだ。死という観念そのものにはわたしたちは無関心だったから、すべてを映画のように眺めていて、全部ただのおかしな幻想と受け取り、本当のことなどという考えは頭をちらりと掠めもしなかった。アダが最初のラインに向かったとき、カルミナが追いかけて腕を取った。二人いっしょでなく出かけるなどということは、彼らには想像もできないのだった。前もって決めたゲームのルールには反するけれど、第一にはクイーン自身が関わっており、次にはわたしたちも双子を引き離す気になれなかったので、二人が手をつなぎ、肩を寄せ合って、揃いの細かい赤い水玉模様の白いドレスで、同じ焦げ茶色のつやつやした髪をなびかせ、同じ顔に同じ白痴美の笑みを浮かべて進むに任せた。なぜならば、歩き出すとすぐに、彼らの服装も彼ら自身も変化した。そうして彼らそのものも変わり、よく知っているものにとっては明らかに別々な二人だったのが、今は見分けがつかなくなったのだ。それは同じメタボリズムの複合有機体だった、手のひらでつながった結合双生児だった。同じ歩調で、黄色いそよ風の中、同時に同じように髪を翻すカルミナアダあるいはアダカルミナだ。第二ラインに近づくと、二人は関節にエメラルドの蛇の形の小さな腕輪をはめた白と緑の二人の若い娘になって、肉感的な分厚い唇で微笑んでいた。衣装の下に、彼女らの体全体が温かい官能的な一本の脹ら脛になって、裏に筋のあるナイロン靴下に首までくるまっているように想像された。四十歳では見事な胸、腰が高く盛り上がり、赤と黒の繊細な革靴を履いて、ラメ入りの赤いドレス、「ペリカンの顎」をした牝馬そのものの豊満な女性だった。胸には同じオパールの体にプラチナの足の蜘蛛のブローチが煌めいていた。彼女たちも第五ラインを越えなかった。突然、その一人が風で飛び散ったが、それがあまりにも速かったので、なお数瞬間は、ハイヒールを履いて絹のぼろをまとった骸骨が立っていた。頭蓋骨にはしばらくは髪がそよぎ、やがて灰になった。手の爪は赤いバラの花びらのようにひらひらと宙を舞って落ちた。双子の片方は唖然としてそれを見ていた。相手の骸骨が倒れて、土になって消えたとき、まだ何の反応も見せるひまがなかった。双子はひざを突き、それから片方の肩を高く、横向きになって地面に寝た。動かなくなり、白々となり、石になった。ポンペイの彫像の複製のように見えた。鼻は欠け、両腕は折れ、胴体はばらばらの破片になり、彫像から残るのは灰と礫となり、それもチョークの粉となって風で庭の隅に吹き寄せられた。しかしアダとカルミナはまたいつものドレスでみんなと一緒にいた。アダはまた金色の王冠をかぶり、時計を腕にはめた。そこでプイア、氷水のグラスのように冷たく、マムシの透明な目のように魅惑的で、だが何よりも無関心な放心のプイアが進み出た。ペンダントとイヤリングを微かにチャラチャラ言わせながら、同じ足取りで、何も変わらず、ずっと彼女自身のままで七つの段階を通り抜けた。七十歳のラインを過ぎるときも、同じ比類のない美少女の彼女自身のままだった。彼女の映像は庭の奥の垣根を抜けて、まぎらわしい雲の下を地平線に消えた。エステルとナデシコは年を取るにつれて種族の特徴を露わにした。エステルは大きく赤くなり、ごてごてした毛皮に気取った帽子をかぶり、五十歳を過ぎると化け物みたいに肥った。歯並みはアジア風の唇の間から馬のようにむき出され、鼻の穴の脇に大きないぼが出ていた。第七ラインの先でいやらしい死体になった。ナデシコは、反対に小さく黒くなり、赤い模様のグリーンのネッカチーフ、男っぽい上着に、青とオレンジ色の花模様のプリーツのスカートをはき、タールのような裸の脚がむき出しだった。五十歳ではポケットの破れたぼろぼろの雨ガッパのようなものを着た老婆だった。片手をギプスに入れて悪臭を放つガーゼで首から吊り、カラスみたいに腰を曲げて、がに股で歩いた。六十歳になる前に崩れた。でもみんなわたしたちのそばにまた現れた。伝えられないながら震えと汗から見て取れる何かをまだ抱えているかのように、怯えて、震えていた。でも誰も、煉瓦敷きの道で自分に何が起こったか気がついていなかった。

わたしもグレート・スタートの準備をしたの。夢の中か、苦しい眠りの中か、または死んだかのように、意識を失うのだろうかと考えた。わたしは何度も、一人モシロールの寝室で、眠らなくてはならない赤っぽい午後、どんなちっぽけなことでもいいから、わたしがこの世界に出る前に起こったことを何か思い出そうと必死になっていたものだ。世界は何億万年も前からあった。その間、何をわたしはしていたのだろう？　何も感じないで、何も体験しないでいたと思うことはわたしには不可能だったのだ。チョークの最初のラインを越えると、途端にわたしは自分の中から出て行く自分を感じた。わたしは前には少女の小さな体の中に散らばっていた。内臓と血管と肺の中にぎゅうぎゅう詰めになって、背骨の髄の周りをきりきり回り、指と脛に沈んでいた。今は、ざらざらした弾力のあるゼラチンのようなトンネルを通って外へ流れ出した。トンネルの内壁は無限のスピードで遠ざかった。体は伸び、清らかだと感じた。頭から先にトンネルを出て、心霊体となり幸福感に煌めいて、夜中、星の間の距離ほどの幅のある道を進んでいた。行き着いたバリケードはわたしの外ではなく、むしろわたしの中にあった。その向こう、計り知れない彼方から幻想的なオーロラが近づくのが見え、中の火花のそれぞれが一つの世界で、その中の一つの光点が一体の神だった。恍惚の宇宙の爆発に見え、黙示録と混合した創世記に見えた。すべてがわたしを光の彼方の光へ誘っていた。でもまだバリケードを越えることはできず（「まだだ」、何かがわたしの中で言うのが聞こえた）、そうしてわたしは引き返した。また友だちの間に、叔母さんの庭に、夏の豪奢な空の下にいた。だが日が暮れるまで我に返らなかった。ほとんどわたしがそこにいたあの世界の単純さと力強さに比べると、ここの世界のもの（ニガザクラの暗く透き通った葉、やわらかく濡れたザクロの実、はがれたフードを青く塗ったトラック、畑の上の方に浮かんでいるのをキジバトがよけて飛ぶ凧、家々の蜘蛛の巣の張った煉瓦の一個一個、アザミのくっついたコンベの毛皮の白い毛の一筋一筋、その濡れたゴムみたいな鼻、エステルの顔、彼女にはまだ話していなかったが）の形が、暖かい水中にブダイやヒトデや海綿やイシサンゴのただよう熱帯の珊瑚の世界と同じように、うわべだけの縁遠いものに見えた。つまりそれこそＲＥＭ以前に、この世界がわたしには無縁な何かになっていたのね。もちろん、わたしも現実に何が起こったか、女の子たちは何を見たか、それぞれの年代にわたしがどう見えたか（第三ラインと第四ラインの間では今のとおりに見えたに違いないが）を知ろうとする誘惑に駆られた。そうして何よりも終わりがいつなのかを知りたかった。けれどもだれも言わないだろうと分かっていた。それがゲームのルールのうちだったから。

二時ごろに解散して、午後昼寝し、またマルチェルと遊び、夕方彼を連れてまた望楼へ出かけた。戸口に出てきたエゴールに昨夜の夢を話しただけだった。彼は疲れているようで、一日じゅう「働いた」と言った。それでも例の杖にもたれてわたしの話に注意深く耳を傾けた。何と弱々しい人だろう！　風がそよと吹くだけでよろめいていた。わたしが話し終わると、本当にわたしがそれらしいと言った。ここまではよかったよ。「いいかい、あそこへ行き着くには今から七百年前にチベットから出発しているか、さもなければぼくの貝殻の七つの夢を見なくてはならないのだ。それは金庫の暗号のようなものさ。きみはその暗号数字の初めの二つを当てた。おそらくきみは残りも見つけるようにできているのだ。気をつけて眠るのだよ、急がずに。自分を信じなさい」。わたしたちは人気のない畑地を急いで越えて帰った。小道を半分ほど来たあたりで、一人のアコーディオン弾きに出会った。焦げ茶の帽子を目深にかぶって、指人形芝居の山賊みたいなしかめ面だった。真っ赤なバンドでアコーディオンを背負い、腕にはたった今道ばたで摘んだらしいカミツレ、エニシダ、キンギョソウの大きな花束を抱えていた。わたしは通り過ぎたあとで振り向いたけれど、すぐ道を急いだ。それは同時に男も振り返って、わたしと同じような不審げな目つきでこちらを眺めたから。小道の先にあるのは望楼だけだ。この人はそこへ一体何しに行くのだろう？　あの二人のノッポさんがジプシー音楽の愛好者とは見えなかった。とにかく古いけれどいいラジオを持ってはいた。

その夜は森をなお先へ歩く夢を見た。倒木はずっと後ろになり、前方には小道が親しみ深く曲がりくねっていた。木洩れ日がオオムカデの脂じみた体に落ちていた。リスが枝から枝へ飛び移っていた。緑の空気を胸いっぱいに吸って急ぐうちに、まもなく、小川に出た。草の茂る両岸の間を青灰色のガラスのような水がさやさやとくねって流れていた。わたしの道はこちら岸で途切れ、向こう岸でまた続いていた。水の深みに白っぽいマスが何尾も前へ後ろへ滑っていた。右を見たらおよそ五十メートルほどのところに苔むした木の橋がかかっているが、それよりも別の考えに惹かれた。ワンピースを脱ぎ、胸を躍らせて氷のような水に入った。首まで漬かって、足裏で円い小石を探り、細い水草のまざった濃い水のような細かい泥を足指で撫でた。苦しいほどの快感に包まれ、目を大きく見開いて、濁った水面の下へすっぽり潜った。水は両腕の筋肉を撫で、お腹を押した。背骨を氷の粒がなぞった。わたしは泥のカーテンの下にしゃがみ込んでいた。そうしてもし自分の道を思い出さなかったら、樹脂の塊に包まれた虫のように永久にそうしていたことだろう。水は髪から糸を引き、肌を流れて、わたしは向こう岸へ出た。服をそこに投げてあった。わたしは、緑の－青の－黄色の－透明な－響き高い朝の陽光へ腕を大きく拡げて体を乾かした。小鳥のさえずりが沈黙の森の巨大な卵形のドームの輪郭を細い線でなぞった。小さく純粋なわたしは、でもちょっとはにかんで、森の中の小道をなお遠くへと歩き出した。

その日父が来たわ。目がよく覚めないうちに父の声が聞こえた。わたしは床からリリーを拾い上げて胸に抱きしめた。なぜいつも父のことが怖かったのか、分からない。確かに、ときどき顔を真っ赤にして、男が怒ったときに出すあの声で怒鳴り出すことがある。それは狼の吠え声か、虎の重たい唸りのように、内臓を縮み上がらせる。一度もぶたれたことはないけれど、わたしにとって父は、いつかわたしをばらばらに引き裂くことのできる「猛獣」なのだった。キスされるときが一番怖かった。激しく口づけしながら、滅多に剃らない髭でわたしの顔じゅうを引っ掻くのだった。わたしに愛されていないとは夢にも思ったことがないのだ。リリーのほかわたしは誰も愛したことがないし、そのリリーだってレッスンをちゃんとやらないときは厳しく罰してやれた。家の中、蔦のからむバルコニー、女中部屋の古いドアに仮付けした板の前などで、答えを聴いているときのことだ。というわけで、その朝、わたしはたいそう清潔に美しく、アウラ叔母さんがしっかりアイロンをかけたよそ行きワンピースに、膝下までの白靴下を履いて、父と一緒にママの病院へ出かけた。もしまたここにもどると分かっていなかったら、辛くて死ぬところだったと思う。ミハイ勇敢公大通りをがたごと行く電車の中で気がつくと軽くすすり泣いていたほど。コレンティナ病院で降りた。そこはすべてがすごくはっきりして、同時によそよそしくて、まるで夢を見ているようだった。中庭には、マストのないガレー船に似た病棟のベランダに日が当たり、その間に高いマロニエやポプラの老樹がそびえていた。それは面会日だったので、木陰のベンチのあたりを暗紅色とマリンブルーのガウンを着た病人がうろうろしている。すっかり病みほうけて青ざめた顔の病人もいるが、でもほかにも、つやつやしたパーマネントの髪の若い娘たちなどのように至極元気そうなのもいて、一体何の病気だろうといぶかしかった。わたしたちと同じに、あちこち病人と話しながら歩いている外出着の人もいた。多分わたしたちと同じで、いつもよりは着飾っているのだろう。ママは庭にいなかった。まだ起きられないのだ。看護婦たちや、たまに白い半袖シャツの浅黒い医者が、病棟の間をせかせかと通って行った。わたしたちは薄緑色のニス塗りの壁に沿った陰気な冷たいセメントの螺旋階段を上った。大きなガラスのドアを開けて、同じようなニス塗りのきりもなく長い廊下に入った。それからいくつもドアを開けては別のひっそりした廊下になった。今度こそママの病室と思うのだが、その度にくねくねと廊下を曲がっては、上り、また下った。ところどころ、番号のついたドアが開いていて、中を覗くと洗面台と陶製の便器か、汚い箒と臭いモップとソーダの箱があった。スタンプを押したパジャマの山の貯蔵室もあった。ようやく、疲れ切って頭がぐらぐらして、もう出口も分からずその辺の廊下で骨になるのだろうと思ったとき、最後のドアを開けた。それはあの地下のローランドのホールほどもある大きな病室だった。窓沿いに並んだパイプのベッドに、およそ三十人ほど老若の女性患者が、ただ横になったり、眠っていたり、花瓶を置いた台越しに話し合ったりしていた。脇に見舞客が腰掛けているベッドもあった。顔色のひどく悪い女のところに鉄道員のユニフォームの夫がわたしぐらいの年ごろで肩の高さが左右で違う男の子を連れていた。わたしたちはママのベッドへ向かった。わたしはちょっといじらしくなったのだけれど、わたしたちを見てママは嬉し涙を浮かべた。少し体を起こして枕に寄りかかっていた。わたしがキスすると肌が濡れていた。髪はひどく細く、かなり薄いのが、頭にへばり付いていた。とても悪そうで、たいへん痩せていた。ママのところには十五分ほどいて、わたしはアウラ叔母さんのところで気分よく過ごしていると言った。「でもおうちが恋しくない?」「恋しいわ」と隣のお年寄りがガラスの水差しからスズランの鉢に水をやっているのを見ながら答えた。花びらの赤い、芯が薄紫の優しい花からママの方へ目を戻すと、顔色は余計に白く、プラスチックか蠟みたいに見えた。血を失ったのだが、何よりも、あまり痛みがひどかったので、ついに元どおりにはならなかったのだ。何年もの間、わたしの少女時代を通じて、この不幸な潰瘍がママに残した習慣でみんな苦しんだ。彼女は自分の血を見る欲求を感じていた。毎日、刺さなくては、切らなくてはならず、尖ったものを取り上げようとしたときは、腕を嚙んでまでして血の小さな真珠の粒を出して、それからほっとして、うれしげに、それを何分間も眺めていた。この絶対不可抗の欲求は路上でも、店でも、訪問先でもママを襲った。そのときは、いつも肌身離さず携えている針を巧みに使った。後には、自分の血がほとばしるのを見なくては気が済まなくなり、そのときはナイフで、危険なほど深く、切った。結局は入院させなくてはならなかった、ほかの点では完全に正常だったけれど。あらゆる策略を弄してもこの唯一の満足を得ることに成功しなかった日は陰気になり、鬱の大きなオメガ形が眉の間に出るのだった。でもあの面会のときは、父といっしょにママのベッドの脇にいるだけで、この先起こることなど想像もしなかった。もう一度キスしてから黙って別れ、昼の柔らかい熱い日ざしの下に出た。

アウラ叔母さんのところの道路に遊び疲れたような友だちがみんな集まっていた。わたし抜きではクイーン・ゲームがちゃんとできないというわけだったのだ。彼女たちはカルミナの即位は午後に延ばし、そうして、筋の入ったゴムボールで国々遊びをした。それからオオカミ遊びに、さらに三人の騎馬王子に移った。壁の一、二、三もやった。アリ、ライオン、象、妖精の歩き方もやった。わたしがママの様子を話したあと、みんな散って、わたしはアウラ叔母さん、父、マルチェルと一緒にお昼を食べた。残りは（わたしたちは外で食べたから）テーブルの下でジージとコンベが分けた。ラジオで歌っていた「アダーカレー、アダーカレー……」のメロディーが一日じゅう頭で鳴っていた。少しマルチェルと遊んでから四時ごろ庭に出た。カルミナがすっかり紺碧に着飾っていた。リネンの半袖ブラウス、エステルからの借り物で彼女には少し大きいプリーツのミニスカート、それからやはり青いけれどくすんでいるパンティーストッキング。指にはトルコ石の指輪、もちろんイミテーション、そうして髪にはヤグルマギクを挿した。飾り立てた玉座に立った様子はほんとに妖精に見えた。庭から折り取ったナデシコを耳につけていた。というのは髪全部を横に流していたからで、右耳と喉全体からうなじの巻き毛まできれいにむき出しになって、まるで画のようだった。わたしは彼女の献上品のガラス玉の穴あき真珠を捧げた。彼女はそれを親指と人差し指でデリケートにつまみ上げた。それからわたしの叔父さんの帽子から、領土を決めるカードを引いた。街路が当たった。多分一番ぱっとしないところだ。実際、そこでは何もできないように見えた。街路は長いし、むっつりと、寂しかった。そこを眺めると、世界の中でも何とつまらぬところにあるものだと感じる。神様に忘れられた地方の都市の街路や、南アメリカの町の裏通りとか、埃にまみれた淋しいカンザスの道路ならそんな具合にも見えようか。色とりどりの凧が電話線に引っかかって揺れているのも街路の絶望的な寂しさを一層際立たせていた。舗装の石の間から雑草が伸び、ちっちゃな赤い花さえ見えた。遥か市街地の方へ狭まって行った道の上にはすでに萎れた太陽があった。わたしたちの家から二百メートルほどのあたりにパンクして止まっている車から青い影が流れていた。そこで、人気のない街路の真ん中で、わたしたちは今クイーンの命令を待っていた。金色の王冠をかぶったカルミナは雲母色のガラス玉にじいっと意識を集中していた。二股骨と時計は大きな力を持っていることを証明した。カルミナが手にしている真珠はいったいどんなことができるのか？　わたしたちが何か考え出そうと努力していた十五分ほどの間には何もないように見えた。けれども、青のクイーンはついに秘密を探り出した。真珠の穴から覗かなくてはならなかった。小な光のまぶたの中に奇妙な都市が見えるのだ。それを見ていくにつれて、カルミナはわたしたちにもそれを描写してくれた。こうしてやがてみんなは奇妙な都市を歩き回ることになった。

それはグラビアのような灰色の世界で、驚異の建物で満ち満ちていた。街じゅうどこにも人っ子一人いない。街路を通りにくくし、広場を三角にしている不揃いな建物は、多角形のごつごつした石造りで、きらきら光る透明な窓がいっぱいあった。謎めいた大邸宅の回転ドアは、誰か今出たばかりのように、まだ動いていた。上の軒飾りには寓話的な貪欲と隷従の彫像があった。カーテンのない窓(というのはここではあらゆるものが灰色の石とガラスだけだから)の奥には人の丈ほどもある剝製のミミズクがいた。ところどころ壁の角の上から巨大なオウムが見下ろして、翼の緋と緑、長い尾羽の紺青でわたしたちを驚かした。剝製の鳥たちのガラスの目に錯乱した建築が映っていた。角を曲がる度にいつも別の広場、別の眺めが展開し、別の巨大な鋭い稜角の建築が出し抜けに、あるいはだんだんに立ち上がり、空の代わりにけばけばの憂鬱な霧の方へと目を開くたくさんの照明のついた灰色のキューポラとなった。広場に寒そうに縮こまる彫像の疑問に答えはない。ある像はひざまずく子どもだった。最後にわたしたちはある門に入った。その二つの柱は二つの獣を囲んでいた。虎でもライオンでも熊でも恐竜でも幽霊でもない、獣。わたしたちは霧に霞んでほとんど無限に続く広場を歩いた。真ん中に金属をかぶせた紫のガラスのキューポラがそびえていた。キューポラの中で何かが卵の中の魚の胚子のようにうごめいていた。わたしたちは玄武岩なみに粗い手触りの堂々たる階段を上り、回転ドアを入った。巨大な建築の内部は空っぽだった。ドームの細い梁は巨大な胸郭の肋骨のようだった。あの醜怪な透き通ったものがのろのろうごめくキューポラから紫色の光が筋を引いていた。大理石モザイク模様のフローリングは地球の曲面に合わせてカーブしていた。わたしたちはホールの中央に立ち止まると、みんなに同じ考えが浮かんだ。ヒトを一人生み出そう。最初に進み出た（あのホールの中ではわたしたちは微小な一塊だった）のはクジラで、真珠母色の肌に唇を当てて願いを言った。そうすると、冷たいドームに頭がほとんど触りそうに伸び、まずガラスのように透明、次に白い乳濁液を薄いフラスコに注いだような乳色、最後に象牙のような薄黄色になって、みんなの目の前に、畑の地下のわたしたちの洞窟のあの骸骨と瓜二つ、ローランドと瓜二つの骸骨がそびえた。立っていると自分の重みで脚がぎしぎし鳴ったが、もっとずっと壮大だった。ドームの下のその冷笑は見えない星に挑んでいるかのようだった。次にアダが進み出て、真珠を頬に当てて願いを述べた。骨に、縫合に、背骨の隆起に、赤い条線溝のある糊のように、編み綴じられた筋肉の束が、がっしりした白っぽい腱につながって、口と目のまわりには輪を、肋骨の間には三角のひだを、胸には円盤を、腕と脛には強力な円筒を形作っていた。今、わたしたちの前に立っているのは皮を剝がれたヒトで、それは死人よりもっとずっと哀れだった。カルミナは血液を求め、あの筋肉の体に静脈、動脈、毛細血管の縄と糸が編みめぐらされ、ホールは心臓の力強い鼓動に音もなく震動しだした。プイアは神経と感覚を祈り、ヒトは目を、青い目を開いた。まだ見えている肉の上に髄膜の鞘に入った薄黄色の神経がくねっていた。エステルは真珠にキスして、ヒトは日焼けした皮膚に包まれて神のように美しくなった。頭には金色の縮れ髪が生えた。ナデシコは性器を求め、みんな、光で目が眩んだように下を向かなくてはならなかった。腿の間、わたしたちはほとんど何も持っていないあたりに何かあった。胸にも金色の毛がおぼろに光った。頬には金赤の反射が波打った。最後に、わたしもそれの踵の方へ進み（わたしの頭はその踝あたり）、それに魂が与えられることを求めた。すると胸に白く円く先がピンクの二つの乳房が育ち、金色のぶどうの房のようにウェーブした髪が腰まで垂れた。指の間でバラの花が一つ咲いた。

それがこれからは一人で幻想の人生を送るようにドームの下に残して、みんなはまた人気のない街に出た。わたしたちより大きな鳥たちが窓越しにこちらの様子を詮索していた。その他は、街は一つの真珠の中に住むすべての街々と同じく灰色だった。石組み建築の間をさんざんうろついて疲れたとき、カルミナが真珠の穴からわたしたちの住む通りを覗いた。そこのありさまをありありと詳しく話し始めたので、まもなくみんなはもう一度、緑やピンクの崩れかけた家々、タールで黒く塗った電柱の並ぶ舗道の石ころの上にいた。太陽は沈みかかり、そちらの空は藍色になったが、反対側の青白いあたりにはもううっすらと月が見えていた。わたしたちの影は糸形のおかしな虫のように細長く畑の上に伸びていた。これで、カルミナの日は終わった。

黄昏近い光の中でわたしたちの家の煉瓦はルビーのようにぴかぴかしていた。家が周りの光を全部吸い取り、夕空を茶色に枯らしたようだった。西向きの窓ガラスが一枚、塩が燃えるように黄色に燃えていた。さようならを言おうとしたとき、突然にわたしは（本当に自殺的だという気がしたのだが）また初めからやり直すことができたらと思ったような身振りをした。エステルのところへ行って、少しわたしといて、と頼んだ。ほかのみんなが遠ざかり、それぞれの家に入るところを二人して門から眺めた。暗くなった畑をバックにして、赤みがかった少女の姿が象牙色に浮かんだ。その白目にオレンジ色の太陽が光の点になって反射していた。片方の目の隅に、青い羊の毛のような静脈が一筋見えた。二人は長い間何も言わずに見つめ合っていた。彼女はメランコリックに、重々しく、わたしは呼吸が詰まり、現実を離れていた。わたしの手を取ったとき、彼女の手のひらは興奮で汗ばんでいた。

今打ち明けるが、わたしは彼女を愛していると感じていて、抱きしめて、いつまでもそうしていたかった。わたしは彼女の家まで手を組んで行った。何も話さず、別れ際に「じゃあね」と言い合っただけ。一人で、ぼうっとしたまま、家へ向かった。その夕方はずっと、目の前に（あるいは目の奥に）エステルの赤オレンジ色の体、そのむっくりした頰っぺた、最後に浮かべた微笑みを見ていた。その笑顔はアフリカ系の苦い、エキゾチックな表現だった。家の門まであと二十歩ほどのところで、たいそう厚化粧の女が滅茶苦茶なスカートの中の腰をおかしな具合に動かしてそばを過ぎていった。黄色いチューリップを腕いっぱいに抱えていた。どれほどノスタルジックに、不幸な幸せに浸っていたにせよ、わたしはびっくりして、女がゴキブリのような黒い影を畑に落として望楼への小道を遠ざかって行く間、牝馬のような腰を見送っていた。ずっと遠く、同じ道にもう二つ青っぽい影が見えていた。わたしは家に入ると真っ直ぐ自分の部屋へ行った。ベッドに転がり込んだ。一時間ほど、何も考えず、ぼんやり横になった。一番いいワンピースがしわになるのも構わず、腹ばいになっていた。ママの面会に着ていった服で、着替えたくなかったのだ。片手を枕の下に入れて、隣の部屋のミシンのしつこいカタカタを聴くともなしに聴いていた。起き上がったとき（アウラ叔母さんが食事に呼んだ）、部屋は真っ暗だった。

夕食後に寝て、一つのグラスの夢を見た。口の一部だけがスイバの茂みの中からきらりと見えていた。というのもわたしは果てしない森の中のわたしの道をたどっていたから。わたしはグラスを取り上げてしげしげと見た。それはある混乱した感情を引き起こして、わたしはそれをやっぱり自分の道に現れた障碍物として見つめていた。目標もなく急ぐ足を止められたのが口惜しかったが、それでもほれぼれと見ていた。それはグラスと言うよりもむしろ透明そのもののガラスでできたカップで、デリケートな足があり、純粋なカーブを描いて引き延ばされた長円体だった。縁から足の台にかけて見えるひびがもろさの証拠だった。呪われたグラスであった。まもなく粉々になるだろう。その中にはまだ（どういう奇跡だろうか？）赤い蜜のように濃密なルビー色のワインが少し残っていた。木立の間の土の上にワイングラスが落とす紅色に震える影に心を奪われて長い間眺めていた。ワインを飲んだものか止めておくか、ためらった。結局、罪悪感を持ちながら一口啜り、残りは土に吸わせた。もう一度カップを見たとき、底に大きな重たい蜘蛛が一匹溺れていたのが見えて震え上がった。グラスを木の幹に投げつけ、地面に伏せって泣き出した。夢の中のそこで、ひとりぼっち、出口もなく希望もない孤独を感じていた……。

真夜中に目が覚めて、自分は恋をしていると気がついた。どうしてエステルを愛さなくてはならなかったの？　何年もの間、わたしにとって彼女はプイアやカルミナやナデシコと同じことだった。だのに今はエステルにまた会うまでに流れる時間が耐えられない。だが世間はわたしが感じているたぐいの恋が可能とは思わないように見えるということがわたしを混乱させ、迷わせていた。人々は少年と少女の間、男と女の間の恋の話をするけれど、女二人の恋の話は誰からも聞いたことがなかった。間違いなく、わたしが大きくなったとき、エステルと結婚することはできないのだと考えていた。これには腹が立った。わたしの恋は時とともにどんどん強くなると感じていたから。彼女と別れるなんてどういうこと、二度と会わないというのはどういうこと？　子ウサギのついたパジャマのまま、わたしはそっと部屋を出て、爪先歩きで墨のように真っ暗なホールを通り抜け、玄関のドアを開いた。

いきなり真正面に目に映ったのは、空にちりばめられた色とりどりの何十万の星だった。その中に、天頂を過ぎて、白い大彗星が大変動、大洪水、火災、破滅を予言する尾をなびかせていた。星空の下はるかに深く、河底のような街路に、別の光がうごめき、奇妙に波打っていた。裸足で並木の敷石を踏み、シラカシとバラの間を通って門に出た。ランタン、キャップランプ、あるいはろうそくを携えて、畑の方へ向かって、小さなグループだったり一人ずつだったりで歩く何百人もの人が薄暗がりの中でありとあらゆる姿を見せていた。陰気に押し黙った、謎めいた女たち、足を引きずり、かがみ込んだ、膝の曲がった年寄りたち、愛くるしいおちょぼ口のつぶらな目の子どもたち、無精髭にキャップをかぶり、新聞紙でくるんで縄をかけた箱を運ぶ男たち。みんな花を一本持っていた。わたしは門柱につかまって、望楼自身が今は星のように光っている方へ向かって彼らが消えて行く有様をうっとりと眺めていた。眠くて目を開けていられなくなった。暖かい夜の中、自分もあちらまで行きたかったけれど、足は涼しい寝床の方へとわたしを引き戻すのだった。こうしてまた家に入り、シーツにくるまった。手は枕の下へ滑り、夢が湧き出す小さな貝殻を撫でていた。

次の日はアウラ叔母さんが十時に起こしに来たの。死ぬほど眠くて、もう少し寝させてと頼んだ。それからクイーン・ゲーム（今までで一番素晴らしい遊び）が続いて四日目になると思い出して嬉しくなった。プイアが美しい「緑のクイーン」、マツバボタンの女王になる。そうして夕方にはまたエゴールを訪ねるのだと思い出して、なおうれしくなった。今度はいっぺんに二つの夢を話すことになるだろう、そうして間違いなく正しく進んでいると思った。ゆうべはノッポさんのところで何があったのだろう？　花を手にしていたあの人たちは何者だろう？　多分今晩にも分かるだろう。食事を済ませて、チロルワンピースを着て庭に出た。賭けてもよかったところだ。うちの門に最初にぶらぶらと現れたのはナデシコだ。お母さんからもらった、前に何人かの姉さんがはいた赤いスカートに、飾りのついたサンダルで、いつもたいがい最初に来るのだ。インド人のような、何か不愉快なことで仏頂面をしているような笑い方をした。それでもやっぱり楽しげで、悪趣味で、偽善的な笑いだった。みんなで玉座を新しい占有者のために飾り立て、緑の葉と枝で覆った。色チョークで描いた七つの輪を新しくした。双子も来た。自分たちの日が無事に終わったので心配がなくなり、うれしそうだった。また同じ身なり、白いサラファンの胸にアヒルの子。エステルはちょっと首をすくめて門を入りがけに、あのやさしい目で控えめに微笑みかけた。わたしも微笑みを返した。準備は完了したが、クジラとプイアは一時間も遅れた。到着した二人を見たとき、なぜ遅れたか分かった。

プイアはお伽話めいていた。十一歳の少女がシバの女王やセミラミスやクレオパトラを一つにしたようになれるとしたら、プイアがそれだった。ほとんど白い髪を頭頂で螺旋型の円錐に編み上げ、その周りに濃い緑のビロードリボンがマムシのように巻き付いていた。丸みを帯びたこめかみ、青銅とサファイアで組んだイヤリングが重く下がる耳たぶ、すっかり剃った眉、三センチ近く上にカーブしたまつ毛、丸みのある両頬、盛り上がった頬骨、美しいと言うにはあまりにも完璧だが視線を逸らさせないアーチ形の唇、白い首周りの皮膚、その下にほの見える調和の取れた筋肉、うなじのえくぼ、まるでむき出しの背中の方へかかるわずかな巻き毛。すべてがルネサンスの大画家が描いたみたいに非現実的に見えた。彼女の目は見るために造られたのではなく、その瑪瑙のような輝きで顔を飾るためにあった。デコルテの首元には四筋の真珠のネックレス（もちろんイミテーションで、ほかの全部と同じだが、わたしたちにとってそこに何の問題があろう？）が下がっていた。きらめく一粒一粒にわたしたちの庭、家、花壇がこまかく映っていた。踝まであるドレスは未曽有の突飛なものだった。強烈な緑色が時に黄に時に青に反射しながら、前面が鋭い角度でベルトのところまで割れていた。小さなおっぱいを隠す二本の布はうなじで豊かな蝶結びにしてあった。両腕には人造ダイヤとエナメルの腕輪がちゃらちゃら鳴り、真珠母色の爪の指には、シナ海の水のように透明な、アオトカゲみたいに緑色の粒の指輪が輝いていた。その後ろでふうふう言いながら、クジラがターバンを巻き扇を持ち、メイミー☆のようなもったいをつけて脂肪太りの身を運んでいた。

わたしはプイアのために自分で庭の並木の道端からマッバボタンの深紅の立派な花を摘んだ。それを胸につけてやりたかったけれど、クジラはわたしにはプイアに触らせもしなかった。わたしたちの賛嘆の視線を妬み、同時にうれしがっていた。プイアは愛と死の女神さながらわたしたちを支配していた。クジラは花を受け取って、ちょっとためらった後、ひざまずき、スカートのひだの中、踝まで手の幅ほどのところに縫い込んだ。プイアはヒール付きの蛇革のハイヒールを履いていた。玉座に座り、かの名高い帽子から、「トラック」と書かれたカードを引く。それから献上品を受け取った。あの変わったボールペン、それは学用品入れを見慣れたわたしたちには一つの驚異だった。完全に透明なプラスチックの断面が六角形の胴体内部にまだ使い始めていないインクが見える。端は銅色の金属で、先端には小さな黄色いボールがあった。ボールペンにはさらにウルトラマリンのキャップがあった。みんな、プイアが引いたくじにある場所へ行く。その間にみんなは色とりどりの花びらを爪に唾で貼り付けていた。新しい爪をあんまり恐ろしげに空中で振り回したので、熱い日光の下、トラックのボンネットの上でいつもどおりに眠りこけていたジージが全身の毛を逆立てて、震え始めた。わたしたちはトレーラーに乗り込み、苦労してクジラも引っ張り上げ、サイドのぼろぼろな鉄板のそばに座った。庭の緑を映す青空を眺めながら、クイーンの命令を待った。緑の女王はボールペンを指に挟

☆　メイミーはメアリーの別称だが、アメリカ南部の家庭で黒人召使をこう呼んだ。

んだまま口を開かない。無線電話遊びを始めたわたしたちのささやき声には耳も貸さず、じっと前に目を凝らしている。プイアはボールペンのキャップを外した。今度は中の替え芯を抜こうと努力している。とうとう成功して、透明な筒だけになった。それからわたしたちに、それでシャボン玉を作れと言った。素敵！　わたしたちは家へ走り、花を浮き彫りにしたぎざぎざなガラスのスープ入れをいくつか持って来て、その中に薄緑色の石鹸液を作った。麦わらなどの筒状になった茎を探し、またトラックに登って仕事に取りかかった。まもなく何十もの虹色の玉がトラックごとみんなを包んでほとんど見えなくし、風で畑の方へ流れていった。シャボン玉の薄い皮膜の上に軟らかく凸型に煌めく風景が拡がった。まだらに混ざった色の中で煉瓦色とオレンジに近い薄紫色が優勢だった。同じ色合いは朝、日光に煌めく露の玉にも見られる。クジラが球のついたボールペンの筒を石鹸液につけて、トランペット吹きのように頬をふくらませると、向こうの端から突然大きな卵形の気球が現れて、筒からようやく離れると、ほかの泡のように風に乗って舞い上がる代わりに、ゆっくりとトラックの床に降りて動かなくなった。震えているガラスのボールみたいだった。震えが止まったとき、クジラが指で触って、びっくりして言った。「硬い！」それから両手で持ち上げようとしたが、できなかった。気球は鉛のように重かった。みんなひっそりと見守るうちに、まず中で息をしたように煙り、石灰でできているように見えるほど不透明になった。何分かのうちに、みんなの目の前に先史時代の恐竜が産んだような卵があり、それにクジラが自分のものという印に紫色の星を描いた。ボールペンは次にアダが取って吹き、同じ変容の末に最初のと同じようになる卵に成功した。ざらざらの殻に鉛筆で藍色の星を描いた。一時間足らずの間に、トラックの床板はわたしたちの頭ぐらいの大きさで七色のサインの入った卵の重みでたわんだ。みんなそれを撫でたり、仕舞いには上にしゃがんでかえそうとしてみたりした。コンベまでトレーラーに上げて、卵の上に座らせた。だが犬は突然微かな音を聞くと、震え上がって、きゃんきゃん言いながらトラックから飛び出して、家の裏の小屋まで止まらずに走った。わたしたちには聞こえるか聞こえないかの小さな音だったが、その代わりに緑のサインの入った殻がジグザグに割れるのははっきりと目に見えた。みんなもトラックから飛び出してバラの茂みの後ろに隠れた。そこから卵が破裂して粉々になるのがよく聞こえた。するとトラックの上に、女性の大きなきれいな目と渦巻き形の角を持ったユニコーンの金色のシルエットが立ち上がった。優雅にトラックから飛び降りて、庭の奥の方へ少し駆けた。朽ちた垣根を跳び越えて畑地に消えた。その映像のない空間は痛いほど空っぽだった。でもすぐにわたしたちはそのままそこにいる方を選んだ。というのは二番目のナデシコの卵からは巨大な毛虫が出たのだ。はいながら、薄緑のジェリーのようなよだれの筋を後に残して行く。この粘液の大きな粒が体に生えた長いブラシのあちこちに残っている。毛虫は青く黄色い斑点があり、真っ黒な頭に目はなく、鋭い強力な下顎があり、やはり黒かった。体の前部に子どものような手があって引きずり、尻尾にはベールをかぶった魚のようなひだがあった。土にもぐってすぐに消えた。ただピンクの尻尾だけが、しばらくの間、海藻のように、トマトの柵の間でうごめいていた。二つの卵が同時に割れた、もちろん双子のだ。中から古い真珠母色の寂しげな細長いヒトが出た。透き通った体の中にほの白い湯気のような骨格が見えた。心臓から動脈を通って押し出されている血液がピンクのワインのように見える。腎臓は二個のダイヤモンドの塊のように輝いて見えていた。それぞれ片手、片目で、踵まで届く白い羽の翼を一枚持っている。互いを見ると、熱烈に抱き合って、一つに融合し、大きな二枚の翼を活発に羽ばたかせて飛んだ。青空に溶け込んでたちまち消えた。クジラの卵から血のように赤いカニが現れた。両脇の触覚の先に長いまぶたを持つ目がある。目の下では大顎と鈎歯と小顎と小さな鋏が飢えてがちがち動き続けた。関節のある大きな鋏が重たげに空を切っていた。トラックのパネルの上からどったりと転がり落ちて、それから細いいくつもの足でばたばたと横に走り、庭の奥の雑草の陰に消えた。エステルの卵から一番忌まわしい幻影が出た。骸骨の馬にまたがる人の骸骨。腐肉の残り、皮膚の切れはし、乾いたアキレス腱がまだ黄色い骨にぶらさがっている。むき出した歯、頬に流れた目、ふらふらするぼろの間に見える肋骨、トラックの真ん中に絶望の騎馬像が突っ立った。切っ先が血塗られ、金色の針金で縫った軍旗の垂れる錆びた槍が騎士の手の中で揺れている。羽毛のように軽々とトラックから飛び出して、街路のガードの方へ並足で進み、その上を越えるのがあまりのろいので、いつまでも空中にいるように見えた。長い時間、街路の彼方へ次第に微かになる蹄の音と、別世界からのもののようないななきが聞こえていた……。この幻が消えた後、最後のわたしの卵が割れるのを待っていたが無駄だった。とうとう割れずじまいだったのだ。そのときからわたしはいつも、どこへ行ってもそれをここに持っているの。その卵は、事実、わたしの体験のすべてが現実だったという証拠（証拠など要らないあそこの）、ドゥデシュティ゠チョプレアの世界のすべてはただの幼年時の空想ではなかったという証拠だったわ。そもそも、あなたは見たと思う、男はいつまでも多かれ少なかれ子どもだけれど、女は自分の幼年時を隠そうとする、あたかもそのころ何か恥ずかしいこと、不吉なことがあったかのように……。さあ、それを見せるわ。

きみはぼくの脇から立って明かりをつける。瞳にひりひりするような激しい痛みを感じて、夜具から首を出したら、部屋じゅうを包む炎の海の中のようにきみが見える。突然、何もかもが目の眩むほどリアルに見える。別の世界。本ではち切れそうな棚、そこらじゅうに放り出されたぼくらの服、今はもうリンゴが二つしかないテーブルの上の籠、吸い殻が三つほど黒くなっている灰皿、コーヒーのグラインダー、ミニテレビのひっくりかえった安楽椅子の下の何かを探しているきみ、色は黄‐薄青

―金色、体を起こし、後ろから見た女の腰の幅の広さでぼくを驚かすきみの裸体、すべてが光の中におのおのの表面を示して、黙っている。光の中の表面、これがわれわれの世界なんだ、とぼくは呆然として呟く。きみの短い髪は乱れたままだ。きみの顔は老けて、きみの喉はカモシカの革のように柔らかく、皺がある。きみに嫌気がさす、でも機械的に微笑みかけ、一方きみは望みも微かに微笑む。婆さん。まだ美しい乳房、でもそれが何になる？　ぼくはラブで空っぽになった、そうしてきみの物語に体が疲れる。朝が来る、ナナ。急げ。きみは靴箱のような箱を持ってベッドに戻る。それを開けて、綿の下から古びてざらざらしたダチョウの卵のような大きな卵を出す。電球がその上に青い影をおく。卵の片側に一つ赤いしみが滲んでいる。たぶんそこに星がついていたのだ。ぼくはそれを手に取り、気をつけて目方をはかる。重く、かさばり、殻は何かが中で眠っているかのように生暖かい。きみはそれをテーブルに置く、散ったパンのかけら一つ一つが小さな色つきの影を作っている縞模様のナプキンの上にそれを転がす。きみはまた照明を消す。窓にうつる空はもう真っ黒ではない。室内のすべてのものは暗緑色になり、壁はかなり明るい色になった。ぼくの耳の中にはきみの声が反響している、しばらく前からぼくはそれを音としてではなく、ただの映像の行列として知覚していた。この眠らない一夜の後で、ぼくは疲労困憊、すべての器官がまるでゴムと塩酸の結合のように感じられる。きみがいつ物語の続きを始めたのか、ほとんど気がつかない。きみの物語はぼくの体と同じ温度で、ぼくはその中へ埋没し、切り離した感覚が幻覚の虜となるのに任せていた。ぼくはエメラルドの島の洞穴の入り口へ向かう。狭い開口部の周りに針金のように硬いごつごつした茨が伸び、棘の陰に縮こまった薄青い花が火花を散らしている。石の回廊に入ると奥へ続いている。半透明の幼虫が壁を走る。何千もの単眼が低い天井から見ている。水流の中に子どもの手をした盲目の小さな両生類プロテウスが住んでいる。そうしてそこに、真ん中に、繭のように夜にくるまれて、きみがいる。誰にもきみとは知れないような姿のきみ、顎いっぱいに歪み曲がった牙、拡げた鼻孔から炎の束を吐くきみ、焼きつくす黒曜石の鱗、魔物の翼、アナコンダの尾を持つきみ。硫黄の吐息に包まれるきみ、小骨と頭蓋骨のただ中のきみ……。きみの女の沈黙の中の、きみの通信途絶の中の、暴力と恐怖の中のきみ。

夕方、またマルチェルの手を引っ張り、二人嬉しくわくわくして望楼へ向かったわ。昨日はそこへ行かなかったの。昨日だけだけれど、まるで一日を、いや一年をぼんやり無駄にしたような後ろめたさを感じていた。永久に、とまでは言わないけれど。エゴールが恋しかった、その母親まで。入ったとき、目を疑った。家じゅうが花でいっぱいだった。あらゆるボトル、コップ、壺まで使ってある。花瓶は言うまでもなく、クリスタルや中国の陶磁器からおもちゃ同然の安物まで、箪笥の奥から出してきて花を飾ってあった。ビュッフェ、小テーブル、暖炉の隅、屋内階段のオークの手摺、腰掛け、床面にまで花瓶が並んでいた。どの部屋もその通りの花々で足の踏み場もない。上のエゴールの部屋も息がつまりそうだった。白と赤の開ききったユリが花粉を散らしていた。黄色いバラがあった。キンギョソウ、ニワトコ、茎のもつれたカミルレ、ヤグルマギクがどっさりあった。まだ花の咲いているサボテン、それから粘っこい花びらのややこしい赤や青の花もあり、きっとランだが、初めて見たもので当時わたしは名も知らなかった。一つの植木鉢の泥の中にこの世ならぬ美しさの花をつけたソラノツユ（モウセンゴケ）が泳いでいた。花冠の細い針の一本一本の先端に透明な液体の球がついていて、それが部屋の薄明の中で光っていた。「これは肉食植物なんだ」と、お好みの場所に座ったノッポさんが説明した。わたしの二の腕ぐらいある長い指でその花冠の真ん中の円盤に触ると、まるで命令を受けたかのように立ち上がり、次々に指の方へ曲がって、ねばねばの球をエゴールの指につけた。「もし指をこのままにしておくと、たちまち溶けて骨が出るよ」。それはまさに蜘蛛植物だった、魅惑の蜘蛛。彼に小川とあのカップの夢を話した。エゴールは軽くうなずき、初めのようには夢中にならなかった。もう彼は知っていた。疑いもなくわたしは選ばれていたのだ、わたしはREMに入って行くだろう。

「ごらん、これは全部きみのための花だ。きみに花を贈るために、ぼくの口からきみの成功を祈るようにと、至るところからやってきた人々だ。みんな長いこときみを待っていた。毎年ここへ来る、彼らは母とぼくを一種のREM司祭のようなものと考えている。けれどもいつかそこへ入ることは、自分たちの中の誰にもできないだろうと彼らは分かっている。なぜならば、この全世界じゅうで唯一のREMは、ただ夢を見ることができる人だけのために、つまりきみのために作られたからだ」エゴールがREMと名付けていたこの出口が存在することは、秘密の啓示とそれを守る誓いを通じて互いに結ばれた人たちみんなが知っているとエゴールは言った。「REMとは、このソラノツユの花のような、至るところに張られ、無限の忍耐力を備えた罠のようなものであり、長い年月の間見つけられるのを待ち続け、それからさらに長い年月の間、そこを踏み越えられる唯一の人がやって来るのを待つ、そういうある通過地点なのだ。REMについての秘密の書、手書きの本がいくつか存在し、REMを認めている競合セクトがいくつか存在するけれども、その意味については、それぞれがまるで違う考えを持っている。ある人々はREMの中には一つの永久機関あるいは巨大な頭脳があり、それがあるプランに従って、ある目的の下に、アメーバやサフランの見る見当もつかない夢から人間の見る夢まで、あらゆる生き物の夢を調整していると主張している。彼らによれば、夢とは本当の現実であって、そこにはREMのうちに隠された神聖なるものの意思が顕現する。別の人たちがREMに見るのは一種のカレイドスコープであり、その中に一瞬にして全宇宙をその創世から終焉まで、進化のあらゆる局面のごく細部まで、読み取ることができる。ぼくは最近スペイン語である物語を読んだが、そこではそんなふうに見られたＲＥＭが〝エル・アレフ〟と名付けられていた。ある人たちはただ一つのＲＥＭだけが存在すると確信し、別の人たちは人ごとにそれぞれのＲＥＭが存在すると信じて、奇妙な一つの文書まで編んだ。そこではさまざまな記号を連ねて、これらの記号を解読できるものなら誰でも自分のＲＥＭを見出すことができるとされる。だがどれが本当か、そのＲＥＭは救済かそれとも堕地獄か、それはきみだけが知るだろう」

エゴールはいつもよりも消え入るような声で話し、その巨端症めいた醜い顔は痩せこけた仮面に似ていた。「ぼくは疲れてへとへとだ。夕べは一睡もせず、今日はまた書き過ぎだ。けれどもどうしようもなかった。ぼくは許しがたいほど遅れている」。何を書いているのと訊ねると、穏やかに答えたけれど、引きつりに嫌悪感があった。「文学さ。ぼくは作家なのだ、でなきゃよかった」。それはとても素敵な仕事だと思うとわたしは言い、わたしにもいくらか分かる問題なのだということを示そうとして、いつかどこかで聞いたことがあると思った言葉を使ってさらに質問した。大作家になりたいの？　真面目な問題に子どもが口を出すときに大人がいつも見せるような微笑みを期待していたのだけれど、エゴールは、青白い顔をなお青くして、鼻の半透明の軟骨を薄緑にして、目を曇らせて、自分が待っていた質問をされたかのように、即座に答えた。彼の言葉は、いずれにせよ、そのまま受け取るにも比喩にしても、十二歳の少女の理解の遥かに上を行くものだった。「一人の大作家と言っても一人の作家にほかならない。違いはニュアンスで、根本的ではない。高跳び選手はみんな、言うなれば、二メートル跳ぶ。誰かが二メートル五センチ跳べば、これは大選手だ。いいや、せめてちっぽけな大作家にでもなろうと思って苦労する意味はない。今までに書かれた一番いい本を見ろ。凡庸な本よりもいいところがあると言ってもほんのちょっとだけだ。根本的にはやはり本だ、それ以外のものではない。読めば、いくらか深い美的感覚を与えてくれるだろう。もうちょっと美味しいコーヒーのように。三十ページ読んだところで、サンドイッチを作るとか、風呂に入るとかで放り出すだろう。それを読みながら平行して犯罪小説を読むだろう。何千年かあとにはいずれも灰と埃になるだろう。こういう次第だから、一人の人間が、存在してそうして世界に反映するという途方もないチャンスに恵まれている一人の人間が、ただの天才をめざすなんて、卑屈な、ちっぽけな話だ。それは一切を滅茶苦茶なままにして、また森の奥へ紛れ込むようなものだ。それぞれの人の中に存在する可能性に比べれば、世界の古今最大の作家になるという野心など、要するに簡単すぎて不名誉だ。いったい、存在するという奇跡、存在すると分かっているという奇跡の前では、どんな奇跡が問題になるか？　ここから世界一の富豪、権力者、天才であることとの違いは、百億と百億プラス一との違い、いやもっとわずかな違いだ。ノー、ぼくは大作家になりたくはない、すべてになりたい。ぼくは絶えずある創造者のことを夢見ている。彼の芸術を通じて人々の、すべての人々の人生に、さらにはもっとも遠い星々まで、空間と時間の果てまでの全宇宙に影響を与えることが本当にできる創造者だ。次いで宇宙を代替する、彼自身が世界になる。こうしてこそ人は、作家は、自分の使命を果たせるだろう。残りものが文学さ、多少なりと上手なこつの寄せ集め、インクで書き殴った紙、どんなに天才的に文字を並べてあってもまもなく意味も分からなくなって、誰も三文も払わない」

彼は辛そうな表情でこうした激越な文句を口にした。それから、金色の夕暮れの中で、長いこと黙り込んだ。マルチェルは四つんばいになって床にキューブの城を築いていた。ちょうどそのてっぺんに青いピラミッドを建てた。わたしは自分のワンピースの裾を眺めていた。実はエステルのことを考えていた。バラの茂みの中にいる間、卵から出てくる幻影におののきながら、ずっとわたしたちは手をつないで、指で手の甲を撫でていた。それから互いにそっと寄り添い、彼女の赤い髪がわたしの頬に触れ、まぶたにまつわるのを感じた。ほんの一瞬目を見合わせたとき、わたしは急に汗まみれなのに気づいた。

エゴールはまた話していた。「しかし人間の大部分は――というか、もっと言えば作家の大部分は――すべてにはたどりつかないだろう。天才にさえたどりつかないだろう。何にもたどりつかないだろう。ぼく……ぼくもその中の一人だ。でもぼくは少なくともそれを知っている、そうして自分の書くものすべてによって自分の無力を表現しようと試みる。何も言われ得ないと知っている、何か言うことを誰も期待していないと知っている、でも言わなくてはならないということも知っている。人間であり、〝すべて〟にはなれないという不正に何かしら立ち向かわなくてはならないと知っている。そうしてぼくは全力をあげて立ち向かっている。ほら……」。黄色い化粧板の椅子から立って、キューブのお城をまたぎ、大きな簞笥の見事に飾られた二枚の扉を広々と開け放った。信じられないような広さだった。心地よい香りの赤い木材が奥深さを引き立てていた。中は何千枚も重ねた原稿用紙の厚い束でぎっしりだった。エゴールがそこへ指を入れて絨毯の上へひっくり返し、それを部屋じゅうにばらまいたとき、その紙は妙に意味のない同じ文字で埋まっているのが見えた。だがそのノッポさんの作品をちょっと読み始めただけで、わたしにはそれが含む莫大な恐ろしさが理解できた。何千何万枚に、アリのような忍耐と執拗さで、エゴールはただ一つの言葉を繰り返して、一ページあたり何十回も、始めもなく終わりもなく、続けて書いていた。それは「ノー」という一語だった。

「ぼくは十六歳のときに書き始めて、やっと一万五千枚書いた。時には毎日八時間書くが、一行も書けない日もある。おそらくきみは笑うだろうが、ぼくは時につまずくのだ、そうしてきみはこんなものを書くのは簡単だと思うかも知れないが、ぼくは書くことをほとんど放棄させる発作を知っている。また不毛の恐れを知り、自分自身と歩調を合わせられない恐れを知っている。なぜならぼくは機械的には書かないからだ。ぼくが欲するのは一つ一つが、だがこれらノーの一つ一つが、その骨の髄まで考えられ、感じられることだ。すべての神経、すべての肉で体験されることを欲する。簡単だと思うな。ときどき、あと一つ書き加えるのに、ときどきはまるまる一週間考えていることがある。なぜかというとぼくは自分の作品が完全であることを、自分を完璧に表現することを欲するからだ」

わたしには何も理解できなかった。エゴールを見たり、黄昏がピンクの象牙色にした紙の束に目をやったりしていた。床から原稿をかき集めようとしたが、けれども、いつにもまして丈が高い（立って窓を見ていた）ノッポさんはそうさせなかった。わたしは階下に降りて、バッハ夫人に挨拶した。夫人は薄緑色のガウンで、花に取り囲まれて、ラジオの滑稽な鼻にかかったラブソングを聴いていた。〝別れの今、何を書いてほしいと言うの？〟そうしてエゴールの煙のようなシルエットを後に、また畑の中の道をたどった。マルチェルと手をつないでゆっくりと歩いているうちに、また突然に悲しみの波が襲いかかった。

その夜、わたしは誰かが森に落としたキーの夢を見た。ちょうどモミの林がまだらに、細くなった小さな谷にゆっくりと降りたところで、その沈黙した幹の間の地面に白く黄色に透き通って光る水たまりがつながっていた。緑の風に揺れる枝の間から日光が眩しく射していた。樹皮が剝がれて日焼けのきつい匂いがした。水蒸気ならぬ懐かしさとノスタルジーの霧が永遠の朝に涼しく流れていた。キーの煌めきが遠くから見えて、わたしはそこへ行こうと何歩か道から出た。膝を突いて取り上げた。前の夢で飲んだ、蜘蛛の毒の混ざったワインで目が眩み、興奮を抑えきれなかった。キーを取り上げた。黄金のキーで、わたしの手のひらの二倍もあった。それが地面に残したくぼみに肉厚のミミズがにょろにょろととぐろを巻き、なんどか縮んで、土に消えた。わたしはキーをワンピースの裾でよく拭った。頭はクローバー形で、金の巻き毛と茎でいやというほど飾り立ててある。キーの中棒は太くぴかぴかして、わたしの顔と周りの木々を映していた。下端は三つの等しいぎざぎざのついたプレートになっていて、わたしは夢見がちに指をその上に走らせた。キーに口づけしてポケットに入れて嬉しかった。谷の奥へ向かうわたしの道を駆け出した。谷はだんだん涼しくなった。早く錠を開けたかった。扉の先に何があるか、〝喜び〟か〝恐れ〟か、そんなことは気にならなかった。

朝、わたしたちはローランドの洞窟で会った。今は脅えもせずに上に乗り、胸骨にまたがって一度に三回ずつぎっこんばったんやり、円い眼窩から頭蓋に入り、滑らかで冷たい背骨にこわごわ貼り付いた。クリスマスツリーのようにリボンで飾り、全部の指に指輪のように花輪をはめた。その日クイーンになるはずのエステルは黄色の衣装を強情に拒んだ。妙ちきりんで似合うまい、確かに。その代わりに、どこから借りたか、みんな誰も見たことのない黄色いレースの小さな傘と、畳める扇子を持って来て、それで顔の下半分を隠し、目は日本の女のように細め、そびやかした肩に頬を埋めていた。わたしは赤毛が滅法いとしかった！　糊の利いた白いブラウスの胸にはオレンジ色のダリアをつけていた。わたしたちはなおプイアを待ったが一時間経っても現れない。誰も、クジラさえ、どうしたのか知らなかった。結局みんな地下から出てアウラ叔母さんの庭へ向かった。エステルが玉座に座り、わたしは銅の針金のような髪の上に金色の冠をかぶせた。帽子の中にゲームの場所を書いたカードはあと三枚しかない。昔の学校、望楼、わたしの部屋。エステルはいつものように運が悪く、一番閉じた、一番貧弱な場所を引いた。部屋。陶製の造り付けストーブとベッド、ほかにほとんど何もない狭苦しい部屋で何をしよう？　わたしがそのとき知らなかった一つの真実がある。ＲＥＭに入ったとき明白な確証でわたしに啓示され、もう忘れることのないある真実を、そのときは知らなかった。行動あるいはゲームあるいは思考の空間が狭いほど、世界の残りは、つまり〝全世界〟は、よけい広いのだ。そうして小さくなること、非存在にさえ近づくことは、世界の驚異を増すために常に役立つ。エステルにはゲームの対象としてわたしの持って来た体温計が渡された。プイアはまだ来ず、みんな心配になってきた。メンバーが揃わなければわたしたちのゲームは何の意味もない。結局、みんなしてプイアの家へ行こうと決めた。道に出て、みんなはクイーン・ゲームをやりながら初めて、通行人や、十一時近いので門口に出ている人々に出会った。雨乞い踊りのパパルーダみたいなわたしたちを見てみんなが目を丸くし、悪がきどもにいたっては、いろいろふざけたことをした。同じ年ごろの男の子らからうす汚い若い衆まで、石を投げたり、わけの分からない真似をした。でもこの難行苦行は五分ばかりで終わり、今が盛りの銀色の花の咲く生け垣に着いた。その後ろにガラス張りのベランダの変わった家が建っていた。わたしたちは少しおずおずとベルを押した。プイアの母親の習慣をよく知っていたから。だが今はあのひねくれ女が割合に控えめに、風変わりな菊の花をあしらった青いぴかぴかしたガウンを着ていた。実はそれはキモノだったが、当時はその言葉を知らなかった。何も言わずにみんなを広々した玄関ホールに入れた。床は磨き砂岩のプレート、壁にはブリキと黒い針金で孔雀や風車を表現した画のようなものが掛かっていた。甘ったるい調子で娘は気分があまりよくないと言ってから、プイアの部屋に入れと合図した。みんな一度に入って、そこで立ちつくした。あの素敵な子は、ベッドに寝て顔を壁の方へ背けていた。シーツは片側に寄せられて、こわい巻き毛を乱した細いピンクの体は裸で、成熟した女性には想像できないようなレリーフの調和があった。でもわたしたちがびっくりしたのはプイアの腿の間が人形のように平らなことだった。性器は跡形なく、それが彼女に超自然的な美しさを加えていた。プイアは大きなお人形に他ならず、母親はその人形と遊んでいる大きな子どもだったのだ。振り向いてわたしたちを見るとすぐシーツをかけ、上半身を起こした。病気みたい、とぼんやり説明した。それでもみんなが来たのを喜び、ゲームは壊したくないと言う。だからもしみんながここで、彼女の部屋でゲームをするなら、彼女はちっとも構わない。わたしたちはちょっと考えてから、結局のところプイアの部屋も部屋に違いないと思うことにした。ましてや、プイアの病気のおかげでエステルに体温計を使うチャンスができた……。というわけでわたしたちはプイアのベッドに腰掛けたり、床に座ったりして、それぞれにエステルの決定を待った。エステルは体温計を見つめた。水銀柱は摂氏三十六度を示している。おかしげにまじめくさって、プイアの脇の下に差し込んだ。みんな、瀕死のお姫様を見守る医者のようにその周りに立った。突然みんな変化に気づき出した。来たときから、カーテンのかかった窓ガラス越しに、まだ緑色の実をつけたスモモの木の梢や、隣家の雨樋のついた庇と煙突が見えていたのだ。体温計から目を上げたとき、それがみんな消えていた。ただ青空と白雲ばかりが四角な窓越しに拡がっていた。同時に妙な上昇運動を感じた。それを全身の器官に感じた。後になって、初めてエレベーターに乗ったとき、わたしはあの押しつけられる感覚を思い出した。みんな悲鳴を上げて窓へ駆け寄った。下方、足の下数十メートルにブカレスト市街が拡がり、埃の渦に埋もれた迷宮のように錯綜して見えていた。真珠母色、さめたピンク色の霧が高層建築を包んでいる。頂上に灰色のあらゆる猛獣を飾った電話宮殿、プリズム状の窓のついた火の見の塔、ヴィクトリア・デパート、マゲール大通りの古いブロック、タワービル、それから緑なす遥かな草原の中の青っぽく厳めしいスクンテイ・ビル。蜘蛛の巣のようなブカレスト、その糸目をはうチャイム付きの路面電車、トレーラー付きトラック。はしご車とクレーン、病院と郵便局の建物、細かな方では新聞売りのキオスクだらけのブカレスト。北部に胃袋の形でいくつも組み合わさったねずみ色の沼。公園と黒ずんだブロンズの彫像、わたしたちの上昇につれてだんだん小さくなるおもちゃのこびとのような民衆。食べられないケーキのような労働者住宅地区。操車場が重ねた材木と山積みの石炭とパイプの束と成形プラスチックと錆びたポンプと削り屑と磁石類で一杯のブカレスト。丸い時計と蒸気機関車のある駅、いつもコークスとニンニクと原油の臭う駅、レールが重なり合い伸びて水路橋やトンネルや必ず通る「グラント陸橋の下へ」と消えて行く。材木貯蔵所と糸巻き工場と屠畜場と汚いステラ石鹼製造所、ドンカ・スティモ織物工場、ユリウス・フーチク通り、オルガ・バンチク通り、イリエ・ピンティリエ通り、ヴァシーレ・ロアイタ工場。白いシャツに髪はオールバックの人たちのブカレスト。ハンチングに痩せこけた顔の若い労働者が押しかけて、やはりオールバックでディナモ・モスクワ式の膝までのパンツのサッカー選手が革のボールを破れたネットに蹴り込んだとき、飛び上がって叫び出すスタジアム。動員の歌「マリナ、かわいいマリナ／怠けのマリナ」や名高い「クレーン／銀色の陽を受けて笑う／クレーン／夜明けのクレーン」、ノスタルジックな「それからきみとぼくと手に手をとり／アテネからミオリッツァをめざし出かけよう」が鳴り響くブカレスト、「ドレミ・トリオ」の、「あばれ羊」の、「零度の恋」の、チュボタレスクとジュガールとシルヴィア・ポポヴィチのブカレスト。夜間学校のブカレスト……。

わたしたちは高速で上昇し、市街はどんどん小さく、霞んでいった。やがてずっと広大な空間が一望のもとになった。青と緑の拡がり、糸のような流れの過ぎる黄色い長方形、手のひらほどの市街地にかぶせた綿のような雲。眩暈を起こさないように、みんなプイアのベッド脇に戻った。エステルがなにげなく体温計を脇の下から取り上げて、見やすい角度に回して見た。今摂氏三十七度を示した。このとき、部屋が小さな爆発を起こして崩れた。壁も天井も消えて、気がつくとわたしたちはサファイア色に凍り付いた山岳の空気の中にいた。ミルクのように白い巨大な山の稜線の頂上に刻まれた岩の巨象の背中だった。山と言っても刃先のように尖った火打ち石の峰で、わたしたちの足の下の小さないくつかの丘をビャクシンがはい上っていた。幻想的に、近づきがたく、象を頂上に持つ山は薄青いガラスのような澄み切った空気を通して見える平らな世界の上にそびえていた。牙を光らせ鼻を前に振り上げた象は戦に向かう王将のようだった。わたしたちはまだプイアが寝ているベッドの周りで手を取り合ってこの世界を飽かずに眺めていた。なぜならば、山頂からは、地上に見たいものが何でも見えたからだ。オリーブの木々の間に散らばる村が見え、トタン屋根の鐘楼のある古い教会が見え、熱い屋根の上にうずくまって眠るネコが見え、ネコのまぶたの間から一瞬現れたノミがもぞもぞと耳の脇の灰色の毛が薄いあたりを分けて頭の毛の中へ姿を消すのが見えた。別の方には露天のボウリング場が見え、ゲームをやりに来たショーツに赤ら顔のバーのおやじが焦げ茶色の壁にこつんとやったパイプから流れる煙の筋まで見えた。ハシバミの林の中の丈より高い草花の間でおしっこをしている子どもが見えた。トラクター工場と、四角なガラス窓越しにプラグのような物の光るのを見つめているネッカチーフの女性工員の上に虹のかかっているのが見えた。汗でシャツがぐしゃぐしゃの草刈り人たちが大鎌を陽に光らせて大股で刈り進むのが見えた。上半身裸体の男がいて、その片方の肩甲骨のあたりにものすごいいぼが見えた。エメラルドの海上に動かない船が後ろに動かない水脈《みお》を残しているのが見えた。ある船の昇降口で二人の水夫が綿の靴下を繕っていた。溶けた雪の上にオリーブの実を落として行く北極ウサギが見え、黒い湿った鼻でユーカリの樹皮を嗅ぐカンガルーが見えた。プイアの額は焦げ始め、赤みがかった熱を放射していた。エステルがまた体温計を見ると、今度は摂氏三十八度を指していた。そうして、爪の黒い一本の手が盲人の帽子の中へナットを一つ投げ入れるのを、また長袖の会計係がナイフで数字を一つ帳簿から削るのを、わたしたちは象のごつごつした背中から見た。教区の女の腰を撫でている司祭を、荷車の端で乳飲み子を眺めるカササギを、ルージュを塗る女を見た。被告をあざ笑う裁判官と、釘抜きで馬の歯を抜く助手を見た。何キロメートルも伸びる蒸留器、ブランデーが滴るパイプの林を見た。ジグザグに分岐するダムと、太い奔流になってオタマジャクシごと水田に流れ込む水を見た。バッタの首を切っている年寄りを見た。そうしてプイアの体温計が摂氏三十九度を示したとき、わたしたちは老女を殴る兵隊と新聞紙にくるんだ金庫と血の筋を引く霊柩車とアオトカゲに咬まれるギタリストを見た。蜘蛛に挑む蠅と蝶に微笑みかける病人を見た。工場の中で迷う人と手押し車につながれた学者と悲しいため息をつく狼を見た。そして田舎の台所で我慢する少女、逆回転するフィルム、テントウムシがはい回るひびの入ったレコード。そうして体温計が摂氏四十度を指してプイアが光に透かした爪のように透き通ったとき、わたしたちは柳の木にぶら下がった首吊りたちと入り江の岸で生け贄になった千頭の羊と犬の腎臓やチーズを食う農民を見た。それと南京虫のはびこるサイクロトロン、毛をむしられた帽子、ハンセン病患者の安心の二つの青い目。そして熱核キノコ雲、蜘蛛の皮のなめし革工場、親に刃向かう若者。そして倉庫を燃やす火事、舌を切られた人の大群、口腔の下の臼歯の間の礼拝堂。そして友情を築く鮫。ところで体温計が摂氏四十一度を指したとき、わたしたちはよその民にヘイトスピーチする民、水牛と闘う軍団、ペチュニアを描く槍の穂先、皮を剝がれて氷の割れ目で死ぬ者、市役所を洗う血の波、俳優の額の魔法の四角形、王座へ水を引く暴君、光るものを吐く駄犬、立ち上がる死体、目玉が飛び出す医者を見た。そして開かれた墓とタンクの上をにぎやかにカムフラージュし、巡洋艦の大砲のレバーを回す死者たちを見た。バズーカ砲を牽き、市街地へ擲弾筒、火炎瓶、シーツを投げる骨の軍隊を見た。騎馬で川を越える虐殺の元帥。食糧の中で燃えるガソリンのボンベ。炎の中のフィルムコレクション。壊死の店員、ヘルペスの乳搾り娘。松葉杖の諸民族、鼓膜の破れた大衆。ラッパは権力者に。ウイルスは旗の下。廃墟のカテドラル、青い衣の枢機卿、至る所に骸骨。動員された心臓病。唯一のエネルギー源としてのがん。蒸発した大河と死、サーベルで新生児までも突き通す無慈悲な星。そしてエベレストに建てられた桜の木の十字架とそこに刻まれた棘の冠をつけたセルシウス。そして彼の血まみれの踵の下に七度の火傷のついた皮、地球。ところで体温計が摂氏四十二度を指したとき、わたしたちはユーラシア大陸の上で舞う「地震神」を、極地を貪る「凍結神」を、日本を踏みつぶす「津波神」を見た。そして深層の暗黒神、復讐の鉄ニッケルが突如溶岩の声を響かせて地殻を空中へ投げ飛ばし海洋を蒸発させた。そしてマリアナ諸島と一万二千人の処女と女名前のあらゆる嵐が悲鳴を上げて、スカートは炎上、髪を振り乱し、乳房も露わに、大都会に躓きながら走った。そしてウォルフラムの大河とイリジウムの川とクロムのフィヨルドとインジウムの河口洲とストロンチウムの干潟とプラチナの滝とカドミウムの小川と銅の海と亜鉛の入り江と鉄の大洋が顔を揃えて、目くるめくばかりの植物相と動物相もろともに沸騰していた。そして星の雨と隕石の霰の下の諸季節。そしてわたしたちは地球と溶け合う太陽と煙を吐く日蝕を見た。そうして体温計は破裂し、中の水銀が涙のようにわたしたちの下の深遠に滴った。するとそのときわたしたちは星が小さくなり、空間が縮小し、光が衰え、強い相互作用と弱い相互作用と重力と電磁気力が四者でポーカーを始め、超立体でさいころゲームを始めるのを見た。時間が恥ずべき自己欺瞞をやるところを見た。世界が一つのリンゴぐらいの大きさになり、サクランボぐらいになり、電子ぐらいになり、ついには未成の中に消えるのを見た。そうしてとうとう周囲に暗黒すら、虚無すらなかったとき、突然、視野の果てから、一つの光の点がこちらへ進んでくるのをわたしたちは見た。近づいたとき、それが何かを認めてみんなが喜びの叫びを上げた。それはわれわれの子ども、愛しいわれわれの巨人、女の乳房を持ち、腰まで流れるブロンドの髪、青い目の大きな男性だった。それはどんどん近づいてきた。わたしたちのいる山よりもっとずっと大きかった。近づくにつれて細かいところまで見分けられ、やがて光る顔だけで視野はふさがり、次いでその目だけになり、その目が突然プイアの部屋の窓から見る雲を浮かべた青空になった。病気の友だちはベッドから半身を起こして微笑んでいた。奇妙な黄色の女王エステルは体温計を手に持ったままで、そうして窓にまたスモモの木と隣家の庇が見えた。体温計は初めと同じ摂氏三十六度を示していた。わたしたちはなお少しプイアのそばにいて、プイアが明日はよくなるようにおとなしく寝ていると約束するのを聞いて、それからそれぞれ食事に帰った。わたしはエステルと一緒だった。二人は彼女のクイーンの日がうまくいって、ゲームは今度も成功だったと喜んだ。彼女は王冠を外し、赤い針金の髪を振りほどき、こうして二人は熱帯なみの日ざしの中を手に手を取って歩いていた。わたしたちは二匹のネコのようにぼうっとしていた。二人とも大欠伸して、舌を出し合って笑った。彼女の門の前でもう一度微笑みを交わし、そうして帰り際、胸に悲しみの矢を感じた。すべてが、まもなく、すべてが終わるだろう、よい時代は永久に過ぎ去ったのだという感覚にわたしは初めて襲われたのだ。

悲しみはもうわたしから離れなかった。午後、一人になるとそれが強まり、鋭く甘く、耐えがたかった。そこで誰もいない庭をぐるぐる回り、トマトをもぎ取ってはかじり、またニガザクラの幹を抱いてエステルのことを思った。野菜の畝の間の細道を歩き、トラックに着くと、熱いキャビンに登った。ハンドルを回したりブレーキを踏んだりしていると、急に涙が溢れた。降りて、ジージをうなじに乗せて、そうやって庭の奥の雑草に埋まった朽ちた垣根のところまで行った。また涼しい家に入り、大きな窓からの明かりだけで、誰もいない細長い玄関ホールに長いことといた。そこで窓枠によりかかって、立ったまま、名も知らぬ花の花びらを何度も何度も数えていた。静かで、明かりは灰色で、わたしは気を取り直すことができた。そしてまた自分の部屋で、またベッドの中で、シーツをかぶり、壁に顔を向け……。その日は夕方まで泣いた、抑えきれなかった。アウラ叔母さんが入ってきたときは眠っているふりをした。かわいそうに一日じゅうテーブルの下に忘れられたリリー、きれいなドレスは埃まみれ、糸の髪は別世界のお化けのように乱れたリリーを見たときに、よけい泣いた。パンティやスリップやリリーの服をみんなどれほど愛しく着替えさせていたか、ところが今継子を憎む継母のように捨てていたと考えたとき、わたしはリリーを胸に抱いて、またしくしく泣いた。

でも夕方には目をよく洗って、道で馬乗り遊びをしていたマルチェルのところへ行き、一緒に望楼へ出かけた。バッハ夫人がドアを開けてくれ、玄関に入ったとき、二階から聞こえる叫び声にちょっとぞっとした。「エゴールに友だちが来ているの」とノッポおばさんは言いながら、上がれと合図した。わたしはびっくりした。エゴールが絶対孤独の人だと思っていたから、友だちが現れようとは想像もしなかった。ドアを開けると、途端に叫び声が大きくなった。叫んでいたのは間違いなくお客で、エゴールと同じ年ごろの青年だが、身長はやっと彼のベルトまでだった。濃い褐色で、当時としては珍しいことに、髪を片側に撫でつけていた。名前は分からないが、学生に見えた。多分あの調子でしか話せないのだろう。エゴールがわたしたちを紹介したときちょっと黙っただけで、すぐ前にも増して大声で怒鳴り出した。議論の内容は皆目理解できなかったけれど、ようやく政治の話に違いないと気がついた。東、西、ロシア人、アメリカ人、コンゴ……原子爆弾……冷戦……フルシチョフ……デジ……アルジェリア……ベトナム……。学生は何度も繰り返し自分の固定観念に戻った。「破滅へ向かっているのだ、いいか！　武器が蓄積されている、いいか！　憎しみが増す、いいか！　疑い、不信！　黙示録が来る、友よ！　みんなが爆弾を持つだろう、みんなが宣伝する、みんなが欺す、いいか！　世論だ！　ＦＢＩだ！　ＫＧＢだ！　大虐殺だろう！　悪夢だ、分かるか？」。三十分もそんな具合で、その間エゴールは重々しく耳を傾けていた。学生が力尽きて口をつぐむと、エゴールは立ち上がって箪笥の引き出しからバラをプリントした真っ赤な絹で包まれた大きなアルバムを取り出した。それを開いてめくり始めた。厚い台紙に黄色くなった写真が一杯、それと入れ違いに精巧な浮き出し模様の半透明なアラベスク。写真の中にはおかしな髪型の楽しげな女たち、見せびらかすような民族衣装を着て、二人ずつ肩の後ろに腕を回している水兵服の子どもたち、前世紀のコスチュームの群像、伸び放題の髭のシルクハットの紳士たち、長いドレス、大きな巻きリボン、顎の下に帽子の飾り紐を結んだ貴婦人たち、サーベルを腰に下げ、あるいは剣付き小銃の上にうずくまる兵士たち、頬にえくぼを作り耳のそばに巻き毛を垂らした寄宿女生徒、チェロを弾く痩せこけた若者たち。「きみは原子爆弾の話をするのか？　大虐殺？　さあぼくの答えだ。この古い、前世紀の写真のアルバムを見ろ。ここに世界と歴史のあらゆる問題へのぼくの答えが含まれている。見ろ、この写真の男らを、女らを、子どもらを。今日、みんな死んでいる、みんな、最後の一人まで。今から百五十年前に生まれた数百万人のうち誰一人生き延びなかった。これに比べれば、殺し尽くす時間に比べれば、負傷者も残さない時間に比べれば、核兵器が何だ？　すべてに対する綿密な、静かな、ほとんど柔和な時間の勝利の前では、紛争が何だ、権力闘争が何だ？　爆弾、戦争、地震、病気、洪水、それはみんな余計なことだ、時間の仕事を訳もなく早めるだけだ、みんなちょっと先の眺めだけ、カーテンの端を持ち上げるだけだ」。それに対して学生はまたおしゃべりを始め、だんだん興奮して、辻褄も合わなくなり、部屋にわたしたち子どもがいるのも構わず悪罵を吐き散らした。もうきみは死んでいる、白布をかぶって自分の考えの通りにこの世におさらばするしかないとエゴールを攻撃した。結局さようならも言わずにドアをばたんと閉めて去った。

エゴールは静かに笑ってわたしたちの方へ振り向いた。

「世界は自分の面倒を見ていればいい、ぼくらは世界の面倒を見よう」と言って、わたしに夢はどうなっていると訊ねた。わたしが物語ると、彼はまたうまくいくと言った。「たとえきみが、きみにいろいろなことが起こる中で、ぼくの知っている幾何学的な、均整の取れたモデルからいくらか逸れても、それは歓迎だ。きみのプロジェクトそのものとそれらの実現とは決してぴったり合わないのがいい。均整の取れた一つのアクション（乃至は、ぼくの職業に戻るなら、一つの作品）は、設計板上に生まれた都会と同様、まさに死んでいる。ちょうどドラッグの影響で完全な網を作れず、やたらに穴だらけで、よじれた網を作る蜘蛛のように、われわれの世界の創造者（そうして、彼に倣って、作家）は、原料を変形させ、インスピレーションの狂風の影響下に、それを変形し、混迷させる。法則、構図、筋はそのまま、だが伸び、歪む。レース織りが生命を獲得する」と言い、それから、「きみたちのクイーン・ゲームのことをまだ何も話していないね、よくないよ。でもそのゲームのことはぼくの方がきみたちよりもよく知っているから言うが、そこのすべてがある意味を持っており、きみの夢ときみのゲームが、互いに絡み合って、きみの蜘蛛の巣を創り出している。何かを捉えるためにではなく、きみが捉えられるためにきみの編んだ網だ。というのは、われわれ全員は自分で網を分泌する蠅なのだ、そうして全員に対して蜘蛛は同じことだ。われわれの一人一人を一度だけ、蜘蛛は訪れる。然るべき瞬間に、網が完成して蜘蛛の重さを支えられるようになったそのときに訪れる。そうしてただきみが、この世界の全存在のうちできみだけが、一瞬間、自分の網から抜けることができるだろう、きみに、きみだけにそのチャンスが与えられた。ところでぼくは……ぼくの網には一本の長く真っ直ぐな糸しかない。その上をきみは行かなくてはならない。ぼくはここで、世界の端で、案内人で見張り番なのだから」。

いつもの通り彼の話にうっとりと聴き入った。彼の言葉の一つ一つを覚え込もうと努力していた。屋外の黄昏が彼を大きな赤い虫に変えていた。あまり薄くなってあちこち縦糸が見えるお祈りの絨毯を見つめていた。色とりどりの糸がその中でややこしく結び合わされ複雑なアラベスク模様を作っていた。初めての日にエゴールが祖先の話をしたとき、彼の一族があのアフリカの土地で青い羽の蠅の刺し傷とともに獲得した奇跡的な才能のことを話したのを思い出した。彼はいつかその話をしてくれると約束した。けれどもすべてが、望楼のプリズム形のエゴールの部屋の中で、今、日暮れ方に、すべてがあまりにも荘厳に、悲しく、遠くに見えて、もうわたしは静寂を乱す気にならなかった。それなのに、言う気のなかったいくつかの言葉がわたしの口から洩れた。「エゴール、わたしエステルを愛しているわ！」と、重々しく囁いた。しかし彼には何も聞こえなかったように見えた。なおしばらく黙ってマルチェルの遊びを見ていたが、それから繰り返した。「そうだ、案内人で見張り番」

寝入るまで長いことベッドでもぞもぞしていた。手を枕の下に入れて貝殻の絹のような優しい内側に触っていた。指先に迷宮のようなひっかき跡を感じていた。ついには、あの暗闇で、まるで自分の目で読んでいるように、指の皮膚で見るまでになった。この能力は今日までなくなっていない。何度も、ぐったり疲れて家に着いたとき、ランプもつけずにベッドに転げ込んで、目を閉じたまま新聞を「読んでいる」。わたしの指が上を通る文字は、小さなランプで照らしたように、頭の中に現れるのだ。あの夜、夢でわたしは次第に悪寒と眩暈を強くする森の真ん中の小道を歩いていた。地面を見ていると、ひこばえや芋虫や朽ち葉やキノコのあの混合が目の前で震えた。森には果てがなく、方向がなく、森は想像できる限りの唯一の世界だった。やや丘の方で狼の一声。蜘蛛の巣の中の露の煌めき。ツグミのさえずり。涼しいそよ風。遥かに遠く、谷の奥に、金色と影の混じる中に、家が一軒見えた。近づくにつれてはっきりしてきた。木造の廃屋、二階建て、四角のつづらのような形、トタン屋根も窓もない。間近で見ると不気味だった。煤を塗った板の箱だ。真ん中に開いたドアがあって、わたしの小道はその敷居で終わっていた。そこへわたしのシルエットが黒く震えるインジケーターの針のように投影されていた。ためらいながらドアの前まで進んだ。大きな真っ赤なドアだ。中は――影になった濃い闇。気分が悪くて、しばらくドアに額を当てて寄りかかっていた。逃げようはない。世界じゅうにわたしの隠れる場所は存在しなかった、わたしの道がここで終わっていたのだから。敷居を踏み越えた。耳が孤独でじーんと鳴り出した。長い曲がりくねった、埃とごみの積もった廊下で、そこには古い家具や割れたピアノや太い革紐で結んだ本の束がごちゃごちゃと積んであった。楕円形のフレームの黄ばんだ写真があった。歪んだ鉄製ベッド、錆の浮いた溲瓶。鏡の割れた衣装戸棚に色の落ちた服。襟や折り目から灰色やベージュのおびただしい蛾の群れが飛び立って、至るところに羽の鱗粉をまき散らしていた。天井から落ちた大きなシャンデリア、二つに割れたイコン。あちこちの隅から大きな肥った虻が飛び出して、いつまでもぶんぶんとそこらじゅうを舞っていた。古物古道具の間を小刻みに進む足が、二階へ続く階段の一段目に当たった。しっかり踏んで、ゆっくりと上った。曲がり角では巨大な蜘蛛が濃密な網の中でじっと動かずに窺っていた。階上の廊下の突き当たりは鍵のかかったドアだった。緑青のついた銅の取っ手は折れ、その下から無作法な鍵穴が見えた。わたしの緊張、あの恐怖、好奇心、あの欲求、あの悪寒は頂点に達した。わたしは黄金のキーを見つめた。これが合うのだという確信があった。ちょうどそのとき目が覚めて、不安と欲求不満のまずい気分だった。

六日目はまったくのヴァカンスの一日だった。クイーンのはずのナデシコは十一時まで来なかったので、わたしたちの方から彼女の家へ行った。地上一メートル五十センチを超えない屋根の下に十五人ほどいた。門口で三、四人のロマの子どもが駆け回り、小さいのはパンツもはかず、大きい方は垢で茶色になった白いコットンのランニング。壁一杯にチョークのついた手の跡が見え、庭にはチェーン、調理器、下水管、L形継ぎ手などの古鉄が山積み。ドロバンツィ通りの雌狼の彫像なみの乳房の汚い犬がくしゃくしゃの新聞紙から何かをぺちゃぺちゃ食べていた。娘三人ほどと十五歳ぐらいの少年がベランダに座ってアブラナの種の皮を吐き出していた。少年は斧の刃のような鋭いカッターに油を塗って、多分接着剤の代わりに砂糖を使っていた。分かったのは、ナデシコは「母ちゃんと空き瓶の車」で一緒に行った、そうして夕方になれば戻るだろうということだ。わたしたちは少し考えて、ゲームは夕方か明日まで延期、それまでふつうの遊びをすることにした。そうして一日じゅういろいろ遊び呆けた。画を描いた、石蹴りをした、ニガザクラの木に登った、「石の橋」と「祖国、祖国、望みは兵士」を楽しんだ。食後、エステルと二人だけで野原に出て、雑草の花の中で手をつなぎ、それから抱き合った。花束を摘んで、贈り合った。花を髪にも挿した。あなたたち男の子には決して分からない……。わたしたちは二人とも知っている歌をみんな歌い、日暮れが近づくにつれてメランコリックな歌が多くなった。わたしが愛しさを込めて撫でているエステルの髪は、そのとき、サクランボのような濃い赤になった。わたしたちはとても幸せだった。もし二人が出会わなかったらどうしていたろうと考えた。本や映画の話もし、エステルはなんと賢いのかと驚いた。ちょうど煉瓦ぐらい厚い『悪霊』という本を読んだところで、そこに出てくるかわいそうな、足の不自由な少女の話をした。リーザという病気がちな美人はお伽話の中で暮らしていた。「でもスヴェトラーナの方がリーザよりもっときれいよ」。二人で家に入り、アウラ叔母さんに花を手渡し、それから三人でしばらくおしゃべりした。叔母さんはわたしたちがすっかり気に入った。自分も女の子が欲しかったけれど、「この生意気な子」だけだ（マルチェルがテーブルの下で聞いていたのでそう言った）。夕方の七時にわたしたちはまた集まり、十五分もするとナデシコも来た。みんなびっくりしておもしろがったのだが、この子は約束通り従兄からオレンジ色のチョッキを借りてきた（その従兄はゴムの膝当てをした連中の一人で、マンホールの鉄板を外して中を嗅いでは、元通りに戻してハンマーで一発がちんとやるのだ）。彼女はその身なりが大自慢で、今回はゲームを夜やろう、その方がおもしろくなるだろうと提案した。十時きっかりに双子の家の前に集まることになった。ちょうどそこで道が分かれて昔の学校の方へ行く。それが帽子の中からナデシコが引いたくじの場所だった。これで明日わたしはまちがいなく望楼でクイーンになるわけだ。夕食後、自分の部屋へ行った。アウラ叔母さんは一日じゅうミシンを踏むので早く寝る習慣だ。だからわたしはパジャマに着替えもしないで、『雪の城の司令官』を膝に、ベッドにきちんと座ってきれいな挿絵の黄色っぽいページをめくり始めた。落ち着いて読むことができず、いろいろなことをいちどきに考えていた。アウラ叔母さんのところへ来てから今までの六日間のそれぞれが記憶の中で（さらにもっと深く、感情の生まれるあの場所で）他の日々と混ざりあい、香しくも痛ましい映像を結ぶのだった。心はすっかり乱れ、体にもどんよりした悪寒が貼りついていた。それは夢の中でわたしについて来たのだが、ほら、現実にも現れていた。視線がリリーに落ちたとき、予感めいたものがあった。リリーを床から拾い上げ、埃を払い、心を震わせてたくさん話しかけ、これからは決して放っておかないと決心した。とりわけ、ナデシコの持ち物は人形だった。そこで、リリーも連れて行ってゲームを見せてあげようと思いついた。わたしの人形がゲームに参加するなんて、それもあんな荒っぽいやり方だなんて、分かるわけがなかったではないか？　今もときどきあの恐ろしい夜のことを思い出して泣くことがある。でもそれがリリーの運命だったようだ……。

十時十五分前、リリーを抱えてそっと家の門を出た。それまで満月とは気がつかずにいた。空には星が輝いていた。白い彗星は天頂から傾き、軽々と伸びる六本の尾は黄色い花の咲く野原で草を食う生まれたばかりの子ヤギのようだ。月はいつのまにこんなに大きくなったの？　その輝く円盤が大空の四分の一ほどを覆っていた。わたしは星の降る下、人通りのない道を一人でたどった。道の角にはもう双子がいて、次にプイアもイヤリングを微かに鳴らしながら現れた。クジラがエステルと一緒に来て（道で会った）、そうして最後にナデシコも来た。あのオレンジ色のチョッキを着ていた。額には学校のリボンを巻き、そこに挟んだ巨大なキンギョソウの花が将軍の羽毛飾りのようにピンと立っていた。着ている花飾りの窮屈なドレスはそのころよく見たけれど、下品なカットで、少女の丈にはマッチせず、ところで足には――赤い、ラッカー塗りの伝統的なサンダルで、ウサギの玉ふさがついていた。黒光りのする髪を太い二本の房に分けて編み下げていた。薄闇の中で、彼女の顔は、そもそも美しいのが、木彫りの像のように古風に見えた。みんなでゆっくりと、恐る恐る、周囲の家より高い建物をめざした。それはわたしたちの通りと直交する道路の外れの星空に黒々と浮き出していた。

それは古い、壊れた建物で、壁の一部はすっかり崩れ落ち、各階の間の床面は傾き、ぶかぶかな木組みがむき出しだった。窓枠はなくなっているので、窓が漆喰の剝がれた壁に無様に空いた穴のようだった。傾斜した屋根にはもう瓦がなく、幅広い、黒い裂け目があった。

わたしは前に一度、昼間、ここに来たことがあった。プイアと二人でがらんどうの教室を歩いた。壊れたベンチ、古い三本足の黒板が隅に忘れられていた。ある板にはチョークで書いた何年も前の分数と足し算が消え残っていた。壁には、「家畜」、「わたしたちの国土」などの掛け図のかかっていたところ、あるいは色刷り地図があったところに薄黄色い四角の跡が残っていた。ガラスのかけらにまじったブリキの棒や円盤が、化学実験室の場所を示していた。自然科学教室には藁を詰めたよく分からない動物が一つ忘れてあった。床に寝かされて、体のあちこちが切りほぐされ、そばにガラスの目玉が一つ転がっていた。なおそこには割れた耳の形の一部分もあった。あちこちの教室に初級読本や音楽の本の包みの破れたのや、赤鉛筆で直しの入った答案などもあった。ここで学んだ子どもたちは今は大人で、違う仕事、違う世界、何か違うものへと移って行った。もう二度とここへ戻って来ることはないだろう。

暗闇でわたしたちはなんとか入り口を見つけ、みんな仔猫のように潜り込んだ。ナデシコが懐中電灯をつけて壁を照らした。一階の廊下はきりもなく長かった。ライトは奥まで届かない。床の汚れたモザイクが反射していた。みんなの入った教室には、ベンチが三つほどと、壊れて傾いた教壇が残っていた。壁の一角が崩れていて、外から冷気が流れ込んだ。その崩れた煉瓦の上に草が生えていた。

ナデシコはベンチに腰掛け、わたしたちはクイーンに金の王冠をかぶせ、リボンと家から持って来た何やかやで飾った。こうして下から上へ懐中電灯で照らした顔はものすごいものに見えた。ゲームで使わなくてはならない小さな人形も献上した。ナデシコはそれを抱きしめ、唸りながら、飲み込む真似をした。それから、隙間から差し込む巨大な月めがけてできるだけ遠くに放り投げた。これはよくなかった。冷気が拡がって、みんなぞくりとした、みんな薄いワンピースかブラウスだったから。きいきいと鋭い音に脅え、ガラスのない窓の薄青い空気の中を飛び回るいくつかの影が見えたとき、コウモリだと気がついた。教室に数匹が音もなくひらひらと舞い込むと、みんなの周りを高速回転し、耳をつんざく叫びを立てた。わたしたちも叫び出して、頭を手で隠した。コウモリは髪の毛をつかんだら離れないと知っていたから。彼らの幅広い皮の翼がわたしたちの耳の近くを掠めた。まもなくコウモリの群れは教室の空中にむらがって、いっぱいになった。みんな動転してあの隅この隅と逃げ回った。月に影を引いて続々とやって来る。そのぎざぎざの翼と鼠の耳の悪魔さながらのシルエットがよく見えた。そのときナデシコの突然の思いつきがみんなを救った。火を燃やそう。叫びながら、避けながら、わたしたちは大急ぎで床から汚れたノートブックや待ち針の円い頭や教壇の椅子だった木片やを拾い集めて、とうとう教室の真ん中にごみの山を積み上げた。それにナデシコがいつも持ち歩いているマッチで火をつけた。眩しい炎が赤に紫にぱちぱちはぜながら立ち上がり、周囲に突如としてゆらゆら揺れる光を拡げ、壁を赤くし、みんなの顔を最高に生き生きと描き出した。わたしたちの叫びは今度は喜びの声、勝ち鬨だった。うろたえたコウモリはもうさっさと出ることもならず、ぶつかり合い、天井まで上がった黒い煙の中を通り、陽気な炎に身を焼いていた。何匹かは床に落ちて翼を引きずり、苦しくきいきい叫びながら小さい頭を奇妙な速さで振り回していた。やがてみんな隅の濃い闇の中で見えなくなった。火は暖め、酔わせ、みんなは催眠術にかかったように火を見つめていた。まぶたも頬もひりひりした。木材と煙の臭いで眩暈がした。わたしたちの世界は今や小さく密やかだった。揺れる光と熱の空間。新しい炎の舌が天井へ伸び、分かれ、合わされ、火花を散らすのを見る喜びのためだけに、周りにあるものを火に投げ込んだ。「火！　火！」わたしたちは狂ったように叫んでいた。誰からともなく立ち上がって、ぴょんぴょん跳ね、転げ回った。するとみんな踊り出し、右足でまた左足で飛び、歌い、手を叩いた。両手を空中に魔女のようにかざし、火の周りで輪舞のホーラを踊り、目が回るまで跳ね踊り、目をつぶって腕を拡げて火を跳び越えた。絶対的自由の感覚が、渇望の感覚があった。何への渇きだろう？ それは分からなかったけれど、わたしたちの中に憧れが、喘ぎがあった。顔をしかめ、歯をむき出し、声を嗄らし、ナデシコを真似ようとした。彼女は教壇の上で偶像のように身じろぎもせず、月に向かって犬のように吠えていた。王冠は転がり、キンギョソウの花は破れて垂れていた。みんな火を跳び越えようとし、何度も燃え付きそうになった。スカートは焦げる臭いがしていた。

薪の周りで踊り疲れたとき、わたしたちは大法廷を作った。裁判長は言うまでもなくナデシコ、オレンジ色の女王で、ほかのものは補助で、判事や死刑執行吏だった。出廷するのは「人形」だ。あの投げられた小さい人形は見つからなかったので、わたしがリリーを被告として提供して、ベンチに置いた。わたしはこの遊びに打ち込んで、ひどく夢中になり、すっかり陶酔し切っていたし、内面の悪意に押しつけられていたので、どんなひどいことをしたか、次の日になって初めて気がついた。でもあとで泣いても無駄だったのだ。両手を糸で後ろ手に縛られて、わたしたちの前にリリーは壁にもたれて立っていた。みんなが彼女にしかめ面を見せ、引っ掻いてやろうと爪を出した。ナデシコは陰気にみんなに向かって罪状を述べよと命じた。罪状ごとに火が激しく燃え立ち、リリーは身をすくめて髪を震わせるようだった。最初に進み出たのはクジラでリリーを指さして叫んだ。「おまえはちびだ、みっともない奴、もう生きるに価しない！」。アダはぺらぺらと不実に話しかけた。「おまえは読み書きができないね。計算もできない。知っているのは自分の名前だけか。死刑！」。カルミナはあざ笑った。「おまえはもみがらと羊毛ばかりだ。恥ずかしいと思いな！ もうこいつは片付けよう！」。

プイアは自分の席で、決して覚めたことのない冷たい夢想に浸ったまま、呟いた。「おまえは醜いねえ。でたらめな着方だねえ。誰がお前を嫁にする？　いいや、人形、そのままがいいね……」。冷酷なナデシコは肩越しに言い放った。「この馬鹿者、お前はバッグを燃やした。遺言をするがよい、オシマイだ！」。わたしはリリーにささやいた。「みんなはそうしたがっているの。リリー、わたしは構わないわ。みんなのゲームをだめにしないでね、リリー。わたしたちにはただのゲームなの、でもおまえはとにかく小さすぎて、ぼんやりだから、分からないわね」。エステルは例のもの問いたげな、魅力的な鼻声で、火に油を注いだ。「お前には生命がない、だから死ななくてはならない。お前は存在しない、だから消えなくてはならない」。リリーの運命は決まった。もう逃れようがなかった。ナデシコが判決を下した。「黒の法廷は彼女を絞首刑と火あぶりに処する」。ぼうっとしているリリーが自分の悲惨な状態に気づいて嘆き始めないうちにとみんなは刑の執行を急いだ。そうしないと、かわいそうに思ってしまいそうだから。わたしたちは直角に組み合わされた二本の材木を見つけて、教室の剝がれた床板の割れ目に差し込んだ。綱はアブラナを描いてある画板の縄で作った。炎の弾ける音だけが聞こえる沈黙のうちに、わたしが自分であれほど精魂こめて仕立て縫い上げたリリーの服をみんな剝ぎ取り、次々に火に投じた。ドレスはすぐに炎と灰の蝶となって天井に舞い上がった。裸のリリーは惨めだった。歪んだぼろ布の体、それに石膏の頭が不細工に縫い付けてあった。汚れて、灰まみれだった。筒型の手足は粘土細工に見えた。わたしたちはそれを絞首台につけて、黒く尖った影が床に揺れるのを眺めた。みんなはその周りでまた踊り出したが、今度は陰鬱な、重々しい、ぐったりしたダンスで、楽しみはなかった。わたしたちは教室の隅々へ散って、別の紙の束や棒や鉛筆の破片を火の方へ持って来た。吊された人形の足元には小さな火あぶり台のピラミッドができた。ナデシコが大きな火元から取ってきた板で火をつけて、みんなは目を大きく見開いて、最初の黄色い炎が人形の体をなめる様子、手足が松明のように燃え出す様子、体から濃い煙が出てくる様子を見つめていた。数分のうちにリリーは火に包まれて見えなくなった。綱にも火が付き、焼き切れ、人形は火あぶり台に墜落して、そこで長い間燃えていたが、ついに灰の巻物に形を変えた。ただ頭だけは炎の真ん中に汚いボールのように黒々と残っていた。糸の髪はずっと前に炭化していた。突然、ドアを力いっぱい閉めたかのように、二つの火元は爆発して火花を散らし、消えた。もう残り火さえなかった。すべては灰と煙だった。がらくたの教室は刺激的な吸い込みにくい煙でいっぱいになった。壁の崩れた角から月の四分の一が見え、周りの空を青くしていた。すべては滅茶苦茶だった、わたしたちは今、深夜に、廃墟の部屋にいるただの怯えた少女だった。隅々でコウモリがまた目を覚まし、もう一度教室の中を飛び回りだした。外の仲間も呼応して窓から侵入してきた。みんなは悲鳴を上げて廊下へ逃げた。翼のある鼠どもは群れをなして後を追いかけ、今はわたしたちの顔にぶつかり、服を引き裂こうとするのだった。廊下は分岐が多く、出口は分からなくなった。ナデシコのライトが照らす壁は苔に覆われていた。たくさんのドアの一つを開けたら、突然そこは屋外で、月と星のお伽の国のような光の下だった。暗い道を逃げた。コウモリの群れはわたしたちの通りとの交差点まで追ってきた。みんなそれぞれの家に入った。コンベは足を引きずりながら走って来て吠えかかったが、わたしが分かってすぐ静まった。わたしは自分の部屋に滑り込んだが、頭はしびれきって何も考えられず、体じゅうの節々まで疲れ切っていた。もうどうなっても、決してREMに入れなくてもいい、とにかく今夜夢を見ることは耐えがたいと感じていた。すべてが苦痛だった、すべてが重かった。貝殻を枕の下から出してテーブルに置いた。

朝まで苦しい、どす黒い眠りが続いて、十時に叔母さんが起こしに来た。お客ですよ。双子とクジラがリリーの哀しい物語を慰めて、わたしを称えるために来ていた。わたしが最後のクイーンになる日だった。そこでわたしは昨夜の出来事をすっかり思い出し、本当にヒステリーの発作を起こした。泣き、床に倒れ、顔を手で叩き、腕に爪を立てた。女の子たちを怒鳴りつけて追い出した。驚いて入ってきたアウラ叔母さんにも叫んだ。一時間ほど経ってからいくらか落ち着いて、叔母さんがなだめようとして言い出す冗談に、涙の中から笑い始めた。五年前からベッドで一緒に寝ていたリリーをなくしたことを話した。昨日の昼のことだと言って。ひりひりする頬を洗ったあと、食事をして、何を着ようかと考えた。選択の余地はあまりなかった。赤い（というより煉瓦色の）ブラウスと、赤い縞入りのソックスいくつか。でも他にないから白いスカートをはき、頭には赤い花をプリントした絹の長いスカーフを巻いた。やや斜めになった鏡の前で顔をちょっと直し、それからバラを一本摘みに出た。棘だらけの小枝を切った。バラは小さく、やっとふくらんだばかりだが、何枚か深紅の花びらが開いてばらばらに立ち、露に濡れて巻いている他の花びらを覗かせていた。それを手に持とうと決心した。胸に付けてもよいのだが、ブラウスも赤かった。太陽の下へ出ると、玉座を囲む七つの輪がまだ見える舗装の路上に少女たち全員が集まっていた。わたしが飾り立てた椅子に座ると、プイアがメッキの冠を頭にかぶせた。みんなで火のように赤いぴかぴかする長い紙の花飾りでわたしを包み、髪にカーネーションを挟み込み、指にはルビーまがいの指輪をはめた。それから持ち物を受け取った。金のように見える指輪だった。それはわたし向きではなかった。最高とはいかない、わたしの日は失敗に終わるだろうと感じていた。自分が美しくはなく、赤は似合わないのが分かっていた。指輪をはめ、ゲームの場所へ、つまり望楼へ行こうと決めた。ゲームの後エゴールのところへも寄ろうと考えていた。夢に失敗した。もうあそこへ行けないと言わなくてはならない。わたしたちは野へ出て、ちょっとだけ、とローランドの洞穴に降りた。壁には同じ薄青い光が当たっていたけれど、「わたしたちの友だち」（そう呼び始めていた）を見たとき、言葉が出なかった。もう何千年か経ったみたい。

巨大な骸骨はただの塵の塊だった。水たまりの中の骨はそれでも汚れた埃の中でまだ頑張っていた。頭蓋骨の破片の他に臼歯の四分の一、背骨の残り。時間はローランドの上を信じられないようなスピードで怒り狂って吹き過ぎたのだ。みんなはがっくりとしてこの納骨堂を出て、野道を通って、輝く大空の下の望楼へ向かった。青い花のアザミがわたしたちの布サンダルの脚を引っ掻いた。まるまるした蜂がキンギョソウの花の口元の空中で停止し、押し開いて中に入った。そこをかき回し、花粉を背中に黄色くなって出てきた。見えない翼のついた小さな袋のように宙に浮いてまた飛んでいった。

エゴールは二階の自室にいた。窓からこちらを見て手を振った。わたしたちも挨拶を返した。望楼と倉庫の間は優しい、もちろん皮肉な笑顔を見せて。双子は最敬礼して、それから吹き出した。望楼と倉庫の間には踏みならされたスペースが、わたしたちのゲームのためには、十分あった。さあいよいよだ。わたしは何分かのうちにおもしろいゲームを考えなくてはならない。その日のすべてはわたしの責任になる。指の指輪を何度も何度もひねくり回した。それで何ができるか？　何一つ頭に浮かばなかった。カルミナが真珠でやったように、指輪の穴から覗いてみたが、何も出てこなかった。天頂に太陽は轟くばかりに燃えていた。金属を溶かした輪を見つめ続けて、視線を動かしたときには紫と紺の色しか見えなかった。それからエゴールの窓の方を見たが、レースのカーテンが降りていた。心を決めた。結婚のゲームをしよう。指輪を結婚指輪にする。わたしが花婿にならなくてはならない。花嫁はくじ引きにしよう。今までにもこういう遊びは何度もしたけれど、少女たちはみんな、初めから喜んだ。それは退屈せずにすむ遊びだった。本当の婚礼のように興奮した。いつもどおり紙や鉛筆や鋏は持って来てある。まず札を作って、そこに友だち六人の名前を書き込んだ。誰が花嫁になるか。ここでわたしはごまかした、他にどうしようもなかった。全部の札に『エステル』と書いたのだ。それを重ねたわたしの手の中から、ナデシコが一枚だけ引いた。他の札はすぐに千切って、捨てた。もしそれを見せろと言われたら、恥ずかしさの極みだ。大きなリスクがあったが、ゲームはわたしの勝ちだった。こうしてエステルがわたしの花嫁ということになった。それ以上なれないほど真っ赤になったけれど、よく似合った。みんな彼女を「飾り立てる」ために押しかけたけれど、わたしはその横にいて、家からいろいろなものと一緒に持って来た叔父さんの帽子を頭に載せるより他にすることがなかった。髪の毛をすっかり帽子の下に押し込んだ。首に緑色のリボンを巻いて蝶ネクタイの形に結んだ。炭を拾って、アダに髭を頼んだ。結局、アダは炭を二つに折って、半分を姉妹に持たせ、二人で相似形に同時に、立派に反り返った髭を半分ずつ描いた。それ以上わたしにはすることがなかった。エステルは白いガーゼでおとがいまで届くベールで飾られた。みんなが持って来た「宝石類」を着けさせたがったけれど、エステルは拒んだ。手には指輪を一つもはめなかった。たまたまその日に着てきたドレスは白（青の縁取り）だったから、そのシンプルさのうちに、ほんとうのミニチュア花嫁、顔赤らめた巻き毛の優美で気高い反り鼻の花嫁だった。婚礼の花束として何人かの少女は野草の花を一抱え集めてきた、タンポポ、カミルレ、ヤグルマソウ……。他の少女たちは役割を分けた。アダとクジラは新郎の、カルミナとプイアは新婦の両親になり、ナデシコがわたしたちを結婚させる司祭になる。そのために黒いぼろ切れで地面まで届く髭を作った。それを見たらひっくり返って笑わずにはいられなかった。「祭壇」は倉庫の赤い埃まみれのドアの前と決めた。新郎新婦が望楼から倉庫へ来る道に沿って来ると、そこに、ドアの前に、司祭が指輪を持って待っているのだ。わたしの青銅の指輪のほかに、まだ一つ、多分銀の指輪が現れた。宝石はなく、第二の結婚指輪になるはずだ。準備はすべて整った。望楼のそばで行列を組んだ。エステルは一瞬わたしの目を見て、それから、なかばふざけておずおずとわたしの腕を取って胸に当て、もう一方の手で花束を持った。その顔は念入りに整えたベールを透かして辛うじて見えるだけだった。小刻みに「祭壇」へ歩みを進めながら、彼女を目の隅で捉えていた。他の女の子たちは二人ずつ組んでわたしたちの後を厳かに歩いて来た。わたしは進んでいくうちに、自分には強すぎる苦しみと悲しみの感情に押しつぶされていた。自分にも理解できないその感情は、ある黒い、苦い、耐えがたい喜びと混ざり合っていた。わたしは分かっていたのだ、まもなくすべてが終わりになるだろうと。まもなくこの日々の（この世界の）魅惑を作っていた一切のものが、まるで初めからなかったかのように、消え去るだろう。今わたしの腕の下に抱きしめているエステルの腕はなくなるだろう。「大きなゲーム」は終わりになっていた。ナデシコの御前に着いてわたしたちは止まり、ただ正面を見つめていた。倉庫のドアはほとんど腐りきっている。入り口に大きな錆びた閂が封印のように下がっている。エゴールの話によればそこにＲＥＭがあるはずだ、と頭に閃いた。その考えはいつにもましてでたらめに見えた。ナデシコは、手を聖書の形にして、顔をしかめ、髭を引っ張りながら、早口でなにやら、たぶんロマ語で、もぐもぐ言った。二人のそれぞれに相手と結婚するかと訊ねる厳かな瞬間が来て、二人とも小声で「はい」と答えた。それぞれの指に指輪が嵌められて、わたしたちは「夫と妻」であると宣言され、女の子たちは爆笑した。今度は花嫁にキスしなくてはならない。でもできなかった。みんなはわたしたちにしなくてはだめよ、決まりだからと叫んで、二人を押しつけた。とうとう、わたしは我を忘れてエステルの肩を抱きよせ、顔のベールを上げて、唇に軽くキスした。あなたにわたしの最初のラブのことをどう話したか忘れたけれど、エステルにどうキスしたかは決して忘れない……。

ゲームはまだしばらく続いて、二人はみんなから祝福を受けたけれど、わたしも「花嫁」も、もうそれ以上やっていけなかったの。こうして十五分ほど後には、わたしたちは婚礼の飾りを外し、わたしの髭を消し、みんなお昼を食べに帰ることになった。でもわたしは残ってエゴールと話すことにした。彼の部屋へ上った。前の晩は夢を何も見なかったと言うと、彼はがっかりした。「それでもまだ破滅ではない。きみは試されているように思える。この午後、ぼくの貝殻を枕の下に入れて眠ってみなさい。あと一歩だ、畜生、今きみはこれまでで一番近づいている。あと夢一つだけ、ぼくのことを、ぼくらのことを、入り口を知っている者たちみんなのことを考えるのだ。そら、幾日か前に彼らは花を持って来てくれた」。しかし花は萎れていた。「夢一つだけ、スヴェトラーナ、それできみは誰も決して行き着けなかったところへ着くだろう、誰も決して知らなかったことを、ついにきみは知るだろう、ついに、〝真実〟を」。話すほどエゴールはますます興奮した。怖くてたまらないのだ。もしわたしが失敗したら、それは彼が生きてきたのはまるで無駄だったことを意味する。誰かのハーレムのドアを見張る宦官のように年を取ることになろう、自分のものではなく、自分には関係ないハーレムのために。幻想めいた彼の系譜のすべては無駄になろう。このエゴールと同じに糸のような長身の子孫の一人が真面目に夢を見る女の子を新しく見つけるまでに何百年経つか、誰にも分からない。わたしはエゴールを落ち着かせて、これから眠るわよと言ったけれど、その瞬間のエゴールは遠く、非現実的に見えた。わたしのＲＥＭはエステルに与えたキスだった。あの瞬間にわたしはすべてを持った。「ねえ、エゴール、あなたの一族がアフリカの蠅からもらったその奇跡の贈り物ってどれなの？」今回は好奇心はなく、窓ガラスを通して日の降り注ぐ野を眺めながら訊ねた。エゴールはびっくりしてわたしを見たが、ややあって答えた。「ああ、そうだ、ここに触ってごらん」。シャツのボタンを一つ外してわたしの指を胸の上部に当てさせた。そこには脂肪層のような軟らかいところがあった。「胸腺だ。小児腺。普通は青年前期に消えるのだが、ぼくのは一生残るだろう。一生子供のまま、これが贈り物だ。この軟らかい場所の助けでぼくはきみを知り、きみたちのゲームを理解し、きみの夢を見守ることができた。そうさ、あの妙な昆虫に刺されたことで胸腺が保存された。それによって夢に参入し、言わば夢の市民になるのだ」。その午後は、エゴールともう二度と会うことがないと分かっていたかのように、離れがたい気分だった。わたしを送り出した戸口に彼がいつまでも立っているのが見えた。恐ろしいほど弱々しい別世界の憂鬱なモンスター、乾いた寂しい大きな蜘蛛が、わたしにそうっと手を振っていた。小道を遠ざかりながらわたしは何回も振り返った。いつもエゴールはそのドアの前で動かなかったの。角を曲がると、もう望楼しか見えず、塔の窓がきらきらしていた。

家に着くと、わたしは急いで食べ、マルチェルのちょっかいはしっかりと我慢して、叔母さんの質問や機嫌取りには、強情にというよりぼんやりと、黙っていたわ。それでなくても叔母さんは気の毒に食事のときまでミシンでスカートか何かの縁を縫い付けていた。糸を歯で嚙み切っては、その口でパンを食べていた。わたしは横になり、すばらしい触り心地の貝殻を枕の下に入れて、寝床で丸まった。体じゅうが燃えていた、頭の中で嵐が渦巻いていた、感覚は内側へ向かった。いつまでも寝返りを重ね、シーツにくるまり、やがて暗い眩暈の状態に、見たというより語られた切れ切れの夢のある眠りに落ち込んだ。わたしは自分の外の何者かに語られていた。わたしが存在していたのは、その何者かが聞き分けられない単語を、神官めいた呟きを述べている間だけだった。その単語は何かの抽象とは似ても似つかず、その言語はただの言語ではなかった。ある語はねばねばし、別の語は湿ってそして凍り付き、ほかの語は酸のように焼けた。要するに、その語りはある奇妙な世界で、それをわたしは感覚とは別の何かで知覚していた、体と精神とは別の何かで体験していた。わたしを夢見ているあの言語でわたしは迫害されて、犠牲にされていた。しばらく経って（どれほどの時間か、それを言うことはむずかしかった）わたしは目を開き、半身を起こした。まだ眩暈が残っていたけれど、今では午後の金色の色合いを見分けることができた。ＲＥＭにたどり着かなくてはならないという考えが閃いた。それどころか遅れているという鋭い感覚があった、まるでそこに着いているべき秒刻に関する的確な指示が与えられていた（でもいつ？）かのように。ベッドから起き出して、急いで部屋を出た。家の正面のドアまでの灰色の廊下はきりもなく長く思われた。ドアを開けたとき、いきなり目の前に百万の色の中から噴き出して目を打ったのは、庭の壮麗な光景だった。巨大な鉢に炎のように燃え立つ赤いまた青い花々、野菜の葉の鋼のような緑色、すべてが空の半分ほどの大きな眩しい太陽に照らされて輝きわたっていた。トラックは日光に食い荒らされ、剝げめくれたペンキが燃え、トマトのものすごい光を受けてくすぶっていた。わたしは門を出て、まもなく畑道を望楼へと走った。その道のりをほとんど一っ跳びで走り抜け——そうしていきなりまた、ＲＥＭのあるあの壊れた倉庫の前に立っていた。一秒たりともためらわず、あの黄金のキーを取り出して、錆びた錠前に差し込んだ。思った通り、ぴったり合って、油をさしたように気持ちよく回った。錠前を遠くへ放り投げて、ちょっとの間真っ赤なドアに額を当てた。押し開いて中に入る。

そこは中くらいの大きさの部屋で、壁は落ち着いた黄色っぽいクリーム色に塗られていたの。床には白黒の菱形模様のついた薄緑色の絨毯が敷いてあった。黄色がかった化粧板を張ったいくつかの家具があるだけの質素な寝室だ。わたしが敷居を踏んでいるドアの側の壁に戸棚があった。戸棚の上には合成皮革のトランクが二個あり、一つは橙色、一つは黒だった。橙色のトランクの上には、ギターがネックを入り口側に向けて載っていた。戸棚の片方の扉には一枚の絵はがきが留めてあったが、今思うと、あれは照明されたカテドラルの夜景だった。右側の壁には幅広のレカミエ椅子が寄せてあり、その下にいろいろな本が山積みになり、中には辞書のような厚いのもあった。ベッドは整えてなくて、シーツの塊ばかり。一方の隅がめくれてレカミエに張ってある同じ薄青い材質が見えていた。正面の壁全体を三面パノラマの窓が占め、そこから広い街路の向こうに建ち並ぶマンションが見えた。窓には、両側に焦げ茶色の帯がある黄色い蛇腹から白いレースのカーテンと、青白い地に緑の縞と黄色いカーネーションを織り出した緞帳がさがっていた。壁の窓の下には、赤いぶかぶかの布地にトルコ模様のついた、薄っぺらな感じの肘掛け椅子があった。その上に緑色の小さい枕が二つ、脱ぎ捨てたタートルネックのセーターが一着、けばだった黄色のタオルが一枚載っていた。だが一番興味深いのは左側の壁だった。ドアのそばに鏡のある化粧台が壁にくっついている。台の隅にプラスチックの蓋つきの冷たい光沢のチューブ（ずっと後になって気がついたがそれはスプレーだった）があった。化粧台の並び、壁の真ん中あたり、二本の竹に留まった二羽の鳥が見つめ合い、端に漢字のようなもののあるジャポニスム趣味のイミテーションの水彩画の下に、一つのテーブルがある。書物、白紙の束、綴じ込み、厚いノートブック、もう一つチューブ、蜂蜜色のリール（今思うとセロテープだった）、腕時計、数通の手紙、色鉛筆を立てたコップ、赤インクで訂正したメモ書き数枚の載っているそのテーブルで、一人の青年がタイプを叩いていた。わたしはそれまでに二度ほどタイプライターを見たことがあった。ママと一緒に公証人役場へ行ったときだが、それは黒くて、金属製で、耳を聾する騒音だった。今見るこれはずっと小さくて、つやつやした薄青いプラスチックで、左側の金属のプレートに黒い文字で"Erika"と書いてある。濃く青いカバーを外してあるので、二本の黒いリールと、中央にある扇形の金属と、そこから拾い上げている文字が当たる紙の巻かれたドラムと、指が鍵盤の白い文字を打つ度に素早く跳ねる赤と黒の二色のリボンがよく見えた。ずっとあとに、今から何年か前に、このようなタイプライターが売り出されていたわ。青年と言っても実はそれほど若くはなかった。三十歳近いに違いない。でも繊細なシルエットと、三角形の細い顔と、ばらりと耳にかかる長い濃い栗色の髪のおかげで、せいぜい二十五歳に見えていた。とにかく当時のわたしには二十歳も三十歳も大した違いはなかったのね。その青年はわたしにとっての「一人のおとな」だった。わたしはドアを閉めて、おそるおそる何歩か入り、そうして彼の肩の近くまで進んだ。彼は集中していて、手がさぐる鍵盤上の文字にうっとりしているように見えたけれど、速度は公証人役場のタイピストとは比べものにならないほどゆっくりだった。暗い茶色の目には長いまつ毛が密生している。その上に眉毛が晴れ晴れとアーチを描いている。鼻は真っ直ぐ、鼻孔は細長く、頬は黄色く、くぼんでいた。かなりまばらな口髭を囲む二つの括弧のような皺が、よく笑う習慣を示しているようだが、同時に苦々しく懐疑的なようにも見えた。唇は分厚く、厳しくしかも肉感的で、諸々の誘惑と永遠に闘い続ける痩せた聖者の唇はこうだったろうかと思わせた。とりわけ、誘惑に負けまいという悪魔的な誘惑をその筆頭として。狭いがしっかりした顎の上のやや左右非対称の口元。彼の顔はほとんど感情を表していなかった。タイプライターの左に、絶えず震えて移動している台車の下に、タイプされた紙の山が見えた。最初のページに題名がREMとある。かなり多くて、少なくとも百枚はあったのだけれど、そのときわたしは青年のほかには関心がなかった。青年の方はわたしにまったく注意を払わなかった。とはいえ、わたしの入って来たのが目の隅ぐらいには見えていたはずだけれど。ときどき書くのを止めては、ドラムの上で文章を一つ二つ読み直し、窓を眺め……。姿形ははっきりしていた、彼はそこにいた、赤いセーターで、濃緑のビロードのパンタロンに、足にはクリーム色の靴下を履いていた。ごくつまらない細部まで覚えているわ。例えばちょっと無精髭があり、結婚指輪はない。爪は短く切っていた。わたしはありったけの勇気を振るい起こして彼の肩に触った。彼はタイプを中断して、顔をわたしの方に向けて（彼は椅子に腰掛けていたから二人の顔は同じ高さにあった）、待ち構えていたように微笑んだ。微笑むと子どもっぽく、かわいらしいぐらいだった。左手を上げてわたしの髪を撫でた。それからタイプした紙の束を取り上げてベッドに置き、読めと合図した。わたしはすっかり頭がくらくらし、気持ちが乱れていたから、原稿を全部は読めそうもなく、そもそも何日もかけなければ終わらなかっただろう。読み始めは何のことか分からなかった。それはこみ入ったお話のようだった。二十ページほど飛ばして、そこで呆然とした。それはわたしの物語だった、わたしについてのことだった。ママと一緒にアウラ叔母さんのところへ行ったこと、父と一緒に「子どもの町」へ行ったこと、電車に揺られて旅したこと、コンベに頬を咬まれたこと、リリーにスカートを作ってやったこと。それからわたしの友だちについて、ナデシコとプイアとクジラとアダとカルミナとエステルのこと、みんなそっくりその通りだった。エゴールとバッハ夫人のこと、彼らの先祖のこと、夢を紡ぎ出す貝殻のこと。わたしたちのクイーン・ゲームのこと、そうしてわたしがアウラ叔母さんのところにいた一週間の間、そのゲームの中で起こったことがみんな書いてあった。わたしがとうとうREMに入ったこと、そうしてタイプを打っている青年を見つけたこと、彼がわたしの髪を撫でて、この物語を読むようにと寄越したことが書いてあった。わたしは驚き呆れた。原稿を置いて視線をまた青年に向けた。彼もわたしを見てまた微笑んだ。それから壁のカレンダーを指さした。日づけの裏に小話やマンガや家事の助言などがある例の通俗的なカレンダーだ。わたしはわけが分からなかった。すると、彼は立ち上がってその紙を千切り、折り畳んでわたしの手に載せた。それからまたタイプライターに向かった。わたしは拍子抜けしてドアへ向かった。ドアの室内側は黄色っぽく、真ん中に嵌まった曇りガラスの上に白いレースのカーテンがかかっていた。かなり大きな図版がカーテンにピンで留めてある。白い縁取りで暗い調子のグラビアだった。グラビアの半分以上を占める右側の全体は天蓋付きのベッドの暖かく息が詰まるような暗がりに沈んでいた。枕や刺繍のついた布団が雑多に置かれたベッドにだらりと横たわるのは、魚の腹のような卑猥でいやらしい、不具めいた一種異常な白さの、シャツを腹の上までめくり上げた女の体だった。裸体は重たく、無理によじれて、顔は原始的な肉感性を見せている。伸ばした左手で、グラビアの左側中央部の明るい光の中の小柄な青年の上着をつかんでいる。青年はベッドの反対側に体を折り曲げ、両手は妖怪を防ごうとでもするように見え、顔は苦しみと恥と卑下の入り交じった、女に対するよりも自分自身との戦いを表現していて、女の方は彼を止め、呼びかけ、そばに引き寄せようとしているが、手に残るのは青年の上着だけだろう。グラビアの下の部分が長く裂けてなくなり、そのために、もっと長かったらしい題字の一部分だけ、美しい書体だが、最初の三文字だけ読み取れた。ＲＥＭ。わたしはドアを開けて、出た。

いつ真っ暗になったのだろうか？　何も見分けられない、望楼も見えず、周りの畑地も見えない。その代わり、足の下に木の床が軋むのを感じた。何歩か先で何かにつまずいて転んだ。目が闇になれてくると、曲がりくねった廊下で、壁に古い家具や寝台の金属板、割れた大きな陶器の植木鉢、鍵盤のひしゃげたアップライトピアノなどが寄せてあった。しばらくして、だんだん足取りもしっかりして急ぐうちに、周りにベージュや灰色の蛾が飛び立ち、ぽつりぽつり射し込む光を受けて明滅した。蜘蛛の巣の張った階段を降り、また別の果てしもない廊下の奥へ足を踏み入れた。便所と塩素の臭いがし、空気は不健康な緑と黒だった。突然、ある曲がり角で、半開きのドアが見えて、急いで出ると、朝の光のただ中だった。そこは始まりも終わりもない永遠の森の金色に濡れてまだらな影の中、姿の見えない鳥たちのさえずりで燃え上がっていた。太陽が目に眩しい。空を仰ぐと、風が葉を震わせ、若枝を揺らすのが見える。そのとき夢だと分かったけれど、その考えに妨げられもせずに、幸せを感じて、剝がれた樹皮や、樹液や、腐った根の張りめぐらされた土の香りを嗅いでいた。わたしは自分の小道を急いで戻りたくなった、そうしてキーを見つけた場所で、カップを割った場所で、川を越えた場所で、倒木を跳び越えた場所で立ち止まりたかった。わたしが出現したその地域まで、旅を始めたその地域まで、できれば後戻りしたかった。だが戻ることはもうできないと分かっていた。終わったのだ。ああ、目覚めなくてはならないのだ。わたしは地にくずおれるに任せ、もがき始め、手のひらで顔を叩いてみた。そうして突然、本当に目が覚めた。

また自分の部屋に、黄昏の光で赤味がかったベッドにいたの。ほぼ四時間眠ったことになるけれど、依然として気分は悪かったわ。しばらくの間仰向けに寝て、窓のカーテンから流れる天井の赤い筋を見つめていた。胃が引きつり、下腹に鈍い乾いた痛みを感じていた。何一つ考えられなかった。しかし目を閉じるとまぶたの裏に過ぎ去った長い一日のイメージが次々にはっきり浮かんだ。望楼、婚礼衣装の少女たち、真昼の太陽、エステルの顔……。右手の拳に何か握っていることに気がつくまで何分もかかった。貝殻か、とちょっと思ったけれど、貝殻は枕の下にあった。なかなか拳を開く勇気はなかった。しかしついに思い切って開けたとき、そこに見たのは折り畳んだ一枚の紙だった。はっと思い出した。それはREMの青年がくれたカレンダーの一枚だ。拡げてみた。日付は一九八＊年五月三日。裏には――細かい文字で組まれた切手収集の歴史についての記事があった。この紙はずっと今まで保存しているわ。まもなく、いずれにせよ、これと同じ紙が何万枚も出るでしょう、多分今年のカレンダーはもう印刷ができている。だからわたしの証拠はもうすぐ一切の有効性を失うでしょう。あのときようやく、カレンダーの日付を見て、まだ湿っぽいベッドに縮こまったまま、わたしはREMの無限の存在の一部分を悟った。だからすべてが夢だったわけではない。全部が現実というわけでもなかったけれど。二十年後に出るであろうカレンダーの一枚を、わたしは受け取った。それ以上は分からなかった、だがそれだけでぞっとするには十分だった。その先を考えることはできなかった、自分がまだ夢を見ているのか、それとも覚めているのか、もうそれを判別する力もなかった。ベッドで上半身を起こし、長いことそのままでいた。頭がはっきりしたとき、ガラス戸越しに聞き覚えのある声が何か言っているのが聞こえた。ベッドから出てざらざらした曇りガラスに耳を当てた。話しているのはアウラ叔母さんだった。「その方がいいと思うわ、コステル。わたしはご覧の通り一日じゅう仕事で、あまり世話をする時間がない。あの子はまる一週間ほっつき歩いて、痩せたわ。どうしたのか分からないの。家が恋しいのだと思う、しょっちゅう泣いている……。でも思わないでね……。まだいくらでもわたしのところにいていいのよ、そうしてヴィオリカが退院するまでは、でも……」。そうして父の答え。「いや、いいよアウレリア、それより連れて帰る方がいい、とにかく私は休暇を取ったし……。いずれにせよ私もあの子を放っておいた。もっと映画や展覧会や公園へ連れて行こうと思う、いつも家に一人で、人見知りがひどくなったな……」。わたしは震え上がった、そのとき二人してわたしを連れ出しにドアを破って入ってきたみたいに。何分か後、部屋へ向かう二人の足音が聞こえた。わたしはベッドに飛び込んで、眠っているふりをした。二人はベッドの端に腰掛け、アウラ叔母さんはわたしの髪を撫でながら、起きなさいとささやいた。わたしは目を開き、起き上がり、父にキスし、突然、自分でもびっくりしたのだが、ほとんど叫ぶように言った。「お父さん、わたしここを出るのいや、ここにいたいわ！　ねえお願い！」。二人は逆らわず、たいそう優しかった。着替えをする間に、わたしは横目で父を見た。かわいそうになった。髪はほとんど真っ白になり、前は健康な赤ら顔だったところへげっそりと皺が刻まれていた。ひとり暮らしの男らしい無精髭。わたしは二人とマルチェルと一緒に外で、電球の光で食事した。夜だった。庭の奥の方は月の光で夜がいっそう青かった。ジージはわたしたちの足の間を活発に跳ね回り、尻尾をピンと立て、ときどき後ろ足で立ち上がってわたしたちの皿を覗き込んだ。わたしはその頭をぼんやり撫でていた。椅子の端に一切れ置いて、爪でかき寄せる様子を見ていた。コンベは少し離れて自分の皿からぱくぱく食べていた。眩しい電球の周りを無数の蠅や蛾やアブラムシが舞っていた。父はときどき手を休めて、今街でどんな映画がかかっているか話した。明日は、もし見られれば最終日になる『魔法使いの弟子』、これはエステルがたくさん話してくれたっけ。ほかにも『水晶の宮殿』や、『スペッサーの幽霊』シリーズの第一作もある。家には、もし今夜父と一緒に帰るなら、素敵なプレゼントが待っているよ。わたしは何も言わず、食べながら、蠅が電球の周りを素早く飛び回り、闇に消えてはまた光の中に現れるのを見ていた。結局、二日間だけ家に帰って、明後日はまた戻ってくることに決めた。父は同意したので、しばらく涼しい空気の中でみんなと一緒におしゃべりしたあと、出かける服を着て、〝荷物〟を作った。あんまり悲しくて、アウラ叔母さんが大きな袋に着替えをみんな入れてくれたのにも気がつかなかった。わたしはわたしで、今一番大事にしているものを持った。例の卵を布切れでくるみ、貝殻とカレンダーの一枚と一緒に靴箱に入れた。叔母さんは、いつもどおりの耳まで口の笑顔と大げさな愛想の身振りで、わたしたちを門のところまで送って来た。満天の星の下、父と手をつないで通りを下った。わたしは星を見上げてばかりいたので、ときどきつまずいた。星は非常に高く、非常に遠かった。星は地上のことには無関心だ。長い時間かけて六つの尾を持つ彗星を探したけれど、なかなか見つからなかった。ようやく淡い雲のように空の一隅に見えた（次の夜は、モシロールの家の丸窓から探したがだめだった）。ときどきぽつんとある街灯で薄暗く照らされるだけの曲がりくねった道をたどって、トラックや電車がたまに通る街道に出た。停留所で長いこと待って、それから居眠りしている車掌の隣で揺られながら幻想的な街を渡る旅をした。車内のオレンジ色の照明のために窓ガラスには自分たちの土色の顔と黄色いつや出しの板の座席だけしか映っていなかった。家に着くと二人は寝た。わたしは一晩じゅう半睡半醒、わけの分からぬ夢を切れ切れに見ながら寝返りを打ち続け、汗でシーツをびっしょり濡らし、眠りの中で呻いていた。

その夜、初潮があった。

もちろん、いったん家に着くと、魅惑の魔法は霧散したわ。ママは三週間ほど後に退院し、その後ほぼ同じくらい経って学校が始まった。十月に叔母さんはシュテファン叔父、マルチェルと一緒に立ち寄り、何のことか知らないが両方の家族は口げんかになった。その後叔母さんの家に行ったことはない。一九七〇年代に、その通りのあったあたりから遠く望楼までの距離の半ばぐらいにかけて、住宅街が建設された。数年前の七月のある日、そこへ行ったことがあるの。ぎりぎりの間隔で建ち並ぶ四階建ての同じようなブロック、色とりどりの洗濯物でいっぱいのバルコニー、ランニングシャツの子どもたちの群れる玄関のコンクリート階段の間でずいぶんうろうろしたけれど、やっと叔母さんたちの家のあった場所が分かった。通りの名前は変わらず、いつのことか知らぬ戦争の有名な伍長の名前だった。ずいぶん歩いて通りの外れまで出ると、あたりの眺めは昔に比べてずいぶん〝都会化〟してはいたけれど、そこはやはり畑だった。しかし望楼はもうなかった。まるでそんなものはあったこともないようだった。住宅ブロック群の先は——ドゥデシュティ村の境まで、耕地。でも畑地の真ん中にまだ建っていたの、あのREMがあった！　昔の倉庫は歳月の流れに耐えた、それを見たときわたしは心臓が止まった。新しい靴を履いていたのに、固まった土の上を、よく知り抜いているそのドアに着くまで走った。錠前はあるが、鍵はかかっていなくて、ぼろぼろに錆びて、鉄の環からぶら下がっていた。ドアを開けて中を覗いた。虫がたくさんかかってもぞもぞ動いている重たい蜘蛛の巣の下、薄暗闇には古い道具類。鶴嘴、シャベル、鉄板の破片、蹄鉄、巻いたチェーン、かすがい、みんな赤茶色の錆の殻に覆われていた。潰れたバケツの半分ぐらいまで石灰が詰まって固まっていた。急に疲労と無用感に襲われて、そこを離れた。昔エゴールが言った言葉が思い出された。「殺し尽くす時間、負傷者も残さない時間」。

これでどうやら「世にも美しいわたしの物語」をあなたに話したわ。わたしには何年もの月日が必要だった、打ち明けなくてはならなかったけれど、このとおり、お婆さんに近くなってようやくのこと、REMとは何かを、それがあそこに、倉庫の中にあるのではなく倉庫の外にあると、実際はわたしたちがREMなのだと、あなたとわたしが、そしてわたしの物語が、そのすべての場所と人物が、ブラッディ・マリーが、車に轢かれた犬がREMなのだと、わたしたちのこの世界はフィクションであり、わたしたちは紙上のヒーローであり、わたしたちはわたしが見た彼の頭と精神と心の中で生まれたのだということを、本当に理解していると思えるようになったの。彼までが自分自身REMに含まれていたのだということを。おそらく彼までも、彼の世界（わたしはそこへ入り込んだ、それがおそらくわたしの人生の唯一の存在理由であって）の中で、それ自体虚構な別の世界のもっと遥かに広大なある精神による産物に過ぎないということを。そうして彼は、そう、今わたしは確信しているけれど、彼は熱中して、上のその世界への入り口を探している。というのはわたしたちの、あらゆる人の夢は、「創造者」と出会うこと、わたしたちに生を与えた存在を目で見ることなのだから。でも悲しいかな、おそらくREMはやっぱりわたしがそれについて思っているものと全然違うわ。おそらくREMはただのある感情なの。あらゆるものの滅びを前にしたときの、かつてあり、二度とは決してないであろうものを前にしたときのある切なさの感情。さまざまな記憶の記憶。REMはおそらくノ、ス、タ、ル、ジ、アね。あるいは別の何か。あるいは同時にそれらのすべて。わたしには分からない、分からないわ。

きみのワンルームマンションに昼間の光が入る。ものの縁の灰色の雫がだんだん消えて行き、白の世界の無数の色が、本（コルタサル、ぼろぼろのマルケス……）の背に、ぼくらの乱雑に脱ぎ捨てた服に、毛皮をかぶせた床のタイルに、リンゴの芯の入った籠と先史時代の卵の載っているテーブルと、壁の素朴なゴブラン織りの上に落ち着いた。きみは黙り込んだ。そうしていきなり、ものというものがきみのこの弱みにつけ込んでぼくらに襲いかかり、指をぼくらの目に突っ込もうとする。ぼくは背伸びする、ごみだらけだと感じる。一体ぼくは何しにここへ来たのだ、きみのダマロアイア街区に、悪魔が自分の子どもたちを乳離れさせたところに？　きみとのこのばかげた関係はどこへ続くのか？

きみの物語のことは今考えている暇がない、ぼくの中で何かが急いでそれにかぶりつき、噛みもせずに飲み込んだ、適当なときに反芻すればいいと。今考えているのは、家に帰って、寝て、これっきりきみには会わないだろうということだけだ。きみはぐったりと、疲れ切って、顔じゅうに隈ができて、髪の毛はぐしゃぐしゃ、肌は毛穴だらけ、夜はなんとかごまかしているが、でも今は……。そうしてこの部屋は凄く寒い。じゃあな、気晴らしは終わった。

親愛なる読者よ、私をお忘れかな？　私です、語り手だ。確かに私はこの愛らしい頭を見えるところに出さなかったが、それはもっと別の仕事があったからね。今テーブルの上の卵を孵そうとでもいうようにふわりとのっかっているのは私だ。肥って満足して、目に見えない手足（それもたくさん、たくさんの！）を部屋じゅうに振り回している。あまりお行儀よくないわが二人の友人の間で今夜起こったことはすべて私の球形の腹の中に入った。ほら、彼らが興奮して服を体に引っかけている。互いに目を逸らして、もう言うことは何もないし、仮にあっても、わざわざ言う意味があるとは思っていない。彼は冷ややかに微笑み、彼女にはもう何も見えず、何も分からない。ヴァリなどという半端な男が運よく聞いた話を、彼女は今まで一度も、誰にも、物語ったことはなかった。ここから私は彼女が彼を愛しているという結論を引き出す。最悪だ！　というのも、二人が建物のドアを押して雪の屋外に出て、彼女が彼の腕を取り、頬を凍り付かせ、街路樹と薄青いブロック沿いの歩道へ白目勝ちの瞳をこらしていると、ヴァリはすぐに、この際とばかりに、彼女の家を二人で出る朝にはいつも言うことをまた言う。終わった、無意味だ、これが最後だ、と。彼女は手を彼の腕の下からそっと引き抜いて、長い間黙ってよそを向いて、それから解読しにくい調子で言う。「好きにして」。彼と並んでバスの停留所まで歩き、二人とも白い舗道の上に軽く降る雪片を眺めながら黙っている。赤いバスが着くと、ヴァリはぽつんと「さようなら」を言い、数秒後にナナは彼が腰掛けるのを見る。バスの凍った窓ガラスを透けて見える緑がかった一つの影。ヴァリは、これ以後、私にはもう全然興味なしになる。そもそも私は万能なのだからバス旅行など真っ平だ。そこで私は小刻みに家へ向かうナナと一緒に戻る。その同じ日の晩にヴァリがまたブルドッグちゃんに電話するだろうと彼女は知っている。だがさらに知っている、週末には彼はまた研究所の入り口で彼女を待ち、また今夜が繰り返されるのだ、そのようにある年頃になってからは独り暮らしの女の人生ではすべてのことが繰り返される。変な臭いのする建物に入り、薄青いドアの鍵を外し、元通りに鍵をかけ、コートとブーツを脱ぎ、乱れたままのベッドに座る。煙草をつけて宙を見つめたまま。私は彼女のすぐそばにより、正確に、学問的文献の記載のように、目の中に涙の粒がいかに形成され、いかに下まぶたの光る縁に支えられて大きくなり、いかに鼻の脇の頬を滑り、それからきらきらとシーツへ落ちるか観察する。君は煙草が終わる前に立ち上がり、書庫の小箪笥を開ける。そこから細かい字がびっしり書き込まれた紙の厚い束を取り出す。それをベッドに投げ出し、ボールペンを出して、半分ほど空いているページに昂奮にわななきつつ書き始める。十五分ほど書いたとき、世界の終末の轟音と共にテーブル上の卵の殻が破裂して中から幻獣《キマイラ》が立ち上がり、部屋じゅうを竜の叫びとライオンの爪と巨大なコウモリの翼でいっぱいにする。君の上に勝ち誇って拡がり、君を覆い尽くす間、君は昂奮し、急に縮んで、微小になって、頑固に書き続ける。ノー　ノー　ノー　ノー　ノー　ノー　ノー　ノー　ノー　ノー　ノー　ノー
ノー　ノー　ノー　ノー　ノー　ノー　ノー　ノー　ノー　ノー　ノー　ノー　ノー　ノー　ノー
ノー　ノー　ノー　ノー　ノー　ノー　ノー　ノー　ノー　ノー　ノー　ノー　ノー　ノー　ノー
ノー　ノー　ノー　ノー　ノー　ノー　ノー　ノー　ノー　ノー　ノー　ノー　ノー　ノー　ノー
ノー　ノー　ノー　ノー　ノー　ノー　ノー　ノー　ノー　ノー　ノー　ノー　ノー　ノー　ノー

ノーノーノーノーノーノーノーノーノーノーノーノーノーノーノー
ノーノーノーノーノーノーノーノーノーノーノーノーノーノーノー
ノーノーノーノーノーノーノーノーノーノーノーノーノーノーノー
ノーノーノーノーノーノーノーノーノーノーノーノーノーノーノー
ノーノーノーノーノーノーノーノーノーノーノーノーノーノーノー
ノーノーノーノーノーノーノーノーノーノーノーノーノーノーノー
ノーノーノーノーノーノーノーノーノーノーノーノーノーノーノー
ノーノーノーノーノーノーノーノーノーノーノーノーノーノーノー
ノーノーノーノーノーノーノーノーノーノーノーノーノーノーノー
ノーノーノーノーノーノーノーノーノーノーノーノーノーノーノー
ノーノーノーノーノーノーノーノーノーノーノーノーノーノーノー
ノーノーノーノーノーノーノーノーノーノーノーノーノーノーノー
ノーノーノーノーノーノーノーノーノーノーノーノーノーノーノー
ノーノーノーノーノーノーノーノーノーノーノーノーノーノーノー
ノーノーノーノーノーノーノーノーノーノーノーノーノーノーノー
ノーノーノーノーノーノー……

エ　ピ　ロ　ー　グ

結局のところこの世に
問題は唯一つしか存在しない。
どう突き抜けるか？　どう沖へ出るか？
どう蛹を破り、蝶となるか？

トーマス・マン

建築士

エミール・ポペスクは建築士だ。専門は製油工場プロジェクトの立ち上げで、こう言っても誇張ではなく、どこであろうと国内でこの五、六年の間に製油工場が建設されたところなら、技術的難問を解決する建築士ポペスクの〈建築士らしい〉練達の腕と賢明な頭脳が知れ渡っていた。彼の製油工場立ち上げへの情熱はずっと昔からだ。まだほんの子供で、シュテファン大公大通りのバス車庫とメロディア映画館の近くの製油工場の巨大な影の下で少年時代を過ごしたころから、ぜひやりたいと願っていた。その工場は高くてまっすぐな建物で、真っ赤な煉瓦が鉄のボルトで止められ、窓がなく、上は目の眩むような高さで雲を裂かんばかりの切妻壁で終わっていた。荒れた中庭に据えられたこの奇妙な構造物は、大通りの少し南にあるドゥンボヴィツァ製粉所と対になっていて、一世紀前には有名なアサン製粉所チェーンの一部であった。歳月が過ぎて、エミール・ポペスクが大学の仲間の影響で文化に興味を抱き始めたとき、あるアルバムの光沢ページからはてしなく憂鬱に立ち上がるすべてのビルディングに、幼時の製油工場のイメージをありありと見た。アルバムの表紙には〝ジョルジョ・

デ・キリコ〃と書いてあった。だがそれから時が過ぎ、今日では、建築士エミール・ポペスク——一九五〇年生まれ、夫人エレナ・ポペスクは旧姓デレアーヌ、子供なし——は、その分野のスペシャリストとして認められている。カブール市内やカイロのアルアズハル大学近くの製油工場を設計、建築した。後者はエジプトで最重要な施設である。このため、会社の同僚にはたいそう尊敬され、部下には愛されていた。もちろん、仕事につきものの範囲内で嫉妬羨望はあり、それはやがて根拠のない、いずれにせよ非倫理的な誹謗中傷に至るのだが。

家庭生活では建築士は幸せだった。感じのよいモルドヴァ女性との恋愛結婚で、妻は牛乳工場の設計が専門の建築士であり、彼女との間は申し分なかった。住まいはマルツィショール通りのすぐ先のベルチェニ街区で趣味のいい家具付き三室のマンションだった。学生結婚だったけれど子供には恵まれなかった。そのおかげでやがて貯金ができるようになり、エミールがトルコやイランやエジプトから、エレナがソ連やハンガリーから、いずれもいろいろな仕事の関係で訪れた国から持って来た品々が高く売れ、それを合わせて、五年間でエレナの多年の夢だったルーマニア国産乗用車ダチア1300の購入に十分なお金が貯まった。この願望を実現した日は、エレナが言うとおり、ほとんど婚礼当日並みに素晴らしかった。あのときのように長いキスを交わし、双方の両親やほかの親戚と一緒にワインで乾杯した。クリーム色の新車は七階のギョルギアンのラーダと、別の階段でドリーというブルドッグの飼主のカメラマンの赤のヴァルトブルクの間に斜めに駐車していた。ダチアの魅惑的なラインを、二人の建築士はバルコニーで朝から晩まで眺めることができた。春の強い日ざしの下でダチアが一番きらきら輝いていた。兵隊が毎日ホースで洗う三階のボテアーヌ大佐のシトロエンに比べてさえ、もっと明るく輝いていた。

エミール・ポペスクは自動車教習所に申し込んだ。だが運転免許を取らないうちに、ほとんど毎日出て行っては車の周りを回り、ブラシをかけ、マンションの裏で遊ぶ子供たちにはねかけられた泥を拭きとり、そうして何よりも、ドアロックを解除して車の前部座席にごろりと寝て、ほれぼれするようなハンドルが突き出しているダッシュボードを眺め、車のゴム部分や敷き革から発するあの親密な官能的な匂いを胸一杯に吸い込むのだった。ドアを閉めれば俗世の雑音は消え、建築士はすべてが自分に奉仕するために造られているかのような優しく快適な空間で幸せを味わっていた。夫婦のベッドの幸せにすらこれよりいい感じはなかった。ときどきエレナも来て、たっぷり一時間、母の胎内の双子のように、二人うっとりと過ごすのだった。二人の関心は車を動かすことにはほとんど向かわなかった。車は、この十全な親密の現実をときどき味わえるように、マンションの裏に駐車していればそれでよかろう。

マンションの居住者たちの方でも、自分のダチアの周りばかり回っている建築士のしなやかなシルエットに慣れた。いつも、すべすべしたジーンズ製の同じ半ズボンをはき、いつも、よく見ると正面に詩聖エミネスクの彫像のあるアテネウル・ロムーン音楽堂をプリントした同じTシャツを着ていた。若いけれども容貌に特に際立ったところはなく、典型的なカルパチア出身のルーマニア人と言ってよかろう。茶髪、いつも剃ってないように見える顎、呪いを噛み殺すかのように浮き出している咀嚼筋、黒いとしか言いようがない無表情な目。髪はきちんと分けていた。黒海の海水浴場でチェコやポーランドの女性から好かれるに十分なくらいには格好よく、学生時代にはそれが彼の得意なところでもあった。建築士はいつも半分ほど水と洗剤の入った青いプラスチックの小さなバケツを提げていく。中にはオレンジ色のスポンジが一つ漂っていた。マンションの中庭のすべての木々に、アカシアと生け垣に芽ぐみを急き立てる春の生き生きした空気の中で、ダチアの周りをぐるぐる回っては、拭い、清めていた。

これが建築士エミール・ポペスクであった。彼について言えるこれ以上のことはすべて無用で、滑稽ですらある。そもそも何か意味があるか、〝チシュミジウ〟煙草を吸っていたということに？　理由不明ながらサッカーチームのSCバカウのファンだったということに？　歴史上の秘密文書が出れば、特にゲシュタポとSSに関するものなら、みんな読む習わしだったということに？　雑誌〈ルーメアア〉を講読していたということに？　雑誌〈フラーカラ〉〈サプタムーナ〉、〈マガジン〉を恭しく買っていたということに？　テレビ番組欄を端から端まで全部見ていたということに？　家にはスピーカーがなく、レコードプレーヤーは妻の嫁入り道具で、それには〝有名なタンゴ〟、レモ・ジェルマーニ、〝ロス・パラグアヨス〟、〝盗まれた手紙〟、イオン・クリストレアヌとトゥードル・アルゲージの詩、〝リゴレット〟、〝ダンテス〟など数枚のレコードがついていたということに？　離婚した同僚女性が好きになったこと、だが二度会った後考え直してもう彼女の家へは行かなかったということに？　ネクタイを締めたことがないということに？　夜夢に見るのは、もちろん、製油工場に必要な水力圧搾機と排水管の細部ばかりだということに？　ブリッジはたしかに相当下手だが、金曜日には何人かの同僚と楽しむということに？　こうしたことはみんな、些事だ。

その春のある朝、エミール・ポペスクは出勤前に車をもう一度見ようとマンションの裏へ行った。一晩前の日に友達の誕生日祝いでアルバニア産カベルネらしきものを飲んだせいで気分が悪かった。一晩じゅう肝臓にタンニンがたまった感じがして、今、朝から頭痛がし、鼻の奥に吐き気があった。しかし冷気で少し元気が出た。ごみ箱の方から例の独特な臭気が流れては来たが。絨毯叩きバーの近く、ラーダとヴァルトブルクの間で、クリーム色の自動車は、静かに幾何学的に光り、窓ガラスは澄み切っていた。建築士は銀色のキーを出してロックを外した。ホイールのそばにアタッシェ・ケースを置いて、ちょっとだけ、と車内に入った。ヘッドランプを点灯し、上向き下向きをやってみた。ワイパーを動かし、次にラジオのスイッチを入れた。男の声が気象情報をしゃべっていた。建築士は微笑んだ。すべてオーケー。そこで、短く、プレキシガラスの下にUAPのエンブレムを浮き彫りにしたハンドルの中央のディスクを、短く、押した。クラクションがテノールの音を立てた。ところがそれはエミール・ポペスクが人差し指をディスクから離しても鳴り止まない。音は単調に、鋭く、朝六時半の暗い空気をつんざいて続いた。建築士は必死に何度もプレキシガラスのディスクを押し直したが、効果がない。気が狂いそうになり、ヘッドランプを消すのも忘れて飛び出して、どうすることもできずに車の周りをぐるぐる回った。我慢ならない咆哮が一分ほど続くうちに窓にもバルコニーにもパジャマ姿の市民が現れて、みんなが建築士に何やら叫ぶのだが、クラクションのために彼の耳には届かない。若い建築士は地下に潜りこみたかった。ダチアのボンネットを開けて、厚いプラスチックで絶縁され、そこここで結び目を作っている黄色や黒や赤の線を当てずっぽうに引っ張り始めた。ガソリンの臭いと騒音で頭蓋骨が割れそうだった。どれがクラクションの接続か分からない。刻々と神経は苛立つ。ますます耐えがたくなる。エレナもガウンを引っかけただけで降りてきて、二人ともぼうっとなり、絶え間なく咆哮する怪物のそばをうろうろした。靴の片方が飛んできてダチアのボンネットに当たり、跳ね返った。バルコニーから誰かが投げたのだ、もうマンション全部が目を覚まして、髭を剃っていない男たち、化粧していない女たち、顔を洗っていない子供たちが、ダチアの不幸せなオーナー夫妻を罵っていた。とうとうボテアーヌ大佐がランニングシャツとパジャマのズボンでマンションの裏へ降りてきて、一言も言わずにエミール・ポペスクを押しのけ、エンジンルームの暗いところで何か一つ動かした。それだけで魔法のように咆哮を断ち切ると、澄まして行ってしまった。二人は、まだ耳鳴りのする耳で、ようやくバルコニーからの叫びを聞くことができた。愉快な話ではなかった。

その日はもう、エミール・ポペスクの仕事にいつものような効率が出なかった。設計図の前で、あらゆる硬度の鉛筆の入ったプラスチックのコップを眺め、リヒター・コンパスと製図セットをもてあそび、トレーシングペーパーに引かれた進行中のプロジェクトの無数の線をぼんやりと目で追いながら、建築士は疲れを感じた。彼の頭は朝の情景から離れなかった。クラクションの強大で一定の音がつきまとっていた。やがて思いはさまざまなクラクションの方へ走った。ゼンマイ式で目覚まし時計のベルのような音を出す自転車用から、「テレビの有名な喜劇役者たち」のぽんこつ車についていたゴム袋のラッパまで。家に着くと、妻と目を合わせないようにしながら、マシンの取扱説明書を、と頼んだ。ダチア１３００のさまざまなアングルの不出来な着色写真を満載したぴかぴかするページをめくり、誤植だらけのテキストを上の空で読んだが、クラクションについての詳しい記載は見当たらなかった。どうやらごくありふれたタイプの電磁スピーカーで、ブカレストのエレクトロボビナージュ社の製品らしい。満足できず、わけもなくいつまでもあれこれ諍いの種を探し、ダイニングルームのソファーで寝た。取扱説明書を胸に載せたまま眠り込んだころは夜も更けていた。

翌日、会社を引けるとエレクトロボビナージュ社へ寄った。その会社はよく知っていたのだ。子供のときはコンクリートの垣根を飛び越えて、磁石や銅線を盗んだものだし、高校ではそこで実習をした。どちらかというと協同組合のような感じで、数十人の女子従業員が巨大なコイルをせっせと包装していた。油に浸かった導線や段ボールの臭いが漂っていた。建築士は初老の職長と話し、結局、クラクションのいろいろなタイプに関することを詳しく教えてもらった。たくさんの電気ラッパがついていて、ちょっとした旋律のフレーズを演奏できる音楽クラクションも存在すると知ったとき、エミール・ポペスクは、自分でも説明がつかないのだが、熱狂した。どこでそういうクラクションが手に入るか教えてくれと頼んだ。職長はニコラエ・アポストル通りのコレンティーナ自動車整備工場の工員にそういうものを調達するのがいると言う。エミール・ポペスクはもうほとんど明日が待ちきれなかった。奇跡のクラクションを夢見て一晩じゅうベッドで寝返りを打っていた。朝、入社以来覚えのないことだったが、勤めを二時間遅刻して、整備工場へすっ飛んだ。その工員はそういうものを持っていた。ニッケルメッキのラッパが六本あるゴルディニ製品で、「アイーダ」の「凱旋行進曲」の冒頭の数小節を奏でる。本当に工員はそういうのを手に入れられることができたのだ、金が必要なイタリア人を一人知っていた。一週間かそこらで建築士に連絡しようと言った、外国ものだから、当然、相当高く付くがと。エミール・ポペスクはいくらでも払うと言い、それどころか、工員の作業衣のポケットに百レイ札を一枚押し込んだ。確実に安心するにはそれが必要だという気がしたからだった。幸せ不幸せ半々でそこをあとにした、これから一週間をどうやって過ごそうと考えてぞっとし、また一晩じゅう憑かれたように「歌え、歌え、我らが国の栄光を、今日は祝いの日……」を口ずさんだ。

わずか四日で、建築士は待望の電話を受けた。ニコラエ・アポストル通りへ駆けつけた。所狭しと自動車が木の台やジャッキの上にひしめく汚い作業所の一つで、油染みたコンビネーションの工員が待っていた。彼は奇妙な装置を見せた。黒檀色のプレートのようなもので、一方の面からは小さな銅製のラッパが六本、裏側からはたくさんのケーブルが出ている。電源をつなぐと、装置は滑稽なほどせっかちにヴェルディの数小節を鳴らした。二人の周りに大勢の工員や顧客や、隣の学校の生徒たちまで集まって来て、おかしな演奏機械をほめそやした。建築士は若い工員を連れて帰って、ダチアのボンネットの下に新しいクラクションを取り付けてもらった。ハンドルの真ん中の円板を押すと、それはマンションの住人たちの間に相反する感情の波浪を引き起こした。賛嘆から羨望と烈火のような怒りに至るまでのさまざまな感情。エレナその人もマンションの通路から現れた。しばらく前から夫に何か変なことが起こっていると見てはいたが、まだそれが何のことかは分からず、だから反応しようがなかったのである。しかし夫のこの気まぐれがいくらについたか分かると、母親から受け継いだしかるべき結論を採用した。それは母親を真似して、身振りと何よりもまず大げさな言葉に表明された。イタリア人にたぶらかされてまるまる一月分のサラリーをパーにした。しかしエミール・ポペスクは、エレナが脅さんばかりに勧めても返しに行こうなどとは思いもせず、完璧な甘美な無為を決め込んで車の前部座席に寝そべり、クラクションをきりもなく押し続けて、有名な行進曲の短いフレーズに聴き惚れ、音楽マニアの法悦に浸るのだった。

当然、ある日建築士はヴェルディに飽きて、他のものを探し始めた。次々と違うラッパから出てくる「ラ・マルセイエーズ」、「ヤンキー・ドゥードル」、そうして「ゴッド・セーヴ・ザ・クイーン」の陽気で幼稚な旋律に、エレナは耳を塞ぎたくなった。出費はあまり大きくはなくなった。というのは、どこから探り出すか、今はいろいろな運転手のところへ交換に行くのだ。それどころか、あるときエレナは、職場へ行ったと思っていた夫が、オボール広場の電気時計の周りをうろついて、十五分ごとに鳴り出す流行歌に耳を傾けているのを、二一番電車の窓から見た。心優しい妻にとって事は悲劇的なほど厄介になってきた。彼女はまだ内心では悲しい真実を認めたくなかったのである。このクラクション物語は全部で六ヶ月以上続き、その間に建築士は、苛立ちと不満をますます募らせながら、こんな騒音発生器を八個取り替えた。初めの幸福感は憎悪と悪意に変わった。告訴するとおどす隣人たちから、設計図の仕事からの収益に満足しなくなった上司たちから、家事の最後通告を突きつけて、料理も洗濯もほかの結婚付随義務も拒む妻から、周りじゅうからうるさく責められて、建築士は自分の道楽を楽しむ慰めすらなくなった。あまり短期間にもうそれ以上は登れない絶頂へ着いてしまったのだ。世界じゅうで製造されている最高にモダンで複雑なクラクションを自分のダチアで実験した。

ローリング・ストーンズの「サティスファクション」のメロディーのリフレーンを響かせる有名なトヨタの製品までも。そうして、製品の低俗さと機能の局限も不満だが、それ以上に特にエミール・ポペスクが頭に来たのは、クラクションの所有者が権利を行使するさいに受動的な態度を強いられることだった。これこそあらゆるクラクション商品の大きな欠陥だった。運転席の人間がいつも同じ一つのボタンを押すただの指になっていることに飽き飽きするのではないか、たぶん彼も機械に協力したいだろう、自分も創造者になりたいだろうということに、なぜ、いったいなぜ、誰一人として思いつかなかったのか？　きっと運転席の人間は、気分に応じ個人的な才能と趣味に応じて、その都度別なメロディーを自分で作り出したいのではないか。朝まで一、二時間しかまどろむこともできず、長い夜々を拳を噛みながら考え続け、建築士はまったく新しい原理によるクラクションを思い描いた。それはピアノのような鍵盤を備え、キーのそれぞれが小さな電気ラッパに接続するだろう。

翌日の朝、ブクル・オボール百貨店の上のＡＬＭＯ３マンションに住む従兄弟でテレビの修理をやっているヴィルジル・チョトイアヌを訪ねた。本題に入る前、建築士は居間の壁紙の写真を褒めた。夕暮れの湖が血のように赤く、巨大な松が墨のように黒い。最近のカラーテレビのことを話し合った。いよいよポペスクが自分のプランを披露すると、修理屋は従兄弟の突拍子もないプランに呆れて、ちょっと考え込んでから、要するになぜピアノを買わない、家の中で好きなだけ弾けばいいじゃないか、と訊ねた。クラクションが気になるなら、早く運転免許を取る方がよかろう、車が立ち腐れになるぞ。だがエミール・ポペスクは折れず、もう一度根気強く現在のクラクションの不完全さを説明した。そうして、ぼくはピアノを弾きたいのではなくて、クラクションの技術を改良したいのだ、そうやって何百万人の運転者に役立ちたいのだと言った。結局、建築士が電子オルガンを買い、修理屋がそれを車に取り付けるという合意が成立した。もちろん従兄弟は、こうすれば車は使えなくなる、ハンドルも外さなくてはならないのだ、そうしなければオルガンのキーボードがおさまらないから、と説明した。建築士は、そうした条件をすべて承認し、できるだけ早くオルガンを取り付けに来てくれと興奮して腕を振り回し、ヴィルジル・チョトイアヌが注いでくれたブルガリア産のジンのグラスをひっくり返した。建築士が帰ったあと、修理屋は電話でポペスク夫人と長いこと小声で話し合った。二人の声には懸念が漂っていた。

その結果、エレナはもし建築士が車を壊す気ならきれいさっぱり離婚すると脅した。彼はただの実験だよと説明しようと試みたけれど、彼女ははなから耳を傾けようとしなかった。もっとも、次の日曜日に従兄弟がやって来たときは離婚などしていなかった。修理屋の抱える商売道具のバッグには、ハンダごて、針金、ランプ付きドライバー、トランジスタ、ダイオード、導線、ミシン油、シンナー、絶縁テープ、やっとこ、ペンチ、ねじセット、それに青い仕切帳と鉛筆が入っていた。すでにエミール・ポペスクがムジカ楽器店から直接買ってきたレギン製オルガンがマンションの玄関ホールで、キッチンの壁に寄りかかって待っていた。つやつやして快く反射するコーヒー色の化粧板の下に清らかな白鍵と黒鍵が二列に並んでいるのが見えた。二人の男が、一人は興奮で狂わんばかりに、一人は葬式なみのしかめ面で、オルガンを地階へ運んで、クリーム色のダチア１３００に立てかけたのは午後二時ごろだった。設置には三時間以上かかったが、ついに、五時少し過ぎ、窓やバルコニーから渋い顔を覗かせていたお隣さんたちは、建築士の不器用な指で押されたオルガンから出る最初の妙な音程を聴くことができた。幸いなことに、これも莫大な費用をかけたアンプのおかげで、音量は思うままにコントロールできたから、お隣さんたちは、変人の建築士が新しい仕事に夢中で、夜になってももう鍵盤付きのキャビンからお出ましにならずに、微かな音また音を送り出しているのを見ても、気にならなかった。その間じゅう、地上約十二メートルのところ、あの二人の建築士の住宅では、旧姓デレアーヌのエレナ・ポペスク夫人のさめざめと流した涙が寝室の刺繍つき枕を浸していた。夫の浅はかな出費にもう耐えられなかった。きりきり舞いして働くのはうんざりだ、生活にうんざりした、そうして、夫は明らかに狂っている、もう疑いようもない、と考えて絶望していた。

やっと朝の三時になって、空腹と疲労でふらふらになって、建築士ポペスクも住宅の玄関に入った。頭は音でいっぱいだったから、キッチンで立ったまま、冷蔵庫にあるものを行き当たりばったりに頬ばった。何時間もぶっ続けに白と黒の鍵盤をでたらめに、ひとつずつまたいくつも同時に、押していたのだ。思いがけず初めて女のベッドの上で目を覚ました少年のような気分だった。あそこに永遠にいたかった、鍵盤のありとあらゆる組み合わせを試したかった、まず一つずつ、次に二つずつ、次に三つずつと……。音のつながりのいくつかは、昔から知っていて、ずっと待ちわびていたかのように、彼を喜ばせたが、ほかのは、大部分がそうだが、耳ざわりなばかりか、まるで全存在を痛めつけるのだった。居間のソファーに転がり込むと、三ヶ月ぶりで初めて安らかに眠り込んだ。

毎日勤務が終わるとエミール・ポペスクはダチアの快適なシートに座って「クラクション曲」を弱音で再開する。数十年後、建築士について莫大な論考、個別研究、注釈、記事、卒業論文、博士論文が、ダンテとシェークスピアとドストエフスキー関係の合計の何十倍も何百倍も書かれるころには、レギンオルガンの鍵盤をソット・ヴォーチェで撫でていたこの数ヶ月は、建築士の活動の地下時代あるいは「**アンダーグラウンド期**」と名付けられることになるだろう。たまに誰か隣人や昔の友人が遊びに来て、左シートに座ることがあり、そのたびに、ダッシュボードとハンドルの代わりにオルガンの鍵盤がついた車の不思議な姿に驚嘆した。騒音のサラバンドを一瞬たりとも中断せずに、建築士は訪問者に根気よく説明するのだった。車というものの本質的機能は、普通考えられているような、距離を短縮する機能、人をある場所から別の場所に移す機能にあるのではないと。それは副次的機能の一つに過ぎず、それに、よく考えてみれば、そんなことは不必要だ。車の気高さはクラクションの可能性、つまりコミュニケーションと自己コミュニケーションの可能性にある。クラクションの奏鳴は、エミール・ポペスクの理解するところでは、車の声であり、今まで人間に迫害され締め上げられてたった一つの動物的な喉声になっていたが、これからは自由な、威厳のある、至高の声になる。われわれは技術第一主義の跳梁を、機械との対話の欠如をなげくが、車の側にも自己表現のチャンスを与えるということを、われわれは考えなかった。車が運搬手段として機能することは必要不可欠ではないが、自己表現を可能にするということは彼らの基本的権利だ。論証がこの点にくると建築士の両目が恐ろしく異様に光るので、隣人は早々に、ではまた、と自分の住宅へ上がって、そこで、笑ったものか同情したものか分からず、そのあと一日じゅう困っていた。

アンダーグラウンド期は翌年の春まで続いた。マンションの後ろの生け垣とアカシアの木立が青々となったとき、エミール・ポペスクは突然アンプの音量を上げて、演奏がマンションの居住者の迷惑にはならない程度でダチアの周囲数メートルの範囲には聞こえるようにした。居住者の多くは毎日午後建築士の車の近くを通る慣わしになっていたが、突然流れ始めた透徹した和音が日に日に清澄になって行くので驚き、心を奪われた。春の初めの日々、建築士は執拗に、単調だが魅力的な同じ一連の音列を繰り返していた。それはあたかも一音一音と成長するかのごとく、一種異様な静穏の境地を伝えるのだった。「何かピンク・フロイドみたいだな」と若者らはつぶやいてみるが、すぐに気づいて「貧乏したピンク・フロイドかな」と笑う。そんな解説は素知らぬ顔のわがヒーローは毎日、明らかにうっとりして、一連の音列全部をくり返した。それは消え入るように、そうして深遠に燦めいていた。六号階段のロマのバイオリン弾きのテレンテには娘が三人いて、いずれも家に昼も夜も出入りしているやたら大勢の男たちのプレゼントらしい銀狐の衣装にくるまっていたが、このバイオリン弾きは、時にシーレ・ディニク風の口髭の下から専門的感嘆の雑言を漏らしながら、建築士の音楽に入念に耳を傾けた。それは一つの音階だった、彼にもそれは分かったが、しかし聞いたことのない音階だった。いつも出ているレストラン・ホーラで、休憩時間にテレンテはエミール・ポペスクから仕入れた一連の音列をちょっと鳴らしてみた。数秒間、このレストランの多彩な客の手にしていたナイフとフォークが、あたかも突然時間が消滅したかのように凍りついた。だが、バイオリン弾きもこれには自分もぎょっとして、慌てて十八番の「昔のタンゴ」の一節に移った。番組終了後、テレンテは仲間ともう一杯ビールを傾けた。バンドには最近サキソフォン吹きが一人入っていた。この落ち着いた青年は音楽大学卒業後、音楽の教師として指定されたバカウ県のアルガシェーニ村小学校へ赴任しなかった。だがレストランのバンド仲間は彼をやはり「プロフェッサー」と呼んでいた。仲間に一人、本物の音楽を知っている者がいるというのが自慢だったのだ。その晩、「プロフェッサー」は何かのついでにテレンテに訊ねた。自分たちのアレンジでやったビートルズの「サムシング」の後で弾いた音階はなんだい。テレンテは待ってましたとばかり、同じマンションの三号階段の建築士がどんなパノラマをくり拡げているか、みんなに話した。「プロフェッサー」は聞き流しながら歴史には大したアイロニーがあるものだと考え、T・S・エリオットの「小さい老人」の一節を思い浮かべていた。そうだ、罠ばかり、落とし穴とねじれた道ばかり……。かつてピュタゴラスに栄光をもたらした音階、十個の音がそれぞれ一つずつの惑星（最後は謎のアンティクトン、また最初はほかならぬ太陽）に対応し、各セグメントは隣と黄金数の法則に従ってハーモニーの関係にある名高い音楽的スケール、それを今どこかの音楽マニアが再発見して、傷のついたレコードみたいに切りもなく繰り返しているなんて。帰宅すると、幅二メートル奥行き一メートルちょっとの小部屋で、壁際には天井まで古本を積み上げ、何かポルノ雑誌からの切り抜きの聖アウグスティヌスがヌードの乳房に見とれているコラージュをドアに貼り付けた下で、「プロフェッサー」はレストランでの話を日記に何行か書きつけた。だが文章の途中でやめた。十一時にガールフレンドがドアをノックしたからだ。最近離婚してセックスに飢えきっているヨランダだった。

このころずっと、建築士のよき妻エレナは、大勢の精神科医と相談し、いろいろ口実をつけては建築士を診せに連れて行った。医師の見解は分かれた。確かに通常の症例ではなかった。多数派は、サボテンや切手収集家のたぐいの偏執狂の話をしたがった。でもただのホビーと病理的所見の間に明確な区別がつけられようか？　正常な日常の挙句に狂気じみた行動に出ることもある不条理な情熱の実例は無数にある。サッカーゲームの最中にテレビを窓から放り出したことのない男はどれほどいる？　トランプで負けて自殺した年金生活者の例も少なくない。だからあなたの夫が仕事をこなし、家庭生活の社会慣習を守っている限り、エレナも理解していてやることはできるだろう。結局のところ、エミール・ポペスクを良きときも悪しきときも夫と選んだということを忘れてはならない、それに、精神異常の宣告が出たところで、やはり世話は家族がしなくてはならない、彼の狂気は社会の危険ではないから。何も慌てて離婚することはない、まあ待ちなさい、とにかく二人でたくさんのことを一緒にやってきたのだし、一人の人間を犬ころみたいに捨ててはいけないよ。もっと悪い男はいくらでもいる、細君に隠れて浮気をする、大酒を飲む、異常セックスを楽しむ。どれほど大勢の女は悪党亭主が一日じゅう楽器を弾いていてくれたら……なんでもいいからその方が、と思っていることか、考えてごらん。ほかの家族の場合にも通じるこの種の専門的忠告を前にしては、哀れな女性は諦めて、もうしばらく待つことにした。それはまことに辛いことだった。建築士はもうあの同じ人間ではなく、妻にも家のことにも全然無関心だった。エレナはしばらくの間はまた彼と同じベッドで眠ろうとし、優しくしてみようとさえしたのだが、彼は愛の欲求を全然感じないように見えるばかりか、そんなものがあるということにすら気がつかないようだった。時が経つに連れて、ごく初歩の人間らしい考えもなくしていった。朝は、たとえば、髭を剃ることを思い出させなくてはならなかった。

テレンテは毎朝クリーム色ダチアのそばを通り、トロリーバス九五番に乗り、都心で八八番に乗り換えて職場へ向かうのだが、このころはトロリーバス停留所へ向かう足を休めて、建築士の音楽のフレーズに何分か耳を傾けるようになっていた。まもなく気がついたが、建築士はもう同じ音階をいつまでもくり返しているのではなく、目覚ましい技術的進歩を示して、その音階をベースに奇妙な短いメロディーを組み立てていた。初めあんなにぶきっちょで、つっかえつっかえしていた指が巧妙にしなやかになり、指先は象牙のように硬くなった。とはいえ、メロディーにはリズムがないようで、ただ音符の全体が、時には重音で、ゆったりした連禱のように流れるばかりだ。グリッサンドやトレモロたっぷりの狂気じみたジプシー音楽が専門の楽士には、エミール・ポペスクが作り出しているものをどうもうまく消化することができなかった。それでもいくらかまとまった旋律らしい断片を覚えて、バーがしまった後、面白半分に「プロフェッサー」に聴かせた。今度はサキソフォニストの先生は耳をそばだてた。よく知り尽くしたメロディーに思えたからだった。いいや、これはもう偶然の一致などではあり得なかった。誰かがでたらめに鍵盤を叩いたのが十音音階の再現になることも、千年に一度ぐらいはあり得よう、だが今度は話が違った。すっかり考え込んで帰り、半地下の自分の部屋で古代音楽に関する音楽大学でのノートを読み返した。ときどきサキソフォンで（彼の大ドラマはアップライトピアノもないことだったが、いずれにしろその置き場はなかった）あのメロディーの数フレーズを吹いてみた。それはこの野蛮でかつ洗練された楽器から流れ出すと、かつて聴いたことのないような透徹した響きとなった。興奮の極に達して、日記に書き留めた。「〝例の音楽マニア〟は奇妙なパフォーマンスをやり遂げた。どんな超心理学的直観に導かれてか、古代ギリシャから現代に伝わる唯一のオルフェウス賛歌の楽譜を一音一音再現している」、「プロフェッサー」はさらに書き進めた。「まったく、これは何か〝多言語発話〟に似たものか、ある種の人が一度も見たことのない街について持つ詳細なビジョンのようなことに違いない」。すぐ次の日、テレンテにその車上オルガニストに紹介してくれと頼んだ。

「プロフェッサー」とエミール・ポペスクの会見は歴史的事件である。建築士の巨大な作品と人格を有名にするに当たって、この若いサキソフォン吹きの果たした役割は計り知れない。快く勧められた前部シートに座って耳を傾けたオルガンから出る初めの方の音から、早くも「プロフェッサー」はここで実際に起きていることを直観した。二度ほどオルフェウス賛歌を弾いたあと、オルガニストは出し抜けに違うものを始めたのだ。それは彼のレパートリーとしては新しい音階だが、実際は、数千年の昔に小アジア地方で歌になって聴かれたはずの音階だったのだ。何度もその短音階を弾いてから、エミール・ポペスクはその音階での即興演奏に移った。「プロフェッサー」はいくつか質問して、その返事から、エミールが音楽を作っているなどとはまるで思っていなかったことが分かった。夢中になって、クラクションを通じての人間‐機械コミュニケーションの諸様相に関する独特の理論を並べるばかり。彼がしていることは自動車との親密関係から出てくるものをクラクションで音にしているだけだという。それ以上のことは何一つ引き出せなかった。音階や旋律のことを話そうとする「プロフェッサー」の試みはまったく相手にせず、その間に彼の指は夏空にアポロへ捧げる異教の賛歌を描き、サキソフォニストはそこにオネシクラテス☆のある作曲を認めた。日が暮れてからようやくしぶしぶ帰途についたが、それ以来「プロフェッサー」は毎日オルガニストの幻想的な創作を聴きにくることになった。夜は、美しく官能的なヨランダに迫られない限り、この青年は自分の音楽史教科書を読み、読み返し、建築士の到達段階に印をつけ、続く歩みの予想さえ試みた。というのも、古代音楽の継起の諸相を奏でたあと、ある日の午後、エミール・ポペスクは突然あるグレゴリオ聖歌の初めの音を紛う方なき壮大さで響かせて、サキソフォニストを驚かしたのだった。およそこのときからマンション居住者らはこの突飛な隣人にまた関心を持ち始めた。特におばあさんたちにはその「教会音楽」が、彼女たちの知っているのとは違っていたけれど、気に入り始めた。そのため、およそ二週間というもの、午後になると建築士のダチアの周りで台所の腰掛けを持ち出して居眠りしているおばあちゃんの群れが見られた。

「プロフェッサー」はもう迷っていられなかった。自分も勤めをやめ、日常生活を解体し、ヨランダとさえ別れて建築士のそばに入り浸った。彼の日記はそれまでほとんど読書や演奏会の印象、それに週一度ぐらいのいろいろな情事だけだったが、今は大河小説の趣を呈してきた。すべてがそこにあった。テキストと書きなぐりのスコアの混在したものが途方もない精神爆発をマークしていた。そこでのエミール・ポペスクは一つの段階から次へ、ある精神性から別のものへ、ある慣習から別の慣習へと移りながら、一歩一歩、音楽の歴史のくり返しと再発見に成功していた。一見解きほぐせそうもない錯綜のうちに、音階や和音練習や対位法が毎晩遅くまでマンション裏の闇の空中に連なり、十分ほどダイヤモンドのように透き通ったメロディーの火花を散らしたと思うと、また建築士自身は与り知らない捜索と焦燥の淵へと沈むのだった。季節は巡り、色彩は混ざり、空の雲は二度と同じ形を作らないが、埃にうずまったダチア1300のフロントガラス越しには黄昏ごとに、星の出ごとに、必ず同じ二人の姿が見られた。「プロフェッサー」は時々バッテリーを充電し、クリーム色塗装の板金を

☆　紀元前四世紀のギリシャの哲学者。「アレクサンドロスの教育」を出版したという。

スポンジで拭いて、錆びつかないように気をつけていた。マンションの裏の子供たちはずっと前に念を入れて四つのタイヤを全部切り裂いてくれた。

エレナもときどきやって来て後部シートに乗り込んだ。しばらく前からだんだん足繁く通うようになった。夫はちょうどダンスタブル、パレストリーナ、デュファイ、オケゲム、ジョスカン・デ・プレ、それから特にオルランド・ディ・ラッソなどの熱狂的な対位法にほとんど錬金術的な和音を重ねていたが、エレナは夫のその洗練されたメロディーに耳を傾けるためというよりも、若いサキソフォン吹きのなかなかロマンチックと言わざるを得ない容貌に惹かれ始めていた。彼女はずっと前に気がついたことだが、エミール・ポペスクは演奏中実際のところ現実世界の外にいて、いかなる外部刺激に対しても目も耳もふさがれたままだった。何を言われても、クラクションについてのますます曖昧なますますおかしな文句をぶつぶつ口ごもるだけだった。そこで遠慮なく夫のことをあれこれ「プロフェッサー」に訴えた。相手は初め上の空で、それからまともに聞くようになっても、ピンとはこないでいた。だが目を開けたとき、もっと言えば日記から目を上げたとき、突然関心が高まったのは、エレナがとても美しい乳房をしているからだった。それは青年の部屋で哀れなアウグスティヌスがまじまじと見つめさせられているあの写真の美女の胸に似ていた。そうしてこの乳房はもう実に長い間触られたことがないのだ。サキソフォニストが模索と精神的親近の心乱れる夕べを重ねたのち、ある日エレナの頬に指を触れると（結局彼も後部シートに座っていた）、エレナは初めて半ば口を開いて彼の唇を求める身振りをした。他ならぬそのシートで二人が愛を交わすのは、バッハのホ短調バイオリン協奏曲のアダージョ楽章の最初の和音が響いたときだった。

それ以来このトリオはもう離れることがなかった。エレナが勤めから帰ると、普通、男二人はすでに車内にいた。バッハを始めてから、それも一年以上弾いている内に、周りの住民はみんな音楽マニアになり、日が暮れるまでの数時間はアンプの音量をあげてくれと頼んでくるほどだった。「プロフェッサー」はノートに励んだ。すでに〈マガジン〉の読者欄にベルチェニ街区のマンションの裏に出現した一つの音楽現象についてのメモを載せた。次に〈フラーカラ〉誌に論文を送り、それはすぐ次の週に掲載され、フォーラムの関心をこのケースに向けた。建築士と外界のコミュニケーションはますます困難になるし、サキソフォニストは論文が三百八十レイという結構な稼ぎにもなったので、変わった友人のためにアートマネージャーとしての一切の責任を引き受けることにした。無害かつ常に有益なクラシック音楽のことだから、建築士はやがてラジオテレビ局の見出すところとなり、こうして土曜夕方か木曜朝の「プログラム3」でアマチュア芸術家エミール・ポペスクの電子オルガンのコンサートが聴かれることも別に珍しくなくなった。ラジオはこの放送で同時に多方面の成果をあげた。音楽教育に貢献するかたわら、いたるところに民衆の間から新しい才能が出現していることを証明した。同様にして、名高いわれらがレギン楽器工場の製品の優秀性も明らかにされた。

翌年、初めてテレビが国内数百万の家庭に建築士の映像を届けることになった。報道陣の車列が、パジャマ姿の近所の野次馬数十人を従えて、マンションの正面に止まると、青とオレンジの長いケーブルを裏まで引いた。そこでは二台のビデオカメラのレンズの下でランプが緑色にまたたいていた。リポーターは、カメラに向かってひとしきり興奮した口調でしゃべってから、建築士にインタビューするためにダチアの車内に入ろうとした。だが「プロフェッサー」とエレナは信じられないほど長い指を象牙の鍵盤に舞わせているマエストロの催眠状態を中断させることはできないと彼らに説明した。結局、テレビは建築士の音楽をベースにモーツァルトについて語る十五分ほどのルポルタージュでお茶を濁した。

やはりちょうどそのころのこと、エレナの妊娠がはっきりした。初め慌てたけれど、サキソフォニストは、と言っても今はもう全然サキソフォンは吹かないで、毎朝ラジオ、テレビ、雑誌社を駆け回り、夜は七冊か八冊目の手帳を丹念にメモとスコアで埋めていたから、つまり「プロフェッサー」だが、すでに何ヶ月も前から建築士の家で眠るようになっていた彼はエレナを落ち着かせて、ずっと前からの課題だった建築士との離婚を一緒に決めた。離婚手続きは長くはかからず、八ヶ月ほどですんだ。事情ははっきりしていたし、エレナの懐妊で早く進んだ。財産分割は両者に満足のいくものだった。エレナには家と家具全部、エミール・ポペスクには車の他に差額の支払いが三食付き下宿として保証された。ということで、事実上、変わったのは彼ら三人の、まもなく四人だが、家族関係だけだった。この変わった離婚はもちろんかなりのスキャンダルになったし、もし世論がそれまでに建築士の変わった人柄に馴れていなかったら、雑居結婚という怪しげな噂になりかねなかっただろう。

建築士はダチアのクラクションの最初の運命的な吹鳴からこのかた数年の間に大変変わった。ほとんど食べないのにものすごく肥り、顔の皮膚は頬に垂れ、次第に真ん中へ寄った両眼は、現実世界の何事にも注意を払わない固定凝視の域に達した。まばらで異常に長い蜘蛛の巣のような髭が頬でもつれていた。だがすでに病理的段階を越えて畸形となったのはその両手だった。指の長さは三十センチを超え、鍵盤全体をひらひらと包んでいた。切り結んだ太い筋肉の紐が信じ難い速さで伸縮して指骨を動かした。辛うじて目に入るのは冷たい鍵盤の上をうるさい蚊の足さながらに走り回る指先だけだった。この怪物めいた手で、エミール・ポペスクは、一度も聴いたことがないベートーヴェンやチャイコフスキーの協奏曲をそっくり全部、幻覚状態の続くに任せて再創作して演奏するのだ。演奏を中止すると、膝まで届く指が耐え難く痛むように見えた。こうして、わずか二年の間にもう建築士は勤めをやめていた。事実上、通常の社会生活との一切の関係を絶った。今では昼も夜ものべつ幕無しに弾いていた。あらゆる大新聞大雑誌の好奇心欄にはルーマニアのオルガニストについての短信が載った。〈ニューヨーク・ヘラルドトリビューン〉と〈ライフ〉と〈ストレンジ・アストニシング・ストーリー・マガジン〉と〈パリ・マッチ〉と〈ペントハウス〉の記者がベルチェニ街区のマンションの裏をうろつき始め、最新式カメラの眩しいフラッシュを光らせ、ビデオカセットやテープに建築士の絶妙な音楽と同じく支離滅裂な呟きを収録して行った。そばで「プロフェッサー」は大車輪で彼らにオルガニストの言葉を通訳した。そうして春の初めごろには手帳のメモをパリとロンドンで、『オリエントの門の天才』というタイトルでフランス語版と英語版を同時平行出版した。音楽家の間でも素人向けでも、この出版は想像を絶する成功を収め、さらに次々とあらゆる言語に訳されて、エミール・ポペスクは全世界で時の人となった。

　その間にエレナはサキソフォニストと結婚して子育てにいそしんでいた。続く年月、サキソフォン吹きは講演に次ぐ講演に倦むことなく世界じゅうを回った。こうしてエミール・ポペスクは外国でもっともよく知られたルーマニア人アーチストとなり、ある日本の会社が、彼の表現可能性拡張のためにすばらしいシンセサイザーＭＩＳＨＩＢＡをプレゼントしてくれた。飛行機で、それからトラックを乗り継いで、長さ十一メートル、高さ二メートルの巨大な楽器はマンションの裏に到着した。何人かの居住者は駐車スペースを譲らざるを得なかった。絨毯叩きバーも数メートル動かさなくてはならなかった。特別設計の透明なプレキシガラスの構造物が楽器を悪天候から防ぐ。付き添ってきた二人の日本人専門家が装置を全部設置して、建築士も有機ガラスの屋根の下に引っ越すように決心させようと試みた。しかし彼を自動車から出すことは不可能だった。ダチアのクリーム色の車体はエミール・ポペスクにとって音楽そのものと等しく重要と見えていたのだ。そこで、いつもながら創意に富む日本人二人は唯一可能な解決に訴えた。建築士を後部座席へ移し、前部座席と貧弱なレギン製オルガンを取り外し、空いたスペースに数日間で巨大な装置と、目の回りそうなごちゃごちゃしたモニター、メーター類、文字盤、それに八列の特製鍵盤を取り付けたので、さながら宇宙船のコックピットにいるようだった。二人の小男は、シンセサイザーを起動した後、高名な音楽家とちょっと話し合おうと試みた。だが建築士が電子装置を操作し、あちこちのボタンを押し、まるでそんな仕事をして暮らしてきたかのように周波数を調整するのを見て驚き、また安心した。鍵盤の最初のタッチから、レギン製オルガンの原始的なサウンドに比べると際立って純粋で豊かな音で、ラヴェルのワルツの華やかな、続いて莫大な苦悩のように密やかな、寄せては返す波が巻き起こった。

偉大なるMISHIBAはどんな自然音でも楽器音でも再構成できた。数年の間、エミール・ポペスクは疲れも知らずシンセサイザーの素晴らしいさまざまな可能性の探求に明け暮れていた。サキソフォニストは、マンションの裏のダチアの周りにいるときに、乾いた葉ずれ、ツグミの声、小川のせせらぎなどの自然音の最高に忠実な再現や、切ないほど甘い女性の声や、離陸時の飛行機の騒音や、イルカのつぶやきなどの間に、ときどき、見事にオーケストレーションされた小品をなんとかメモする機会に恵まれた。要するに、普通の方法では得がたい透明な音色で、フルートとバイオリン、ホルンとファゴット、トライアングル、ティンパニが、金糸銀糸のメロディーや煌めくような不協和音の中に旋律線を織り込んでいくのを聴くことができた。何十もの関節のある指を持つ建築士の四肢が数百の鍵盤の上を走り、競合する数千の周波数を調節し、同時にオーケストラ全体をプログラムしていた。レギン製オルガンの質素なステーションと代わったのは、四声部の多重エコーの音を送出できる直径三メートルの特殊な針金の球体だった。居住者全員が高度のストレスに陥ったためにマンションが取り壊しに至ったというちょっとした不都合と引き替えに、ブカレスト市の相当大きな部分が恒常的に建築士の発する音響の傘の下に入るという利便ができた。もとのマンションの敷地はきれいに整地され、コンクリートと木質の壁で囲まれ、モミの木が植えられた。シェーンベルクとウェーベルンの音楽は生長に効いた。その結果、枝はたちまち伸びて、錆びたダチアの上に垂れ、褐色の針葉がプレキシガラスのブロックを囲んだ。その中でシンセサイザー奏者の巨大な太鼓腹と頭の禿げ始めた二人の日本人専門家が眠るのだった。昼も夜も音楽は専制君主さながらに唸り、吠え、震え、叫んでいた。

サキソフォニストとエレナはもとのマンションの基礎の上に建てた金属とガラスのヴィラに住んだ。強いオゾンの匂いに包まれて、静かに過ごしていた。息子を結婚させた後、老いを意識し始めた。「プロフェッサー」は天才的興行師として有名になったが、いつからか、誰も彼を必要としなくなったようだった。大会には名誉会長として招かれるけれど、求められるのは、いつも必ず、エミール・ポペスクを知ったときの様子を語ることだけだった。建築士の人気は流行などとは関係ないように見え、耐えず上がり続けて、今や主流となった。あらゆる世代の音楽愛好者が同じ音楽を聴きたがる。これはかつてなかったことで、社会学的に説明がつかなかった。そうしてケーブルテレビとビデオカセット業界がエミール・ポペスクのコンサートの四分の三をカバーしていた。

建築士によるメロクラシー〈音楽専政〉樹立の決定的瞬間は公衆から注意されずに過ぎた。それが起こったのは、サキソフォニストが新しいアテネウル・ロムーン音楽堂での講演から帰宅して、エレナを見た晩のことだった。いくらか豊満に、また白髪まじりになったエレナはトランス状態で先夫の音楽に聴き入っていたのである。ずっと昔から二人は彼のことを口にせず、職業上の義務が求める以上の注意を払わない習慣になっていたのだ。食事も持って行かなくなったときから、エレナは彼のことを忘れきったように見えた。だが今やベランダで恍惚とエレキギターを模した絶叫に耳を傾けている。「プロフェッサー」は憤然とした。音楽は彼にも脚に重いほどとりついていたが、しかし今は音楽の魅惑の問題ではなかった。一瞬冷静さの蘇った頭に、初老の自分の姿が、夢魔の怪物を物見高い大衆に見せて生活費を稼ぐサーカスの監督並みに映った。突然、芝生の数歩彼方で、宵闇の中で妻を心理的に自分から奪っている男、音楽の力で妻を取り戻している男が強烈に憎らしくなった。エレナをそのままにしてキッチンへ行った。ぎらりと光る肉切り包丁をひっつかむと、闇に微かに煌めくぽんこつダチアの輪郭めざして走った。「プロフェッサー」は車体の文字通り錆びきった板金を、昔はタイヤがついていた歪んだホイールを、風防ガラスのない窓を見た。しかし内部には、かつてのダッシュボードのあったところに、何千もの緑、赤、青のランプが幻想的に煌めいていた。それはリズミカルに点滅して、サキソフォニストに一種の催眠効果を及ぼした。近づいて車内を覗き込んだ。

そこに建築士がいた。ずっと昔に服ははじけ飛んで、少なくとも四百キログラムはあろう裸の白い変形した体は、カタツムリが殻一杯になっているように、文字通り車の後部をすっかり埋め尽くし、一部は窓からはみ出していた。首は胴体にめり込み、相好は肉塊の顔の上に描いた細い線のように見えるだけだ。二つの目は単一のパノラマレンズに融合して、シンセサイザーの制御卓の錯綜した装置全体を一度に見ていた。両肘と前腕は脇腹にのみ込まれ、複雑な関節を持つ数十本の小枝のようなフィラメントを含むあの二つの指の束が今はじかに胴体から出ていて、倦むことなく象牙色の鍵盤上を走っていた。このほとんど人間らしくない生き物を前にして、「プロフェッサー」は聖なる恐怖の戦慄を覚え、吐きそうになった。引き下がったりしないように、ヘッドランプを消してフロントドアへ突進した。引いた途端にドアは腐食した車体から離れて、貝殻のかけらのように草の家に落ちた。指の束につかみかかり、猛烈な勢いで切り刻み始めた。血と指の破片がエミール・ポペスクの脂ぎった体の上を流れたが、彼はまったく反応を示さないようだった。束の中の残りの指は強情に鍵盤の上をはい回り続けていた。分娩室の中のような重苦しい臭いが針葉樹の下に広がっていった。最後の指も建築士の足許の縞模様のゴムの上にぴくぴくしながら落ちると、サキソフォニストは肉切り包丁を砂子のような星くずに煌めかせながら、ところどころに黒いエンジンの覗かれるぽんこつの残骸の前を迂回して、もう一つの指の束が出ている切り株のような節をつかんだ。だが、今度は、力いっぱい叩き切ろうとしたとき、驚異が起こった。突然、指の群れが多重鍵盤の上でネアブラムシの触角が震えるように優しく波打ち、そうして金属の網の大きな球体から正気の沙汰とは思えないいくつかの和音が空中へ拡がった。それはもはやアルバン・ベルクでもなく、オルフでもなく、デューク・エリントンでもなく、ピンク・フロイドでもなかった。いまだかつて聴かれたどんなものでもなく、また、人間の頭ではいつか聴けようと思いつきそうもないものだった。サキソフォニストは立ちすくんで聴き入った。それはもはや耳ではなく全身の皮膚の総動員で聴かれる音楽で、それは血管を反響で満たし、それに骨格構造が共鳴するのだった。この音楽は、脳に入ると、魂の戸口で、一服のメスカリンか、生け贄の体内に溶解酵素を注入する蜘蛛のように、魂の代役となり、不実なホムンクルスさながらに体の手綱をがっちりと握ってしまった。次に音楽は蒼穹の蠕動のように喉を通って下がり、リンパ系を浸し、紡錘形の筋肉の房の中で七色に光り、脊椎神経に沿って、内部諸臓器、肝臓の六角形の細胞、心臓の電気胚子、副腎、そうして膀胱の膨大な領域を包み込み、雨に濡れる黄昏のように大腿骨、脛骨、腓骨に沿って足指まで下り、一つ一つの細胞、一つ一つのミトコンドリア、一つ一つの核酸の粒子を音楽のノードに置き換えていった。梗塞に見舞われた人間だけが感じると言えそうな世界崩壊の感覚に打ちのめされて、サキソフォニストはドアのそばの草にくずおれた。彼には星の刻み込まれている空の大きな透明のページがゆがみ、近づき、彼の体を象り、色とりどりの経帷子となって締め付けるような気がした。意識を失った。

目が覚めたときは明るくなっていたが、草の上に震えるダチアの影が太陽の溶融する円盤を隠してくれていた。血まみれだった。起き上がって車内の怪物を見つめた。あの膨大な指を切り落としたあとはすでにかさぶたとなり、そこから爪のような新しい指の若芽が生え始めていた。「プロフェッサー」は辛くて泣き出し、すすり上げ、涙にむせんだ。もうどうにもならないと感じていた。世界が耐えがたい灰の地獄に見えた。力をふりしぼって昨夜聴いたいくつかの和音をたどっていた。ぞっとするほどの苦悩のうちに八時間ほど過ぎた。肉体も精神も参った。頭蓋骨の中で妄想の眩暈がふくれて行き、「プロフェッサー」はついにまた肉切り包丁をつかんで建築士に襲いかかった。今度こそ息の根を止めようと決めたのだ。だが同じ恍惚の音楽が彼を草の上に転がした。

建築士があの苦しいまでにメロディアスな音をあらゆる攻撃を防ぐ毒液の分泌反応のように送出するのだと分かった。打撃を加えるふりをするだけで、また致命的な音楽が聴こえた。攻撃が強ければ強いほど、音楽はますます圧倒的になった。その後何年も、実際上一生の間、サキソフォニストは、悪賢く、この発見を利用した。音楽の効果を増すために、次々に、建築士を窒息させたり、火を付けたり、火傷させたり、爆破したり、感電させたりしてみた。その度にメロディーラインは変化し、いかなる作曲家の芸術的天才がかつて実現したすべてにも増して力強く浸透する楽曲の中で、音響を超えた音響の螺旋装飾が別様に渦巻いた。というのは、こうした瞬間には、建築士はもはや既存のスタイルや様式を真似ることなく、彼自身が一人の超芸術家かつ超演奏者になっていたのである。

数十年にわたり、建築士の圧倒的な影響の下に人間精神の総体が変化した。もう紛争は存在しなかった。誰にとっても唯一の関心事は昼夜不断の演奏をなんとか聴ければということだったから。なお書かれるものと言えば、建築士についての新聞、建築士についての本、そればかりだった。描かれるのは建築士の公式肖像ばかり、詩と言えば建築士に捧げる賛歌であった。働くのは電気水道など生活ライン確保のためと、建築士の音楽を常時中継放送する膨大な衛星ネットワークの維持のためだけになった。人々は建築士の音楽に乗って愛し合い、埋葬されるときは建築士の葬送曲で送られた。

偉大なるＭＩＳＨＩＢＡの維持管理に当たってきたあの日本人二人は伝説的存在となり、その死後は別の二人が引き継ぎ、いずれも最初の二人と同じ名前を名乗った。こうして、数世紀にわたって、針葉樹の小さなオアシスの中に延々と一つの日本人王朝が継承されていった。聖なる音楽を直接オリジナル音源から聴こうとして、世界じゅうから巡礼者がやって来た。防御反応として創られる従来より百倍も深遠な音楽を求めて、何千回も、建築士に対する襲撃が組織された。音楽への渇望が恐ろしいほどになり、人々の強迫観念が嵩じた結果、ある集団的狂気が沸騰し、ハーモニーの中へ溶け込もうとする抑えようのない欲求から、彼らは熱核ロケットの助けを借りて建築士の破壊を図った。ユニフォームの男の指が数千の核爆発を誘発するボタンに近づいた瞬間、ありとあらゆる受信装置から、火炎放射器さながらに、音楽が、耐えられないほどの強さと高さで噴出した。人類の大部分は黒焦げになり、生き残りは建築士の単なるアクセサリーとなった。彼らの生命は音楽のみによって保たれた。血液循環も思考の働きも食料の消化も、建築士の指の下から発するメロディーの巨大な組織によって人工的に維持されていた。シロアリさながらにシンクロして行動するこの数百万人の生き残りと一緒に、建築士は想像もおよばぬほど複雑な、地球表面の四分の一に拡がる新しいシンセサイザーを建設した。怪物自身も大きく成長した。ダチアの車体は彼の白っぽい脊椎にミニチュア貝細工のようにはめ込まれていた。体軀は莫大な面積を覆い、限りなく枝分かれした指は今や、あの二本の腕から出発して、蜘蛛の巣のようにあたり一面に拡がっていた。それが数十万個のターミナル鍵盤へ初めて接触した途端に、最後の人々も塵となった。これはもう音楽ではなかった——というか、ピュタゴラス派の言う音楽だった。もはや人間の耳はそれを聴くことができなかった。なぜならば、もうそれは音に頼らず、材質にも頼らず、ただ宇宙の脈動に浸透し、それと絡み合い、それに変形を強いていた。数百万年にわたって、建築士は星群のただ中で融合過程を加速し、周辺物質を産出するようにメロディーを転調させた。そのメロディーは限界質量に達した星々の爆発を誘発して、驚異の超新星を形成し、縮んでは小さい星となり、ついには白色矮星やパルサーやあるいは絶望のブラックホールとなると、物質はそこからどこか別の宇宙へと消えて行くのだった。銀河の回転する扁平な蜘蛛の巣に集まった幾十億の黄色の星、白く輝く星また青い星々、その多くはプレアデスあるいはヒアデスなどのように二連星ないしは多重連星で、いくつかはレグルス、シリウス、リゲル、アークトゥルスのように太陽よりも数倍大きく、あるものは光度プラス十四等からさらにその先まで、燦然と輝き、あるいはちらちらと点滅しながら、新シンセサイザーから発出されるリズミカルな波形を受け取ると即座に収斂し爆発するさまを眺めることができるなら、それは超自然的だった。四十億年後、太陽は膨張を始めた。まず水星の軌道を、次に金星の軌道を呑み込み、捏ね粉のように溢れかえりながら地球に迫った。だが地球はずっと前から見えなくなっていた。全地表が太陽ほどの大きさでクラゲの腕のようなフィラメントの族生した二本の多血質の腕を持つ球形の建築士の有機質に覆われていた。大シンセサイザー自体が今はその膨大な体の内部要素の一つになっていた。太陽が爆発して、揮発性のエーテルのような物質を幾百万の縞模様に煌めく真紅と紫の炎の形で空間へ放出したとき、建築士は銀河の中心へ向かってゆるやかな移住を始めた。

宇宙は老化していた、イチジクのように萎んだ。その物質は黴のように粉々になった。かつてはしなやかで湿気をおびてメタンの雲と金色の塵の糸の満ちていた星間空間すら、がちがちにこわばった。その中を建築士は今、次第に広がる星雲のように、数々の星座をそっくり呑み込みながら、電磁場の衝撃にはためきながら、だが大きな一つの意思のように、自分の絶対の新鮮なリズムを恒常的に発しながら進んで行った。銀河の中心に達すると、渦を巻く両腕がかつての銀河の空間の総体を満たした。移動の間に希薄化の極に達していた彼の体と両腕の物質が、計測不能の長い時間の間に濃縮し、連続性を失い、ちりぢりの星に集約して、突然空虚で暗黒の宇宙に光を灯した。古い銀河のあった場所に今一つの若い銀河が痙攣と脈動を繰り返しつつ回転していた。

追憶へ、そしてその彼方に

解説｜高野史緒

私たち日本人の読者は、ついにミルチャ・カルタレスクの初期の代表作『ノスタルジア』を手にした。どんな作品か見当もつかないのでおっかなびっくり読み始めるが、まもなく私は他のことが手につかなくなるほど夢中になって読みふける。それはフルコース料理にも似た、考え抜かれた構成でできている。

さて、ではまずはプロローグの「ルーレット士」から。

老境にある作家が、やや自嘲気味に自分自身を語り始める。これはいったいどこに連れて行かれるのだろうと思うと、彼が私たちを案内したのは薄汚れた地下室で、そこには「ルーレット士」なる男がいる。その男がするのは、ドストエフスキーがドイツでのめり込んだあのカジノゲームではない。命を張ったロシアン・ルーレットだ。彼は客たちに弾丸が本物であることを確認させると、それを一発、空の弾倉に込める。彼は弾倉を回転させる。弾倉が回転を止める。

骨を砕くような静けさ、聞こえるのはただ、今も覚えているが、巨大なゴキブリたちのがさがさ動きまわる音と、触覚が擦れ合う微かな音だけ。男はリボルバーを自らのこめかみにあてがった。極度の緊張と弱い灯りのせいで私は目が疲れてしまい、ふっと、こめかみにピストルをあてた乞食のシルエットが黄色と緑色がかった燐光の斑に分解された。彼の後ろの白い壁の漆喰の凸凹が盛り上がった。漆喰の刻み目のそれぞれ、粒々のそれぞれが老人の顔の皮膚のように厚みを帯びて、壁に青白い痕を残して見えた。ふっと、地下倉庫に麝香と汗のにおいが流れた。箱の上に立った男は、目を固く閉じ、ひどくまずいものを口にしたかのように唇をゆがませ、荒っぽく引き金を引いた。

最初の一編から、恐ろしいほどの描写力が読者を襲う。これがカルタレスクなのだ。ゆっくりと締め上げて行くように緊張感の高まってゆく物語は、しかし、おおかたの予想とは違ったところに着地する。そう、それがカルタレスクだ。この本と出会った私たちは幸運なのである。待望していた読者も、何かの拍子に出くわしてしまった読者も、私のこの言葉には賛成してくれるだろう。

＊　＊　＊

私がルーマニア文学と出会ったのは比較的早かったが、そのきっかけは言わば「仕方なく」であった。要するに、中学校の国語の教科書に載っていたから、読まざるを得なかったのである。その頃には田舎の本屋に置いてあるくらいにはメジャーなミステリやSFの文庫本に手を出していたので、翻訳物にはそこそこ慣れていたのは幸いだった。しかし、それでも異質な固有名詞、知らない歴史的背景、見たこともない景色の描写……これは宇宙戦争やシャーロック・ホームズよりも面倒かもしれないと思ったような記憶がうっすらとある。木版画のような挿絵をやけに鮮明に覚えているのは、そのちょっと面倒だと思った抵抗感のせいかもしれない。しかし、読み始めたとたん、私はその短い物語に夢中になった。

それがフランチスク・ムンテヤーヌ（Francisc Munteanu, 一九二四～一九九三）の「一切れのパン」だった。一九八〇年前後に中学生だった世代は、意外とこれを覚えている人が多く、昔話をしていてこのタイトルが上がるとやけに盛り上がったりするのである。やはりインパクトが強かったのだろう。

第二次世界大戦の最中、主人公である「わたし」は、ドナウ河を行き来する艀で働いていた。ある時、祖国ルーマニアがドイツ側からソ連側に寝返る。出身がルーマニアである「わたし」はナチスの水上警察に敵国人として捕らえられ、ユダヤ人や、「わたし」のように国籍や何かの理由で捕らわれた人々とともに貨物車でどこかに輸送される。夜中、何人かは脱走を企て、「わたし」もそれに加わる。その「わたし」に、ユダヤ教のラビ（宗教的指導者）が別れ際にあるものを渡してくれる。それはハンカチに包まれた、たった一切れの、カチカチに固まったパンだった。もう長い時間何も口にしていなかった「わたし」は、すぐにでもそのパンを食べてしまいたかったが、ラビの忠告に従い、いよいよ限界という時までその包みを解かずに持ち歩く。憲兵が行き来する町、射殺された仲間の逃亡者、親切な人とその背後に見え隠れする兵士の影……空腹と疲労で少しずつ、しかし確実に消耗してゆく「わたし」。そして最後には意外な結末が待っている。

手に汗握る逃亡劇の面白さと驚きの結末だけではなく、背景となった如何ともしがたい歴史的事実の重み、そしてラビの人間性と叡智が、この短い物語を奥行の深いものにしている。

私はこの一編を究極の短編小説であり、自分の創作の原点の一つでもあると見なしている。私は作家として短編作品を褒めていただくこともあるが、その起点はこのルーマニア産の一編なのだ。

ちなみに「一切れのパン」は現在、抄訳である教科書ヴァージョンは光村図書の『光村ライブラリー・中学校編　1巻 赤い実 ほか』で読むことができる。全訳は筑摩書房の『世界文學大系94　現代小説集』に収録されているが、こちらはなかなか手に入らないので、図書館などで探してみられるほうが確実だろう。翻訳はかつて本書の翻訳者住谷春也氏とともにミルチャ・エリアーデの諸作品を訳された直野敦氏だ。ムンテヤーヌは母国ルーマニアでは大衆的な映画やドラマの脚本家として知られているらしいのだが、文学史上に名を残すほどの作家ではないようである。しかし、この一編を選び出して翻訳した直野氏の眼力に感服するばかりだ。

＊　＊　＊

さて、話をカルタレスクに戻そう。続いて新たな物語が展開し、私たちは「ルーレット士」がやはり食前のアミューズに過ぎなかったことを思い知らされる。「メンデビル」の語り手はやはり作家だが、「ルーレット士」のそれとは違う日曜作家のようだ。幼少時代、工場の恐ろしく高い煙突に登ったために「メンデビル（いかれあたま）」と呼ばれた少年にまつわるあれこれだが、時おりブラッドベリやコクトーが描く少年時代の香りに似たものは漂うが、その物語は幾重にも屈折し、カルタレスクの手の中で魔術的な色合いに染められ、またゆっくりと締め上げるようにクライマックスに向かってゆく。

続く二編、本書の中では長く、どちらもメインディッシュの趣のある「双子座」も「ＲＥＭ」も、回想の物語だ。回想、回想、また回想。そう、本書のタイトルは『ノスタルジア』だ。

「双子座」の語り手はアンドレイという青年。彼はジーナという同級生に恋をしている。もちろん、私たちがすでに前二編で学習した通り、カルタレスクの手にかかれば恋も真っすぐには進まない。日用品とがらくたと日々の繰り返しがバロック的な趣で彩るその恋は、「青春はどどめ色」と歌う藤井風《かぜ》のヒット曲を思わせるところもあるが、しかし、だ、少女から女へと成長しつつあるジーナが見慣れない赤い扉を指さした瞬間から様相が一変し、ＳＦ読みの人間にはおなじみの「ある現象」が起こる。その結果私たちは、手記の書き手も、冒頭の女装と自死のシーンも、全く違った意味を持っていたことに気づいて愕然とする。迷子になった読み手のためにギリギリネタバレの指摘をさせていただくと、手記も自死も、その「ある現象」が起こった後だということに注目して欲しい。こうした仕掛けだけではなく、描写の一つ一つからその展開のしかた、結末に至るまで、私たちはハイカロリーな読書の愉悦を味わう。

何しろお腹がいっぱいなのだ。第二のメインディッシュ「ＲＥＭ」は、数日頭を冷やしてから手を付けたほうがいいかもしれない。

＊　＊　＊

私たちは、カルタレスクの描写力の魅力に驚かされる。しかし、そのバロック的なばかりの装飾は、一つ一つを見れば、まったく豪華でもなければ特別でもない、言わばありふれた日用品でできている。高価なものと言えばせいぜいフランス製の香水くらいだろうか（博物館の展示品も、決して贅沢品ではない）。読んでいる間、何かが私の記憶に触れる。何かを思い出しそうだ。そう、カルタレスクのバロック性は、イリナ・イオネスコ（Irina Ionesco，一九三〇～）の写真作品のバロック性に通じるものがある。

私は四半世紀も前、新宿の高級ホテルの一室で会ったイリナを思い出す。「今まで何十年もこの日本製のカメラを使ってきたけど、この間ついに動かなくなったの。トーキョーで死を迎えたのも何かの縁かしらね」。イリナはそう言いながら、蜥蜴の入れ墨のある手で、ガムテープで補修してあるニコンのカメラを私に見せた。彼女がそのアマチュアカメラマンが持つような小さなカメラで長年撮ってきたのは、「バロック的なエロス」と評される女たちの肢体だった。美女たちがその裸体にまとっているのは、決して高価な装身具ではない。プラスチックのアクセサリーや量産品のレース、キッチュなオブジェだ。だが、イリナの世界に包まれた女たちはとてもゴージャスで、バロックで、いやらしく、そして神々しい。このバロック性はカルタレスクのそれにも通じているような気がするのだ。

＊　＊　＊

「REM」を読もう。そう、「REM」を。この物語の語り手は……今までとはどうも趣が違う。ストーリーも語り手もマトリョーシカのように入れ子式になっていて、その一番奥で語られる回想は、この本の中でももっともファンタスチカ的な展開を見せる。そしてそのマトリョーシカの全てに、「REM」という何かが刻印されている。REM。REM……。その正体は明らかにならない。私は、書いても書いてもなかなか減らない自慢の鉛筆で、全てのREMに印をつけながら読む。REMとは何だろう？　REMと言って私たちが真っ先に思い浮かべるのは、レム睡眠だ。身体は弛緩しているが、脳が活動しており、夢を見る、あの浅い眠りのことだ。ところがどうだろう、マトリョーシカの一番奥、スヴェトラーナの子供時代のことは、それ自体が夢の中のようだ。その一方で、彼女の見る森の夢はむしろ現実的で、生々しく、とっぴなことは起こらない。

エゴールは言う。「夢はつながるだろう、もしきみがいて、夢がきみを自分でREMにつれて行くならばね」と。「そこに全部がある」と。物語のかなり最後のほうで、彼女はついにREMと出会う。REMの意味を知ってしまう。私たちは、「双子座」では読後にテクストが違った意味を帯びる瞬間を目撃して驚嘆したが、今回は、自分の生きるこの世界の意味が変わってしまうような感覚を覚えるのだ。

もしかして、私のＲＥＭが……

ノー　ノー　ノー　ノー　ノー　ノー　ノー　ノー　ノー　ノー　ノー　ノー　ノー
ノー　ノー　ノー　ノー　ノー　ノー　ノー　ノー　ノー　ノー　ノー　ノー　ノー
ノー　ノー　……

カルタレスクは私たちに、ちょっとしたデザートも用意してくれている。それが「建築士」だ。マニア気質の男がいる。彼の趣味から道楽、道楽から狂気、狂気から芸術へ、そして……。ああなってこうなってこうなったら、そりゃやっぱりそうなるよねっていう、ストレートなホラ話。スケールの大きすぎる話ほど短編に向くが、まさしくそういう一編である。田中啓文や草野原々にも通じるテイストがあり、我々日本のＳＦ読みは、ここからカルタレスクに入るのもアリではないかと思う。

＊　＊　＊

ところで、最後に今一度、プロローグに戻ることをお許し願いたい。「ルーレット士」の冒頭に引用されたエリオットの詩を覚えておられるだろうか。そこに「この世に明日なき八十歳に」とあるが、実は私はこれを読んで少し笑ってしまった。何故なら、本書の翻訳者、住谷春也氏は、今年、つまり二〇二一年に御年九〇歳になられたところだからだ。住谷氏は二〇一五年にはミルチャ・カルタレスク『ぼくらが女性を愛する理由』、二〇一九年にはギョルゲ・ササルマン『方形の円』、二〇二〇年にはパウル・ゴマ『ジュスタ』等々を翻訳し、ますますもって盛んに活動しておられる（ちなみに『方形の円』は早川書房の『ＳＦが読みたい！　２０２０年版』の海外作品ランキングで、メジャーな英語圏の作品に混じって九位を獲得した）。たかが八十歳で明日なきとか言っている場合ではないのだ。住谷氏はエリアーデが描いたような、時間からをも逃れられるほどの究極の自由を手にしてでもいるのだろうか。

ルーマニアにはまだまだ私たちの知らない豊饒の果実が実っているらしい。住谷氏によれば、前述のササルマンも、齢八十歳にして力作『ディストピアのアルファベット』を書き上げたところだという（ああ、ここにもまた明日なきとか言ってる場合じゃない八十歳が！）。私たち日本の読者が一口でも多くそれらを味わうことを、そして、住谷氏のますますのご活躍を願うばかりだ。

二〇二一年七月　梅雨の合間、月のない夜に

高野史緒

（たかの・ふみお　小説家。日本文藝家協会会員／日本ＳＦ作家クラブ会員）

訳者あとがき

ミルチャ・カルタレスクは永遠の少年である。ブカレスト北郊で過ごした少年時代について、それが「自分の主要な存在経験でありかつすべての感覚が生き生きとはたらいていた唯一の体験」と言い、それを作品に繰り返し反映させている。それだけではない。さらに、作家の道を「八〇年派」として出発したことを、四十年後の今も誇りにしている。

「ジーンズ世代」との愛称（蔑称？）を持つ、いわゆる「八〇年派」の詩人・小説家・文芸評論家・エッセイストとして、民主化以降のルーマニア文学を推進してきたミルチャ・カルタレスクは、あるインタビューに答えてこう言う。

〝私たちにとって、八〇年派とは一つ一つの詩から意識的に作りあげていた一つの伝説でした。自分たちを目まぐるしい詩の歴史におけるヒーローなのだと思っていました。当時は、世界が詩の中で成り立っていると、だから、われわれの詩で世界を変えることができると、まじめに信じていたのです。こうした詩的狂信はあとに続く世代にはもう見当たりません。……よく自分たちを六〇年代、七〇年代のロックバンドになぞらえました、そうして実際、ルーマニア詩における一九九〇年以降の変化は、ソフトでメロディアスなロックから無慈悲な攻撃的なパンクロックへの移行におおよそ似通っています。……だから、八〇年派の詩の受容について先ほど述べた私の反問はこう言い換えることができましょう。今の若者のだれがビートルズやボブ・ディランを聴きますか？〟

詩で世界を変えられると信じていた。六十歳を越える大家となった今もそれを誇りにしている。永遠の少年と私が呼ぶ所以だ。

ルーマニアで前世紀の終わりに近い一九八〇年前後に、ブカレスト大学で文芸批評家ニコラエ・マノレスクの主催する「月曜サークル」で活動していたグループを核とする世代をルーマニアでは八〇年世代、また「八〇年派」と呼ぶ。二〇世紀前半のアバンギャルドやシュルレアリスムを始めとする西ヨーロッパの二〇世紀モダニズムを吸収した直前の世代とはちがって、「八〇年派」は「ビートニク」のアレン・ギンズバーグなど、アングロアメリカの影響を強く受けた。「月曜サークル」を核として、新しい詩に打ち込む学生サークルが、クルージュ、ヤーシの大学など全国に拡がった。ミルチャ・カルタレスクがドクター論文で詳述したように、それは「ルーマニアのポストモダニズム」の幕開けであった。

体制に寄りそう民族派の圧力で「月曜サークル」は一九八三年に閉鎖に追い込まれた。八〇年派は、自分で名乗るようにアンダーグラウンドだった。しかし知識層の主流は彼らを評価し、出版界からも支持された。「詩で世界を変えられる」と意気込む「八〇年派」の姿勢は、真正面から体制に刃向かった小説家パウル・ゴマの異論派としての生き方からは遠いけれども、八〇年代の終わり、まさに一九八九年十二月に、独裁者チャウシェスク大統領が銃殺される「民主革命」で、文学の世界も大きく変わった。

九〇年以降の文学状況の変化を冷厳に認識しながらも、なお「八〇年派」を自身の黄金時代と回想するカルタレスクであるが、自分はこれ以上の詩を書けないと限界を感じていた。『灯台、窓ガラス、写真……』（一九八〇）、『愛の詩』（一九八三）、『すべて』（一九八五）と続いた詩集の発表は、一九九〇年の『レヴァント』(詩とは言いにくいが話題の実験作)で途切れる。そうして一九八九年の『夢』(本書『ノスタルジア』の原型)以降は散文にシフトし、やがて三部作『眩暈《オルビトール》』(一九九六—二〇〇七)、さらに全一巻ながら八〇〇ページを超える『ソレノイド』(二〇一五)と大作を発表して、ポストモダンを、ひいてはルーマニア現代文学を内外に代表する存在となった。これらの長篇でも作者の幼少年時代は重要なエレメントとなる。

実は「八〇年派」の学生たちは、詩の「月曜サークル」と平行して、文芸批評家オヴィッド・S・クロフマルニチャーヌが主導する「ジュニメア・散文サークル」(こちらは一九九〇年まで続いた)で小説を読み、書いていた。フランスのヌーヴォー・ロマン、アメリカ・ポストモダンのトマス・ピンチョンらが彼らの熱中の対象だった。カルタレスクはその両方のサークルで中心メンバーだったのである。

ミルチャ・カルタレスクは一九五六年、エコノミストで記者のコンスタンチンを父、マリアを母としてブカレスト北部の集合住宅で生まれ、育った。一流とは言えない高校からブカレスト大学に進み、文学部を一九八〇年に卒業、八九年まで小中学校に教師として配属された。そうした経歴の反映を読者は本書の各篇の人物に見ることができよう。一時期文芸誌の編集に携わり、ルーマニア作家同盟に勤めた後、ブカレスト大学の講師、ついで准教授として現在に至る。最近、二十年来の伴侶の詩人ヨアナ・ニコラエと正式に結婚した。

『ノスタルジア』の初版『夢』(一九八九)は、アイロニー、現実と幻想、夢と回想の交錯の形で、すでにポストモダンの一つの典型を提示しているが、検閲による不完全版だった。一九九三年に完全版となった本書では、プロローグの「ルーレット士」が復活したことなど、いくつかの違いがある。高野史緒さんが解説で注目している「双子座」の導入部は、『夢』では削られていたもの。「メンデビル」

の標題はもと「ゲーム」、「建築士」は「オルガニスト」だった。なお、『ノスタルジア』一九九三年版の表紙にはRoman（長篇小説）と謳われていた。英訳・仏訳もそれを踏襲している。不審なので著者に会ったとき「この本が一つの長篇だとすると、主人公はだれですか、夢ということでしょうか」と訊ねてみた。カルタレスクさんは苦笑いして、「これは中短篇集ですよ」と。どうやら、著者のあずかり知らないところで出版社が勝手に表示したらしいが、それは欧米の読書界に長篇が格上という通念があるからか。

日本語版の企画を聞いて原著者は次のようなコメントを寄せてくれた。

〝私は『ノスタルジア』を二十八歳のときに書き終えました。それまで私は詩ばかり書いていたのでした。

この本の五篇の中短篇はすべて「書き下ろし」で、変更は一切なく、書いた順に並んでいます。一九八九年に「カルテア・ロムニャスカ」から出た最初のヴァリアントは検閲による削除がありました。最初の完全版は一九九三年の「フマニタス」から出た版です。

『ノスタルジア』に載せたような中短篇を私はその後二度と書いていません。それらは模倣も継続も発展もあり得ないものだからです。「建築士」で私はもう言うことがなくなったのでペンを置きました。この本を読み返したこともありません。「REM」の少女たちのゲーム、「メンデビル」のいかがわしい鉛筆、「双子座」のアンティパ博物館、「ルーレット士」のリボルバーの鬼の小さな笑い声は頭にあります。でも私にとって真に存在する本はいつもただ一つ、今書いている本だけです。

これを書き始めてから三十年、そうしてフマニタスの完全版がでてから二十年、『ノスタルジア』は私の本としては国の内外で一番読まれ、よく引用されている本です。この新しい版で、多くの若い人が初めて私の世界に入ってくれることは、大きな喜びです。その世界は私の頭骨と同じ直径の世界だと言ったことがあります。〟

作品社の名編集者増子信一さんは、かつて独創的な宗教史学者としてのみ知られていたルーマニアの幻想文学者ミルチャ・エリアーデの全貌を明らかにする一連の出版を演出された。ミルチャ・カルタレスクの初期の代表作『ノスタルジア』の紹介も増子さんのお仕事となった。ジーンズ世代ではない訳者のロック音楽などにおける無知をカバーしてくれたのも増子編集者である。高野史緒さんは作家ならではのオリジナルな読書案内を寄せてくれ、ミルキィ・イソベさんには今度も見事な着想の装幀をいただいた。丸山陽代さんは冒頭の二つの短篇の翻訳を手伝ってくれました。みなさまに御礼を申し上げます。

住谷春也

二〇二一年八月

ミルチャ・カルタレスク｜Mircea Cărtărescu

1956年、ブカレスト生まれ、経済記者を父に持ち、1980年にブカレスト大学文学部を卒業。ルーマニア・ポストモダンの旗手として、詩・散文・評論の各分野で精力的に活動。小中学校のルーマニア語教師、作家同盟書記、「批評手帳」編集者、ブカレスト大学文学部准教授として働く傍ら、詩作、創作、評論など幅広く活躍。著書に、長篇叙事詩『レヴァント』（作家連盟賞受賞）、長篇三部作『眩暈（オルビトール）』、『ぼくらが女性を愛する理由』、『ルーマニアのポストモダン』など。

住谷春也｜すみや・はるや

1931年、群馬県生まれ。ルーマニア文学者。1953年、東京大学文学部フランス文学科卒。1986年から90年までルーマニア在住、ブカレスト大学文学部博士課程修了。1985年、レブリャーヌ『大地への祈り』の翻訳で日本翻訳家協会文学部門最優秀賞受賞。2004年、ルーマニア文化功労コマンドール勲章受章。2007年、ナサウド市名誉市民。訳書に『エリアーデ幻想小説全集』全3巻、エリアーデ『マイトレイ』、カルタレスク『ぼくらが女性を愛する理由』など。

ノスタルジア

2021年10月25日　初版第1刷印刷
2021年10月30日　初版第1刷発行

著者｜ミルチャ・カルタレスク
訳者｜住谷春也
発行者｜和田肇
発行所｜株式会社 作品社
〒102-0072 東京都千代田区飯田橋2-7-4
TEL 03-3262-9753｜FAX 03-3262-9757｜振替口座 00160-3-27183
https://www.sakuhinsha.com

本文組版｜有限会社マーリンクレイン
印刷・製本｜中央精版印刷株式会社

ISBN978-4-86182-863-8 C0097 Printed in Japan

作品社の本

その他もろもろ
ある予言譚
ローズ・マコーリー　赤尾秀子訳

ハクスリー、オーウェルの先駆をなすフェミニスト・ディストピア小説の古典、百年の時を経て蘇る！北村紗衣解説

キルケ
マデリン・ミラー 野沢佳織訳

ギリシア神話に登場する女神で魔女のキルケ。愛する者を守り、自分らしく生きようとする、遠くて近い一人の女性として、今、語り直される——。女性小説賞 最終候補作

朝露の主たち
ジャック・ルーマン 松井裕史訳訳

若き生の躍動を謳歌する、緊迫と愛憎の傑作長編小説。今なお世界中で広く読まれるハイチ文学の父ルーマン、最晩年の主著、初邦訳。

歌え、葬られぬ者たちよ、歌え
ジェスミン・ウォード　石川由美子訳

全米図書賞受賞作！　アメリカ南部で困難を生き抜く家族の絆の物語であり、臓腑に響く力強いロードノヴェルでありながら、壮大で美しく澄みわたる叙事詩。現代アメリカ文学を代表する、傑作長篇小説。青木耕平附録解説。

骨を引き上げろ
ジェスミン・ウォード　石川由美子訳

全米図書賞受賞作！　15歳の少女エシュと、南部の過酷な社会環境に立ち向かうその家族たち、仲間たち。運命を一変させる、巨大ハリケーンの襲来。フォークナーの再来と呼び声も高い作家による神話のごとき傑作。青木耕平附録解説。
